守着紫禁城的传说

富察建功

北京燕山出版社

图书在版编目（CIP）数据

守着紫禁城的传说 / 富察建功著 . —北京：北京燕山出版社，2016.7
ISBN 978-7-5402-4181-0

Ⅰ.①守… Ⅱ.①富… Ⅲ.①民间故事-作品集-北京市 Ⅳ.①I277.3

中国版本图书馆 CIP 数据核字（2016）第 162216 号

书　　名：守着紫禁城的传说
著　　者：富察建功
责任编辑：刘朝霞
封面设计：汪要军
出版发行：北京燕山出版社有限公司
社　　址：北京市西城区陶然亭路 53 号
邮　　编：100054
电话传真：86-10-63587071（总编室）
印　　刷：三河市佳星印装有限公司
开　　本：787 毫米×1092 毫米　1/16
字　　数：280 千字
印　　张：15.25
版　　次：2016 年 8 月第 1 版
印　　次：2016 年 8 月第 1 次印刷
ISBN：978-7-5402-4181-0
定　　价：42.00 元

版权所有　翻印必究

目 录

故事大多为姥姥在世时所讲 ……………………………………（1）

龙的传说

幽州苦海大龙谣 ……………………………………………（2）
姑娘生龙 ……………………………………………………（4）
"老李"天生是龙种 …………………………………………（7）
曾经是害家的"老李" ………………………………………（9）
益龙"老李"除恶蛟 …………………………………………（10）
白龙江易名黑龙江 …………………………………………（11）
再说高亮赶海 ………………………………………………（13）
黑龙潭龙女赎过 ……………………………………………（16）
北新桥老姚抓孽龙 …………………………………………（21）

北京地名传说

通惠河，北京的母亲河 ……………………………………（26）
积水潭的传说 ………………………………………………（29）
三挪铁影背，难挡风 ………………………………………（33）
鲁班在北京编童谣 …………………………………………（37）
西便门与咱的鲁班爷 ………………………………………（41）
元老、双桥与吉市口 ………………………………………（44）
姥姥闲聊德胜门 ……………………………………………（48）

酒仙桥与石佛营的传说 …………………………………………… (51)
妙峰山孽龙石的传说 …………………………………………… (56)
泥锅造饭苦　永乐定子午 ……………………………………… (61)
八臂哪吒定北京 ………………………………………………… (66)
咱再说什刹海名称的由来 ……………………………………… (71)
地安门金鼠的传说 ……………………………………………… (74)
北京常营的来历 ………………………………………………… (80)
北京城和驴皮影纸样儿楼 ……………………………………… (83)
大将徐达与箭杆河 ……………………………………………… (87)
一万减半间的紫禁城 …………………………………………… (89)
宰相秦桧进"鸡头"的故事 …………………………………… (93)
一座没有御旨的"怪桥" ……………………………………… (96)
铸钟娘娘造新钟 ………………………………………………… (102)
赑屃的传说和由来 ……………………………………………… (106)
朝外坛口的传说 ………………………………………………… (111)

满族传说

乌鸦进族徽的传说 ……………………………………………… (116)
"于谦(榆钱儿)糕"的传说 …………………………………… (119)
魏忠贤生祠碑和私塾 …………………………………………… (123)
多尔衮拆天桥 …………………………………………………… (127)
春节的来历 ……………………………………………………… (132)
金樱桃树的故事 ………………………………………………… (137)
仙鹤为何被安排在御座前 ……………………………………… (140)
神仙老虎狗 ……………………………………………………… (143)
顶指儿、扳指儿 ………………………………………………… (146)
姥姥眼睛里的朝外 ……………………………………………… (149)
佛多额娘的传说 ………………………………………………… (151)
红庙与小庄的传说 ……………………………………………… (155)
商场与铺子的名称来历 ………………………………………… (159)
乾隆爷不要"钩心斗角" ……………………………………… (162)

大黄庄与荣禄"陵"……………………………………………（167）
花盆儿鞋与高碑店……………………………………………（171）
皇宫金鱼高碑店………………………………………………（176）
鼻烟壶与玻璃指头……………………………………………（180）

民间传奇

对子镇出清官…………………………………………………（186）
空筝（竹）的传说……………………………………………（190）
呼家楼与杨家将的传说………………………………………（194）
萧太后与"姥姥"称呼的传说………………………………（198）
奶牛走世界的传说……………………………………………（202）
捏面人和乾隆拜寿的传说……………………………………（207）
张将军上当得寿………………………………………………（211）
"忎"与驴肉火烧的传说……………………………………（214）
颐和园洋毛子遭报应…………………………………………（218）
午门前康熙种皂角树…………………………………………（221）
北京有龙脉……………………………………………………（225）
二把刀也是鲁班的徒…………………………………………（229）
不老天的眼睛——古观象台…………………………………（232）

后记……………………………………………………………（236）

故事大多为姥姥在世时所讲

我姥姥，满姓纳喇（纳兰）氏，汉名安富贤，满族镶黄旗人（约1902—1981年），其侄"安凤琪"随舅姥爷"辛亥"后迁徙至天津。

姥姥家临积水潭（西海）而居，出胡同右手有老石桥，桥栏杆与地安门老石桥相似，桥下水闸是由一排方木，被镶嵌于水泥的凹槽里，在这里能看见德胜门城楼（现剩箭楼）。

小时候我常问姥姥，河水要流到哪里呢？

姥姥说，流到后海、什刹海，然后是北、中、南三海，然后是元朝人郭守敬修的通惠河……

干吗要修河呢？

北京过去总是发大水，所以要修河。

干吗要发大水？

有孽龙嘛，所以每隔几年就要发大水。

孽龙是龙吗？

是，还有益龙、真龙呢。孽龙被忠臣镇住了，益龙潜在北京的海子里，真龙是真龙天子，就是过去的皇帝……

那护城河的水又是从哪来的呢？

是从西山玉泉山流出的，经万泉河、高梁河，就到了护城河，到天津后就直奔大海了。

西海隔年都会疏通河道，同龄孩子都会去河床中游玩，长辈的担心会加剧。姥姥干脆将故事讲到深夜，翌日，我势必会很晚起床，安全系数自会更高。但我还是因为偷着下河，险些丢了性命……

在水闸激流处，我曾救过几个溺水的同龄孩子。年龄稍长后，我问姥姥，您的故事是从哪里听来的？姥姥说，口述是书的老祖宗，是一辈辈传下来的。中国人自古就讲龙故事，外国也有童话嘛……老北京总会留下故事的。

愿本书给读者带来享受。昨晚做了梦，我突然返老还童了，我梦见姥姥高兴地翻着书说："下辈子我要活到200岁——还讲《守着紫禁城的传说》。"

作　者

龙的传说

在很久以前，北京当时还是一块景色荒美的居龙之乡，被称作"苦海幽州"①。只可惜，只能居龙却不能住人，因是玉皇赐给龙祖的封地。那这"苦海幽州"又是怎么一回事呢？

幽州苦海大龙谣

苦海是什么？是一望无边的盐碱与沼泽的"沧海"。它最早的样子，就好比是原来天津塘沽、大沽一带，芦苇塘遮天，盐碱滩盖地。幽州曾是大禹的治水旧地。地势是北面环拥高山，是一望无际又数不清的、很难攀爬的险峰奇岭，如同不老天公砌在那里的一面山墙。后来北京人管后墙叫作"山墙"，与此多有关系。幽州南临沧海，远远南望，是海天连在一处的"天"。魏武帝曹操征西时，曾见大西北有一片片白茫茫的沙土地，就想起来，这和他看见的海一样，从此沙漠就叫"瀚海"（旱海）。

幽州虽然是苦海一片，但却是四季分明。英雄大禹治水后，拜别镇守幽州的龙祖，从此归隐。于是，渐渐有人家不断迁徙到这，来此落户。别看这人少得可怜，可参天大树和大小生灵，也包括豺狼虎豹，都和人做起了伙伴。有个叫契丹的部族，也骑着一对对的白马青牛来到这里，以打猎、捕鱼、种地为生。住在这的人家向来是勤劳纯朴、老实巴交，虽然家家户户过得是清贫日子，但过得都是那么随意自在。见这里开始一片安宁，就连南来北去的飞禽走兽，也争先恐后来这里落脚筑巢，和人类朝夕相伴。而龙祖从来都是将这里维持得风调雨顺，五谷丰裕，它除在幽州的几个龙潭内休养生息，并不与人争什么你多我少。

有一年，谷子刚露黄梢儿，苞米才苍皮干叶儿，水里鱼虾正准备孵子。傍晚，就见南面那大沧海面上，突然刮起一股黑旋风，卷着齐天的海潮，如同鬼叫妖嚎一般地咆哮，直扑向幽州。眼看着一棵棵参天大树，皆被恶风拦腰折断，土坯屋也被恶风吹倒卷塌，饱粒的五谷皆被海水吞没掩埋，海水一下就漫上了高山。这时，愤怒的龙祖一跃跳到北面的高山上，准备与来犯的妖魔决斗。别看百姓老实巴交，但何时来风下雨，何时天塌地陷，都会看征兆的。但这回的黑风恶浪，来得忒急忒狠，忒烈忒恶，谁也来不及躲到山上去，无数人被淹没。那情景凄惨不已，连尸首都找不到。

这风浪来得为何这么凶呢？原来是有一群孽龙在兴风作浪。孽龙见大禹去了天堂，看苦海幽州一片安宁，龙祖也已有几万年的高龄，便一心想独吞此地，好做它的行在②。

就在孽龙兴妖作虐、祸害幽州黎民百姓时。逃到山上的人们，猛然听到山崩地裂似的一声怒吼。只见一条乌黑的巨龙，从八达岭一跃而起，迎向沧海方向的几条孽龙，像领了千军万马一般，驾踩着惊雷闪电，轰隆隆直取众孽龙要害，将它们分别撞翻在沧海里。此时，海面上水柱冲天，狂风大作，群龙搅在天空，自此，便有了后来人们都说的"龙卷风"。

龙祖与孽龙从天黑一直厮杀到黎明，渐渐累得不支。这时，契丹家族的那无数对白马青牛突然大吼起来，青牛用头上犄角，白马用脚下铁蹄奋力去帮助龙祖，孽龙招架不住，掉头想跑。它边跑边道："占不了这里，也叫幽州好不了。"于是，它一边逃跑，一边吐着带苦碱的白沫。龙祖在后面紧追不舍，一直追到东海深处，唤出龙宫内的东海龙王来问罪。而龙王明白，这是因为晚辈们争地争水的内讧，便紧逼着孽龙即刻收回淹没幽州的大水，这才罢休放手。玉皇闻知此事，就道："既然是龙祖年迈，干脆这里就归东海龙宫管辖吧。"

孽龙不是被龙祖吃掉，就是被咬伤赶跑。大水也退了，镇守幽州的老龙祖，却因年迈已支撑不住，它不断地喘息，但还是将身躯横卧在九龙山，与被它咬死的八条孽龙卧在一处，一起变化成了沙石与粉末，或者落在地上后，被龙涎带到了泥土下面。龙祖用化作沙石的身躯，阻挡住不断涌来的海水，消除了更大的劫难，这里的人们又得以安居乐业。但只可惜，龙祖的苦胆在苦斗中被孽龙抓破，流出的胆汁浸透在沼泽地里，成了幽州的苦水（海）。

从此，所有人对幽州的记忆，只剩下这维持生命的苦水。但龙祖殁后，人们突然又发现，这地方有了一种长在水里的粮食——稻谷。因此不管地下水有多苦，水里盐碱有多么稠厚，人们照样有粮有米吃。为叫不老天下的人都吃上盐和碱，这里不断辟出无边际的盐场、碱场，于是，世间有了"白金白银"③的说法。过了许多年后，中原诞生了中医，中药里有一味特别的药，专门治疗跌打损伤，闪腰岔气，接骨舒筋。它的颜色也是白白的，这即是药书里记载的——龙骨。因为龙是神物，龙骨从来也只能是在地下挖出。人们为感谢龙祖带来的无数好处，就管此地段的地形、地貌、山水、云雾，都叫作龙脉，管泉水叫龙泉，龙祖隐匿过的地方叫龙潭，有风水的高山叫作龙脊。

所有的风水宝地，自然就会有龙头、龙脊、龙脉，人家都说北京是有龙脉的地界。当年龙祖迎战孽龙的日子，正是农历二月二日，这也是"二月二——龙抬头"一说的由来。关于龙的谚语还有很多，如：正月正——捂龙睛（舞龙灯，

· 3 ·

别吵了龙睡觉）；三月三，龙归天（三月三，黄漫天）；四月四，龙祭酒（清明节）；五月五，龙做舟；六月六——龙涕流；七月七，龙做梯（是龙不是鹊）；八月八，龙涎花；这龙也爱美，九月九日登高那天，就成了"九月九，龙叩首"，那几日总是阴天；十月十，龙行迟（天冷龙也要冬眠）；十龙一，龙卷屈（时令极冷，叫它睡吧）；腊月十，龙冻石（龙是要冬眠入蛰沉睡得似石头一样）。多年以后，苦海里长出一块沃土，但四周还是一眼望不到边的苦海。而在土岛不断长高时有了这四个字——"苦海幽州"。后来，这地方越来越富有，有了姓甚名谁，还有了大城池，多了众苍生，这便是下面咱们说的老北京。

①北京的古称。
②行在，即皇帝或王的行宫。
③碱和盐都是白色的。

每到农历六月二十八这天，他便哭哭啼啼地、擒风带雨地回家祭奠娘亲。若遇见这里大旱，他便多带些雨水；若这里地潮，便掉一些雨星。因为谁也拦不住他掉眼泪哭诉。这一天不管是有没有风，天上都要下雨。若这地带过于干旱，此地就会变水灾而大涝，因为龙是不会算水多水少的。

姑娘生龙

京畿重地，早年共有二十四个州县。每年逢六月二十八这天，不老天公总会闹闹脾气，不是刮风便是下雨。有人说，这也许是老天爷也有小性儿。当地人自然知道这缘故，那就是"秃尾巴老李"在今天要回家给娘亲添土上坟，谁叫他是真龙呢。那风雨都是他随身带的仪仗队。而在几百年前的京津乡下，总是连年干旱，方圆几百里地，粮食一概绝收。而住在十里八乡的乡亲，便要拖儿带女，去北京或天津卫要饭去了。不为别的，只为的是家中老少饿不死，但凡有辙，在京畿种地的农夫，谁愿舍脸面要着吃呢？所以，每闹干旱，百姓盼雨都会盼红了眼，连要死的心都有。

　　话说，在京东南一个不大的村里，有个穷人家的闺女叫秀娴。父母因贫苦疾病早亡，只剩她形单影寡地艰难度日。这年是龙年。这天，为填饱肚子不挨饿，她又去挖野菜，因几天没吃到粮食，她不得不先到窑坑里，用污水充饥，便喝了一个饱。见天见挖野菜，她每日自然都会去窑坑里喝水。但想不到，秀娴见自个的肚子，没几日日渐渐大起来。她觉得像是怀了孕，可她还是未出阁的闺女呢。从此，便再不敢出门见人。只好躲藏在家中。怪的是，她反倒不觉得饿了。时隔不久，腹中越来越胀，在一个天黑下暴雨刮大风的日子口，她真的生下来一个丑怪物。这会儿，别说她不敢声张，早已快惊吓死了。想起娘亲的话，她摸索着咬断脐带后，便暗自下了狠心。待风雨停后，一定偷偷地把这乌黑发光的丑怪物扔掉。

　　这天半夜，秀娴便悄悄地把怪物抱到野地里。她既伤心又害怕嘟嘟囔囔地哭着说："老天爷啊，爹娘啊，我一个穷闺女家，不知造了什么孽，怎么就怀上了你呢？不是为娘心狠，你哪来的，还回哪去吧！"说完，秀娴痛哭一场，便轻轻地把小怪物放在地上，转身欲走，实在不想再看丑怪物一眼。秀娴正要转身，谁知那小怪物，口里边咿呀呀地大声哭闹起来，见它在草地打了个滚儿，变成一条欢蹦乱跳的小黑龙。秀娴一打愣，正难舍难分时，小黑龙再一打滚，又长成一个胖乎乎的黑小子儿，还跪在地上拖住秀娴的腿说："娘啊，千万别扔下我，日后，儿一定报答您的恩情。"一向孤苦伶仃的秀娴心软了，又悄悄把小黑龙抱了回来。谁想，小黑龙不仅长得快，而且既懂事又孝顺，还能干农活，人也长得越来越俊气，从不惹娘生气，反常来哄秀娴高兴。娘儿俩的日子虽清苦，但饥一顿饱一餐还算过得去。

　　这一年，多日无雨，大运河的河底干得龟裂冒烟，连村里的苦水井都打不上一点水来。又赶上阴历六月二十八日这天，老爷儿①像个大炭火球，总悬在当空，烤蒸得冀中平原的田地里干冒热气。这会儿小黑龙对娘说：

　　"您看，又是那条烧饼火龙在作孽，照这样下去，咱村的百姓，全得被地里的旱情急死。"

　　秀娴说："老天爷怎么总是不睁眼，早就该除了那无道的孽障。"

　　"您先别着急，娘啊！今儿我就要降伏它。"小黑龙拍拍胸脯子道。

　　"傻孩子，别再说傻话了，你哪有那本事，咱们惹不起他的。"秀娴权当他说笑话。

　　"娘，您还别不信，您等着瞧。不过有一条，您得依我，我就有主意。"

"行——我依你，你就快说吧！"秀娴还以为是小黑龙哄她开心。

"您只需闭上眼睛，不管咱这屋子里有什么动静，娘也不要睁开眼。"

"好吧——那就依你了。"说着话，秀娴满以为是小孩子在玩笑，就真闭上了眼睛。顷刻之间，屋里屋外突然刮起了无影儿大风，连做饭的锅碗瓢盆都叮当作响，满屋乱飞。只听"嘎啦"一声雷响，把秀娴吓了一跳。猛睁眼看时，但见五彩祥云中，一条乌黢黢的小黑龙正腾空跃起，张牙舞爪在她头上盘旋不走，吓得秀娴禁不住急忙回身用力关门。只听"咔嚓"一声，屋门掩掉了小黑龙的尾巴，顿时，赤红色的龙血飞溅到身上，秀娴也被吓得昏死过去。小黑龙因掉尾，疼痛得一溜火光，跐溜溜地蹿入云天里去了。这下不要紧，天空叫小黑龙给搅得乌云翻滚，电闪雷吼，漫天的大雨倾盆泻下！几百里地的旱情瞬时了结。

别看小黑龙成了秃尾巴，却依然带着伤痛去斗那火龙，只几回合，便把那烧饼火龙制伏。随后他又布云播雨，使出真本领，为乡亲们解旱生雨，使京津一带和冀中平原田地都喝饱了甘霖。

小黑龙得胜，早忘了伤痛。便蛟龙戏水般，在天空里正尽兴不已，忽听自家里村庄传出了乡亲们的一片哭声。原来，是他升天时，吓死了他娘亲秀娴。于是，同村乡亲帮他葬了娘亲。

风雨过后，小黑龙异常悲恸，心想："还没等尽孝，亲娘即被自己吓殁，还有何脸面回家呢？"于是，他长叹一声，围着家乡的天空，好好又看了一眼自家茅草房后，用龙爪擦干泪水，对乡亲们再躬身拜过之后，远走高飞，难过地离开了家乡。

从那以后，每逢他娘亲秀娴的忌日——六月二十八这天，他都哭哭啼啼、携风带雨地回家祭奠他娘亲。若遇见这里大旱，他便多带些雨水，若这里地潮，便掉一些雨星。因为谁也拦不住他掉眼泪哭诉。这一天，不管是有没有风，天上都要下雨。若这地带过于干旱，此地就会因为水灾而大涝，因为龙是不会算水多水少的。因当地人管排行最小的儿子，都唤作老儿子[②]，而最受父母亲溺爱的，都是最小的儿子。所以，这条断尾巴的黑龙，便被通州、蓟县、宝坻、武清、廊坊、塘沽、三河等地的乡亲们，亲切地称为"秃尾巴老李"。

[①] 即太阳。

[②] 据传说，自明代起因朱元璋的孙子，即建文皇帝被打败以后，原来民间只疼孙子的习惯，便被改成只疼老儿子。而到了清朝时，又被人们改回了要疼爱长孙，原因是乾隆被康熙疼爱，所以后来才继承大统。

山东、河北、东三省多地，都流传着"秃尾巴老李"的故事。特别是在乡村等地，老李的传说可谓是家喻户晓。每年近七月盛夏，当狂风骤起，从东北方向猛刮来的黑云彩来到头顶时，就会呼啦啦从不老天上，折下来倾盆大雨。地里干活的人们，一边纷纷跑回家避雨，一边嘴里还不住地喊叫着："秃尾巴老李来啦！给亲娘烧纸来啦！"这一喊，是为告诉天上的雷公电母，我们是老李的乡亲，您可听清喽，别拿雹子砸自家人！而这传说在山东，几百年不曾变过。但无论天气有多恶，雹子真从未砸过这个屯儿，难怪人常说："自古冰雹不砸母嘛！"要想知道缘故，就得听我讲来。

"老李"天生是龙种

在很久以前，有位身怀有孕的姑娘长途跋涉，途经小屯。见小屯飘起炊烟时，她便一头栽倒在路边昏死过去。村里多好心人，便将她收留下来。姑娘见到穷得叮当响的屯里远离尘世，且又民风淳朴，也心存留意。于是，也成全了好心人，将其安置在一户忠厚本分的李姓人家。李家小伙儿父母早逝，虽拙笨，却是个老实后生。见姑娘虽长得貌美俊秀，却似有难言之痛，即由怜而生爱慕，并不嫌弃她。从此，两人便相依为命，结成连理一对。姑娘说她老家在东海那边，排行老三，故此，乡邻们开始称她"渔家三姑"。转瞬，三姑到了该生产的日子。这晚是天地无光，就连油灯都打不开灯花儿，屋内潮气熏天。李丈夫忽听得接生婆婆道："好喽，总算有盼头啦——"

随后便有一阵真真切切的婴儿的哭声，丈夫听到后，心里的高兴劲儿甭提了。不多时，接生婆急匆匆抱着裹得严实的婴儿出屋来，刚还在高兴的丈夫接过孩子后，先是闻到腥乎乎的气息，当即有种不祥的预感，令他周身颤抖。一看孩子皮肤粗糙，还黢墨儿乌黑的长得怪模怪样，四肢短小得就好似蛤蟆的前爪，最令人瘆得慌的是孩子屁股后居然长有一条黑鱼尾巴！我天！这怎么得了？丈夫顿时昏倒在地。

村人见状，问接生婆："为何孩子是这模样？"谁知她害怕得撒腿就跑，像见到妖魔似的。

丈夫醒来之后想："难道生的是妖精？这事要传出去，他该如何见人？他思前想后，寻思了几个时辰，大着胆去问三姑。但无奈是头胎生子，三姑因流血过多，昏死过去。于是，李丈夫鼓起勇气，拿起一把飞快的镰刀"咔"一下，便将婴儿的尾巴给砍了下来。这下可糟了，只见几道闪电霹雳，击掉他手里的镰刀，再又击碎窗户，旋即冲向天空！孩子不见了，只看到屋外电闪咻咻，大雨倾盆而泻，霹雳不断轰响。直等到渔家三姑苏醒之后，李丈夫这才问明事情原委。原来，三姑不是什么渔家女儿，而是东海龙王的三公主。原来东海龙王要将三公主嫁给南海龙太子。但想不到的是，这个南海龙太子，整日游手好闲，花天酒地，不务正业，还鱼肉和欺压众水族和海边百姓，时不时凭借洪水，来劫掠百姓的金银财宝。对此，三公主从心里极讨厌他。而且，公主与知天条、明神理、仪表堂堂的北海龙王的二公子，早已私订终身。这事被水神告发后，东海、南海龙王共怒，皆下令要惩罚这对龙男龙女。没办法，两龙便不得已私奔。东海龙王闻之，便派出虾兵蟹将，将龙女抓回来问罪。

但因三龙女性格刚烈，不尊龙父配婚。龙族便定其"忤逆"之罪，废其神仙之能耐，逐出龙宫，驱赶至凡间，以叫其永受人间之苦。流落至凡间的三龙女，在此时已怀有身孕，不得不隐身扮为渔家女儿，无奈何流落他乡。但想不到，刚生下黑龙，却被凡间的继父砍掉龙尾。三公主得知此讯，悲痛欲绝，便在梦里去斩龙台自刎寻短。

话说小黑龙，带着断尾之伤痛，实是难找一处安身立命之所，只得顺着不老天的意愿，一直往北飞去。终于发现身下，有一条激流奔涌的大江，便不知深浅地一头扎下去，想找个地方医好伤痛。可它哪里知道，在此江中早有一条为孽称霸的白龙住宿。这白龙，多年危害百姓，小黑龙与它争斗不赢，只好败下阵来。当时在东北，有很多人是来闯关东的山东人。这晚上，所有在江边居住的山东人，都做了同样一个梦。梦见一条受伤的黑龙求他们，说三日后，要在江里与白龙争斗，希望老乡们分别带上石灰、石头、馒头和肉团子前来帮忙。因白龙平时无恶不作，于是，就连当地人也决定前去帮助自己的新老乡——黑龙。三天后，只见江西面来了一股黑水头，又从东起了一股白水头，两股水遇在一起，便转起漩涡来。轰隆声不断，江面突起的一对水柱，把崖上的石头都震得滚到水里。江水翻滚，恶浪拍岸，能飞溅到天上。两岸的山东人，都擂鼓助阵，摇黑旗呐喊，一见黑龙抬头，便急忙把馒头和肉团子扔下去。一见白龙抬头，人们便把石头、白灰投下去。只见黑龙越战越勇，终于击溃白龙，白龙趁机逃命了。

黑龙得胜，为表示对山东老乡的感谢，便在江中接连打滚。为纪念黑龙到来,人们就把这江取名叫"黑龙江"。从此,凡是江上行船,有山东人往来的,自是风平浪静;若没有,即会浪涌船翻。渐渐地,船家都得知其中缘由,若坐船的没有山东人,他会执意不开船。但有山东人在,开船时会喊一句"秃尾巴老李啊……"船即会平稳驶去。到如今,船进黑龙江时,很多人仍会自发地默念"秃尾巴老李"。

清朝有书记载:在山东一条河边,有位女子见李树上有果,像鸡蛋大。她极为奇怪,此时尚不到李子成熟的季节,怎么会结果呢?于是,她采了一个来尝,竟甘美怡人,好不甜蜜。结果回家后发觉,不知怎的就怀了孕。十四个月后她却生出来一条二尺长的小龙,一落地便马上飞走了,但在每日清晨,还会找母亲来吃奶。女子丈夫见此状况,便用刀砍断了龙的尾巴,结果小龙从此也就不再来了。"秃尾巴老李"的故事,各地说法不一。但有一点是一致的——黑龙是善良、正义、勇敢、爱民的象征。

曾经是害家的"老李"

相传很久以前,有一个小村庄里,住着一户姓李的人家。家中夫唱妇随,小日子过得很不错,但遗憾的是,他们没有生子。有一天,李妻到河边洗衣服,看到有一条龙在游动,她看得好不喜欢。但龙游走后,她便看到河滩上,有一颗黑色的珍珠在不断闪光。出于好奇心,她捡了起来并含在口中,不料,珍珠刚一进口,便叽里咕噜地一下滑落进肚里。后来她不知不觉地怀孕了,这一怀就是二十个月。

临产那天,狂风暴雨,电闪雷鸣,竟把产娘给震昏厥过去了。昏厥中,生下了一个大肉团。接生婆壮了壮胆子,用剪刀剖开了肉团,一条头上长角、全身黝黑的小龙腾空而起,破窗飞天。以后,每晚熄了灯,小龙就回家吃奶。每当此时,母亲就昏迷过去了,一直不知道它什么样子。其父既心疼妻子,又想知道孩子长得啥样,就想了一个法子,晚上用瓢遮挡住灯光。

但小龙哪知原委,回来就吃娘奶。父亲借灯光一看,见一条黑龙尾巴缠在房梁上,头拱在娘怀里。惊恐万状之际,父亲拿起一把镰刀,一下子砍断了龙尾。小龙一时疼极,便犯起浑来,一把抓起父亲,便扔进了南海。待小龙清醒过来,后悔不已,跃入海去寻父亲,可为时已晚。

其父刚一落入海中,便被海鱼野蟹吃了。悲愤的小龙,只好找南海龙王讨要说法。南海龙王也自觉理亏,便下令:"凡再有落水者,必须待浮起三次无人搭救时,鱼鳖虾蟹方可食之。"

天亮后,龙母发现丈夫不见了,以后便终日以泪洗面,不久伤心过度而亡。小黑龙没想到是自己害了父母。没办法,他只好常到家乡西北的一座高山上远望,后来,人们便叫这座山为"望龙山"。母亲逝后,小龙常单独在山上痛哭不止,泪水湿透了山石。于是,山腰上便出现了一股甘泉,人们称其为"龙泣泉",其母在山上的墓地,便被人叫作"龙母陵"。再后来,人们在山上修起了龙王庙和龙母庙。凡是大旱时,这里的李龙王泉水,还会依然旺盛湍急。

益龙"老李"除恶蛟

小黑龙无意中害父伤母,酿成家中大难,已难再补救,不禁心中自责万分。于是暗下决心,要除暴安良,护佑百姓,布雨造墒,维护丰收,把对父母的缺憾,化为造福乡亲。小龙长大后,便一天天有了道行,能变成人的模样。

他听说,邻村有家养牛养羊的农户,放养的数量,从不敢超过一百。不然,凡是超多少头,就会又丢出多少头。于是,他乔装扮作长工,来到放牛羊的老汉家。说不要工钱,能吃饱肚子就行,老汉正缺人手,便留下了他。一天,老汉要去南山开荒,小龙道:"不用您,我去就行。"说完转身就走。老汉忽想起没带锹镢,就赶忙去送。可到地方一看,只见一条秃尾巴黑龙,用角拔树除草、翻土移石,干得正欢呢!没一会儿工夫,荒地就变成一块耕田。老汉沉住劲儿,没打扰小龙,悄悄回到家。进家门后,老汉悄声问他:"你既是神龙,到底为何来我家?"

小龙告诉老汉:"这村前水塘内,住有一条白孽蛟。他总在不断吞吃牛羊及家畜。若不及早铲除它,将来其为祸更甚。"结果,接连三天,村前水塘里都是浊浪汹涌，鼎沸漩腾，一会儿黑水，一会儿白浆。天上电闪雷鸣，村里人只见塘内外有黑白二龙苦斗征战。老汉时时挂念着小龙的安危。在第四天晚上，小龙一身疲惫地爬出水塘，对老汉说："那白蛟实在凶狠，我实难得手，老伯您得助我，才可除孽。"便与老汉谋划一番。

于是，老汉与家人用了三宿时间，蒸足了两筐苞米饽饽，又备了两筐白灰石块儿。天亮后，歇息好的小龙，又与白蛟再战。水塘泛起黑浪时，老汉向水中扔饽饽；泛白浪时，向水中撒白灰石块儿。结果，没多久，水塘内翻出一股血红的浪来。一条被石灰烧死的白蛟，浮出水面来。事后，小龙又告诉老汉，他还有大事去办。

老汉忙追问何事，小龙只好道："我听到白龙江总有哭泣声。那镇江的白龙脾气暴虐，动辄发水害民，生吞儿童，还把大片肥沃土地变成了荒滩，饿死了数不清的百姓。"

老汉听后拍拍胸脯道："你若灭那白龙，我和乡亲们愿助你一臂之力。"

小龙说："路途遥远，往来不易，自有人会帮助我的。"

白龙江易名黑龙江

话说东北有条白龙江。一天，江主白龙忽见到一条秃尾巴小黑龙，闯入江畔戏水。它心想，这是不老天给送消遣来了。于是，不由分说，便蹿过去狠抓小黑龙。见白龙如此霸道，小黑龙实在忍无可忍，不得已与它交起手来。立时，江里翻起冲天的黑白两股水柱，搅得波浪滔滔。小黑龙因远道疲劳，身体渐渐不支，只好寻机会跃出水面逃出了险境。

遍体鳞伤、疲惫不堪的小黑龙只好躲进深山歇息休养。这天，见一位手拿药铲的老者昏迷在地，它便赶紧把他抱到背风处，并捧来泉水给他喝下。老人醒过来，见是位俊黑小伙儿，便挣扎起来拜谢。后得知，老人原是山东人，从家乡逃至关东避灾。不久前在江边盖了三间草房，靠采药为生。但总因白龙随意吞吃庄稼与百姓的小孩儿，使得他只剩下孤单一人勉强度日。

见面即有缘。老人当下便请黑龙到家中暂歇。黑龙不胜酒力，几杯便醉了。想起父母因他而遭受劫难，泪如雨下。便将身世向老人细细述说了一遍。

老人听后大喜："好啊，原来是大战白蛟的黑龙来了，白龙江一带的百姓有救了。"

小黑龙听老人说罢，吃惊地问："您如何知道我与白蛟一事？"

老人道："前年，我听到路过的老家人曾提起你。现在你来了，百姓不是有救了吗？"说完，老人便将计谋向黑龙献出。又过了时日，黑龙身体重又健壮起来，再次现身，去找白龙。

白龙一见是手下败将来了，便摆出不屑一顾的样子说："小黑龙你又来找死吗？"

黑龙道："死又何惧？若能为百姓除害，我黑龙万死不辞！"

白龙讥笑道："你若赢了，我便更名改姓，远走他乡。"说罢，白龙先伸出利爪动起手来。这时，在江岸上守候多时的众乡邻们，见江水上下翻滚起来。当白浪翻上时，人们都往下扔石灰；见黑浪翻时，向水里扔馒头。两龙两天两夜不歇，他们也扔了两天两夜。渐渐地，白龙眼睛被石灰所迷，而腹中吞的看似是吃食，却是白灰石头。渐渐地，白龙再也不支，慌忙蹿出江来逃命去了。此二龙一战惊动了天庭，玉皇派员确认：先是白龙犯天条有罪，判其永在龙潭中，闭门悔过；还赏赐黑龙救民有功，封其为江主，并将白龙江改为黑龙江。

黑龙镇守黑龙江，使当地风调雨顺，百姓安居乐业。黑龙常缅怀父母，思念故乡。若有山东的船只路过黑龙江时，它都要送上一条大鲤鱼。当地船家在开船前，总要习惯地问乘客，有无山东人。若有，此渡定会顺利。船家总会捧起那条自己跳上船的大鲤鱼喊一嗓子："给老乡送礼喽！"说完再把鲤鱼放生。

每年遇母亲忌日，黑龙都要回老家祭奠父母。这日，家乡总要刮风下雨。见雨落下，老人常会告诉孩子："秃尾巴老李回家喽！"黑龙的忠义孝廉，曾感化过道光皇帝，他为李龙王钦赐了"溥惠佑民"的封号，并在老李家乡，敕建了龙母庙、龙母祠及龙王庙。相传每年的农历三月初二，是龙母诞日，六月初八是李龙王诞日。但逢这两日，河北、东三省及山东百姓，都会从四面八方赶来，祭奠龙母与黑龙。人们世代相传秃尾巴老李的传说，并在各地不断塑起汉白玉石雕或建立起庙宇。还有一地，塑了一位漂亮的龙母，怀抱着一个人首龙尾的男孩。而在山东省文登市也塑有身高 14.8 米的青铜所制的秃尾巴老李全身像。

早就听说外国有条美人鱼，但中国也有自己的美人龙，那就是咱说的这条黑龙。

元朝为什么会灭亡？还不是指望过去祖宗那一点进取？而后来，北京城疏于管理多年，致使下雨泛滥成灾，无雨渴死庄稼。元顺帝时，已早没了元朝初始的生机和昌盛。而可恶的孽龙们不仅在山里与人争水，而且还要将北京城的人全都渴死。多亏大元朝还出了一个兴修水利的郭守敬，要不然到明代以后，孽龙不必争什么水，人早就将自己渴死了。

再说高亮赶海

在老北京城有个老传说，叫作"高亮赶海（水）"。话说在明朝永乐年间，皇帝要从金陵①迁都到苦海幽州②，下旨命军师刘伯温，在元大都范围内，节俭旧朝之料，重建北京新城。这一呢，所有城墙，都要用统一烧制的御砖做城墙，城中间还要用三七土，并浇黏米汤灌封。二呢，新城要既雄伟又精致，要依照江南玲珑秀丽的南京城为样本，还须有北方山岭般的大气雄壮。三呢，要继续开辟河道，以兴旺漕运。而那时的幽州，已被元朝的郭守敬，将一片沟洼湿地，拓成北方的江南水城。曾被称为"苦海幽州"北京城外，已是十年九丰收。

因连年打仗，再加上重建北京城墙，城东面挖土、烧窑，赶做御砖，"大称四十斤，砖头抵黄金"③，北京成了个大工地。眼见西直门和齐化门瓮城，已雄伟巍峨，但竣工日期，上面是催了又催，活茬呢？是赶了又赶。早将城外大树砍得七零八落。荒了虎园（古代养虎的地方）、荒了屯垦，田地已是歉产绝收。老树林子一少，没家的豺狼虎豹，都到村庄找食捣乱，骚扰家畜，毁庄稼，祸肥田。老百姓都叫苦不迭。有次发山洪，竟冲坏了城外的龙王庙。

有传说，老北京的一概用水，归属东海龙王所辖。因水最后都要流至东海，虾兵蟹将总会将所辖水域情形，报之东海龙王。而那东海龙王因朱棣在北京大兴土木，早就怒不可遏。永乐皇帝受恩于龙子蠵龟（即赑屃）后，竟忘恩负义，不仅未对其他龙子封王，还将龙子的神形，画描得到处都是。

龙王要明着与朱棣作对，自有天条拘束。所以，只好暗地行事，打算将幽州的"苦甜二水"盗走，使北京城永远无水，把这里的人渴也渴死。于是它招来所有龙族共谋，非要与刘伯温见个高低不可。

这一天，刚巡视完新城的军师刘伯温，回府后为解乏饮起酒来。因多日劳累不堪，渐渐进入梦境。迷迷糊糊地就见太白金星④，骑一只仙鹤，驾瑞云飘然领仙童而落，指点刘军师说："东海龙王要将北京的'苦甜二水'盗走，打算弄到西天瑶池，去酿造孝敬王母喝的琼浆玉液。若龙王得逞，北京便会变成无水喝的旱城。到那时，连人都活不下去，更别说在北京立都了。大元朝无道，不尊水龙，只信旱龙，致使天下才生出众多的孽蛟（专兴风作浪的怪龙），你刘伯温修城占地，内外城依五行看风观水，从不为已之私功巧取民财，念你尚知深浅，不忤逆民意，所以我就给你一个玄机。不然，就是永乐皇帝朱棣也奈何不了天意！"

刘伯温闻听，自是大惊失色，从太师椅上跌倒在地，他忙不迭地，马上命守城将军高亮前去设防，以提防东海老龙派人前来盗水。还千叮咛万嘱咐地告诉高亮说，一定要小心推水车的路人，只能进空车，而载水的万万不可出入西直门。若遇此等水车，一定阻拦并刺破水囊，叫水流出来。然后再向朝阳门跑，无论天塌地陷，切勿回头。

此时，京城所辖二十四州县皆百日无雨，城内外河渠、水井尽数干枯，庄稼与树叶都焦黄打蔫，田地裂出像巨嘴一般的口子。身负重命的将军高亮，为尽守职责已数十天未睡好觉。这天，不等到鸡鸣，便提御赐金枪登西直门城楼巡视。待五更钟响开城门时，突然发现，在进入城门的人群中，有位头裹大花包头巾的老妪与儿子，正费力推一辆沉重的独轮水车进城，过门洞时差点翻车。几个守城门兵士，还想帮忙扶正，可不大的水车，竟像有万金一般，沉重无比，是纹丝不动（水囊有幽州甜苦二海，所以车重无比）。

果然，推水车的正是龙婆、龙子二人，因赶路急切，罩龙头的花头巾不慎松开一角，露出大半截龙角来，一群帮推车兵士见此光景，均吓破胆般禀报高亮说："刚才遇到了阎王老子。"高亮猛想起军师交予的保水重任，即提枪跨马，追进西直门内。推水车的二孽龙一看不对，慌忙推水车，转身就跑，与另几个推车人混在一处。已出了城门，窜到西外北侧。任凭高亮怎么紧追，总是被落下几丈远。高亮定睛一看，发现唯独一辆独轮水车，已离开地皮，驾尘土行走，不禁大为疑惑。他断定，这便是偷盗二水的孽龙，于是，快马加鞭紧追不舍。好不容易追到万泉河后，便大呼："前面跑的可是东海龙王属下？快快停下！"谁知盗"苦甜二水"的龙婆、龙子，一是因车上水囊沉重，二是欺高亮是凡人，而非神仙辈分，便随口答道："便是本龙王，你又敢怎样？"还是大摇大摆地竭力往西赶路，而且越走越快。

高亮一看，前方已近玉泉山脚，便再也忍耐不住，连忙取出雕翎响箭，搭弓射向水车。头一箭，被龙子慌忙接住，但叫龙婆恼的是，她的犄角与花头巾一同被射落下来！致使天机泄露。第二箭，射穿了龙子后背，只见龙鳞乱飞、金光四射。龙子趔趄得悬些跌倒，但还是没撒手水车。第三箭，正中水车，穿透独轮车的轴圈轮辕，但车依然前行。最后，高亮使出全部气力，用御赐金枪将车上的水囊一枪挑破！这三箭把二孽龙射得恼怒难耐，干脆扔下水车，任苦水流回北京地下。二孽龙只顾张牙舞爪，恶狠狠地向高亮扑来！

  以为得胜凯旋的高亮，一路之上，只听背后哗啦啦的暴雨倾盆，更有发洪水的声响，耳边呼呼风声，脚下大水已漫过马蹄。因刘伯温曾嘱咐他，进西直门往东，要直跑到朝阳门，才能向后观看。所以他一路绝不回头，不顾天上的霹雳闪电，想凭这匹快马，只顾往东到了朝阳门，就算大功告成。谁知，龙婆狡猾，识破了高亮跑到崇元观⑤岔口的目的，于是在空中舞动利爪扑来，并把高亮挤到南边的二龙路一侧。而低头跑，早迷失方向的高亮，竟把南当作了东。见高亮死活不抬头，龙子忙吼出一串的雷鸣，伸爪抓住战马，坐骑一惊，人马突立起身来，使得高亮再没法低头，亲眼看见了张牙舞爪的孽龙。

  只见俩孽龙，从空中一起扑向高亮，八只巨爪将高亮与坐骑撕碎，致使漫天血雨腥风。二孽龙随即也因泄露天机，即刻被雷公电母劈伤在地，地上也被砸成俩相通的大坑，后人便称此地为二龙坑。二孽龙挣扎，又腾空跃将起来，却再次被霹雳锤狠砸在高粱河岸边。原来，独轮车上的水囊，装得正是苦甜二水。车上被扎破的水囊，一路漏出了苦水，当小车勉强行至西山附近时，车里剩下的甜水，便全流回到玉泉山根儿。所以，北京只有在西直门外，才有甜水井。从此，明清皇帝，都只吃玉泉山的泉水，西直门也被称为九门中的"水门"。后来刘军师命工匠，把水字标刻在西直门的门洞内，叫过往人记住，北京的甜水来之不易。将军高亮死后，曾有人在二龙坑修庙纪念他。听老人说，庙内还真供奉着一个将军和两条被惩罚的龙。在北京住过几年的人们，差不多都知道，高粱（亮）桥在西外北侧，二龙路则在长安街西北。

  为纪念高亮赶海保水而捐躯，军师刘伯温遂请旨皇上，把西外北侧石桥，赐名"高粱（亮）桥"，桥下河水也改为"高粱（亮）河"。因这里有一段河堤护坡石是暗红色的，便都说那是被射伤的孽龙的龙血染红的。从那年以后，此地的高粱连年大获丰收，每到凌晨时，都会发出红晃晃的亮光。于是，"高亮"和"高粱"就被北京人通称起来。这里酿的高粱酒，被运到不老天下，此桥后也被称作高粱（亮）桥，现今统写成"高粱桥"。

  当年，二孽龙追赶高亮的沿途，留下了一条小河（现在的中华路），而二龙被天公雷劈的地方，即被称作"二龙坑"（即二龙路）。八国联军占北京后，曾在坑前杀害了数不清的中国人⑥，曾改名叫"坑龙坑"。而北面的一条街，最后也因白骨遍地，在八国联军走后的好多年里，这里成了吓人的街巷——"鬼门关"。现在的北京城，不光井水是甜的，而且河水也是甜的……甜海真的留在了北京……

①今南京。
②今北京。
③明代城砖有四十斤一块的。
④太白金星被称为西方巡使，经常奉玉皇大帝之命监察人间善恶。
⑤此观建于元代，位于中华路丁字路口胡同内。
⑥即原来的二龙坑一带。

改过的孽龙还是好龙、益龙，这是北京人对孽龙的希望。龙女救了不老天下的老百姓，但禁不住同类来相逼争斗，说到底，争的不过是面子、供奉、香火、地盘与龙王庙，而且竟然是强龙与"地头"龙同归于尽，最后积德的就变成了鱼类。而最早的故事里说过，鱼只要是跳过龙门就会变成龙，看来这鱼龙之间还有相同的地方，它们不是同类，也似同类。

黑龙潭龙女赎过①

在老北京城外，靠北面紧依大山的地方，有一洼风水优雅，百泉集汇的好去处，叫黑龙潭。不远地方，还有个白龙潭。黑龙潭、白龙潭为什么被人们叫作龙潭？光是听这名字就能琢磨出来，这地方肯定有过龙的传说。正因为这真有过龙故事，所以才被称作黑龙潭、白龙潭。其实，这全因老北京有高亮赶水，遭遇孽龙的传说，才有了"龙女赎过"这下一回的絮叨。

"高亮赶海"说，将军高亮把偷盗"苦甜二水"的龙婆、龙子追至玉泉山脚后，力射御箭三枚，射伤二孽龙，并用金枪刺破水囊，最终将甜水留在了西山，所以数北京城里的苦水井最多。二孽龙一见枉费了心机，遂大发淫威，疯了般的挥龙爪撕碎将军高亮及所骑战马。见二龙施虐杀人，不老天公即派雷公电母以正天条，狠劈了两条孽龙。此事不仅惊动天下所有生灵，也惊动了藏在四海的多条孽龙。东海的小龙女闻听此信，连忙腾云驾雾般匆匆赶来，见龙母、龙兄身负重伤，奄奄一息地蜷曲在高梁（亮）河岸。龙血染红了河堤漫石②。龙女忙背龙婆、搀龙兄，仓皇地逃进京北一汪深不见底的黑龙潭隐藏起来。

　　龙潭是什么地方？它本是不老天公专用来囚禁触犯天条的孽龙的囹圄。孽龙，就是胡作非为、故意翻江倒海，以风、用水，为害天下苍生的孽蛟。有那么句话说："平川困恶虎，渊潭锁孽龙。"龙潭是深不可测的无底深渊，依稀通大海，但又不会叫囚龙游回大海。如果孽龙何时能依照天条，并认罚、知错、悔过自新，得到上天赦免后，方能摘掉"孽龙"恶名。若对民间立有功德时，还能得到不老天公的赏赐。

　　小龙女背负受伤的龙婆、龙子，忙不迭窜逃进黑龙潭后，明知自己也触犯天条，同属罪孽深重。便与另外二龙，在这无底深渊中栖身、喘息、疗伤。不久，天条降下说，因念三孽龙"盗海"罪未成其实，可获准在此潭中赎罪思过，允其养伤，但不得随意出走。从打这儿起，三孽龙便不得不在黑龙潭里安家。年幼无知的小龙女，正值花苞初开，尚处在玩耍淘气的豆蔻年华，虽知己罪难赦，但和年轻人一样，记得快，忘得也快。没几天，便在深不见底的潭里待腻，时常悄悄浮出水面，与鱼虾蟹蚌戏水玩耍。最后现真身，直爬到附近山崖阳坡去晒太阳。她远观人间风物景色，近看农夫耕作辛劳。背着龙母、龙兄，摇身变成俊俏闺女，跑到更远点儿的地方玩。

　　龙母总嘱咐女儿，离潭不要远，玩一会儿就要回来。此处人生地不熟的，该懂得，强龙还不压地头蛇呢，留神多抛头露面招惹是非！因小龙女天天出潭总是平安无事，龙母也渐渐放下心来。谁知总是闲人多嘴，有一天，砍柴樵夫恰好看见山坡阳处，卧有一条亮闪闪的龙在晒老爷儿③，他忙跑回去告诉村里人。山里人见鱼都新鲜，更别说是看到真龙，消息传开，连丁点儿小孩都知道黑龙潭里有了真龙。

　　这一年，周边的四乡八镇大旱不止，从春到夏的好几个月里，不老天就没掉一滴眼泪。眼看山上、山下庄稼都发了蔫，种有谷子、高粱和黍子的田地里，干裂开没数的大嘴，连树上唧鸟儿，都喊"渴啊渴啊"的，百姓们都奇怪，凡有云时总绕着飘到别的地方，这是怎么了？

　　"民以食为天"。百姓没了辙，便商量好凑起了供品香火，跑到白龙潭边龙王庙去求雨。

这一天，在山间玩耍的小龙女，眼看四乡八镇的乡亲，抬着一顶专为求雨，给龙王做的木排位小轿，抬着杀宰的猪羊等供品，边磕头作揖，边吹吹打打地爬上山来求雨。小龙女看了半天热闹，这才明白，这求雨是这么隆重而费事。而求雨百姓，不就是想要点儿雨水吗？这对龙来讲，岂不是太容易了。于是，小龙女就悄悄请龙兄帮忙，因为真龙施法也得从头学徒。只见龙子用嘴吸干一个小水潭，飞身腾上天空后，再将水几口向下喷去。有古语道："龙涎都是倾盆雨。"没想到，这四乡八镇的大旱，却叫她俩稍施法力，便使庄稼吃饱甘霖，拔节落籽，遂解了旱情。兄妹俩办好事后，心里美滋滋暗自高兴。但没想到，百姓里正好有人看见了龙子吸水作法，又把这好消息传出。结果，众人便情愿在黑龙潭岸边，建起一座黑龙庙来，而且是香火旺盛，简直不次于五岳之冠的龙王庙，谁叫这有龙爱民呢。

但想不到，却惊动了白龙潭的白龙。这白龙本是已改过自新的孽龙，因多年安分守法，修得正果。所以，不老天公便请玉皇，旨赐其一座龙王庙，补其日常所需。无奈，庙不仅小，且又处于偏僻，自然"俸禄"有限。所以，他总想用长久的干旱，来多多勒索百姓所献供品及香火钱。但万没想到让一条还不成气的、在人间连座庙宇都没有的小龙女给搅了好事，而且还是个被天处罚的"女孽龙"。现在可倒好，白龙庙里连个烧香人毛也见不着了，人都聚到新建的黑龙庙去拜叩烧香进供。又屡听老百姓都传言，他这白龙庙神越来越不灵验，白龙因此恼羞成怒，发着狠要到黑龙潭找龙女算账。

这天，小龙女正在山坡上采花、扑蝶，忽见身旁草丛内蹿出个恶小伙儿，着一身云龙滚海的白袍，头戴一顶银色带夜明珠的蟠龙高帽，因发怒而胡须抖动，周身腥气袭人，血红的龙目中，透出一股子凶狠样儿，真将小龙女吓了一大跳，她急忙抽身便跑。

恶小伙拦住她道："小龙女，认得我吗？"

龙女说："你是条白孽龙。"同属龙种，哪有不认识的。

白龙哈哈大笑道："你犯了天条，倒说我是孽龙，我可是龙王爷的辈分儿，在唐朝犯天条，没被砍头的白龙马，那是我长兄，后来他变成唐僧坐骑，一块儿得道成仙。知道你住的黑龙潭是谁的吗？"

"我不想知道，你躲开！我要回去！"小龙女知道遇上了麻烦。

白龙伸爪拦住她道："我是'玉皇敕封'的龙王，这片黑龙潭也是我的，只因我念你们无路可去，才未轰赶你们，你们'天罚'未尽，怎胆敢在这修庙、享受香火?"

小龙女一撇嘴说:"我不懂那么多,但我知道,总不该叫老百姓没完没了地向你求雨纳贡吧?难道行善事不对?再说,我并未要老百姓盖庙烧香。"

白龙嘿嘿笑道:"留庙也行,但你得嫁我为妾,做本王最小的奶奶,我才会答应在庙里供你,如若不然,我便代请天条,复加你们的'欺天罔上'之罪,你母亲、兄长会因此终生拘囿,永无出头之日!"话说完,白龙扑上,即要非礼龙女。

小龙女见状,跳开身大喊:"白孽龙!不许无理!我不怕你!"甩开两个蒲扇大的翡翠耳环打将过去,趁白龙被打得一个趔趄,站不稳时,小龙女借机跃回潭里。挨打的白龙在后面喊道:"告诉老龙婆,限五天内答复,而且,我要与老龙婆比比,到底看谁胜谁败!这里是不容二龙的地方!"逃回的小龙女,见龙母就哭诉起来,把遇见白龙的事一一表述。

老龙婆听后大怒道:"可恨你爷爷——老孽龙,他总吵着要发水淹北京,为的是夺回幽州这块世代的风水宝地,也恨我要把'苦甜二海'都盗走,非要渴死北京人,还悔不该杀死将军高亮,而落了个永世骂名。被'天罚'以后,我终日闭门思过,自知是罪孽深重,这分明是自讨苦吃!今日只落得咱老少娘儿仨,挣扎图圄中,才会被一条没出息的白龙欺侮。今日既如此,我老太婆定要与他比个高低胜负,为民除害并将功补过!"

小龙女忙说:"您伤体难支,要不躲开他吧?"

老龙婆道:"天意难违,我们已无处可去,又抢了他敕封庙宇的供奉,他虽为本地强龙,但却不得人心,这回我们占理,四乡八里也会有人来帮助我们。不然,他是绝不会善罢甘休的。二龙反目干仗,天公定要大发雷霆,随之必有大水降下。而且,龙族干架也得吃百姓献的口粮!我要做件义事来赎罪孽,洗去孽龙的千载骂名后,才能闭上龙睛!"说完后,母子仨龙抱头痛哭一场,就算是最后诀别。

再说白龙,他摇身变成白袍俊小伙儿,向四乡八镇百姓说:"我才是真正龙王。"一指黑龙潭边新庙道:"我曾几回行雨给众乡亲,都被盗'苦甜二水''杀高亮'的孽龙给挪用,他们还要赶我走,这叫我实在不快。本王决定五日后,与龙婆子比武决战,到时你们会看到一黑一白两条水柱,白的自然是我,黑的是孽龙婆。中午,你们要向潭里扔窝头、团子,给我垫底。若我胜,天地会保佑风调雨顺来年丰收,我若败,那黑孽龙会把你们全都淹死!"因百姓都惧怕白龙败,便满口答应去准备窝头、菜团子,而大多人拖儿带女早逃难去了,只剩少数人故土难离留了下来。

龙婆明知白龙会欺骗百姓，而新建的黑龙庙，又是给儿女的。她于是便将满潭水族④，叫至跟前说："我在此思过反省，本该与你们平等相处，互不侵扰，但白龙非要与我比武决斗，因实无办法，我只有先吃下诸位水族充饥，不论胜败都会还你们的生命，并用我儿女作保。"众水族皆愿以死效劳，不等她张口，那些鱼虾蟹龟、蚌蛤贝类，便挤着一齐钻进龙婆嘴里。

第五天早晨，是晴天霹雳，咱北京人都称是"干打雷不下雨"，只见白龙潭里，飞出一条白晃晃的银龙，气呼呼地直奔黑龙潭方向。这边从黑龙潭里，也飞出一条黑黢黢的乌龙来迎。此时，晴空里突降雹雨，见黑白二龙，在半空中缠绕厮咬起来。俩龙缠扯了三昼夜。互相都有被咬回潭里的时候，那些百姓都惊恐万状，躲在远处看热闹，谁也不敢扔食物给二龙。老龙婆因年迈又有旧伤在身，原该不是白龙对手，可年轻气盛的白龙，也饥饿难耐越战越无力，全因为没吃着一口窝头、团子。当这对黑、白龙斗到第三天晚上时，忽听"轰"的一片炸雷响过后，雹雨突停，唯见潭边躺着黑、白两条已死不动之龙。

原来，不老天公闻听此事后，立刻用霹雳锤劈死了二龙。唯有龙子、小龙女因做善事而免其处罚。但见龙女硬要去替母赎罪，便不顾龙兄劝阻，用身去迎雷公电母的霹雳。结果，被击得粉身碎骨，其灵魂散落在潭里，变成了许多种奇怪的小鱼。

一种是宽尾巴，上下都长有长鳍，四个小腹鳍全长在前胸上，太阳一照便泛出五彩，人都说是龙女的绣龙花裙，两腮边各有圆形绿光，又道是龙女那对翡翠耳环。它常潜伏在石头下，都说这鱼最听母亲话，永不敢浮出潭面。如鱼缸底铺卵石，这鱼就撞出唰唰声响，都说这是龙女思龙母急切。这种鱼见什么鱼，它都会去咬，北京人叫它"不鱼"（不是鱼而是龙）。还有一种叫清道夫的，它只吃青苔而不进食物，长得是皮肤褶皱，奇丑无比，都说这便是龙婆变的，全因是上辈子吃海货太多的过失。

另一种鱼是头大腮宽，长黑花斑纹，人都说是与龙婆撕扯时，被抓去了白皮，只有肚皮还有银白色，尾巴是圆形的，它嘴有胡须、有尖牙齿，脊背上还有尖刺，总像小偷似的贴在河岸，任凭太阳怎么照它也是很懒散。它老是饿得很委屈的样子，有时还发点磷光，人们捞虾米时总会捞到它，叫它"嘎鱼"。三海旁长大的人，都叫它"趴虎儿"（龙连老虎都怕了）。再后来，不老天公下了好一阵暴雨，将两座龙王庙用霹雷击毁，还托梦给黑龙潭的百姓说，不要见庙就拜。从此后，老百姓都会拜大名鼎鼎、由皇帝敕封的龙王庙了。

①此故事与他人传说有异。
②现在桥边还有红石板。
③老爷儿，即日头，太阳的土语。
④指鱼虾之类。

以后，在北京城建起多座镇海寺庙，还请来多尊镇海观音菩萨，而其坐骑全都守在所有石桥旁镇水，这即是石螭①。从此，再大的水也不敢淹北京城，因为被囚孽龙们，天生它也镇水呢。

北新桥老姚抓孽龙

话说将军高亮勇斗孽龙，为夺回这"苦甜二水"战殁后，甜水又流回玉泉山水脉，这也就是西山泉水又多又甜的缘故。而一部分洒出的苦、甜之水，自然流回北京地底下，所以从西到东，就逐渐多增了几口甜水井，但苦水井还是更多些。

当高亮正与龙婆、龙子苦战之时，东海的老孽龙公，本打算倾巢来相助龙婆。谁料不老天公先它一步，早用霹雳锤惩罚了二孽龙。眼看龙婆、龙子不仅未能窃走"二水"，而且还饱受切肤之苦。这对世代久霸幽州的东海孽龙公来说，实在是难咽这口恶气。于是，老龙公常趁不老天公忙顾天下，水涝与洪旱的时机，率众孽龙，狂肆无忌地呼洪唤水，兴风作浪，为害幽州一方。因惹不起能掐会算的姚广孝、刘伯温二军师，也只是钻些空子捣乱而已。老龙公心中暗想："我惹不起你俩，但北京砖城总该有修完时，那会儿就该听我的了！"所以，老龙公便和众孽龙子孙咬紧牙关，在幽州地下暗河里头，隐忍潜伏下来。直忍到大明的八臂哪吒新城竣工，在不老天下都欢天喜地这会儿，众孽龙都认为：搅浑水的机会也该来了。

军师刘伯温，正准备携建北京新城的蓝图，去向朱皇帝交差请功时，猛想起来，一直不死心，总来捣乱的孽龙。心说：别看这老孽龙一直音信杳无，但保不准我走后，便会捣乱作恶。如有姚广孝在这主事，当是万无一失。可姚老道总是放不下清灯佛祖，只一心坐禅诵经，并不问人间烟火。这如何是好？他眉头一皱，计上心来。

这一天，刘伯温猛然冲进位于外城的一座道观里，大呼小叫："不好啦！东海老孽龙又来啦！"正在闭目坐禅的老姚，早已掐算出，这是老刘为蒙骗他再度出山的小把戏，他连眼睛都没睁一下，直截了当地捅破老刘心思说道："你要回江南复命请功吗？又何必这么大呼小叫的！不就是那几条孽障吗？你我同为大明军师，有什么不放心的？"

一见这么快被老姚识破，老刘只好开门见山道："想当年，我大明皇帝钦定幽州为北京，又依你我二位争揣，心绘意画八臂哪吒新城图，这是咱俩共献计辅国的大功。天下的人们，并非只晓得有我一个老刘，谁又能忘记你姚军师的功呢？到何时你也是大明开国军师啊？"

还在假装疯魔、故作念经的老姚听完后，立刻来了精神头。他最大的毛病是，总怕别人抢功劳。他知道，只要是老刘点头的事情，皇上朱元璋都会听之任之，他是答应也得答应，不答应也得答应。他之所以躲在道观里，就是想请老刘南去为他请功报捷。想至此，老姚连忙起身，重新拜见刘军师，点头笑眯眯应允老刘和交代的一切留守事宜。终于放心的刘伯温，携随从打点行囊，南赴应天府，遂面君交差。

自古历来是圣、贤、人、仙、鬼、怪，自然都通灵气儿。话说东海的老孽龙公，听说老刘已走，急忙率着孽龙家族，顺地皮儿下的暗河，直奔苦海幽州而来。来至北京城下后，凡看见薄地易通人间之处的旧海眼，便用头上龙角往上硬撞，不想，非但没撞出去，连老孽龙公龙头上，还撞伤了一支龙犄角，原来的旧海眼上面，早建有了景山、北海、钟楼、鼓楼等几大"镇物"。焦急的龙公诸子，用龙角又试顶另外几处旧时的海眼，到头来还是依然无果，看来人间对它们早有了防备。谁也没能撞出地皮来，孽龙们只好抚摸受伤的龙头、龙角叫苦不迭，相互埋怨指责起来。诸孽龙，真是恨苦了军师刘、姚和压在它们头上的一干镇物。

但终是架不住，北京这地方海眼众多，通河的、通井的、通庙的、通水洼的比比皆是。这一天，走到北京城东北方，寻见到一处旧海眼，老孽龙公率领着龙子龙孙们，干脆逮着地方就撞，也巧了，因为这地方地皮太薄，还真从一座古庙的一口老井里拱了出来。这地方在鼓楼东边。照着古庙里供奉的土地爷，老孽龙公摇身变成一个怪模怪样的土脸、土眉毛、穿土布衣裳的土老爷子，为遮住头上的龙角，学老百姓的样子，又把一块头巾扎在头上②，从井里混了出来。

其他龙子、龙孙，皆变成一个个年轻后生，跟随老龙杀将出来。众孽龙摇头摆尾，齐力一起搅动地下的幽州苦海、暗河翻滚不止，又兴风作浪，将几大股浑水带着海沙、污泥卷着水从老井口冲天扬出！先是淹没了北新桥一带的庙宇和院落，然后又将巨大的泥浪，不断铺天盖地漫向京城八方，毁坏了城上的鸱吻走兽。

孽龙们上下这一紧折腾，北京到处是污泥浊浪滔天，只苦了老百姓。道路、水沟、胡同里成水路，大街全变河流。见到京城的百姓，哭天抢地地躲避大水，慌忙逃命，众孽龙各个得意忘形，都在水面上辗转腾挪，甩尾洗鳞，摇头摆尾。时蹿上跳下，用尽法力，摇头晃尾地游来蹦去，老孽龙公大解多年恶气，并将水化作洪峰，齐刷刷地龙头并进，直扑向皇宫后门而来。

谁知老姚这会儿，正站在景山万春亭上，心说：老刘果然是料事如神，果真孽龙来势凶猛！老姚忙取出摄妖宝剑，飞快赶到后门桥前被淹没的庙前，用剑上下左右三指两画，把个镇水符号，画在水墙前将水流定住。紧跟着又来了个大鹏展翅，翻身跃到水墙上，大喝道："孽障们！老姚在这！等你们已有些时日了！也不看看我手里家伙是做什么用的？"

众孽龙突闻听老姚咆哮，禁不住大惊失色，几龙孙已被震吓得龙身战栗，争相奔逃起来，心想：老刘走了，怎又出来一个老姚？只见老姚身穿画符的皂衣素衫黑斗篷，甚是神采威武，将降妖宝剑比画出一道道的符，大水便如冰凝定住不动。老孽龙于是对龙子龙孙们吟道："如此作法之人，众子孙们一定要杀了他，方能解我心头之恨！"

孽龙们闻听，便纷纷将龙爪，变成青龙刀、剑、铜、戟等兵器，恶狠狠一起扑向老姚。但久经沙场的姚老道，并不急于迎上去，反而退后几步，再施法擒龙。但见浪涛飞溅，水声大起，孽龙与老姚杀成一个团团，真难解难分。单凭老姚的法力，是能轻易降龙的。但因众孽龙联手，老姚自有些招架不住，渐慢了剑法。又加之孽龙们借闪电霹雷连击老姚，使他败退下来。眼看老姚，就要被赶下水墙的节骨眼上，却听老孽龙公怪吟声大作，一头扎进水花里乱滚乱翻，龙鳞纷飞，龙身鲜血四溅，水中满是红色，半天空的闪电惊雷，都纷纷劈向孽龙们！见此状，人、龙双方全都愣僵在那里，不知发生了何事。

雷鸣电闪的天空中，突然有人大吼："我乃大宋朝岳武穆——岳飞是也，请姚军师速速借势擒拿孽龙！"老姚耳听得真真的，原来是岳王助他擒龙来了，他不禁精神倍增，重又挺剑而战。一边对天空高哮："岳前辈请留步！老姚想一睹真容！"天空中虽未回音，但刚才还为孽龙们助阵的霹雷闪电，却突然变化出一片耀眼的光箭，众孽龙们被射得乱了方寸，全变成软绵绵无力的长虫、水蟒，在

守着紫禁城的传说

一处缠绕不休。借此良机，老姚几剑法符，将打头的三条孽龙全都缚住，余下的孽龙子孙，都乘机钻进水里，眼见污泥浊水，也随它们退回鼓楼东的海眼里去，北新桥一带的民宅寺庙，重又显现出水面来。

眼见拍天浊水落下，老姚率军用铁链将三龙锁起，因忘了请教老刘该如何办，反倒为难起来。龙属天上神物，归玉皇管辖。那么该押在哪里最为妥当呢？老姚一向自作主张惯了，便决定将为首任孽龙先锁在面前的古井里。再加修一个青石井筒，用巨铁链缚住孽龙，井上再建一座与之匹配的大庙。还要特意请一尊助他擒龙的岳王爷，以感谢其在天之神灵。受伤的老孽龙公，周身似醉蟒一般听任发落、安排，早失去了刚才的凶样。老姚又建高台集僧、道作法，先将老龙公置于古井里的海眼。临近井前，老龙公问老姚："姚军师，本龙虽犯天条，但受罚终有日，我等何时才可复出呢？"

老姚记起老刘惯用的瞒天过海手段，道："当然有日子，不会押太久，俗话说，城东无宝塔，等城东何时建起塔来，即可先翻个身，出来看看这世道。"老孽龙公听了心头暗喜，忙问是何年月？老姚怕它又要钻空子，又道："现正新建北新木桥一座，桥栏杆与木牌楼洁白尚新，等这座木桥旧了也不过几年，并不算长久，从来有'神仙过一天，人间已一年'的讲法。假如要遇见多事人，再把桥修起桥翅和桥尾巴、桥羽毛来，当是你出头日。"说罢，将与锁链连成一起的巨大铁球，径直压在龙头之上。从此，北新桥上的木匾便刻了"北新桥"三个大字。

自此，东城历代无人敢再修建宝塔，虽然木桥和牌匾早变旧坍塌，但其地名总叫北新桥。再说"桥翅、桥尾巴、桥羽毛"一事，别说老姚不知到底为何物，即便是天下最有智慧的木匠石匠，也一直没明白"桥翅、桥尾、桥羽毛"到底是什么。为使老孽龙安心盘卧，反省思过。老姚便登台施法，叫其入蛰长眠。又将另两条小孽龙，用镇龙石锁在崇文门桥下海眼里，并打造镇海赑屃，放置在城楼附近，来专门看守海眼，城上还安放铸铁宝塔，用来镇住东海的孽龙家族。两条小孽龙在被塞进海眼后，也问老姚："姚爷爷，难道我俩也和爷爷一样等桥旧了吗？"

就见老姚哈哈大笑道："怕什么？只要你俩听见开、闭城门时的打'点'声，就能出来了，我这就叫人去敲它。"话音未落，又一只大铁球也滚进了海眼内压上。由打这儿起，崇文门开、闭城门重新改为打钟。

这就是老北京人都知道的"九门八点[3]一口钟"的老话。

---

① 俗称分水兽，现在积水潭及地安门桥前尚有。
② 明代时，老百姓装束头上有布缠头。
③ 点，即响石。旧时北京除崇文门是打钟关闭门之外，其余八城门都是打碥以定关、开城门。

北京地名传说

■ 守着紫禁城的传说

忽必烈建元大都在北京后,当时就有两位最了不起的人,那就是永远活在北京人心中的刘秉忠与郭守敬。他们是师徒两个,刘秉忠规划了当时世界上最宏伟的元大都,郭守敬开挖了惠及元大都的通惠河。明朝皇帝朱棣登基后,京城才正式被称为"北京"。

通惠河,北京的母亲河

有人说咱的老北京,很久前曾像威尼斯水城一样。虽然这只是传说,但不是毫无根据。当走进什刹海风景区①的第一水域——积水潭(俗称西海)的西北小岛时,您准会吃惊!若要再浏览元大都地图,或翻阅清朝京都地图,定会惊诧不已!在图上,老北京城最起码有两条河流从城中穿过。元朝初,北京城内外河流都被成吉思汗孙——忽必烈皇帝赐名"通惠"。而将城外泉水人工引导、连接设计与运河工程指挥者,便是元代著名的科学家郭守敬。若爬上山上的小祠——郭守敬纪念馆,您便会发现这座建于明代永乐年间的"镇水观音庵",曾被乾隆皇帝赐名为"汇通祠"(汇集天下之大通也)。小岛后面,现仍完好保存有乾隆御制诗碑,但可惜那颗陨石已难再谋面了。答说:"被卖了。"

御制诗碑诗曰:"潴蓄长流济大通,澄潭积水潭遥空……积水苍池蓄众流,节宣形胜巩皇州。"

民谚说:"拖泥带水奔潞州,不用脚巴丫子拿手搂。"②这是说,要想从积水潭去现在的通州,只需坐船即可直达。通惠河修成后,漕运由官府统一管理征缴物流杂税,这才有了拆除篱笆墙,再建通州城墙的时机③。在元大都的"水"示意图里,是四处河汊,渠网纵横,令人想起江南水乡。而现在的积水潭,要比过去小上多倍,南岸的"高庙遗址"④始见于元代的王府与豪驿。有民谚道:"大元朝,也盖庙,不进僧尼住鞑老,蝴蝴儿蝶蝶儿花老道。"⑤老北京人现在还是用土语称这种蝴蝶。为证明北京城河流众多,曾有许多专家、学者都写文章求证,也无非是在看得见的地图与史料上下功夫。其实,我这外行倒有个主意:咱就随便数数北京城的桥,考古毕竟是专家的事,也该避避嫌疑,可别再天下文章一大抄了。

数现在的桥,与水有关的太少。如三元桥、四元桥、长虹桥、国贸桥、航天桥、京广桥,等等。咱得从北京的老地名找桥,要从没立交桥的时候开始。只要是找到地名有桥的地方，过去必定有河有水。说本人是老北京，那要看和谁比了，比起我姥姥，我就是冒牌货，姥姥教我知道了不少桥的谚语，这保不齐还夹杂着传说，您可别忘了，传说有时就是典故。

"前门桥，后门桥，东边还有东不压桥。"前门的桥该是拆了时间最短的，建前三门住宅楼时正是改革初期，再有便是因这前门东、西、南、北河沿地名还有，那条河上最少有四座大桥。当年张寿臣的相声段子里，有个把剃头挑子扔在前门河里的故事，那会儿抓哏，都得有事实。西外的高粱桥下，在我上小学时，还是河宽水急，顺水西北去寻那些无名的大铁木混桥，也是一座座的数不过来。在鼓楼前，过银锭桥往东去，再过一新修石桥，就是后门桥，即地安门（元代建）老石桥，据说桥东边马上要修通过水（曾堵死东去之水路），这条水流，经东不压桥，顺水往南奔向元朝皇城根儿遗址。此条水路上曾有桥若干座，段祺瑞讨伐张勋的辫子兵时，不光拆了皇城卖砖充军饷，填埋了河道并毁坏多座桥，还改皇城为"黄城"，为躲后代唾骂。

"东不压桥、西不压桥"。碰巧，我九几年骑车途经地安门东街，正赶上民工挖沟通管线，见人们乱哄哄地都围在那里看古董，我也凑上去，只见地下一狭小单薄的石头桥，洞壁上檐刻着一条蛇般的小龙。为何叫东不压桥呢，还得用我姥姥的话解释："叫你不压就甭压，要压丢了脑袋瓜。"这桥是座不禁压的小桥，可以走人，不许过重车。而这样的小板桥，在京城内数不清到底有多少。北京地平线多年前，比现在要低许多，不知这地是何时渐渐长高的。和报上报道的一样：河南安阳地下面，还有一座殷商古城。不光是前人眼光短浅只顾当时，这当然也和京人过早烧煤倒炉灰大有关系。我试着找过，在地安门东街，是无论如何也找不到水的痕迹，但"东不压桥"是南北走向，水流向和路一样是东西方向，而对着的西板桥便在西面了。

"白石桥，石头妙，比玉白，比玉俏，桥下晃着寺和庙"。历史上的寺庙常修在有水的地方。如今白石桥北附近，只剩紫竹院湖与到紫竹立交桥之间，那一片已成豪宅的大片洼地。再有，离银锭桥相隔不远处北侧，还有个地名叫甘水桥，"甘水桥，水里淹，喝了石泡水，蜜罐都变酸，鲫瓜子和白鲢，比着往外蹿"。这倒有些怪了，莫非甘水桥的水比玉泉山水还好喝？我姥姥说，她小时候在枯水季节时，还蹚着河水玩耍，能走到什刹海的莲花池。而过去的柳荫街，同是一条河，从积水潭流经到西板桥东响闸附近分三条：一再折回后海，二流入北海，三淌进景山。如今在银锭桥东的水边，还有人专钓鲫鱼、白鲢，而银锭桥若不在80年代末重建，早已破败不堪。说实在的，今天人们建的仿古石桥，还没一个超过古代拱桥的完美与实用，做工往往是粗糙马虎，应付差事，一眼便能识出。

"德胜桥，真筋道，行马车，走大炮，国民党走了解放军到。"在1949年前夕，国民党军队炮车在桥上来往折腾数月，德胜桥是棒得结实。小时候眼见得桥栏杆处砌了几回砖垛子，还经常往垛子上坐着玩耍，这桥也有好几百年了⑥。寿命最长的桥应当是我们中国的赵州桥一类。

咱该数桥了：西板桥（在厂桥附近），板桥（豁口），虎坊桥，南北太平桥（外城、西内及四九城有多处大小太平桥），洋桥，九门之外的进关桥。还有民谚说："南池子、北池子（禁宫之水），别在边上抖鞋子。"金、银鳌玉蝀桥（北海大桥老年间在皇宫内，东西各有一牌楼），东至神武门前，原有三个牌楼配东西北三座桥、北边景山里由北海进水有荷花池，厂桥有李广桥，西四南有甘石桥，鼓楼的甘水桥，外城之半步桥、红桥、白桥、高梁桥、金水桥、银水桥，围故宫的不光有四门各桥，在皇城外还有多处石板桥。位于现在新街口的中华路，30年代还是一条奔二龙路流的长河，桥名随街名而叫，直到西单太平桥，近处九门内桥，外城天桥，远处立水桥、酒仙桥……还有带水字的地名，如水道子、二里河、三里河、十里河及东大桥沿线水路、青年沟、车道沟、二里沟、康家沟〔清代还是繁华码头、船坞。有民谚："高碑店热闹（指庙会），康家沟满当（指货物）。"〕还有郝家湾、陶家湾、湾子、东大桥、八里河、东坝、西坝，就光是这些河上桥，再加上内外城诸行宫（公园）、诸门之桥、关连桥，1949年之后，北京的木桥还有近百座。且东华门外还有望恩桥，下边水自北直到南端，左右各一水又远绕天坛、先农坛附近，故当地有红桥之名。这些桥名再加上众多的湖，如南北太平湖、人定湖、青年湖、八一湖、工人体育馆湖、东郊工人体育馆、场的围馆、场之水，动物园后湖、紫竹院、陶然亭、龙潭湖、金鱼池、团结湖，中山公园水榭系列、各旧王府内湖系列、各个公园系列、这水足以把北京连成一片，且周边还有潮白河、黑河、永定河、温榆河等。

自郭守敬治水后，北京城就再没有死水。令人惊叹的是，元皇宫用水十分讲究，遇水流交叉时，皆用管道架空通过。因北新桥架水管众多，水来自西、北山甘泉，流进后至东，分南、东两路再分别汇入坝河、通惠二河，远至山东，近至天津，连接京杭运河，二河曾被称作"姊妹河"，元、明、清三代维系的漕运，解决了北京城内所有衣食住行之需。

前几日见电视台请水务专家出谋划策，专家们的设想倒是叫我感动，他们说要"努力将北京的水找回来（包括引水入京）"。照专家的说法，也许过不了几十年，自西向东的水流将会把到京旅游的中外游客用船载来。而在高碑店水库边的郭守敬塑像，就像一座里程碑。郭先生的深邃目光，像是要把通惠河两边发生的古老故事讲给人们一样。

北京朝阳内的通惠河，这是条曾滋润北方水乡的母亲河！

（注：文章中的民谚均来自姥姥富贤所讲。）

---

① 西海、后海、什刹海被称作后三海。
② 意为，用手划船，走水路即可，潞州是通州古称。
③ 见《通州河志》。
④ 包括现在积水潭医院在内的园林与住宅。
⑤ 忽忽儿、帖帖儿，元代蒙人名。
⑥ 始建于元代。

积水潭是北京城内六海之首水，小岛上有汇通祠，于元末明初时建成。曾号称北京城第一古祠，最早称"镇水观音庵"。

积水潭的传说

位于北京市二环内西北的积水潭，俗称西海。因元代曾在湖边建净业寺，所以因寺而又被称为净业湖。湖西北角有座小土岛，山上有块由天而降的陨石，成就一对鸡与狮图形，小土岛便又被唤作"鸡狮山"。凡到这儿来游玩的人，必到小山上看这陨石，还要亲手摸摸石上这生有"鸡与狮"的陨石。山下面即是德胜门豁口水关入水口，明代时雕一石螭①镇水，又叫分水兽。水由此岛分流，皆入积水潭。据传，自有了这石螭，不管多大的水，也从未淹过北京城。

元朝时，成吉思汗的孙子忽必烈皇帝，虽忙建元大都，但他却不懂得治水。眼看着大都城里外，都成大片的洪水坑穴，一遇夏季总泛滥成灾，无路可行。只剩那遮天蔽日，无数片割也割不完、烧也烧不尽的芦苇荡，在此尽显荒凉。为此，忽必烈伤透脑子，便只好请来设计、督建元大都的全权大臣刘秉忠询问：

守着紫禁城的传说

"爱卿，该用何办法，治城内外无序之水？朕请的西域圣僧，只会念经朝佛，见水只会恐惧地摇头叹气，甚至连鱼都不敢吃②。你有什么好主意？"

刘秉忠道："臣有学生，早年学业已成，是熟知水文天相地理之天生奇才，臣愿保荐。"

忽必烈大喜过望道："速给朕传来，大都土城墙看似高大，但东塌西陷③，再下雨，大都就要出事，都说'天有可测风'，这人可否是曾制造'测天仪'④那个郭守敬？"

刘秉忠道："正是他。"于是，郭守敬被急召回大都。当他在回途上还在冥思苦想怎么修河时，在元大都城内发生了三件大事。

第一件事：有个山东英雄，在皇城之内，刺杀了蒙古大将，几乎是全国震惊。

第二件事：一天午夜，突然间风雨交加，在电闪雷鸣中，有一扫帚星从大都天空划过，净业湖方向传来巨雷声响。因房被震得晃动摇摆，使睡梦中的百姓都惊恐不安地跑出门外。受惊吓的家畜吱哇乱叫。而守城蒙古兵还以为受到攻击，也紧张起来。士兵的怪叫和战马嘶鸣声，使整座大都城内乱作一团。皇宫诸殿也摇摇欲倾，宫内的嫔妃、皇子竟在宫内乱跑乱窜。当夜，谁也没敢合眼睡安稳觉。天明后得知，从天空掉下来一块足有一间房大的天石，将静业湖分成多半，水里还被陨石砸挤出一座小土山。

第三件事：暴雨停后，大都北部的石包土城墙，都变成烂土石堆。

刚巡视回朝的忽必烈，对此三件事大惑不解且无比震惊。信天信地信神的忽必烈，忙请西域圣僧前来，要其解释这自天上而来的石头，是凶讯还是吉兆。

第二天，圣僧们坐着黑牦牛车，像朝圣般来至净业湖。他们挤在船上，慢慢向"天石"靠近，一僧好奇地伸手触摸怪石，只听"砰"一声，圣僧手摸处崩起一团火球，将他们吓得忙后退趴在船上，见石上还有许多看不懂的图案和花纹，几僧争着喊道："定是块妖石！"而另一圣僧闭目诵经后道："此物曾为天上一在位星神，因违天条而招致天帝惩处，将其变为顽石一块，弃之人间，遂让其受罚……但实在说不出，此石会给大元带来好还是歹。"又一圣僧道："此物乃天上星辰，落入水中，又被水和土地二神奋力托起，想必这骤然晴天，土城坍塌定和它有瓜葛，看来定是我皇已安排了治水之人，就要大动土木了……"

下人只将最后一僧所说报给皇上，忽必烈听后大为惊奇，圣僧真是灵验无比啊！于是，掉下来天石的事情，一传十又十传百，引得大都城内外百姓，都在街头巷尾纷纷谈论此事。官府也不敢怠慢，慌忙派水军驾船彻夜守候，并在怪石四周点燃火炬，通宵不敢熄灭。在夜里，这一面发光，另一面发紫红的巨形石蛋，竟然把净业湖水照得波光满目，恍如白昼一般，远胜过官兵所点火把。

有位将军见这圆咕隆咚的石头精灵古怪，便启奏忽必烈，要把此石运到皇宫中，请工匠们雕一尊夜明佛像献给皇上。忽汗得知后笑道："将军忠诚有佳，如若可行，剩下的材料，可赐予将军做上马石用。"将军一听顿时来了精神头，发动千百士兵持棒挥锹，浩浩荡荡前来运石。但不管动用多少人马，就是挪不动此冥顽巨石，那怪石就是纹丝不动。反将士兵们累得是精疲力竭，无不叫苦连天。闻此状况，忽汗不得不再请教刘秉忠，问他如何是好。

刘秉忠大胆进言皇上说："此石绝非凡间之物，既然如此顽劣，倒不如就此不动，放在原地最好。可请石匠来，把其锯开，也好分作他用。"

而同来的郭守敬奏道："石破必然天惊，您看这天石上，这边分明是一只天鸡，而另一边发紫红的又像是天犬。鸡鸣为阳，犬吠为阴，何时那只鸡跑到天犬这边，顽石自然就开了，这便是俗话说的'金鸡怕玉犬'。"

那得等到哪会儿呢？他的老师刘秉忠不解。只好先找来石匠一试，谁知竟是锯毁弦断，石匠也受了伤。等再请呢，十一城的石匠全吓得不敢露面。在此时，不老天又淅淅沥沥下起连阴雨来。而见天见埋头在治水图纸堆里的郭守敬，还在耐心等待皇上恩准修河的消息。情急之下，他来不及动脑筋琢磨那块石头的事，便急忙登门求见老师："老师您忘了，我是回来修河治水的，只要将西面水引到东边后，您自然就会看到这鸡犬同宁了。不然，大都会因为水患危在旦夕。"于是，师徒再次求见皇上，讲述所有设想，最终促使忽必烈下了治河决心。圣旨恩准了修河建议，还委派郭守敬为水监总管，衙门便设在南岸高庙。即日起就要开挖新运河。

很快，大量的木、石等材料纷纷运抵大都。先是疏通永定河，再深挖内城东西河道，于净业湖上建了五座码头。西北的翁山泉、白浮泉等山泉也都被引来。并在东南方开挖起可通天下的大运河。从此后，北京城永远没了水患与粮荒。连南方船只也可直达净业湖，在各个码头停靠并吞吐货物。于是这净业湖便成了南北运河的终点，使千里外的杭商，能坐船直抵大都。竣工后，忽必烈坐船巡视净业湖时，见到好似树林般的船桅，大喜过望，便欣然给大都内外水路赐"通惠"为号。一日晚，忽必烈正在宴请刘秉忠、郭守敬等修河治水的功臣时，巡城御史官报喜说，由打不老天上掉下来的怪石，整发了一夜的光芒。

不等天明，忽必烈便亲临一看究竟。这一看，众人都惊得目瞪口呆，那块冥顽之石，竟然在净业湖开花产蛋！含有鸡和犬的青地白花纹石头是蛋，而开花的竟然是只巨大的玉瓮⑤。而在当天夜里，在此地发出类同冰雹落地般的声响。五更蒙亮时响声到了极处！蒙古兵被雹子打得纷纷躲到帐篷里。听说是石头不仅能开花，上面还有活灵活现的活物，当然更招致老百姓看热闹。有识文字的人，顺口编出几句词来，就成了要饭板（数来宝）的吉利词儿：

"天上飞来块大石头，这石头，有来由，有山有水有河流，石头上面还有活物；金鸡展翅鸡冠子动，那玉犬摇头晃脑正滚绣球，山本是座八仙山、水本是那玉泉流、浪本是那东海福、云本是那天宫里雾，星本是二十八宿的——眨呀眨呀的亮眼神……"

怪石开花，变成了两件宝贝，不仅好抬而且可随意搬动。那只最大的玉酒瓮，自然就搬进了皇宫里，可盛放几千斛醇美烈酒；而那个鸡和犬的"石头蛋"，便被放在土山的背后做镇潭之物，以镇大都之水。忽汗又命在土山上建"镇海观音庵"。当见到怪石蛋时，不禁哈哈大笑说："天鸡是我们草原神鹰，而这天犬就是神獒，它是草原的狮子啊！"皇上起名叫狮子，谁还敢叫犬呢？便改口叫"鸡狮石"。湖也改叫鸡狮潭，其他碎石，就近摆放至土岛上，遂自成一景，妙不可言。为庆贺根治水患，忽必烈决定，请圣僧在镇海观音寺布禅。再请来八方百姓扶老携幼，来观看鸡狮石。一时间算命的、掌卦的，还有抱吃奶孩子的，都去摸怪石祈福许愿。大都地方官，还将年高德劭的老人请出请教。老人道："这定是鲁班爷半夜里下凡，把顽石给雕琢成宝贝。天鸡本祥瑞之物，辟邪祛恶；狮是草原之王，为镇国之祥兽；而石上的山水云星，是万世谐和之象，是这方水土的吉兆。"几日后，僧道也请来一尊观音及坐骑镇水兽，落户镇海观音庵中。

河南岸也建起来十方禅林。从太平湖到净业湖，原是好大一片水域。天生有荷花、菱角，还有拐子、白条、鲫鱼等鱼。传说有个太监口音太重，称鸡狮潭为"鸡屎滩"，致使皇上大怒，于是又改回"积水潭"之名。因南方商船常来无数，这里便成为元大都的繁华之地。若站在小山向东望去，便能见得到碧波中舸舻如梭。因商船载有山货、土产、瓷器、药材、茶叶及绫罗丝绸布匹等，所以码头上好不忙碌。而三海四周总有画坊青楼，丝竹管弦和歌吟声，每夜都不歇闲。旧鼓楼大街一带，也有了茶坊酒肆、客栈旅馆，并聚集有众多果子市、糖市、穷汉市等集市，元大都开始连接不老天下。

乾隆爷来西海那回，见此石灵异珍奇，便赐名为"鸡狮石"，再赐水名为"积水潭"，字曰西海，并题诗立碑，将镇水观音庵更名叫汇通祠。20世纪因地铁工程，将汇通祠铲掉，后于1985年再堆土山，重建汇通祠。并在祠内建郭守敬纪念馆。于南面水上设西湖三潭之微缩景观，而岛后的鸡狮石，却被更换成一块普通石头，仍立于石座之上，令人甚为遗憾。再于小岛堆积起太湖异石，添加人工瀑布做景。现岛上尚存题有乾隆御笔的残碑一统。

2005年4月，土山南侧岸边立起郭守敬的半身铜像。自修通惠河后的七百年后，天上有颗新发现的小行星，被命名为"郭守敬"。而位于朝阳区高碑店村北、通惠河南畔的郭守敬石像，也于2007年夏天矗立在碧水蓝天间。高碑店人都说，郭先生的石像也许是北京城最潇洒的一座了。

①螭：俗称分水兽，传说是龙王的儿子，司管镇水分流，在北京多处水关都刻有石螭为镇物。
②雪域高原有民族视鱼为水神灵所派，故不吃鱼成风俗。
③元大都城墙因是混合土中夹有苇草垒打成型，虽外包砖石，但极怕雨水冲刷浸泡。
④即现在建国门处古观象台上的浑天仪。
⑤元代大玉海，即酒缸，现在团城内摆放。

民谚：铁影背，铁砂红，九城门外挡过风，如今来到了德胜庵，里边藏着两条龙。

三 挪铁影背，难挡风

"影壁"，老北京话又叫"影背"。"门里影背，当门照背"①。在北海公园北岸，于五龙亭东北向的澂观堂前，有一座样子很特别的影背②，俗称铁影背。说它特别，是因它好似树皮样的棕褐色，看外表极像锈铁疙瘩一般。倒是被修刻得整整齐齐的，双面各刻有一条龙子狻猊，脊背处有一对鸱吻相悖。这座影背是20世纪40年代为避外难，从德胜庵那移过来的。它同积水潭那尊陨石一样，在元代时从天而降。但自天落下时，便是一面高矮胖瘦的现成影背。地方官见物件是如此方正，那细腻的云水浮雕最是不寻常，即立刻请旨，挪到德胜门外的关帝庙前用作照背。那会儿都不曾想到，这天降的影背墙上，后来出现了一对祥兽麒麟。

至于说铁影背，为何又跑到德胜庵来了呢？这便是一段"祥兽麒麟保护北京"的故事了。历来，在传说里的孽龙，都是非常可怕的怪物，它借着呼风唤雨，来发泄对北京城的不满。但影背上的一对麒麟③，却是想要改变孽龙在北京人心中的坏印象，成为益兽。麒麟是龙祖的晚辈，它所到之处，都能给人带来喜庆。不管它被雕在木石上，还是被绣在枕头或被面上。

话说在很早以前，苦海幽州地界内，有一对祥兽——麒麟。自孽龙在这地方翻江倒海地胡作非为以来，就总感觉内心不平。但因为此地地方宽绰，人烟稀少，所以就躲开孽龙和其他孽物的胡缠，自己图个安静。后来，这对麒麟见到北京城楼恢宏，美景如织，而在建砖城后，也给生活在这儿的北京人，带来安逸美满，于是，它俩就变成一对老公母俩，隐居在一个叫塔林的寺庙内，享受起既平静又能安闲享受百姓香火的日子。

自打忽必烈皇帝将北京城建造成石包土的城墙后，百姓的日子是一天天转好，只是由打西北刮来的狂风，太过于王道无理，总要刮十天半拉月不停。一下子就能给京城里添上几寸厚的尘土，没几年，城里成了尘土的天下。人走起路来，如同驾着土云彩一样地暴土扬场。这老俩见到满城百姓都为风发愁，便跟着起了肝火，都说，这风要老这么刮下去，北京早晚得有一天真叫土给埋上。而婆婆总寻思，这刮风的根儿，到底在哪呢？老俩为这风发愁、着急了多日，是吃不下也睡不安。这风就像和老俩故意较劲似的，反而更猛烈张狂，还常将妇女儿童卷走。

有一天，碧云寺一个小和尚，正在庙前扫地，呼的一阵大风，便把他吹上了天。亏得小和尚与佛缘近乎，便紧抱住脑袋瓜子先想着保命，虽闭上了眼睛，但还是吓得心里头害怕不已。但风又突地停了，将他从半空直接扔下来！亏他悟道还深，没被摔死，但也来了一个"乌眼儿青"。等睁眼再看时，他正趴在景山上的万春亭台阶旁，好家伙，一下子飞出了好几十里地哪！听了这事，老俩再也沉不住气。本来这无影儿的大风，是从大漠孤烟的西北④刮来，也算是经千山万水的路程，有天墙似的幽燕高山大岭挡着，怎么着也该小点呀，可风却更大更猛了。

麒麟能驾五彩祥云，这谁都知道。但他的毛病是，不会用腿走路。于是，老俩便在西直门外，雇了两头黑白的长耳朵叫驴当腿使唤。不料刚行至高粱桥头，突然呼一下子，由打西北猛刮来一阵卷龙般的旋风，顿时将老俩与两头驴卷上了天，俩驴吓得耳朵支棱，呜哇呜哇地乱吼乱叫，老俩也紧勒缰绳不得不闭上眼睛。再一睁眼不打紧，风又突地停了。为不伤着驴，老俩便用下肢垫在地上，这才使黑、白俩驴先落在老俩身上，再轻轻地落地。从此，老俩这麒麟的脚便被压出了驴蹄子。这一绷子便在天上飘了够二十里，落到了城南⑤。嘿，可把老俩气坏了。

往后呢？这类邪行事越来越多。于是，老俩便骑驴出门寻起这风源来。干脆照直去西北找。走了一处又一处，看见的或是热闹庙会上赶集买卖东西的人，多是忙碌的平头百姓。他俩干脆出了德胜门，直奔土城而来，等走近城门，果然遇见了叫老俩吃惊的怪事。只见健德门城根儿下，坐着两个邋遢之人：一位是年逾古稀的老太婆，另一位则是十多岁的小小子儿。都身着土黄旧袍，头和脸沾满厚厚的尘土，像是刚从土里刨出来的。他俩皆拿着一条土黄色的口袋。老太婆正往里面装沙土末，而小小子儿也往口袋里塞棉花毛子。俩人口里还喃喃互语着："要不为埋上元大都，咱才不在这耍呢！"老俩听到这，心里说，这回可算知道根底了。

眼眉前儿的这俩人，正是被称作两大祸害的风婆和云童。风婆见有人过来，立刻警觉起来。假装是奶奶在嘱咐孩子："乖孙子，咱回家吧，免得你娘老子惦记你被风刮走啦。"老俩听出风婆和云童想要借机溜走，忙翻一个驴蹄箭步将她俩拦住。老爷子用手一指风婆高声喝道："你俩为何如此狠毒？城里住有成千上万的百姓，你俩怎下得去手，土埋这大都城呢？"风婆并没将老俩放在眼中，冷笑道："你们这俩老土坷垃，也敢打探仙界的大事？难道只许别人修元大都城，却不许我清扫风道吗？谁管埋不埋什么京城呢？"

老俩哈哈大笑道："凭你风婆也敢造此大孽？"又一指云童道："你个小孩珠子也不学好？"被斥责的云童吓坏了，急忙将口袋嘴儿朝下，倒出了一片片乌惨惨的黑云。一面喊："奶奶快倒土！"老俩一看他俩动手了，只好即刻发出神力，同时张开大嘴，一股脑儿地将黑云紧吸到嘴里。这会儿风婆已将狂风携沙土哗啦啦地吹过来！老俩不由被呛得各打了一个喷嚏。这喷嚏打得真巧，正好甩出几缕龙涎，顺势夹带出几股寒泉，激灵灵地直扑向风婆和云童。做贼必心虚。他俩一看这二位非同凡响，便知是遇上了龙族海神，风婆道声不妙，急拉云童就跑，立时抢身来了个钻天猴儿。老俩也变换为两条龙腾在天空，探吻伸爪地紧斗俩恶贼。一对风云口袋，眼看着就被老俩各撕开一个口子，那俩贼人早趁机逃命去了。

也许是风、云的口袋被二龙族撕破的缘故，从此，北京城的风沙突然减少了。大风也变成三至五天，大家都说是麒麟王、母把风婆、云童赶跑了。后来有人出主意说，风婆和云童惧怕海里的神仙，干脆就将这天降的铁影背，双面雕龙，好镇住风云作祟。于是，北京人便千方百计地去拜求龙王庙。只可惜，随大家怎么烧香上供，海龙王并不想做这个人情。结果，消息又被老俩得知，便趁黑夜再来到影背前。稍使神通，借夜间映出的双面身影，将自己的真身嵌进铁影背当中，遂满足了老百姓心愿。

不知过了多少年，元大都南面也建起来砖城，城北成了荒郊野外。眼见风沙渐多，大家又着起急来。有老人说，这怪咱怠慢了影背上的祥兽。于是，大家便烧香拜祭。很快，老俩便把梦托给他们，说影壁自会挪到德胜庵门前来做照壁。果然没多久，真看见铁影背进了城。后来，这条胡同就被称作铁影背胡同。

好事也长腿。永乐皇帝很快闻听此事，非下旨请麒麟王、母俩来皇宫里久住。但几次派兵来，只会见到一个没雕祥兽的空影背，他只好听随天意，叫人将北京的"五金"妥善保护好。

若问这"五金"都是什么？有"德胜门内铁影背，地安门前金门墩，什刹海旁银响闸、新街口北小铜井、太液池边的全锡殿"，共称为北京的金、银、铜、铁、锡五大古迹，即为五金。而现在，仅存此铁影壁。如果您要问，自铁影背挪至城里后，到底挡住风沙没有？老北京人会说，开始还可以，但到了后来，风沙还是渐多起来。清末时期，因刮来的"血雨腥风"，把八国兵匪都吹来祸害北京。

小日本投降后，为叫这邪风不再伤害古城，便将铁影壁又挪进北海里。但谁也没挡住国运衰落。在当年风沙口袋被扯破的地方，便有了地名——沙子口，而落下被踩平沙子的地方叫作"沙滩"，沙子落进山沟的地方，便叫前、后"沙峪"⑥。还有了"南沙滩""北沙滩"。沙子堆得最厚的地方，管它叫南、北"沙窝儿"。沙子掉落到河里的叫"沙河"，没落沙子的叫"清河"。而北京周边最大有张家口、南口等带"口"字的地方，便是风婆与云童的逃路。

总之，孽不抵优，邪不压正，世代如此。

---

①壁在北京土语里念"贝"音。
②照背，即立在大门之外的影壁。
③相传实物为狻猊（suān ní）。
④即大西北。
⑤宣武与崇文一带。
⑥在怀柔区北部。

鲁班爷的大名人人皆知，最早给鲁班定节日是在元朝。至今在内蒙古，每年农历四月二日，还要过鲁班节，这也是当地木匠的祭祖节。而天下所有木匠，都是鲁班师傅的徒子徒孙。

白塔寺里妙应白塔的年龄，最少有七八百岁了，还纹丝不动地立在那里，鼓着肚皮立得稳着呢。1976年闹地震，北海白塔还裂了几处璺（wèn），掉了几串鎏金风铃呢。可妙应塔就是丝毫不动，像是焊在地上一般。但鲁班爷早先锔的金箍是看不见了，可要仔细瞧塔肚子上，还真有几条鼓起来的道道。老人们一看见这些棱子，便会想起这锔白塔的故事来。后来，老北京人要是挖苦谁最爱吹，则变成了褒贬里的那句"别充大个的啊"。

鲁班在北京编童谣

老北京人都知道内城有九座城楼。即九个城门洞、九套瓮城及里面有九座庙宇。城西在元朝有三座城楼，到明朝变作两座城楼。南边的"阜成门"，老人又总叫它"平则门"，老话管它叫"平贼门"。至于这"平贼门"的说法就不大一样了。有说是明代的于谦，抵抗瓦剌强寇时起的名字，还有人说是平李闯王时起的。而京剧戏词里的"则"、"贼"相通的发音法，就是从这而来的。那为何今天还叫它旧名呢？这是因有一段"平则门里锔大个的"①传说，已有好几百年了。

话说平则门内有座妙应寺，即今天的白塔寺。这座上小底儿大的白塔（白塔是辽寿昌三年，即公元1096年修建的），在元朝时叫万安寺。经历代重修，它和北海白塔模样差不多，像是一奶同胞的亲哥儿俩，东西各占一方。也记不清究竟是在哪一年，在妙应塔的肚子上，突然裂开老大一道斜缝。且天天见大，像要崩裂倒塌，样子实在吓人。看塔的寺僧不敢怠慢，急禀报大内有关人等，皇上听后龙颜震怒，这还了得！堂堂都城大员，连座塔也保不周全！要你有何用？

自古京城之塔，是古代先人留下的镇都之宝物。这镇物要是出了毛病啦，当然就是大事，这乃是国家即将出现灾祸的凶兆，是大凶。更别说裂大口子要塌啦。若破了京畿风水，会危及社稷朝纲，腐染国家气数的。"谁是管塔的？叫他马上贴修塔皇榜去！若修不好你们就干等砍头吧！"皇上大怒后撂下这么句话。

话分两头。先说白塔附近住的老百姓——众街坊。眼睁睁见白塔裂开深深的大缝，便都担惊受怕起来。都道，这么大肚囊子真要塌下来，还不得天崩地裂？那得砸坏多少民宅？看塔歪歪扭扭的，街坊们愁得是饮食无味，坐卧不宁，谁也想不出好法子，只看着干着急。白塔寺南街是西市，这里向来是盘门脸、做买卖的好地方。但总会指望着大小庙会，来糊口饭吃。每年来此朝拜白塔的百姓，总会给买卖人带来进项。在众多门脸儿中，有个卖五花八门物件的杂货铺，不管是卖白干老酒或一些吃食，老是生意清淡，总难兴隆。于是，老掌柜只好凑合着对付吃喝。但只因做了件大善事，小买卖却是越做越大，越开越体面，钱越挣越多。

到底是做了什么善事呢？卖寿材。

杂货铺卖棺材？他还做不做啦？那分明该叫棺材铺啊？这可怪了，叫人家去棺材铺干吗去呀？就算这西市街在老早是刑场，那棺材也不能在大街上卖啊？

这您得从头听起。话说这年立秋后，冷风下来，天气渐凉。在这街上，常有个耍手艺的干巴老头儿，靠做零活挣钱。而老北京人都知道孩珠儿们常说的一段歌谣便是这老头儿教的，而且是传遍了北京城的大街小巷与几千条胡同。到现在也能听到：

"北京城本是四四方方，说来了个混吃等死的手艺匠，他说要锔盆儿锔碗儿锔大缸，可缸里坐着一个小姑娘，十几啦十五啦，再过几年（她）就死啦！"

教孩珠儿歌谣本是好事，但教这么个沾带丧气的，谁爱听？北京人最忌讳的是说话带"死"字。别看大人说不受听，可也邪乎啦，贪玩的孩子们，还试爱学唱。还真干啦[②]，只几天工夫，内城孩子全都学会了，边念叨还带比画呢。这事气坏了大家，众街坊也就开始注意老头行踪了，生怕他再教出什么更糟的东西来。要说这老头儿很怪，他什么都会点儿。光听他自己说，在建卢沟桥时，要不是他认出八仙里那位骑驴的张果老来，那卢沟桥早就给神仙踩塌啦。几千年前的故事里能有他？他见过神仙？这跟谁说也不信呀。他不过是个锔盆儿锔碗儿锔大缸的，只凭一段歌谣便扬了臭名，可谁也没见他修大点儿的物件啊。倒是没少见他修些破碗烂罐。更邪乎的是，他还说元大都的十一座城门都是由他督造的，这不是纯属瞎扯吗？

这位着破衣烂衫的干巴老头儿，常到小杂货铺儿喝大碗茶，喝够茶又看着人家吃饭。人家店主是个老北京人，哪能叫他看嘴呢？总是忙着给他盛饭拨菜。他可倒好，唏哩哩呼噜噜地海吃一通。吃完后抹嘴儿就走，从不见给一个镚子儿。而老店主却总好面儿，生怕得罪主顾，他说了，原本咱小杂货铺，哪样生意都不好，但有人在这吃饭，这多好啊，哪能得罪客人呢？

从来老头儿吃喝完，是不给钱就走人，也从没句客气话。既不道声谢，也不闲扯，有时连招呼都不打，抹嘴儿抬腿就走你。这被众街坊看在眼里，自然心下不满。有时遇见有爱说话又想挖苦他的，免不了给上他一两句："这位匠大爷，您都会做什么活计呀？"

"做……弄……反正是个大的。"

更有甚者会嘲笑挖苦地打岔问他："匠老头儿，您管镏儿子吗？"

"咱只……镏大个的。"

更有那管"丈母娘叫大嫂子——没话搭岔话"地问："您镏的是什么大家伙呀？"

匠老头儿照样回他们一通："它什么大我就镏什么！你趁吗？"

本街的街坊都这么追着问，就为是最爱听他常说的那一句，"咱镏大个的"。见天见问、听完笑完，大家就生把这位"镏大个的"外号给叫响了。在白塔寺的前街后巷，老头儿的外号真是无人不知晓。

话再回来。自打妙应白塔裂缝一出，北京人便都跟着皇上发起愁来。可巧这年冬天，天寒地冻的，树上落的寒鸦都冻掉在地上，再加上遮盖住不老天的，一场骆驼毛似的大雪片子，是可着个飘啊，连地全冻裂了口子，前、后三海水，冻成了六大块冰。这天，眼看匠老头儿一头折在雪里了，杂货铺的老店主，连忙喊过街坊，把匠老头搀进屋里。列位是又揉胳臂又擦腿的，还煮了一碗"煟窝儿"（羊肉末酸菜辣椒面片），又温了酒给匠老头儿喝下去，不一会儿，他总算暖过劲儿来。也不问谁救的他开口就问，你老几个谁跟我去揭修白塔那皇榜去？

别看大家都张罗修塔的事，可乍猛听见有人说要修塔，马上都变成了哑巴。"啊？就凭您？修白塔？别逗啦您，你老啦，也许觉得脑袋瓜子多余，我们可还留着吃饭呢！您，您真要去呀？"

"不能看着白塔光裂缝子，这我得修啊！"匠老头脾气还挺大的。

有街坊说："您没冻糊涂吧？您今年高寿？真活够啦？"

匠老头儿站起身来道："我就这会子得空，把它镏上算啦。"

又有位街坊说："这么大的白塔，您怎么镏得了呢？劝您还是别去啦！"

"我老头儿就是干这个的啊！就镏大个的啊！"

"这东西，太大呀！您……能行吗？"

"我就是为镏大个的来的！"看着匠老头那认真劲头，众街坊哄然大笑起来。

匠老头看看老店主说："您这后头明儿就开棺材铺吧！"众街坊一听，全起了鸡皮疙瘩，啊？这匠老头儿是要找谁拼命去吧？得，呼啦啦全吓跑啦，人没剩下一个！老店主一看没了人，就说："哼，年轻人倒怕死，我老了，和您上下一般年纪，反正这么活着也没意思！我跟您去！"

"您等会儿。"匠老头儿说着，从怀里摸出张纸样子。"这是您的牌匾。"说完喽，二老者手拉手一起出了小杂货铺直奔皇城揭榜。

第三天，北京城雪停天霁，日头高照。就见妙应塔肚囊子上，真有七道金光灿烂的赤金箍子，远看、近看全是耀人夺目，白塔的裂缝是一点都没了。但从此，再也见不着这个破衣拉撒的干巴的匠老头儿了。只见小杂货铺子，是又放鞭炮又张灯结彩，重又开了回张。而小铺子里一排排码放严了黑漆漆、阴森森、黑黢黢的棺材。再看门上挂的新匾是——"胜鲁班"仨大字。鞭炮还没响完呢，还真来了一队前来买棺材的人。闹半天，这买棺材的不是别人，正是几个贪了修塔钱，被皇上查出来已经杀头的赃官家眷，黑压压排长了队。哎呀，"胜鲁班"杂货铺子里真是生意兴隆，接连好些天，京城内被杀赃官家属都来此买棺材。

"有老街坊问老掌柜，这塔是匠老头儿修的吗？"

老掌柜子说："正是他打的金箍，建北京城时，皇帝还真请过他摆弄过角楼，这话当时我也不信，但你们知道这位匠老头儿是谁吗？就是咱的鲁班爷，哈哈！"

老街坊一听全吐出了舌头，啊？敢情是鲁班爷！真是真人不露相啊！

等窃国贼袁大脑袋③出殡那几天，北京人说"大个的"，可又变了味道。因为那天在天桥摆摊骂老袁的，正是被北洋兵抢了的一个当铺东家，他扯嗓子骂大街时，手里正提搂着一只刚从护城河里钓出的王八！看他红头涨脸的样子和手里的活物，我们几个妇道人都捂着嘴乐，差点笑破了肚子！谁都知道，这会儿的"大个的"说的就是他手里提的家伙。

---

①大个的，又叫大家伙，含甲鱼意，贬义。
②老北京话：糟了的意思。
③袁世凯曾指使北洋兵，抢烧前门一带的商家，故意造成北京治安不好，用来阻止孙中山进京当总统。

说起这个传说,也是鲁班爷在建北京时,大显神通的故事。北京是到处有风景的地方,历代皇帝曾赐封过诸多名胜古迹。等到清朝时,又有了燕京八景——金台夕照、银锭观山、琼岛春荫、蓟门烟树、玉泉垂虹、居庸叠翠、西山晴雪、卢沟晓月等古迹。再加上老百姓自己又你我传出"新燕京八景"、"后燕京十景",那就海了去了。但新十景和后八景都是哪些,要较真儿理论,咱普通百姓,没谁能说得清楚。有人说,"银锭观山"的由来,是因为皇上从后门桥外的银锭桥上偶望西山,故所得一景。可还听老人说,"西便群羊"也是因为一个皇上眼中所观而得名。这也好,哪里有故事,哪就能算作一景。有故事的才算得上是名胜。

西便门与咱的鲁班爷

咱都知道鲁班爷,在天下有着数不清的徒弟。人常说"鬼斧神工",是说这不老天下,有数不清的奇山异景。倒有不少都是他和徒弟一起琢磨出来的。他有一个徒弟,最是诡计多端、投机取巧、作奸耍滑的财迷,名儿叫赵喜儿。

北京建砖城这年,鲁班爷带儿子鲁莽和徒弟赵喜儿,又云游至北京。这天,他见砖城墙建得是高大巍峨,但用来垫城脚的地基①,还有那城门内,打底的豆渣石②,都没找到合适石头。眼看竣不了工,大石匠是急得心里火挤对出满嘴一片燎泡。这叫从来为人解困的鲁班爷看在眼里,记在心中。心说,这忙,我是要帮定啦。于是,鲁班爷带着鲁莽和赵喜儿,先安慰好石匠后,便围着北京周边趸摸起来,非要找到汉白玉和豆渣石。爷儿仨徒步走着,便到了西南的琉璃河地界,嘿!巧了,正好发现清澈透明的河里,有一大片好成色的石料。他大喜过望,忙对鲁莽和赵喜儿说:"有了。"

但鲁莽、赵喜儿俩人,却谁也看不见石料在哪儿。也不想想,鲁班爷是什么眼神儿啊?见他俩着急,忙道:"你俩别急,得等我吆喝它几声。"于是,即粗着嗓门,对湍急的琉璃河水,大声喊道:"河底下的爷儿们醒醒喽!老伙计!您都睡了几千年啦,也该露露老脸儿啦!"喊声过后,就只见湍急的河水上,浮起一阵微波变作巨涛,并往高处涌起。在一片铺天盖地的巨浪里传来答应声:"久违呀！不是鲁大师吗？我派上用场啦？那得多谢您的慧眼呀！"鲁莽、赵喜儿见状，完全被惊呆了。这会儿又听鲁班接着喊："我可怎么请您哪？"就见琉璃河水，又掀起几座小山似的大浪涛，随即发出瓮声瓮气的声音，告诉鲁班爷这般如此，如此这般的就行。然后，月亮爷便召唤着漫天星斗啊，流星什么的，都净了把脸③，将琉璃河边的夜晚照得如白昼，直照得鲁班爷高兴地说："多谢列位仙师了！"

于是，爷儿仨开始合计，如何押运石头。

鲁班爷问赵喜儿："你俩怎么分工呢？"赵喜儿滑头乖巧，而又心怀叵测，媚笑着对鲁班爷说："师父，鲁莽师弟刚入行，还未曾有名气，先让他运走汉白玉，也好成就头功，我……就运豆渣石吧，反正我也不在乎苦累。"

憨厚老实的鲁莽，因刚出师，的确想抢头功，也好从此扬名立业，依本事为生，便紧道："我要早早将汉白玉运到，也算没白学多年手艺，以后，也算是自立了。"④

鲁班爷本是个实诚人，懂得要靠自己的本事活着。谁曾想在赵喜儿肚子里，还有几根花花肠子绕着，专打小算盘！当下便夸奖赵喜儿是礼义谦让。就说："你师兄弟俩运哪种石料都有功劳，但在路上，不管遇什么事，要多合计才对，为人只要合力齐心，就没有办不到的事！"

于是，师徒、父子、爷儿仨就此分工妥当，单等晚饭后，于午夜运石。天交子夜时，鲁班依时对河大声喊道："你们建的是百年基业，若早建好了北京砖城，那可是万年功名啊！"

见河里没动静。赵喜儿窃笑，鲁莽也直皱眉头。鲁班又喊："伙计！给我快点儿啊！我知道你们不想去那，这不老天下谁都是故土难离，可'养石万年，用在一时啊'！"话音刚落，就听呼啦啦风响水翻，大浪浊天，像要将人吞下去。突然，河里豆渣石，变成一头头闷闷吼叫的大黄牛，拥着钻出水面。汉白玉石变成咩咩叫的一群绵羊，也争先恐后地挤出水来。鲁班爷看见牛羊，心里踏实了，忙对赵喜儿、鲁莽说："你俩赶紧赶牛羊走，五更前一定到北京城！"说完话，鲁班爷便在琉璃河边，专请石头上岸，天上大月亮照着如同白昼。再看那随浪头正爬上岸的，一群皮毛光灿的黄牛，与一群咩咩叫着的白羊，由师兄弟俩全都赶向北京城方向。

见他俩动身，鲁班再次嘱咐说："你俩务必在当夜，赶到北京城楼前，千万不要耽搁，若误了时辰，等叫起儿的鸡婆婆一扬脖练嗓子，这牛了、羊了会立现原形，再也走不动，切莫忘记！"

鲁莽、赵喜儿边答应边上了路。两个人分别赶牛、轰羊，走长辛店，过卢沟桥，绕宛平镇，直奔东北方。

咱单说鲁莽、赵喜儿他俩人。这边赵喜儿呢，心里早算计好：小个儿的羊哪有大个儿的牛走得快？别看鲁莽运汉白玉石功劳大，凭我赵喜儿略施小计，定会叫你这天下闻名的鲁班的儿子，丢人现眼！永记史册！不然，就永远也没有当徒弟的出头之日！

走没多久，刚看见卢沟桥前的苇塘，赵喜儿说："师弟咱赛赛，看谁跑得快！"他不等鲁莽答话，就顺手折断棵小树，施法变成了皮鞭。只听"啪啪"几声清脆的皮鞭声响后，鞭子都抽在黄牛和白羊身上。老黄牛疼得哞哞的，顺着大道撒丫子飞跑下去，转眼工夫，赵喜儿便和一群黄牛颠儿没了影儿。可鲁莽轰赶的羊却受到皮鞭的惊吓，被吓得呼啦啦地四散开来，叫个鲁莽好一阵追赶，好不容易才将羊群归拢在一处继续赶路。

赵喜儿乘机赶着牛，三更天就跑到京城外，而黄牛到工地上，呼啦啦便卧倒，仍变回黄澄澄的豆渣石。静等明天石匠整治以后使用。赵喜儿与老石匠，还悄悄地做成能挣半个北京城的、专卖汉白玉石的大生意，然后又回到城外去等待鲁莽。

再说那鲁莽轰赶着群羊，哪有黄牛跑得快？虽说追羊耽误了时辰，但还未到四更天，便也能看见北京城了。他高兴地想：这回没违背父亲嘱咐！总算是头一回马到成功。眼看近城墙啦，鲁莽便不顾满身大汗地往前紧跑。在此要紧关头，忽听到"咯儿咯咯儿！"——公鸡叫了！这立刻引来附近村落的无数只，生怕叫晚了的公鸡，全都啼成一片！一听鸡叫，鲁莽立时气得一屁股坐在地上！可看天还黑着呢？而奔跑着的羊，听见鸡叫，又见鲁莽坐下了，便以为是到了，都呼啦啦倒下变回了汉白玉石。远远看去，仿佛是一大群卧在地上的大白绵羊。

后来，西便门城楼建好了。城楼濒临护城河，岸上曾是一望无际的芦苇，当中稀稀拉拉的，有几十块椭圆光滑的汉白玉石。远远地看去，像在草里吃累草歇着的一群绵羊。可巧这天，被当朝皇上登楼时看见，便随口道："好一群肥羊啊！个头都那么大！"从皇上说"像肥羊"这儿起，老百姓便开始管那些石头叫成"西便群羊"，从此，北京城便多出了这一景。

也许有人问：四更天这会儿，怎会有公鸡叫呢？这便是赵喜儿耍了歪心眼子。原来，他将豆渣石运到后，便趴在城根下，捏鼻子学了几声鸡叫。结果引来了远近的鸡鸣。绵羊也误以为是到了五更，便立刻变回原样。赵喜儿虽使出歪心眼儿，但多亏咱鲁班爷不是凡人。只告诉过他，琉璃河只有几块汉白玉石。

其实，再往南的房山，才真正是汉白玉石祖的老家。所以，鲁班爷手下想用石头，来挣金银的徒弟们，谁也没能传下来鲁班爷的真本事。不过，老百姓便总会遭遇那些笨到家的蠢木匠。结果，徒弟赵喜儿是枉跑了多回，也没能找到几块汉白玉石，只落了个两手空空如也④。而鲁莽呢，就被后人称作是有勇无谋的好人"鲁莽"。假若他要稍细想想，势必不会坐在地上不走。后来的"鲁莽英雄"张飞，就被说成"莽撞人"，只因大家都不愿提到"鲁氏"姓氏，所以，常都称呼鲁班爷儿子的大号——"卤莽"或别号"莽撞人"。

①汉白玉石，产于房山境内。
②豆渣石——花岗岩类的三角碎石，多用于建筑打底，如垫枕木等。
③擦或洗之意。
④传说鲁班传艺并不分儿子弟子，一概同等对待，出师后全凭自己闯荡生存。

在北京还没有立交桥的1973年，我姥姥就早知道一种近似立交桥的"立体桥"。若再说这胡同的含义呢，她还真要与专家去理论一番。专家们多次考证这"胡同"二字，多解释为离"水"近，还有说是"水井"的蒙语发音。可"胡同"最贴切的解释乃是元朝军队使用的"兵阵"，别的解释都是牵强附会。

元老、双桥与吉市口

初建元大都，便建了十一座城门。从遍地的蒙古包帐篷，渐渐改成干打垒的土屋。直到忽必烈皇上，正式建元大都之后，才学着江南烧制砖瓦建房，用木起脊制作门窗。等有砖房以后，土房便掺杂在其中。而由蒙古包组成的胡同，唯独只留下齐化门①外一条，只在原地拆建砖房的元老胡同。这正应了句老话："齐化门，门齐化，出门还是，入门即化。"不管谁得天下，这盖殿修宫的砖与瓦，自然是越来越俊奇无比。

"元老老得赛元宝，金元宝，银元宝，谁都没有元老老。"元老胡同原本是元朝制作火药的作坊。正是这元老工匠,最早发明了浇注金、银元宝。为什么?你想啊?过去中原人购物,是使用散金、碎银和大、小铜子儿。而久居草原的蒙古人,并没有中原那么多的商市。若整天介不打仗,就凑不到一起。但凡是好东西,都是抢中原老百姓的,等得不老天下,不能再明抢了,才算有了元朝。

说书人都笑话元兵是"怀里揣满金与银,宝贝只往腰里存,掉裤兜里不羞人"。为此,忽必烈下令,将不老天下的所有散碎金银,全都炼成大锭的"宝贝疙瘩"。宝贝疙瘩这词儿,指的就是金、银元宝——大元之宝嘛。为何要做元宝呢?蒙古人进中原的目的,无非占地掠财、抢人充兵。不过是聚掠"金银"。这便招致在北京城的,靠捡拾度日的贫苦人,全来捡废物堆里的宝渣儿。捡来换钱?想得美,交回去就给口饭吃。这就是说,从元朝那会儿就有了专捡破烂的。

元老胡同和双桥有何干系?这得从双桥得名说起了。

元朝一建大都,眼见得四方都归了自个,便摆出防范的架势。就因在眼眉下,都是刚被灭掉的金、辽、契丹、大宋,北京城里到处是帐篷兵营,与人马行走的通道,之间再放置水缸或者酒缸。而哪片都会留一块架大锅就餐的空地。而水缸、通道、柴锅等都加起来才叫出了胡同。由于草原的习俗,兵将们对水并不挑剔,这也是蒙古兵能打胜仗的缘故。部落招之即来,随时能打仗为战。只要有马骑,何时打仗都能赢。只可惜,兵都是酒篓子,一个比一个能灌,从来用牛皮口袋盛水、牛尿脬装酒。而打遍天下无敌手的忽汗,便是靠"胡同"镇而常胜不败。美酒将大元朝喝出了一个红火,但也葬送了忽汗的一世英名,泡坏的大元朝。

北京的地势是西高东低。铁木真的后代,皆是骑枣红飞马的草上飞,但各个是旱鸭子,谁都怕水。等忽汗[②]为皇,见天见打仗用兵,只会靠天得粮,"撒了荞麦子儿,就认得黑馍粉儿",就算是发种子,教给将兵们屯田种粮也没用,诸将军谁也等不了一年,还是靠抢粮食来得快。

北地人吃炒面的习惯,是世世代代的。遇打仗就需要粮草无数。但有一天,元大都的粮囤着了把大火,不老天从浓烟里降了块绸布条子,说忽必烈不顾百姓死活,惹至天怒降灾不说,元大都早晚要被水吞没。那会儿河里没有船,是连成滚木的大筏子,还不曾叫不老天下臣服。南有诸国鼎立,谁都比他懂水性。只剩下他这些旱鸭子,边倒腾运粮,边支撑着打仗。蒙古人养的大群牛羊,又进不了八达岭内。牛羊本活在寒地,一进中原便染瘟病。都说涮羊肉好吃,其实不过是当兵吃的大锅烩,而且还热闹呢不是?凡有支大锅煮、涮羊肉与喝大酒的地方,这就是真正的胡同。就是区别您是哪片(阵)的,说的"将领胡同帅领街"就是这意思。

再说这蒙古兵,生就在极寒之地,天生不怕冷,甭管不老天落棉花雪片、硬白毛子风。脚下冰冻三尺的,他们照样光脚巴丫踩冰碴子,敞板脊梁玩布库戏法。可面对水来说,各个皆敬畏有加。忽必烈认为,哪吒擒龙抽筋,那是因孽龙搅得天下闹水灾。为何管水都叫海子呢。这是说,所有的水不过是海的儿子,只要不给水龙建庙立位供奉香火,便能制服它们。于是,忽汗遇龙王庙就拆。好家伙,占哪就拆哪,不老天下几乎见不着了龙王庙,而只允许建喇嘛庙。有钱盖大,没钱盖小③,把敖包④子也改良成喇嘛庙。当朝人"庙"时髦,直到现在的积水潭南岸,地名还叫"高庙"呢。其实那不过是住高僧的客店。从此,天下便有了无数的庙。

回过头咱再说这水。头几年忽必烈怨恨孽龙,命大军到处堵填河道,建大都时,又修了高大的包馅城墙⑤,水来土屯嘛,有土就不怕水。谁知,当真招惹天龙恼怒,下暴雨、泻山洪自北城涌进,无数兵民整日里修东补西,也怨声载道。太液池⑥却成了秽水腐泥,臭不可闻,搞得北海住的圣僧们,整天诵念"骂泥(嘛迷)经"。

这天,有将来报,说有海匪借翻江戏水的一对白色孽蛟(龙),将南方漕粮劫走。忽汗一听震怒,便亲率三军来到潞州⑦。才知这里有潮白、永定、温榆河等几条河在此汇集,现在是波涛滚滚水天相连,一眼看不到边。忽汗正盘算明日如何去做。却不料在晚间突然狂风大作,洪水高出河岸数丈。只见有两条白孽蛟,周身的闪闪蛟鳞,将潞州当作龙珠玩耍,晃得天空如白昼。孽蛟的怪吟声,令三军将士淹殁不计其数,忽汗也周身是水,被困孤岛上不得脱身。

音信传来,大都大乱。水都督郭守敬,立马调集元老胡同的火药弹。谁知喝醉酒的官,误将装银元宝箱子,当作火药弹运出。还将几条封江挡船的百丈铁链,连同从庙里请出的哪吒金身,船载到潞州孤岛。郭守敬命人,拉起铁链并系拴龙套,立时锁住孽蛟,谁知孽蛟一见哪吒金身像,立刻恐慌,到处乱窜。将士们振奋,将火药弹,纷纷投向孽蛟。二孽蛟挣脱铁链后,一头扎进水里躲藏。见火药弹不爆炸,众将惊得不知如何是好。这时只见金光一闪,哪吒像变作真身,一下子飞起来,将铁链三绕两绕。很快将二孽蛟绑缚并吊在河水上空,而一上一下二蛟还在极力挣扎。见水退去,将士们忙架起木板,打算搭桥夺路。哪吒甩出混天绫缠住忽汗,使他踏龙身而过,得以脱险。头上、脚下这两条被绑孽蛟当即变成了两座桥。

忽汗得救,慌忙跪在泥地上,向又变回金偶的哪吒叩头不止,史官问他孽龙桥何以称呼？

"啊……这个……朕（镇）……双蛟（桥）……"受到惊吓的忽汗顺口问郭守敬，蘖蛟如此厉害，如何久住大都？身经百战、勇猛无敌的忽必烈，万没想到栽在此地。

郭守敬道："水自古都靠引导得法，才能使其无患，龙、水本一脉相承，怕龙不如敬龙，哪吒不过只镇无德之蘖蛟，而大都是潜龙窝邸，只要将水疏通，才是诚心敬真龙之策。"

好似落汤鸡一般的忽汗，连点头称妥，回身对一将军说道："如何弹都不炸？"

将军急答，此乃天意，而郭守敬顺了天意。忽汗闻听有理，当即将疏通元大都水系重任交予郭守敬。而那个守银库的官，还在千叮咛万嘱咐，别忘了捡在水里的银元宝。

再后来，京城的水全被盘活。为不阻挡水的流动，忽汗准予皇城向西挪动，并派人大修哪吒庙，取哪吒三头六臂两风火轮之数字，将大都城门定为十一座。哪吒兜兜的红色，钦定为皇城和宫殿墙颜色。然后又大修通惠沿途，再疏东坝河渠，引水远通大海，近连大运河。使潞州变成旱地，成了水上的摇钱树。而收得来往船税钱，仍拉到元老胡同重铸元宝。并嘱咐后代，要多供奉土地神仙。忽汗认为土地神是可镇水的，大都要请最大的地神，这便是（泰山神）东岳大帝。而信道的忽汗，后成为元朝最长寿的皇帝。

在郭守敬降龙之地，即改名"镇（朕）双蛟"，并造上木下石交叉二桥，水大时木桥浮起照样过人，风高浪急时，可走结实的石桥。在百姓口语里，自然去掉"朕"字，从此唤作双蛟（桥）。

为纪念银元宝的功劳，故又将连六海之水，其中一形状如元宝的石桥，赐名为"银锭蛟"，元朝不雕水龙，只在紫禁城内影壁雕蘖头旱蟒。而元老作坊内，因有炼银炉、银库及火药库，仍是重中之地。从大元始就设官军衙门，大明与大清也一样，曾设直属兵营。过去，明朝官兵专爱吃烧鸡，所有喜庆都要宰鸡为贺。于是这地方，长久下来就有了鸡市口（即后来的吉市口，今天的吉庆小区）。而大清官兵讲究吃烧鸭、烤鸭。再加之朝外的坛口，南有日坛，并紧挨黄庙与镶白旗旗营。往东更是店铺云集，东有东岳庙及三孔琉璃大牌楼。在吉市口北侧还曾有个大冰窖。如此官私热地，就免不了沾国的光，如所有的车马兵器、杯盘用具都要修理擦拭。再因这里到处有食不饱腹的乞丐和盲流，在民国前后，即成了堆积垃圾的街道。而祖辈使的方空兄（铜钱儿）也成了古董，谁也想不到，这曾是元朝炼银储帑之地。而"元宝"的大名已永垂青史。

大清朝气数是命里该绝。姥姥说她还在家做小闺女时，一个五十多岁长辈，教过她一首歌谣，形容旗兵的劳苦，"银元宝，打银盘，佐领⑧嚼金豆儿，当兵的使破碗"。兵都混成那德行了⑨，国还不完蛋？在1949年以后，这里便成了北京市东郊区公安局驻地。

---

①指朝阳门。
②指忽必烈。
③见西游记，土地庙到处都是。
④敖包，蒙古草原指路的石堆，是当地氏族的保护物，属于萨满教派。
⑤元代城墙是外石包裹土坯，最怕雨水。
⑥北海又称太液池，元代的主官殿以北海为中心。
⑦即通州。
⑧清代官职，位在甲喇之下。
⑨清末时清朝士兵的服装供给极差，衣服破旧不堪。

可惜的是，民国前，有一回发兵去南方，一个炮仗响都没听到。从此后，紫禁城内也就只剩下个小皇上，而不知不觉还变成了小朝廷。

姥姥闲聊德胜门

冬天时，咱只要是一出院门，隔着西海北看，就能看见德胜门的箭楼子，而在过去还能看到两座城楼①和城墙。我看了它近五十年。过去的德胜门压根儿就是穷门，有个令老北京人心酸的顺口溜："穷德胜门，恶果子市，不开眼的绦儿胡同。"②你听听，又穷又恶又不开眼，全占齐了。但早听老人说德胜门时，便总与打仗拒敌、皇上御驾亲征，荡寇剿贼有关。咱再往上数祖，又数回那东华门外南河沿，二道桥东的伦贝子府③，自打民国以来，光府里头就不知换了有多少个主子、苏拉奴才，聚来又散走。

天子一朝，臣子一代。进民国后，像是几天便喝一服猛剂汤药，换不完几代君臣佐使，误国、窃国、乱国的大帅们，都要尽威风。在当年有个叫旗人害臊的说法叫"跑马的伦贝子，不知道轮废了"。等万不得已时，这才在德胜门里安下了家。

自民国以来，净听见大炮响了。然后，便是段祺瑞先拆皇城墙作价换银子，再后便是走马灯似的更换大总统。而到了六几年，德胜门城墙和城楼也是拆了又拆，现只剩下孤零零的箭楼。这倒也宽敞，一爬上积水潭汇通祠的土山，一眼就能看到城外庄稼地，可有句流传的说法叫咱不得不说，这就是"出安定（门），进德胜（门）"这句错话。

这句话说法根本不对头，应说成是"出德胜，进安定"。若往上再数三代，咱家几代人都常说这句话，哪能有错？"出德胜"的意思是，靠国威与天子之德，出"仁义"之兵；而"进安定"，则是打完仗后，还是要过平安日子。它是"盖世功德得天下，恩威并施、以德（胜寇）服人"之意。动兵动武也要有道理可言，要有德行的。这句话的全句，应该是"出德胜（门），进安定（门），御驾八旗逆贼平"，知道这后一句的，大多是旗人。

靠德行去恩服人，才能得民心民意。就算是败了，还虽败犹荣呢不是？而且，不是有十万大军都出京城打仗，前去打仗的大多数将兵，是不得进城的。出城的皆是领兵打仗的前锋帅将、是"将相开路，旗手当先"，后边才跟上各路兵马佐领。和常说那个"班师回朝"正好相反，别忘了北京城里，是有"帝王龙邸"紫禁城的，不是谁想进来都成的。过去的老北京城，是"海水里的横宅子——龙窝窝"。

过大吊桥④出德胜门外，有两条大路：一条通古北口；而另一条正路是去往土城和清河，再径直奔南口进山，这便是人常说的兵道，是迎敌的出征之路。早先大明朝抵抗瓦剌强寇、康熙爷御驾亲征草原，都是出德胜门。而李自成进京，是先进德胜门，最后遭了殃。为什么？他非要逆着走，能不败吗？最后他逃出，和元顺帝同走一辙，也是德胜门："元顺大顺，总归定论"⑤，真凑巧，大清国的灭亡也有说辞："孝庄孝定，各有天命"⑥。

假若您出安定门去打仗，那就坏了，连北去的直道没有，还得往左拐弯，去马甸牵马、驾鞍、钉掌、坠镫再出发。这且不论，光是外馆斜街、黄寺的那些路和苇塘就能绕死人，到处都是东西走向的横路，哪有骑马走兵之路？谁不知道安外是沟坎儿下坡路啊？到处的乱水洼，就够人难辨东西了。只会见到，镶黄旗的一排排兵营和禁地⑦，"北城外，大兵营，没主的奴才葬土城"，坟地倒是不老少。

守着紫禁城的传说

而德胜门穷就穷在,自古烂兵忒多,连丁带夫、鳏寡孤独,男人一殁,余下老人与妻儿老小,全成了无依无靠的穷人。"说人穷,道兵勇,活出德胜,死埋安定"。八国联军打北京那年,被杀死的人,多埋在了安外乱岗子。后来听说那总闹鬼,到晚上就更没人去那边。

凡大清国发兵之前,便能觉着德胜门前与平常不一样。从来来往往新刷油漆的马车,就能看出要打仗的样子。由打西内角楼一直到蒋养房,因要装载大火药局(胡同)的铳和火药,最热闹的是敲锣打鼓地在东、西校场(胡同)拔选将军和旗手,而龙旗、彩旗,还有专配的官装官帽等,就要去德内的东、西绦(胡同)[⑧]。那运兵马车是最漂亮最气派的,供水还有水车胡同。发兵之前得摆上香炉烧香,自有铁香炉(胡同)。棉花胡同供给棉袍。旧鼓楼大街的(旗、马)铃铛胡同,管发铃铛。锣鼓巷管带响动的(鸣金响鼓)。到发兵时,会看见到瓮城上彩色旌旗招展,鼓、角、号震天,而城上的午时炮,还会咚咚放个没完,另外还有笙管笛箫凑热闹。大元帅头上的金盔幡旗是花里胡哨,不管是官与将兵勇,都在城外喊口号子,但没以前喊"打倒"加那么多词。这会儿的老百姓,只有站在自家房顶上或高地方,远远看热闹。祖辈的旗人,都还记着传下来的事。但每逢皇上御驾,北京城要比过年三十儿还热闹,光鞭炮声,即能响上它三天三宿。那城墙的午时炮也要加响多放。

真等到大兵回归安定,那会儿只是静悄悄的。谁都说,皇上御驾亲征打了胜仗后最热闹。还得说咱康熙爷,每次打仗从没败过!早准备好的炮仗,也是满城爆响。只有外城和安定门,在夜里能进送六百里快报的兵。只要到戌时,钟鼓楼一出声响,便关城门,再等打更的梆子一出声,谁进来也不成。

最提防的是,领兵将军突然夜里要进城,这连皇上都怕。这也得设规矩:"九门提督,八面威风,公子王孙,城外露营,昼日依公,首尊瓮城,身后军马,切勿随从!"说书的说的,不会有差。听说有一次乾隆爷秋狝时,他正意骑马背上转了一圈儿,想叫大伙一睹龙颜。但由于老人妇女和孩子们,皆在送别旗兵,各个哭得泪人般的,却都忘了观瞻圣容。那回乾隆爷自讨了个没趣,便只好紧催三军击鼓呐喊。这还是老祖在时念叨的,等帮八蒙王爷打胜仗后,从此与大清国世代联姻成为一家人。故而才有了打更的吆喝声:"大国太平啊——"

---

①20世纪五六十年代分别拆除德胜门城楼及城墙,只剩下箭楼。
②即三种情况:一,历代穷兵黩武,死于战争的士兵,留下的孤儿寡母都到此来讨生计;二,当地黑道与要饭的经常结帮袭击果子市的运输车辆和几个仓库;三,在西绦胡同里住着大批自紫禁城内被冯玉祥遣散的宫女与上年纪的嫔妃,为求生存就在此地以色换食,做低级暗娼,连洋车夫等

穷人经过都要被强行拉扯。

③在东华门外。

④北京城门外的护城河上都有木质吊桥，数西直门、德胜门吊桥最大。

⑤元顺帝，元朝最后的皇帝。

⑥孝庄皇后是领小皇帝（顺治）进北京，而孝定（隆裕皇后）是领小皇帝（溥仪）退位。

⑦禁地，指地坛或黄寺一带。

⑧即德内的东绦、西绦胡同。

元朝兵都离不开酒，等到把国与社稷都喝没了的时候，自会改朝换代。这时候，又兴起来一个大明朝。世代住在石佛营的老人们，不仅能清楚地记得那座石佛小寺，而且还记得酒王爷曾住过的高庙（北京高庙有多处，有一在积水潭南岸，曾是元代喇嘛豪驿））的焰火作坊，七十岁往上的老人们，都还记得一句老话："高庙的盒子①——明儿见了您哪！"

酒仙桥与石佛营的传说

这故事说的是还没有元大都，也没有通惠河，更没有现在模样的北京城的事。那会儿的人只知种地，或河里捕鱼。早在隋朝时，京东就挖通一条接连京杭的运河——坝河②。您若找酒仙桥，那只能顺着东坝河，找到一个偏僻小不丁点儿的村落。当时，这里只用一根圆木头架桥，这也是古时候最早的船。若河水涨了，桥漂起就成了船，水枯时节，船又变成桥。如遇洪水，千家万户都要逃生。那岳飞自小在大水里逃生，是坐了洗衣盆的"船"。其实，那是得到了不老天公的护佑。

和满族人的老家一样，船是被一代代人用原木刨刨挖挖，刀劈斧凿后派上船桨，即变成快船。即便它有帆有舵，也得要靠风行驶，而后来洋人又造了机器快船。木船是打鱼人的坐骑，而划桨人更像是领军的佐领。载有千军万马的大船，一进入大海，佐领自然也就成了将军。在老年间，能在颐和园、西苑给帝王撑船的人，也得是够级带品的戈什哈③。

这不老天下的最大师傅，即是大木匠——鲁班的弟子。而手艺最瓷实④的师傅，又是石匠——盘古的后人，有着开山移石的宁劲。偏是石匠成了将军，那自然又引出一座北京坝河上的名桥——酒仙桥来。而说起石桥来，在当年还很稀罕，百姓自己可建不得石桥。漫说鲁班爷本事最大，也没听说他自己花钱建了哪座桥。建赵州桥的师傅，也造不起桥。若哪朝代修水建桥，必定是发达兴盛，而哪朝哪代便会加重百姓的徭役和税赋。但凡是哪一朝，在不老天下建成的大坝、都堰、运河最多，老百姓就得济，也落实惠。

曲酒产自南方，是因山好、地好、水好、粮食好的缘故。有道是"温热多酿翁，甘泉化美酒"。河南有杜康，也就保不齐夹生出给酒里兑水的假酒贩子。不管是兑水还是放鸽子粪⑤的酒铺，都赚得是昧心钱，做买卖坑蒙人的事历代不乏。故事便来自这白干儿老酒。

为使钦差能看见东坝河边，堆成山的粮囤和柴草。早因为修坝河，贪了银子的监官，为给自己表功，便在坝河上建了座小石桥，想用此来遮挡偷工减料的事。石桥是建好了，但没人敢从桥上走过去。为什么？几百年以前建石桥都有明文规矩，必须得有皇上赐名敕建，先过的是皇家身份的王爷、驸马才行，老百姓怎敢先走？吃得满嘴流油的监官，只有眼巴巴地盼着钦差早来，视察这粮这草和这表功桥。

没料到，暴雨没结没完下起来。东直门外沿途十多里地，那些被捆绑得结结实实的粮囤、柴草，全遭了劫难。坝河水又漫上岸来，冲坏堤坝，并淤阻了坝河拐弯河道。又过了两天，大雨又改成腻腻歪歪的小雨，昼停夜下，白日黑夜都闷热无比。已发霉发酵的粮草，结果都变成酒，直接流入坝河就近的农田里。一时节，坝河沿岸酒香四溢，这可美坏了守粮护草的贪酒官兵，个顶个儿的肚子里赚了个肠满腹圆。

三天后，圣旨下来，说钦差要来这巡视粮草。所有监官们闻听，皆吓破了胆，都围着这座在等贵人赐名的小石桥，转开了磨。若钦差看到粮草，谁都得掉脑瓜子。修坝建桥的石匠们更急，在本朝代是不能因为没钱，随便换行当的，可现在上边又结不了工钱。没工钱，工匠们自然是养活不了在家苦等吃食的妻儿老小。为这工钱各个是着急上火。沉不住气的年轻石匠，便拉着河工闹起了事，于是，便引来握刀攥枪翻狗脸的官兵。大石匠一看要出事，忙拦住大家，并与监官们商量出一个万全之策。监官们不傻，若皇上知道这的粮草早变成废物，那先倒霉的便是自己。干脆顺坡下驴，把一切事宜都交给大石匠去办，自己也寻好退路，若有不测，起码能拿大石匠做垫背。

第二天，雨停下来。快马报息说，来此的钦差，正是当朝大名鼎鼎的酒王爷。这是一位只知道带兵杀人，大号叫九尼兹的王爷。他平日里嗜酒如命，拿酒当水喝，不管是睡觉还是吃饭前后，总得要喝酒腻缝儿，连漱口泡澡都得用酒。后来可倒好，等他死后的好几百年里，东坝这地方，又被大清朝一个满肚子长酒虫儿的王爷，喝出一个"醉公村"的大名⑥来。看来这喝酒，也可以扬名于世，流芳百代的。

知道酒王要来后，大石匠便在路上连摆九个大酒棚，专遮挡住后面的烂粮囤。还嘱咐好监官们不要多话，事若办得好，大家自然都平安。这天，这位整天泡在酒里的酒王爷，刚坐马车出东直门，便闻见一阵扑鼻酒香。原来是大石匠的徒弟们，将好酒悄悄洒在黄土路上。出城没走几步，第一个大棚内的徒弟们，皆齐呼王爷千岁，还跪地向酒王献酒。

闻着喷香的酒味儿，酒王边吸溜鼻子边问："这酒香……谁让你们来给我献酒的？好酒啊！"

徒弟们说："是监粮大人们令小的来的。"

"为何要献本王酒呢？是否有何说辞……这酒不错啊！得喝几杯酒才能酒（走）到啊？"

"您是不老天下最了得的大功臣！都说您每喝半盏酒，便可打下一城池！"

酒王闻听奉承话，得意地哈哈大笑，有谁不爱听奉承话？还没过几个酒棚，贪杯如命的酒王，好似进了雾里云中，哪还想着查什么粮草。等到了新建石桥前，远远见大小的官儿们都跪拜在大道旁便说："你们酒（就）都平身吧……皇上那，我会给你们请酒（功）喝的，啊……但你等要送本王好酒，啊？"

老石匠端碗酒站起身说："听说王爷您来，河水都变成了酒，莫非您真是酒仙下凡？"

酒王爷道："啊？有这等酒……事？倒是有不少人说我是杜康下凡，酒仙转世，河里有酒？"

老石匠说："启禀王爷千岁，前一阵子，这石桥可是走了人了……"

酒王爷大怒："何人大胆！没有……御旨谁敢酒（走）此桥？"

"请王爷千岁息怒，是这么回事，听我慢慢说给您老人家听，来，给千岁爷满上酒！"

于是，老石匠慢慢道来："那天桥刚建好，两边还挡着木栅栏围。只见一位花白胡老叟，冲开众兵阻拦，推着满当当装有四篓酒的独轮车，径直上了桥。这酒味是一路余香，直撞鼻子。它就邪了门儿，兵士们净顾闻酒香了，全忘了去拦挡。但见老叟脚力非凡，噔噔地走上桥，而独轮车上的酒篓，少说也得有好几百斤！等老叟上了桥，兵士这才醒过来，便追上去大喝一声：站住！不能上桥！话音未落，只见老叟被吓得一哆嗦，小独轮车一歪斜，车右边的两篓酒'咚！咚'全折进河里。当时，我们大家都馋这酒香，净顾得心疼掉在河里的两篓酒了，可推车老叟却不见了踪影。

"有个工匠看小推车空了一边，还能平稳地推着走，心想这难道是大力神吗？这时，突的一阵风，刮来张纸条，上写'酒仙到此一游'。而此时，一股酒香从河中飘溢出来……好酒！好香！来，给千岁爷满上酒！"

"干脆叫'酒仙桥'好不好？要我说，唯有王爷千岁，才能给桥赐名，谁敢忤逆？不想要脑袋了？也更不能是个人便随意舀河里酒喝啊！直到现在好几天，您闻闻，那叫一个香！这酒都是从河里舀出的。诸位大人们，还给您备足了十篓好酒，他们对朝廷，真算是忠心耿耿、废寝忘食啊！"

酒王爷一听，既高兴又得意："讲得好，孝顺……赏酒！说，你，接着讲这酒！"

老石匠又说下去："过了一天，来了个留黑胡的人，在河边搭棚卖酒。自打这以后，河里酒味一天天淡，但卖酒生意倒是红火了得。大家都寻思，光这一篓酒，从天不亮卖到天后响，怎么就卖不完哪？我心里疑惑，便叫小徒弟，早早藏在青纱帐里，看个究竟。结果，半夜时看见，花白胡先挑了两桶水过来，然后黑胡便蹑手蹑脚走到河边，往篓里舀了几瓢河水，又翻回棚子。啊？敢情是用河里酒，兑水去啦！哈，这回可摸清了底细。第二日天亮，小徒弟便领我们来到酒棚，看见黑胡之外又多出俩人，一个是把酒篓掉进河里的花白胡老叟（神仙），另一个是长了很长的雪白胡须，他仨正拾掇要颠儿呢。我忙拦住他们，直问那位花白胡，您是神仙？请问何时下的凡？

"那雪白胡须老人，突然大笑起来，指着花白胡说：'这从河里舀上来酒的，是我儿子。'又指黑胡说：'这往水里兑酒的，是我孙子。而真正的酒神仙可要来了！'老叟说完，急忙走了。

"从此这河水，酒味没了好多天。可谁曾想，酒神仙却是您王爷千千岁，您这一来，这河水又变成酒，您叫列位闻闻哪？本地父母官，还打算给您修个酒仙庙呢。"

酒王爷在迷糊当中，终是听出原委："好一个酒故事！本王爷正是酒仙，现在，这桥从此酒（叫）它作'走（酒）仙桥！'既然这河里全是酒，那我的兵全有酒喝了！好！都得赏酒！盖庙也得有酒！好庙、好酒！本王爷都赏酒！"

老石匠借势跪地说："石匠我想告个假，回河南老家，请王爷千岁，准发我们工钱！"

酒王爷赶忙拦他道："哎——别走！大石匠，你这么大的……酒功劳，工钱要多给，还该赏你一块田土，好养老喝酒，以后（酒）京城石匠活都给你做……不过，你要随本王从军打仗。"

酒王爷走后，监官们便咬牙自己出钱，在石桥上盖了一座小酒神庙。几年后，带兵当将军的老石匠及后代们，还真得到了一块田地，相传就是后来的石佛营村。而西边紧挨的就是酒王爷所住高庙村⑦。虽躲开杀头的监官，不得不拿出钱来买酒、充仓、建庙。好奇的过路人，都想看看这河水，到底有没有酒香，大多叫来人失望。但酒家伙计，总会让路人品尝白酒。

老石匠与酒仙桥的名声，也随烈酒传遍了北京城。连河南造杜康酒的后代们，都被石匠请来授技。而商人也借酒仙桥的光，在此设立多处酒坊，多称作"石匠酒坊"，曾叫成"石匠房（十街坊）"。而石匠徒弟和后代为纪念他，便盖起了一座石佛庙，庙里供的便是——石匠师傅。在老年间，工匠们皆是按军旅编排称"营"，石匠徒弟就称"师傅营"，皇帝唤此地为"石夫营"，来拜庙的百姓呼"师佛营"，而烧香的女子，却说那尊石匠石像，慈祥似南海观音，于是，又唤它"石婆营"，石匠后代叫"石父营"。最后也叫成"石佛营"。

石匠兵打仗走遍天下，也招来天下手艺高超的绝好酒师。他们最终在酒仙桥，做起烧锅老酒来。在酒仙桥小庙里真正供奉的，并不是那位"九尼兹"酒王爷，却是这位令大家都尊敬的老石匠。那庙和石佛营的庙一样，不仅不大，节俭得也只有一尊石像、石座、石龛、石香炉、石桌、石凳。比石佛营庙的辈分要小上一辈儿。这两小寺的香火，比附近其他寺庙香火更旺盛。从此，这酒仙桥、石佛营的大名，在老石桥和小庙都没有了的今天，依旧响当当的名声依旧。

因北京人都腻烦那位整天泡酒里，不务国事的酒王，便把其名叫成同音字——"酒腻子（九尼兹）"。从此，北京便有了对酒鬼的雅致称呼，该称呼贬义偏多，对总喝几口酒，一喝就醉，还会絮叨没完的嗜酒之人，老百姓就叫他酒腻子⑧（子念哑）。

---

①高庙曾是制作烟花的大作坊，这里指一种"烟花"。
②古坝河。
③即侍卫官。
④有扎实本事的石匠被称为可靠、瓷实。

⑤老酒客都知道，鸽子粪掺酒后，浓烈味道更强。
⑥确有其村名，在现在的东坝乡。
⑦即北京今日的石佛营，往西有高店地名。
⑧满语中的子都会念成"咂"zā声，如桌子、凳子、椅子、儿子、孙子——也就是今日的北京土话味道。

自古以来，中国人辈辈有龙的传说。但到明代，龙就被非常明确的分成几种。有时是好龙，有时又是孽龙；有时在利民，有时又是祸害。而明代之所以造出这样的龙来，主要是因为明代的皇帝从朱元璋起，曾是一介布衣寒士，最开始便是擒龙人。所以，传说中的东海龙宫的诸龙，却被朱棣的军师们震慑住，而军师刘伯温、姚广孝们，都曾是玉皇身边的仙人。那从擒龙到囚龙，更显示出帝王的神通，这就兴然有了替天行道的真龙。"真龙天子"的说法，正好诞生在元末明初时代。在很久以前，老北京就有过人与龙争水的传说。

妙峰山孽龙石的传说

在北京的西北，是一大片天墙般的山岭。长在山岭上与山脚的参天大树，是又高又密。不光人进不去，由打外边飞来的鸟儿，也有飞不进去的时候。那玉泉山流下来的泉水，一股赛着一股的甜冽。不老天下最甘冽的泉水，首数是玉泉，所以便成了历代御用之水。

有支唱了百十多年的老旗调子①，有这么两句："数不完的山，流不绝的泉，大清的江山万万年……"现在，这玉泉水还在流，可小皇上却跑到东北，做起伪满洲国的叫鬼子耍弄的木偶皇帝来了。

北京西边大山多，山里的大、小山又是"山套山、山挤山、山压山、山连山、山靠山、山接山、山挨山、山抱山、山背山、山环山"，这本是姥姥年轻时，从鼓楼后头书场一个伶人②那学来的绕口令。那会儿，正学相声的侯宝林，还是个干巴瘦的后生，看见谁都给请安、鞠躬，因他小礼儿挺多，那会子夸他的人就不少。但女人能听的相声从来不多。特别是那个年代，天桥的相声最是牙碜③。民国后，北京乱得不成样子，连骂大街的都能在天桥附近那交钱摆地摊儿，只要是大金牙嘴一咧咻，底下打杂儿伙计先喊叫："梳抓阄，留长发④的靠后站啊！这会场子就算要开啦，对不起亲妈、亲嫂子、亲姨儿、咱娘舅妈和列位姑奶奶了啊！"这一叫得好听，咱多少得仨瓜俩枣地扔大子儿，讲头叫"避讳子儿"。

所有的大山，为何都长得不一样呢，那是因它里面是既藏龙，也卧虎，有数不尽的豺狼虎豹、毒蛇猛兽。建庙的地方，都是好地方。俗话说："有庙必有仙，有仙必有僧。"如果山门再有块敕建牌匾，便会有人不辞万苦地去拜。那时候，老北京时不时地，总是从这个观呀、那个庙呀传出来故事。这个故事，就是打这庙里传出的。

在西山最高山的半山腰上，在一座大庙山门前，有一块白色石头，是既有龙头，也有龙尾儿，活像整条龙被砍成两截。仿佛能工巧匠凿出来的一样，来烧香的人，都叫它"孽龙石"。

在很早前，这只有几间茅草房，住着小两口和儿子妙子。妙子从小到大，总喜欢戴一顶蒿草编的莲花帽子。他爹是木匠，老得出门给官家做工，妈打小儿就领着妙子，砍柴并依靠种地为生，并不知道山外到底是什么样子。等妙子长到十几岁，个子高高的、皮实得骨硬筋长，从小练就一身山里人的本领。挺高的树，"嗖嗖"几家伙，就能蹿上去，挺宽的山涧，"唰"就能蹦过去。能靠扔石头就可打到野兔，若遇见狼什么的野物，妙子也能对付。妙子干活麻利快，为人又仗义好交往，从不气爹娘，所以乡亲们都说，妙子妈养了个知孝顺的好小子！

这年夏天，眼看妙子爹该回家探亲。但巧极了，妙子新交了个小哥们儿，长得五大三粗的极为壮实，他名字很各路，叫"孽儿"。孽儿是哪的人？听他说是住大北边有水的地方。但凡妙子看见东北，往长城方向的北山端顶，有浓黑云彩乌压压飘过来时，这孽儿便打山后蹿出来了。但他嘴却老是裂着血口子，这叫妙子妈很心疼他。他俩最投缘的，是玩"狼羊棋"。说来也怪，孽儿只要是一输棋，准得刮风下雨。

当妙子一想小哥们儿，站山顶上往东北远处看时，真邪了，孽儿真就来了。本来妙子妈是最喜欢嘴甜、懂事、有规矩、见人有大有小的孩子，而孽儿叫大妈又叫得极亲热。吃饭时，孽儿总是将饭食，近乎是倒进嘴里地吞进，还老是吃不饱。孽儿总在妙子和妈忙农活不注意他时，悄悄地跑到不远的水潭边，现出真身，用嘴吸吮所有的水，然后就躺在柴屏前，那块刻着棋盘的石头上死睡不醒，一睡便几天，最吓人的是，呼噜海打得震天响。

　　这天晚些时候，孽儿刚走，妈就对儿子说："水缸空了，你去提点水来吧。"于是，妙子忙抓起扁担挑起空木筲，欢蹦乱跳地跑到水潭边。但他一瞧就傻了眼，水潭里竟然空空无水，只剩了烂泥底儿！水对山里人来说，和吃的油一样，太金贵了。附近乡亲们和他娘儿俩，只有喝这方圆百里唯一的潭水才能生存。这水潭原本是打山上流下的泉水，汇聚而成就变成一个活水潭。水潭一旦空了，大家伙就得等上好几天。这回可倒好，乡亲们都没了水吃。娘儿俩也为这没水而发愁，只好溜溜儿接了一宿由山上淌下的水滴。过了好几天，妙子这才担了潭水回来。

　　这会儿却又见，已经吃饱睡足了几天的孽儿，还在那伸懒腰犯困："大妈，我得回去了。"

　　"这孩子，回去急什么？哥俩再玩几天吧，瞧，你嘴伤可好多啦！"孽儿一听忙摸摸嘴高兴起来："真的？看来别人告诉我的秘方太灵验啦！大妈，过几天我再来。"孽儿拐过一个大山头，绕进老林子里，身后带起团浓雾后，没了身影儿。晚上吃饭时候，几天没水喝的众乡亲们，都挑着水桶赶来打水，只见潭里又早已是空空如也，又剩下湿泥床了。大家又气又急又伤心地全都哭起来，都猜想，难道这不老天公，不叫我们在这住啦？真要活活渴死人吗？

　　莫非是这潭底出了怪？把水给偷走啦？有人便下到潭底看究竟。可看半天，潭底是好好的。于是，有人出主意说，咱大伙儿得轮拨看水潭，看到底是怎么回事。见众多乡亲们都走了，妙子妈说："咱家离潭最近，干脆咱娘俩一天早晚两班倒着。"打那天起，娘儿俩便同乡亲们轮流看守水潭。没两天，眼瞧潭里水渐渐多起来，所有人又都放下心来。眼见乡亲来担水，妙子便去帮老少去担水，这会儿谁都忘了几天没水的事情。

　　但妈又对妙子说："我晚上还得去看水，总觉得心里还有些闹得慌！明天你去接我。"时近傍晚，正端起饭碗的妙子，就见东北大山方向，飞起一片浓浓的黑云彩，没多大工夫，孽儿来了。妙子就将所有的饭菜，全给了孽儿吃，因孽儿的饭量大得出奇。巧的是，出山做工的爹也回到家里。孽儿以礼见过妙子爹后，又和妙子玩起"狼羊棋"，然后又打着哈欠，翻身躺倒在棋盘石上呼呼地睡大觉。

　　妙子说："爸，我去替妈，妈早想您啦！"说完话他乐不颠儿地飞身跑开。因为爹已答应他，这回可以带他一起出门。不料，跑到水潭边的他傻了眼，刚才还满当当的水潭，现在水又没了。只见妈和另一个乡亲都倒在潭旁，身上被不知什么野兽抓得鲜血淋淋，已昏死过去！被吓哭、吓坏的妙子，跌跌撞撞地跑回家来，告诉爹："潭里的水又没了！妈也被野兽伤了！"

爹边安慰妙子，边细心琢磨。突然间发现睡梦中的孽儿，他手上肉皮，粗似鱼鳞一般，嘴上尚有没擦净的血痕。爹马上明白过来，正是孽儿捣鬼！而他还是伤人的凶手！爷儿俩蹑手蹑脚地用最结实的牛皮筋绳子，几下捆上了还在打呼酣睡的孽儿，只等他醒来再问。

孽儿醒后见被捆，急赤白脸地瞪眼说："为何捆上我啊？"

爹说："向你要水，你一人把水喝干，还咬伤我们的亲人！你要还乡亲们的泉水！"

孽儿忙抵赖："我明明没有动窝吗？"

爹恼怒地大声道："你用了分身法！借着打呼噜，悄悄前去偷水喝！"

孽儿明白事已败露，便露出凶相，从口里喷出湿湿的黑气，嘿嘿冷笑道："你们这些人，早该渴死！可咱们毕竟是朋友，这才给你留下一点情面。本龙王若真在天上一吸，泉水就永远没了，多亏我是犯天条的孽龙。不然，这三江五湖四海的水，都归我统领，看来你们死期已到，这怪不得我了，快将我放开，会免你们一死！"

妙子一听便勇敢地说道："天公生水，是给黎民吃喝享用的，而你却要渴死大家！放你可以，但你得还回乡亲们的泉水！"

孽儿猛然起身挣扎，将捆住他半身的牛筋绳子绷成儿截。说："龙爷我得告辞了！"只见他上身变成一条素色白花龙，张巨爪舞动起来，抓起来妙子就撕扯，妙子身上顿时鲜血淋淋。此时，天空中雷电交加，这是孽龙在作法，借霹雳劈向爷儿俩，妙子爹赶紧往前一蹿，用铆龙钉钉住了孽龙尾，右手又挥起金刚锯来抵住龙腰，大声道："快放开妙子！"

"我要杀死他！叫你们知道我的厉害！"这会儿，天空被孽龙搅得迷雾漫漫，下起滂沱大雨，白花孽龙拱腰、搅尾巴、摇龙头，并回过头，一口叼住妙子双腿往肚里吞，妙子急中生智，抡起锋利的砍柴刀，向白花龙身上连连砍将下来。周围的乡亲们，闻讯冒雨前来帮忙助阵，还没等孽龙吞下妙子，妙子又接二连三用柴刀用力砍劈孽龙！妙子爹的金刚大锯，也狠狠锯向孽龙腰身！一锯！两锯！孽龙它疼得发抖，张嘴吟吼。冲天的水柱，哗哗从孽龙嘴里喷吐出来，化作了好几个水潭。由于乡亲们全都动手，很快地制住孽龙，其下身已变成半条石龙。见那上半个孽龙怪吟一声，从口里喷吐出一股水，将妙子喷吐出来，只带着一缕魂魄，逃向北边白龙潭，身子却化成两截石龙。

被孽龙从口中喷出的妙子，从天上掉落在西山里，化成一座高高的山峰。每逢浓云到来时，妙子变的山峰便会发出金光来，告诉人们雨大雨小和雨日的长短。由打这儿起，山里又多出好几个水潭，而且清澈见底，使乡亲们再不愁了吃水。而这块孽龙变的石头上，能清楚地看到龙吻、龙身、龙爪、龙鳞和龙尾，从此后，乡亲们便称它作"孽龙石"。因潭水是从孽龙口里吐出的，后人就管出水的地方，唤作水龙头。皇帝闻听后，便用镇物压在有孽龙的地方。

东岳大帝的女儿，闻听故事后，即派不老天下云游的仙姑，来这并不断显灵。不仅管拜庙的人接生送子，送医送福，还引得犯官都来谢罪。康熙年间，再修了山上的娘娘庙⑤。而乡亲们，谁也不知道伤心欲绝的妙子爹，去了何方，都说他为找儿子，爬遍了西山所有山峰。有人说，看见过头戴莲花草帽的妙子。于是，乡亲们便称呼这座最高的山峰，叫作妙峰山⑥。传说妙子爹终因思念儿子伤心过度，死后托生成一只猫王。

最早来妙峰山烧香的，是乡亲和妙子妈。由于憎恨寺庙门前的孽龙石，乡亲们每来一次，都要用斧子、锄头、扁担、镰刀用力刨上一下这孽龙石，再吐上一口吐沫，好像这才解气。再加上年年岁岁风吹雨淋，孽龙石上的龙吻、龙爪、龙磷、龙尾变得越来越模糊和支离破碎，只剩下孽龙的轮廓。再后来，多少年风调雨顺，每年四月初一庙会时节的头几天，这里会很准时地在头一天落下场春雨，把山路的尘土压下来。这几天还会有一股泉水在路边流，专为敬香的人们消渴祛病，人们便称这只有几天的泉水叫"妙儿泉"。

妙峰山娘娘庙的大名扬遍不老天下，成为北京几娘娘庙之冠，俗称西顶。还有就是，远近所有的白龙潭只剩下一处，其他都被老百姓改叫黑龙潭。妙子的乡亲们，都养家猫来帮助妙子爹寻找儿子，当听到小猫的叫唤时，会对孩子说："小猫咪替爹找妙儿来啦，喵（妙）儿——"

---

①八旗内的曲调。
②指旧社会从事演艺专业的人。
③不堪入耳。
④指女性。
⑤全称是"天仙圣母碧霞元君庙"。
⑥正称为：莲花金顶妙峰山。

"大明朝,出老公,京城十万俊后生。旧朝辈辈出奸臣,都与太监划不清,皇帝被困瓦剌帐,东岳题字是严嵩。"还得感谢永乐皇帝朱棣,建造了大方大气的北京新砖城。

旧社会,那些说书的总是说,过去老北京城是穷得叮当响,是"泥锅造饭斗量柴"。但若不是用这句话,来蒙蔽老皇帝朱元璋,也许就没有朱棣登基坐殿的那天了。自打北京城修建砖墙、初开九门时,就成全了朱棣,他好歹是大明朝的一位明白皇帝,起码是对北京城的有功之人,难怪老人们常说"永乐,有功,永乐,有过,人无完人,功大于过"。

泥锅造饭苦　永乐定子午

要说这故事,得从皇帝朱元璋,获知"燕王要造反"的密报开始讲起。为此,他几乎每日都打算裁撤燕王朱棣,但委派探查朱棣的几个钦差,返回南京[①]后,却把"苦海幽州"的诸多不好,讲得头头是道。说燕王乃是忠君于事。于是,年事已高的朱皇帝,面对这块旧朝之地,始终拿不准,到底建不建砖城。他明明知道建国初的封王和灭武[②],必会给后代留下无尽的遗患,但为防止蒙古瓦剌势力不断强大,只好硬着头皮,恩准朱棣修建砖城,但建不建都,却始终是犹豫不决。令老皇帝最为头疼的,就是朱棣的兵强马壮。而在当时,不老天下的诸王,都是朱元璋嫡子嫡孙,谁都在千方百计找辙,不被朱皇帝裁撤。

朱元璋在犹豫中下旨说,要把元大都——燕王朱棣的领地,改建成北方帝都。不然的话,天下人总会说,我朱元璋只是南方的皇帝。其实这只是小皇帝建文的招数,而一旦建好砖城,朱棣自会被裁撤。面对这曾是古今多少诸国,千百年来所必争之要地,老皇帝还是举棋不定。

从元顺帝丢弃元大都,落荒逃到草原开始,全靠王子朱棣来支撑这素有"苦海幽州"之称的繁华旧地,眼前还是一座满是荒草残垣的无主都城。建文在南京即位太子后,只知花天酒地地寻欢作乐,哪知诸藩王驻守各州的辛苦,这一点上朱棣是心知肚明。

自从朱元璋几乎屠绝开国功臣,文官便顶替了武将职位。但多亏燕王还有姚广孝[③]辅佐。非要迁都的朱元璋,想用建立北都,来外镇强虏蒙古,内制诸王的

■ 守着紫禁城的传说

画地割据。于是便再派钦差,来探访宿有"幽州苦海"之称的元大都——北京。也就是说,要最后探查朱棣的"反心",而此时的燕王朱棣,这会儿同样是暗自叫苦,不仅要应对由于连年不断地纳贡交税,还经常要对元大都拆旧补新,更要不断抵抗外族侵扰,使得他繁忙无比。而他明白,朱元璋对孙子建文的话,几乎是言听计从。虽贵为王子,但此地一旦被改作大明京都,他将会连容身之地都没有。不如现在,自己就是北方"皇帝"。但作为皇子,又不得不去迎接每位钦差。他希望是,将北京说成是极穷的地方,这样,所有关于他兵强马壮的传说,都会不攻自破。

哪一位钦差到来,燕王朱棣也会是客气对待,好话说尽。对前来巡视的钦差,总是唯诺不已。但最后来的钦差,终定了燕王朱棣命运。他是绝顶聪明,心胸有度。不然,《永乐大典》为何不出在别的朝代?

定新都在元大都好不好?这里北枕高山,南临大海,自古以来就是风水宝地。它处在有地冻三尺和朔风大雪的严寒地带。元代的帝王,对此地极为适应。但若对朱皇帝一旦说出好字,燕王便会即刻丢失这块经营多年的封地。若说,在北京定都最好,而南方人初来乍到时,并不会马上适应。假使父皇不满意,若发起脾气来,说不定自己则立刻会变成囚子。燕王在此事上是进退两难,愁思满肠,这天他着便服,陪南京的钦差,巡游到处蒿草又十分冷清的东岳庙胜地的山门之外。

这时,朱棣突想起元大都城图的事情,于是就问随来的苏拉④:"这齐化门(朝阳门)外的六里屯,因何称'六里之屯'呢?"

苏拉随口答:"当然是从齐化门算起,所以才被唤作'六里屯'。"

"那八里庄与六里屯,哪个离齐化门更近呢?"朱棣多年领兵,最熟悉此地。

随人谁也不吭声了,都知道六里屯是在八里庄的正北,且更远一些。

朱棣说:"看来,只有进东岳庙,去请教道长了。"

进得东岳庙后,一个正在吃斋的小道士轻松答道:"反问施主您一句,是城大还是庙大呢?"

"这还用问,当然是城大了。"朱棣信口答道。

"那么是城门大呢还是庙大?"

这个嘛……朱棣心想,按道理是齐化门要大过庙宇,好歹也是都城大门啊,但眼前这座天下闻名的东岳大帝的家庙,所供的神仙皆要大过皇帝,皇帝进庙也得拜神呀。但转念一想道:"还是得请教小道士。"

小道士顺口答说:"施主,有时候门大,有时候庙大。"

"那又为何呢?"这倒是有趣,燕王顿时来了兴致。

"施主您想啊,若皇帝信庙里的神仙,庙自然就大,所以'六里屯'是从东岳庙起,再向东北测六里地,故称'六里屯',而则因建有一片羽化之地的道家坟⑥,蒙元皇帝是靠道家拢住老百姓嘛。"

朱棣忙问:"元大都如此荒凉,难道是百姓少的缘故吗?"

"您说得正是,建大都时,当朝为兴旺大都,便将那四面八方的人引进。但自大明收复此地后,百姓都被赶至山西或口外去了。而今城内外我们这座百年道庙,也就再没人烧香祭拜,自然会荒凉不堪。"

"嗯……没老百姓,必荒凉不堪……依你看,是百姓大还是皇帝大呢?"

小道士打个揖道:"善哉善哉,依小道看,当然帝王为大,但哪代皇帝不是靠老百姓养活、吃粮吃肉呢?这时该是百姓最大,但老百姓在皇帝眼里即会一天天变小。"

"嗯?这个嘛……那现在的老百姓,是否有粮有肉吃呢?"

"甭说是草民百姓,哪怕是当兵的眷属,也在挨饿,您看我吃的是什么?"

朱棣与钦差探头一看,小道士端的钵内,登时傻了眼,竟然吃的是他并不认得的野菜汤和难咽的糠窝头,但小道士吃起来,却是味如嚼蜜,香甜不已。自古"贫国不贫道"啊,而连年征战,毕竟不是好事。小老道敢这么说话,连钦差也觉得新鲜。只好连连点头称是。并一再安慰这些没有香火供奉的道士们。

"那么你看是兵多好,还是没有兵好呢?"朱棣问得小道士一愣,但他照样张口即答毫不在乎:"照现在,整天介在修城造房,都似泥瓦木匠一样,哪里算兵呢?你看看,这不是还给我们修庙呢吗?"

果然,只见院子当中一群满身满脸都是泥的士兵,正在那里扯大锯,木屑弄得院内脏乱不堪,而钦差大人最是爱好干净的,赶紧躲开了这个与工地相似的东岳庙。

从此,每逢钦差查访,朱棣都将他领引到东岳庙转转,还总会顺便带些粮食给道士们。钦差在平日里,也素与朱棣交情敦厚。最后,老皇帝总算确信朱棣是个毫无野心的勤勉之王,而更确信幽州是个贫瘠之地。再者说,在明朝做官,是从来没有探亲假的。所以,谁都不愿意跑到北方来做官。为证明元大都的困苦实情,最后这位钦差,还带回去几句形容此地破败的民谚:"泥锅造饭斗量柴,养个孙儿吊起来,姥姥成天追鸡飞,遍地都是没娘的孩,捧把露水就是奶,幽州王府少粮柴,漕船都为北都来,瓦剌不断犯边境,三条腿的蛤蟆无虫眯……"

一向多疑的老皇帝朱元璋,见此民谚半信半疑,他召集所有去幽州明察暗访的钦差诠释民谚是何含义。但钦差们异口同声都说,幽州地界,实是贫苦,当地百姓因旧元朝的横征暴敛,没人用得起铁锅,只好用泥锅做饭熬粥,并不怕吃在嘴里牙碜;还用斗去称量仅有的柴草。

那第二句,为何如此悲苦呢?朱元璋也吃惊不小。钦差们答道,那儿的青壮劳力,都死于多年战乱,只剩下老爷爷、老奶奶不堪忍受饥馑,到处寻找食物充饥。所以,便把幼小的孩子,高高悬吊在房梁上,好躲避老鼠和野兽的伤害;最后呢,还没找到粮食的老奶奶,为给儿孙过生日,便把唯一的老母鸡,追得到处乱飞;可惜的是,没粮吃的老母鸡,根本不下蛋。

"嗯嗯嗯。"老皇帝连声点头。钦差们又道,最后几句说的是,因为战乱,死了数不清的年轻母亲,以至于到处都有没有奶吃的孩子,不得不靠喝天上露水生存。甚至连幽州的燕王府,日子过得也是艰难寒酸,就算是有俸禄,但无奈的是,要养兵养将,好对付北方的蒙古残余势力。连蛤蟆都因为没有吃虫子,饿成了三条腿……当然这是有些夸张了。

反正老道挨饿倒是真的,这句话正是去过东岳庙的一位钦差所言。

什么?出家人都挨饿啦?因老皇帝曾做过几天和尚,他倍加理解出家人。

当然,臣亲眼所见啊——野菜熬成汤喝。这位钦差最是点到了要处。

老皇帝不再吭声了,他即刻否决了建文太子的"撤掉燕藩"的建言。

最后,钦差们异口同声地说,而皇子——燕王朱棣,简直就是忠孝两全的典范,为早日建好北京,他节衣缩食地整天忙着,饭食却粗糙凑合,这真可谓是忠心耿耿的王子,是百里挑一。何况就算在幽州多养几个兵,也是为抵御关外强敌。果然,对于故土难离的老皇帝与上年纪的大员们,都点头允诺缓移新都,从此对朱棣不疑。

聪明的燕王朱棣,只用一首民谚,告诉朱元璋,他在这个穷地方为建新都城而受苦受累。这就争取了所有对他怀疑人的同情。其实,钦差说的那"泥锅",是沙锅、瓦罐,因表面更像用泥巴做成的而得名;那么以斗量柴呢?不过是钦差看到了,老百姓撮煤的方形木簸箕,误以为是装粮食工具——斗。而南方人,当时还不认得煤炭;而吊起来的孩子呢?不过是用荆条编制的婴儿摇篮,而老爷爷、老奶奶是因为总怕鸡把蛋下到外人家里去,便追着哄鸡回窝;孩子以露水为奶喝,是说东岳庙里的老道,正给孩子"以露祛病"洗三[⑥];……当道出京城内,有吃不到虫儿的三条腿蛤蟆时,是在说,幽州地界的贫瘠,但当地人却没有一个不喜爱三条腿蛤蟆的，那可是传说中的正经宝贝疙瘩——金蟾。

还有一个不为人知的事就是，那个曾在东岳庙内对答如流的小道士，其实是姚老道早安排好的弟子，叫他来对付钦差，而小道士早成了燕王朱棣最年轻的谋士了。

钦差们也明白，就算是朱元璋身后会国基动摇，但也不过是朱家后代自家的争端。果然几年以后，燕王朱棣挥师统一中国，终成为大明永乐皇帝，并在北京子午线上的南河、北桥下，埋下刻有"石头马和北京城[7]"的三字石碑，从此定都北京城。朱棣称帝之后，不仅派人重修东岳庙，还建成遍地庙宇，以弘扬儒、释、道三教。他为使北京人丁兴旺起来，便将山东、安徽、河南、河北的子弟兵和安徽老乡安排在燕王封地。为语言变通无阻，就统一将河南方言当成京都官话。这就叫"不南不北"，取中原人说的话为最公道，"中中"的谁都能听懂。直到今天，天津、宝坻、武清、三河、宁河、宝坻一带，在老百姓中还流传一个说法，他们的祖先是随"燕王扫北"而来到此地的。武清不仅在明代建有城垣（旧武清城），还有多个村落，都建有老年间的家庙、家祠（如梅厂乡双庙村），在天津地区还有一道明代长城遗迹。而那会儿的天津卫，曾是拱卫京城的一个港湾，还泡在水里，"卫"只是当时的一个建制。

朱棣为了稳定北疆，先后五次远征蒙古。永乐二十二年（1424年），朱棣死于征蒙归途中的榆木川（今内蒙古乌珠穆沁）境内，因此为老百姓所爱戴。朱棣死后葬于长陵，庙号为"成祖"，后代将其和太祖朱元璋并列为"万世不祧之君"供奉于太庙正中。

若问起明成祖来，也许有人会说不上来，但要说起燕王朱棣来，北京人几乎没人不知道。

---

[1]江宁（应天府），即今南京。

[2]为了稳定朱家天下，明代皇帝朱元璋在建立明朝前后开始就给儿子们分封王侯，而且对外姓氏的诸多建国功臣大肆杀戮。

[3]明代皇帝朱元璋和军师姚广孝都是出家人。

[4]满语，仆人。

[5]道家坟现在地名未改。

[6]指给刚生下三天的孩子洗澡。

[7]在地安门老桥下传说曾挖出一石碑，上面刻有北京城的字样，这就是水淹北京城的说法。

哪吒到底是"三头六臂"还是"三头八臂"？元朝的哪吒是六臂，而明朝的一定要多出两臂，以此来超过元朝。元代都城的城门数字是"三头六臂两条腿"，相加得十一座城门，那么按照明朝的说法：元朝是异族，而大明朝则减去了两座城门，正好是九座城门，占了《易经》中所谓一个最大的数字"九五"字，但哪吒也变成六条臂膀与三头相加的阳数——内城九门。

八臂哪吒定北京

北京内城是元朝至元四年（1267年）开建的。明朝洪武元年（1368年）把北面的土城墙废弃，向南缩进五里，再重建了北面城墙，并全部改建为正儿八经的一色青砖落地。等到永乐十七年（1419年），又把原来的南城墙拆除，往南再推展了一里多地，再建城墙。从此，便有了现在北京城的样子。而北京外城，则是明嘉靖三十二年（1553年）修建的。

当初天下人都说，只有哪吒才能镇服"苦海幽州"的孽龙。因此，朱元璋不得不派能臣到北京来寻哪吒。而究竟怎样才能建好"八臂哪吒城"呢？朱皇帝决定派大员去勘察一番。这位大员一听慌忙奏明："那里原是不老天下最贫瘠的'苦海幽州'，而久居该地的孽龙十分猖獗，恕微臣实无能，绝没本事去降服它，恳请皇上另派员前去吧！"

朱皇帝听罢一想，不是没有道理。若没个通晓天文地理，还能通神知鬼的"大能人"，是不可能设计好京城的，更不要说重建。于是，皇帝便问军师们："众卿哪个愿给朕去建北京城呢？"结果，军师们是谁也不敢答话，但眼光却瞄向一个人——大军师刘伯温。而老刘心里明白，朝中众多大臣，从来是见钱眼开，而遇事则胆小畏惧，就对皇帝道："请皇帝安排微臣去吧！"

谁知话音未落，二军师姚广孝也接着禀道："请皇上恩准臣也去吧！"

朱皇帝自然高兴，谁不知这两位军师是大明朝一对"大能人"，便下旨准他俩前往旧"元大都"——未来的北京新城而来。刘、姚二人忙谢恩领旨，不敢怠慢，日夜兼程直奔幽州而来。

军师刘、姚俩人，虽说是开国功臣，辅佐朱皇上一心无二。但俩人在暗地里，是谁也不服谁，而且总还较着劲。老姚对老刘说："刘军师，此事重大，依您看该如何去办呢？"

老刘却反问道："姚军师您说该如何去办呢？"还是老刘沉得住气，来了个死鱼不开口。

老姚不仅一贯争功心切，私下里还想着，一旦抢得头功后，再忙活城东建姚家园的私宅及祖坟。便说："刘军师，咱们以万宁桥①为界线，您住西，我住东，咱半个月后再见面，然后再各说主张。最后找个都认可的人判定输赢，并分出高低来，再将中选之图纸上呈予万岁爷。谁得胜，还做军师，谁输了，便出家当和尚。您看如何？"

老刘早知道，这曾经出过家的老姚，历来争功心切。心说，反正你本就是老道，不怕再出一回家；但我不行，如果真输了出家，那天下的黎民百姓都会笑话我，所以，我最输不起。他表面上点头赞同，私下却早有算计，还故作满不在乎地大笑起来。老姚明知老刘一向是独夺大功的人，便咬咬牙又道："那咱就这么定啦！"当下，两军师击掌为誓，各分东、西城住下。各自天天去探察幽州地理地貌。俩人皆在琢磨，如何才能建好大明的万世京都。

住是住下了，但怪事也就来了。起初，刘军师因为旅途劳累，便草草在净业湖②旧元豪驿高庙就寝。老姚也同他一样，也凑合着在北新桥附近一座旧将军府内安歇。他俩人都因为旅途劳累，竟然足足大睡了一天一宿。俩人虽没住在一处，但刚入睡后，俩人的耳朵里，却都听见一句像孩子的童声话语："照着我就成！"虽是在梦中，但是字字句句，皆听得清清楚楚。而且，这话是没完没了地唠叨重复。老姚先以为是做梦，可等他醒来时，这话音还是绵绵不绝于耳，他暗暗思量：这是谁说话呢？怎不见人呢？照着你的？你又是谁呢？老姚一夜未合眼，早早便穿衣、吃饭、出门，连睡晌午觉也在琢磨，怎么也破不透梦为何意。

巧极了，老刘也做了同样的梦，也遇到了同样的事。但俩军师见面后，却谁也没提这些。等到第三天，俩军师均各率人出门，以察看昔日元大都的风水八卦，测东西南北、城内外、皇城、皇宫和闹市商楼，将幽州转悠了一溜够，随同的土木画师们，连画又量，都忙得不可开交。

老刘这边儿又遇见了怪事。不论他爬"万岁山"③或登燕墩儿、钻胡同，甭管走到哪里，总会见一个光屁股穿红兜兜、梳顶天撅鬏的小小子儿，在后面时隐时现。他们走得快，小孩子也快，他们慢，小孩子也慢。见此状况，老刘故意停住脚步，咦？真怪！那小孩子还没啦。他再走，小孩子又出来啦。特别是那红兜兜，赤艳夺目。再说这边老姚呢？同样遇见一个穿红兜兜、光屁溜的、梳顶天撅鬏小小子儿，也是走哪，哪都有这小男孩儿。

刘、姚各回东、西城后，耳朵里还老是那句话："照着我就成！"刘姚俩人都总在琢磨：难道穿红兜兜的小孩子，真是神童哪吒不成？可哪吒是三头六臂呀！明天一定要先看看元大都的城图，若再碰见小孩儿，说不定便能明白些道理，当然，还要仔细瞧瞧他的胳膊有几只。

可巧，老姚取图时，见老刘已先他取走一份，自己又寻思，这已是先输了一筹。

第四天，刘、姚又各自多带了随从去溜达，为何要多带随从呢？为的是：叫随从帮他看看，那小小子儿到底是不是哪吒。俩军师，尽管一个住东，一个住西，可心思总一样，想法也一样，听的话一样，遇见的小孩儿还是一样。其结果，今天俩人又都遇见那穿红兜兜的小孩儿啦，不过今日改变了纱衣红裤，上身增加了一块斗篷，头上照梳一个顶天的撅鬏。湖蓝色斗篷上的披肩，被风一吹，露出比别人多的膀臂，脚下总闪着金花，步子并不着急迈动，但若追还追不上。特别是小孩儿的脑袋瓜，隐隐约约地左摇右摆，正是三个头！只不过是中间清楚，两旁发虚。而那条随风抖动的混天绫缎，道出了哪吒的真伪。他俩猜得不错，小孩儿正是神童哪吒。

老刘远远地大声套着近乎："这不是仙童哪吒吗？何时下凡的？早想与您一叙呀！"正想借机会赶紧向前揪住哪吒的斗篷，但他们哪有哪吒快。只听哪吒还是甩下那一句："照着我来！"早不见了身影。刘的随从见军师飞快地向前追起来，忙在后面直喊："大人您慢点跑！"老刘边跑边问："看见哪吒了吗？"

"没有啊！谁也没瞧见呀！"正说着，老刘一把将神童哪吒揪住道："仙童留步，还请不吝赐教！"谁知正和他一样，也一把将哪吒揪住的老姚也在喊："仙童留步！老姚请教！"俩军师的几随从都在说："二位军师都抓错人了！"刘、姚二人，定睛一看，手里哪是什么仙童哪吒，抓得却是对方，二人禁不住哈哈大笑起来，心里却别扭无比，暗自叫苦与神童无缘。

刘、姚二人，又各回了东、西住处。二人各自在想：照着我来，这哪吒分明是要我依他的模样描画新图，而哪吒又是擒龙的仙童，定能降服苦海幽州的孽龙，好！就这么办。想当初，元大都建十一座城门，不正是依照哪吒的三头六臂两条腿吗？看你姚广孝（刘伯温）怎么办？画不出新城图，看你怎么再做军师！于是，二人分别在各自住处，集结众匠师们，将新城图精心描画，并分别派出鸿雁，将图纸送到了南京城。

第十四天，刘、姚二人约好：明日正午双方到场，一同亮相所绘新城地图。老姚暗自叫苦，给刘的请柬又送晚了片刻，这是又输一筹。第十五天正午，皇帝的钦差和燕王朱棣，都来做裁决。只见正阳门前面空场，总共铺了九九八十一丈赤色④地毡，南北置放了八张丈余长的紫檀、龙香硬木条案。钦差和燕王子皆落座南北子午座位之后，依礼鼓乐齐鸣，俩军师背对背落座，老刘则客气地先谦让老姚说："您选哪方向坐？"老姚暗自叫苦，心说，这分明是主人的口气！得，又败一回！只好连忙道："您住东，当然朝东向坐，小弟自然面朝西坐。"

两个人各自落座，随人摆文房四宝，并研好朱砂彩墨。俩军师背对背拿起笔，从太阳升起到日落西沉，直到点蜡时分，城图总算画完。净着急回姚家园修房舍的老姚，忙抓起老刘的图来看。同样，一般猴儿急还要操劳国事的老刘，也急抢过老姚的图来瞧。见两张图竟然是一模一样，上面还都写着"八臂哪吒新城"几个字，裁定结果是，两位谁也没输没赢！

俩人虽各揣心事，但因打了平手，又都硬着头皮大笑起来。老姚道："请刘军师讲讲为何叫八臂哪吒城呢？"得，这不是请教吗？老姚只恨自己只为抢功，却没想又输一筹！

老刘道："正南中间的门叫正阳门，是哪吒之头，头即脑袋瓜子嘛，就该有耳，所以要建瓮城，还要东西开门，以通哪吒双耳；瓮城内当挖上两眼深井，当是哪吒的一对眼睛。正阳门东边的崇文、齐化、东直门，是哪吒这左半边身的四臂；而正阳门西边的宣武、阜成、和义门，是哪吒右半边身子的四臂；再连同北面的安定、德胜门，总共是哪吒的一头和八臂。"

老姚心内佩服，点点头却挑剔道："刘军师笔下的这个哪吒，难道没有五脏吗？"

刘闻听急道："有五脏呀！老弟你看，那四四方方的皇宫是哪吒的五脏，皇宫正门——承天门是出口。直到正阳门的哪吒头，中间这条长甬道，乃是进食之处，不老天下的兆亿⑤供奉，都要供到嘴里头啊（进入皇宫）。"

老姚心里憋屈脸上却带笑说："军师别急，还差哪吒的肋骨扇呢？"话说完，他自己再次后悔起来，这分明是后生在请教师傅嘛！

老刘沉得住气："姚军师，您画得比我细致，皇城外有两条南北大道，是大肋骨，那些小胡同便是小肋骨与肉，是不是？您画得真真是细致不过了！"话语中好像师傅夸赞孩子一般。

老姚明知又败一筹，但一想，"新城图"我是画出来啦，咱俩谁也没夺头功。但窝火半天的老姚，最后说的一句问话，倒真正是难住了老刘："请问刘大军师，神童哪吒的另外两个头，能在哪里找到呢？难道说，还要留下旧元都城的十一座城门吗？"

老姚好狠。哪吒的另外俩脑袋，直到刘军师死前，也没能悟出门道来。只好留遗嘱说，该在哪吒头上戴一顶帽子。这样，自然也就不必再找头了。这便是后来建的北京外城，难怪叫帽子城呢。最后，钦差与王子裁决他俩，谁也不输不赢，还道说，朱皇帝并不在意他俩的输赢，皆要奖赏俩人现住的宅子，为永世私有，传家万世。刘伯温倒不怎么在意，可以回南京后接着去做他的相。但姚广孝则是越想越别扭，就依照前诺，重出家再去当老道，专等着看老刘如何建北京新城。但最后俩人，是谁也没躲开新城的善后，其中就有斗、镇孽龙。

从此，后来人都说老北京是"西城贵，东城富"，这话便是从这来的。您想想，住在东城的老姚既然出家为道长，自然享受香火，而后来朱棣又为老姚敕建寺庙，他便拥有不老天下的万家香火供奉钱，不是无比富有吗？而老刘仍回应天府当大国师，继续效忠朱皇帝，身份在一人之下万人之上，拥有最大的权力，不也是贵如天子吗？再说，朱王子即皇位之后，只看中老姚的济世之才，远远高过刘伯温。谁想到，老刘为江山社稷算计到头，还是没得老死，但老姚倒是善始善终，成了千古功臣，羽化后[6]被厚以国葬，至今在房山墓地，还留有六层宝塔一座。

刘伯温、姚广孝二位军师，一同督造北京新城不打紧，却没想到惹得居住万年的"苦海幽州"的总管——孽龙族们震怒不已。它们认为，若再不设法保住此地，也许早晚有一天，这北京城会遍地是人，失了龙的福祉。于是，老龙公忙唤龙族商议，都赞同要盗走幽州的"苦甜二水"，要渴死北京人，叫他们连苦水也喝不上。这才又引起后来"高亮赶海"的故事来。

[1]万宁桥，即地安门老石桥。
[2]今积水潭。
[3]西苑，即北海的琼岛。
[4]土黄、明黄及红色在古代都为皇家使用之色。
[5]指银两。
[6]老道死称作"羽化"。

南京北京，都姓大明，九门近似，孔庙相同，不是皇帝，谁称都京？东、西安门，哪有安宁？咱先不说到底有没有沈万三这人，而要问的是，这建北京城的银子到底是来自哪里？

咱再说什刹海名称的由来

北京的什刹海，是指自德胜门水关入口开始，往后数的六个由桥分开的水域，古人又称之为海子。在明清时，人们才将西海、后海、前海①、北海、中海、南海统称为什刹海南、北三海。现代人又将北海响闸②以北称之为什刹海三海地区。可为什么叫它什刹海呢？

其一，因为明（或元）朝时候，曾有人在这海子岸边建了什刹海寺庙，所以也就随之被称为什刹海。其二，海子周边共（或最少）有十座寺庙，寺庙在元代，也被称为刹，这说法听上去似乎是无可置疑，但并未得到一致认同，因此，关于什刹海名称的由来，众说纷纭。

其二，民间有人说，"九庵连一庙，当年为十刹"，在元朝时，首个建在西海（积水潭）北岛上的寺庙名为"镇海观音庵"，因古人对庵中女子称为"刹女"，所以称什刹海。有人称它为"石镭海"。而这是指在元朝时，半夜自大上降下来陨石一柱，直接插入三海至积水潭之故。

其三，就是在京城百姓中，流传最广的，关于明初期大富豪沈万三的传说，有人说这是从南方偷来的故事。传说在元末明初，尚未建北京砖城时，京城有个富得流油，但从不露富的"活财神"沈万三。但"活财神"并非是一个大财主，他一个钱也没有，就连衣裳比百姓穿得还惨，甚至不如一个乞儿。那为何管他叫"活财神"呢？因为他能知道地下哪里埋着金银财宝。谁要想跟沈万三要金银，就得把他打急了，才能指出金银的藏处。而打得越狠越厉害，便能从他示意的地方，挖出更多财宝。叫他"活财神"，其意是说，千万不要将沈万三打死，便会有财宝。

谁能打他呢，家里人是骨肉手足，不忍心去打他。所以，他家里是穷得出奇。一般百姓呢，也不敢平白无故地打他，只传说他一下罢了。就这样，"活财神"沈万三，和那些不肯、不忍、不敢平白无故打他的人，都穷得吃不饱一顿饭，穿不上一件利落衣裳，家里越混越破败，但沈万三名声却越传越远，直传到皇帝和钦差的耳朵里。

这年一个秋天，朱皇帝要建北京砖城，于是，不老天下的财主，自是最害怕，因为朱皇帝要钱，对财主们从来不客气。他虽然有整个大明的皇天后土，但却为连年争战而国库空虚，也就没多余的银子拿出救急建城。于是，他与九卿六部，商量一个捐钱建城的办法。有个宦官与燕王朱棣讲了"活财神"沈万三的怪事，朱棣一听，高兴得连连说道："叫他捐！"便立即吩咐东厂、锦衣卫，速将沈万三给抓来问问究竟。

锦衣卫奉燕王之命，不敢耽搁，骑快马四处寻找"活财神"沈万三，找了好几天，才找到沈万三的家。等来到沈家门前一看，谁也不敢相信，就这么一个破旧的院落，街门只剩下半扇，而连个院墙也没有。看到这些，锦衣卫们全乐坏啦，一个说："我还以为是个大宅子呢，哪知闻名幽州的'活财神'，住这么一个破地儿啊！"

锦衣卫道："甭管他住处如何，先抓了交差吧！"一挎刀锦衣卫即刻去敲破门，这会儿见从尽里边儿的破屋里，走出个脏老头儿，其身量不高，穿着露肩裸背的破褂，迷迷瞪瞪地问："这么急赤白脸地敲门找谁呀？"

锦衣卫告诉他："我们要找沈万三沈大人。"

脏老头儿一边毫不在乎边捏住几个虱子并放到嘴里边说："什么叫大人？找我有什么事？"

锦衣卫说："大明王子叫我们来请你。"话音未落，一条铁链锁了"活财神"沈万三。沈万三心里懂，王子是惹不起的。看着这一个个，都持刀拿枪地逼着他，不跟去是不行的。于是，他便跟锦衣卫们稀里糊涂地去啦。刚一见燕王朱棣，还未磕头，即被好言相劝，并要他把金银财宝捐出来一些给国家。这钱会用在建北京砖城上，是为王朝献力。兴许，这沈万三，天生就是个挨打的贱命。开始没挨上暴打，当然不会承认自己是赫赫有名的"活财神"。直等到再也沉不住气的朱棣，将他交给大员们审问时，老沈还满不在乎。他那一副装傻充愣的模样，将大员们全气得口眼鼻子歪的。当官的翻脸不要紧，在公堂之上，便对"活财神"开打起来，边打边问："你一向妖言惑众，骗取富名，今天你拿出金银财宝便罢，不然可要吃尽苦头喽！着打！"

于是棍棒齐下胡打起来。等打得再也扛不住时，沈万三才大声惨叫："别打啦！我就是'活财神'沈万三！……但别的我可就不知道了！"

"问得是财宝，你还敢说别的不知道？"官老爷大喊："接着打，打出银子来!"

"哎呀!哎呀!我说,我的确知道哪儿有银子。"一听见有银子,打手们便住了手,往上禀王子。朱棣一听,果然是打出来的,便又说:"带他去挖,挖不出金银财宝,就是没打舒服,还得再打!直到打出来足够用的钱为止!"于是,皮鞭棍棒伴陪着沈万三,走遍了北京城的大街胡同和九城三海③,是走到哪打到哪,直打得沈万三是边挨打边炝着脚蹦高。它也怪了,只要是沈万三一踹地、一磕头、一蹦高,凡是在踹地、磕头、蹦高的地方,稍稍挖将下去立马会发现,那金闪闪白花花的、五光耀眼的金银财宝,都藏在一个个规整的石头窖里。锦衣卫跟着沈万三,最先走到积水潭一带,还没挨上几棒,沈万三立刻就说:"这儿有。"结果,便真从那里挖出一窖又一窖的金银财宝。喜得前面老百姓挖,后面官兵捡,好家伙,石窖越挖越大,连同金银挖出的青石板,正好做了海子的几个码头。

结果,不管是走到西海、后海、前海等处。哪里也没白走。没过多久,财宝堆积在京城的四面八方,使皇宫诸殿与城楼也不断建成或开工。这无数财宝,所被挖过的地方,便有了一个个大坑。正赶上那年下大雨积水,京城内是寸步难行。人们都大发牢骚说,沈万三竟把北京的大青石,都变成了财宝。因只有石匠,才能开挖石窖,所以京城只有石匠最忙碌,当时还有人管那里叫起"石匠海"来,也都说沈万三是舍命不舍财,财主们都该这么打打!满处挖坑,北京没准还要发水火呢?果不其然,后来便闹起孽龙捣乱的事情。

这故事说了无数遍。但当永乐皇帝将国语改成河南口音后,后来叫着叫着顺口了就叫成"什刹海",因北京土语和河南方言,都是第一字语气重。到现在,还会有上年纪人强调说:"这原叫什刹海!"从这些注解中,能听出北京从语言到文化,一样来自五湖四海。明代帝王的确很聪明,当年为将天南地北的人,都引到京城来,竟把北京地底下也讲成是到处有藏金埋银的地方,遍天下人,哪有不来此游览的道理。于是,自古以来,不管是淘金的、找宝的、做百业的、为生存的人们,自然会不断涌向京城。大明朝一南一北的两个京都,是令世人瞩目的圣地。而建这么一座大城,只不过是用了一个财主的钱罢了。言外之意,这钱与老百姓毫无关系,非搜刮而来。北京砖城出现是天意,是"奉天承运"的缘故。

难怪李自成进北京,和将兵们只要金银财宝。他早就听说,北京连皇上住的宫殿上的瓦都是金子铸就。直到最后,他的兵们还在叹息,恨大殿太高,那房顶上的金瓦④,实在是不好取下带走,只好连北京城一起烧掉。李自成逃跑时,带

■ 守着紫禁城的传说

头一箭先点着了承天门⑤后,兵们是边跑边沿街点火。老百姓自有歌谣送他:"老李闯北京,先烧帝王陵,后点紫禁城,武英殿里没坐稳,大顺穷得没皇宫,不仁不义不发送,没落下上吊的一根绳。"⑥

沈万三的传说,绝非是什刹海的最好诠释。这故事寄托了北京人对什刹海所蕴含的历史、文化的探究。什刹海之丰富多彩,即是人类文明遗产的接续。

---

①银锭桥以东往南是前海。是挨靠中南海之处的北海,故称前海。
②响闸,又叫银闸,当年是用洋人的技术,装备上滚轴倒链控制,用西洋银色马口铁皮做闸板面,用来控制前海与后海水位。因倒链有机器设备,故而升降时响声巨大,所以谓之响闸。
③即六海,是北海、中海、南海、前海、后海、西海之总称。又称南三海、北三海。
④指琉璃瓦。
⑤承天门,即现在的天安门。
⑥此为清代民谚,笑话李自成什么都没落着,还落得连上吊自杀的崇祯皇帝都不发丧的一个不仁不义之恶名。

天干地支,甲子一轮。兴厄里(满语鼠)在属相里最大。而燕王朱棣,却晏得天下,反倒因为自己的属相,总是犯愁这不老天下的皇帝,该怎么才能做得起来?

地安门金鼠的传说

地安门建于明永乐年间,是皇城北门,位于后门桥①与地外大街南端,明初称北安门(厚载门),与南面的承天门(天安门),同在京城的一条子午(中轴)线上。

元朝时曾建成的齐政楼,包括了钟楼、鼓楼在内,现在叫"旧鼓楼大街"。但奇怪的是,这条子午线到齐政楼后,便一直延西北斜向偏去,又正好对上口外的元中都。老百姓都说,这就是大元朝的"亦正亦邪"的龙脉。

明朝打来,一把火先烧了齐政楼,待明代建都北京时,所有测量此地的风水先生，都不知对元大都的"龙脉"有何破法，日子一久，便惊动了正要择日称皇的燕王朱棣。要知道，历朝历代的帝王，都是最迷信的。

话说朱棣早前率师南征，攻陷应天府②，从侄儿建文手里，夺得天下。他虽在南京对"建文党羽"大开杀戒，杀人无数，但在北京却并未滥杀无辜，谁叫这座都城歪打正着，正是为他建的呢。尽管元顺帝，早被赶回漠北，可接三变四地，蒙元残孽总想卷土重来。为防止万一，他便在北面加修长城，这几乎耗尽了所有帑银，而城内的民间市井，却又在纷纷传言，燕王的属相并非帝王之命，这也同样耽误了他登基择日。

其实，燕王朱棣早就发愁，他属鼠而不是属龙，故此，他真怕自坐江山有误，心内一直是忐忑不安，甚为惶恐。哪怕自己是属小龙的也好，这也不枉是真龙天子。

如何才能叫众人承认，唯自己才是真龙天子——皇帝。虽则建文属龙，但真正得到天下的却是他朱棣，这又该如何解释？他曾在姚老道的辅佐下，通过"靖难之役"一统中华，君临四海，眼看欲高坐龙庭，但京城里却总是令他不快。明明姚广孝是朱棣的军师，可却有不少人，将姚军师的劳苦，皆说成是老头子刘伯温的功劳。他也只好"也罢也罢也罢"，反正老刘是臣子，更不怕他不朽于青史，反正后人总有一天会扯清的。

自古以来，呼风唤雨的真龙的形象，不知流传了多少代。但在北京城不同，除暴发洪水之外，谁也想不起真龙来。即便是朱元璋，也从未将传说中的"龙"依法制定。朝中的所有大臣，皆能在补服上，私自绣制各种龙的图案。而令人想不到的是，燕王子朱棣，这时竟因为赢了建文而害怕起来，怕什么呢？皇宫里到处是龙的图案，用的是龙玺、龙椅、龙案、雕龙门窗、雕龙台阶，还有穿戴的那些龙冠、龙袍、龙裤、龙靴、龙帽，就连自己的内衣内里，也都有龙的身影。朱棣真想即刻问问他，究竟是怎么面对龙的呢？朝思昼想，自然入梦，朱棣在夜里噩梦连连，总不断有阵亡将士，前来找他索命，朱棣在梦中，什么都不是，什么燕王、皇上的，谁都不在乎他，谁都能对他为所欲为，这使他醒来后大为恼怒。

这一天，朱棣着民装偕随人，借游览京城的名胜古迹的机会，想寻找答案。历来，不老天下的老百姓，都敬仰皇帝的一切，甭管吃喝穿戴、行动坐卧，认为只有皇帝该大福大贵。其实，真正的皇族，反倒十分向往百姓的田园和自由自在，而谁又知道帝王也有烦恼呢？

他现在希望能马上见到好的术士，给他占上一卦。在小时候，总跟老皇帝，去庙会占卜算卦，而且每次打仗，老皇帝也要占卜。他一行人出西安门一直向西，去妙应寺（白塔寺）吃斋后，再坐船于后海上转过一圈，最后在"旧鼓楼大街"的前街后巷内，终于找到几个测字算卦的道士，心想，自己先要避开随人，不然，还有何帝王之尊？于是，他支开同行人等，独自走近卦摊。眼见得卦摊用竹棍挑字号写着"知古往今来，算未来福祸"一行字。

但凭朱棣的华丽衣服，算卦的小道士，早看出此人非同一般，刚才明明是前呼后拥的，那么此人不是当朝一品，也得是州府大员，上赶着不是买卖，我干脆来个爱搭不理的，反正是该来就来了。

因在前朝，所有老道都是吃香喝辣，受到元代帝王优待。而到了明初战乱，民不聊生，使道观里的香火供奉骤减，老道便成了四处漂泊、无有生计的流浪汉，只能靠算命、占卦混饱肚子。历来挣的是富贵人钱，而大人物照样也相信出家术士。但没想到的是，就因这一卦算得极好，极招人待见，才使他身后的万千老道，最难忘记他这位先师。

见招牌字写的是《解字望性》，朱棣便问："何为望性呢？"

"望性就是，知解您的属性、秉性、天性、德性……您打算看解什么呢？"

朱棣言道："'一打③它最大，二六它最小，天下都有它，有他才天下'，我测'属'字，只测上任为官的凶吉未来。"边说边在纸上写了个"鼠"字。

小老道听明白，这谜语说的正是属性，于是道："一看您是惧怕属鼠，但您过去可是从不惧怕，您是否记得？天地之间曾有个最大的朝代吗？"道士早已从朱棣的大耳垂上看出，此人兴许是位及王爷千岁般的人物，但尚未想到，站在面前的，便是明日帝王。

朱棣又道："古人云'龙蛇帝王，牛马将相'，是否不在其列就不得为其职呢？"

小老道大笑道："大人难道不知还有这么一句话吗，叫作'从医道子午流注，从人道轮流坐庄'，宋朝皇帝可算是占满十二个属性，但属龙的皇帝，却被掳到蛮荒之地，不幸流浪在异国他乡，您知道曾占有四海的元朝吗？满朝的帝王将相，却只是一个属性。"

朱棣听后惊道："为何只一个属性呢？"

"因为蒙古人，最早还不曾有十二属性。进中原后，才知道还有一个叫"属性"的东西。虽然您属鼠，却拥有旧元满朝代之总属性，你何必担心不能做大官呢？可是……"道士说到这里伸出一只手来——讨银子。这个为吃顿饱饭，而不得已算命的道士，说到此卖起了关子，目的是想先收银子。他明白，假若一句话说不好，也许会将自己的脑袋瓜子算丢。所以，他向朱棣伸手，开始讨银子。而朱棣却是两手空空如也，只得向远处招手索要。

远处的随人④，见此情景，赶忙跑过来递银两，道士接银子一看，不由得有些惊慌失措，这可是正经八百的帑银——出自国库中，而且是出手大方，一给就是一锭。他心说不好，便开始动脑筋，预先想好脱身之计："大人，贫道尚有急事去办，咱们明天再会吧。"道士是见好就收，这锭银子够他吃些时日了。朱棣一见道士要走，便急了眼，还以为是嫌银子少，忙拉住他道："我每问一句，就付你一锭白银，您看如何？"

小道士道："这不是银子多少的事，凭我一个游山玩水的贫道，目前尚未想'羽化'，当朝又尚未平定下来，大人您岂不知有'不在其位不谋其政之说'？我已经说完，您就放了我吧！"小道士简直就要哭出声来了，心里说，这一锭银子还不知道能否拿得回去呢。

"哦——有我在，您就不用害怕说错话。"朱棣见道士开始哆嗦，知道他怕拿了银子人却走不了，或是已然看出，自己就是尚未登基的天子。想到此，他拍拍胸脯道："不论对与错，我都会送您一座道观。"

啊？好大的口气啊！道士一听，更吓出一身冷汗，细一看面前之人，果然隐约有帝王风范，开口就敢应他一座道观！他吓得干脆跪在地上求饶："那我就更不敢算了。"

"先生请起，包先生平安无事。"

见算命人总算平静下来，朱棣又道："为何算命的数老道最多呢？"

见走也走不了，不算也不成，道士也只好听命，他沮丧地道："大人有所不知，旧元皇帝是完全仰仗全真教，并尊它为可诚、可信、可依赖之道教，谁敢不信奉？可后来，元朝灭了国不说，连我们这些老道，也没了饱饭吃，尽管云游四海，但老百姓都快饿死了，哪来香火钱奉养我们？只好饥一顿、饱一顿地胡混，算命是迫不得已啊。"

"唔，懂了，我还有两件事请教先生，这一，如何看待旧元的歪向西北去的子午线？第二，假若当今圣上属性非龙，您如何看他属鼠的。"朱棣故作表白自己绝非皇帝，但却将想法终向道士吐露。

"大人您想，旧元的'齐政'二字意寓什么？还不是等待后来的君王再定钟鼓吗？何不再盖起来大明朝自己的鼓楼、钟楼，势必压住齐政楼的气脉，以正大明朝的子午国运。小人上面说过，亦正亦邪，还要以正压邪，这岂不是'压元扬明'之风水吗？这非是一般风水术士能辨得出来的啊，这天、地、子午线，都是大明气运，就算再重修一座齐政楼，也不妨国祚之运啊？"

"说得好，说得好啊……"朱棣闻之大喜过望。

小道士这回才是学之有用，他的平生所学，正好是风水堪舆，这回他大胆继续说道："为说大明的京城之内的子午为正统，只要在城内外南水中，埋上石马——便是'午'，北面的万宁桥下的水里要埋镌刻'北京'二字的石碑——便是'子'……您请看这'北安之门'，是为谁的地而安呢？"

"这……难道是为鼠所开？"朱棣禁不住心中又是一阵狂喜。

"这岂是开的门，您看它：上接承天，下设厚载。承天按照天意，厚地厚以载德，这分明是不老天公赠予当今万岁爷的门嘛。不是鼠吗？那么只有老鼠的门才开在地下，对吗？一人之属性，既然能抵大元一朝，那这天下不是王的，还能有谁的呢？不老天下，君王居中，然后有地则自然有天下，燕王自然是天地间，当之无愧的君王，只是……"

"你大胆讲来，万事有我承当，只是什么？"

"……小道……"道士自知出言过大，一听说承当二字，更害怕起来，他看出来，面前这一位气宇轩昂的王爷，正是朱棣了，所以，他不敢再说了。

"我，燕王朱棣便是，是正要择日登基的大明皇帝，能给你做主！本王决不会怪罪于你的！"

道士一听，立刻被吓得没了魂魄，他瘫倒在地，口口声声连喊千岁！心说，眼看说破了，怕也没用，只有舍出命，大胆讲述见地："虽然您老的属性为最大，但在这门之处，也必须要尊依五行、五金的安排。"

"讲下去。"

"天下帝王即承天又安地，那么只有广开五金中的'金'字。"

"此话怎讲？"

"更新旧元朝的金殿、金印、金库、金币、旧钟鼓楼[⑤]，重建齐政楼，还要对着地门，新建大明自己的钟楼、鼓楼，而地安门的门墩、门槛、门钉、门环都要镀金子……"

"此处，尚缺一金啊？"没想到朱棣听得真真切切。

"不缺不缺！这还有金鼠呢，在十二属性中，说到任何属性的头一字，先是'属'字，比如说，属牛、属羊、属马，然后才是属猪、狗、鸡、龙、蛇等，属（鼠）字永远为最大！一切都在鼠之下，是万人之上的属性，国文一向讲究谐音，而谐音就是为这鼠字而造设的！不是吗？"

朱棣一听心花怒放，连声称妙！连道："好解释！但那条邪路呢？"

"天下从来是亦正亦邪，自然成就邪、正二字，唯后来王者已然为正，镇住即可。您可叫工匠们，御制金鼠一只，经道观大法师择吉时画符开光后，埋在地门门墩之下，而老鼠的头尾连成的延长线，恰好正是北京城的中轴线。他可帮王爷震慑北方反心不死的旧元余孽，南有奉天之承门，北有承运之地门，所以才有奉天承运⑥之说辞。要请龙子螭龙⑦镇水，这皆在属鼠之后嘛！而鼠尾和龙尾都是永远在长的，不愁压不住旧朝……今日是小道的大运之日，我这给皇上磕大头喽！"小道士竟规矩地拜倒在地，即行大礼！此一席话，令朱棣大喜过望，竟将道士搀扶起来。

从那以后，朱棣的一切烦恼云消雾散，他按照道士所说解的一一做到。尔后，这个饥寒交迫的道士，走了鸿运，他不仅得到南方一座很大的道观，而所有老道、和尚、尼姑等出家人，都被朝廷供养起来。明代的道观与庙宇是越建越多。据说全是因为这个在皇帝面前敢于直言的道士。而皇城南门真被改叫作承天门。不久，朱棣便建起来现在的鼓楼、钟楼。

从此，北安门之称呼，代替了俗称的"厚德门"。而老北京人，仍叫老石桥（万宁桥）为"后门"桥，其实是厚薄的厚。皇城东西两边的门，依南京之例分别叫东安门、西安门。

当打造好的御制金鼠，刚运至北安门时，金鼠竟然跃下马车，跨过金门槛四处张望，奔跑几圈后，便自行钻进门墩下的土里。此时门墩万丈金光，耀人眼目，押车的侍卫等，竟不知如何是好。见此情形，工部大员即立奏报朱棣。朱棣连忙请教，小老道思寻了半天说出原委："大明万年基业虽说已开，金鼠也是耐饿耐渴，但还需后辈们珍惜永乐盛世的来之不易，如不然，在三百年内，一旦忘记给金鼠焚香燃表，王朝就会因金鼠怪罪而遭受其鼠害。"

果然，三百年未到，大明官员因忘了祭祀金鼠，使得鼠疫天下蔓延，李闯王便借势揭竿造反。京城内的乳童十有八亡。等多尔衮进京时，头一件事即是，用全部牛车携带白灰，将京城内外，全抛撒一遍。就此，鼠疫绝迹。

从此，凡京城内的官家、私家茅厕，便有了用白灰驱邪的习惯。

清顺治年间，摄政王多尔衮借重开乾坤之意，遂改北安门为地安门，老百姓仍俗称"后门"。该门建筑为七开间，黄琉璃瓦单檐歇山顶，共开启三门；中间为皇帝专用门道，平时只开左右门道通行。因地安门金鼠的故事，曾在什刹海地区流传多年，现还有"金门槛儿，金门墩儿，小金耗子不吃亏儿，御河的石马不成对，北京的字号在桥墩儿⑧，不敬金鼠祸成堆儿"的俗谚。

20世纪50年代，地安门被拆除。但金老鼠、金门墩儿、金门槛儿的故事，却在老百姓中流传下来。而眼下平房的卫生间，皆是干净整洁，早已没了撒白灰消毒的习惯。

---

①即地安门老石桥，元代建时名为万宁桥，因地安门俗称"厚载门"而被老百姓叫成"后门桥"。
②即现在南京。
③十二为一打，此喻为十二属相中的鼠。
④即保镖。
⑤即旧鼓楼大街上的标志性元代建筑。
⑥明代的承天门即现在的天安门。
⑦即传说中的镇水兽。
⑧传说万宁桥（即地安门桥）下的桥墩刻有"北京城"三个字。
注：文中提到的属性——今人称为"属相"。

几十年前，就听到过北京城有句老话："先有的将军，后有的常营。"您要是知道明朝的事情，就一定会知道，大明王朝开国皇帝朱元璋手下有着众多战将。而其中最出类拔萃的一员，便是副元帅常遇春。

北京常营的来历

常遇春是明朝开国名将，字伯仁，安徽怀远人。体貌奇伟，沉毅果敢，长臂善射。在朱元璋还在与元朝军队周旋时，大将常遇春率领的大军，从来是所向披靡，凡与元兵交手，常遇春都是身先士卒、一马当先，率先冲入敌军最精锐的铁骑中。经常是生擒对方大将，或将与其对阵的元将斩下马来。常军所到之处，蒙古大军无不望风逃窜，闻风丧胆，若是知道常将军会到，这仗干脆就不敢再打了，元军几乎是束手待降。不到几年，常军便捣毁了内蒙古北部草原，即元朝兴起的老巢，有一次光是擒获战俘就多达二十余万人。

几次因为朱元璋的失策与轻敌，在他被围或者危难之际，总是常遇春带兵来救驾。对这位有万夫不当之勇的爱将，朱皇帝曾给了他至高无上的奖励与殊荣，经常是赏予千金并屡屡提升他的官职，官至太保、中书右宰相，封鄂国公、大元帅等至高无上的荣誉。遂派遣常遇春镇守通州，在京畿附近设立常营、康营、崔营、来广营等多支精锐部队。最大的荣誉就是将朱皇帝的孙子朱允文的"安国"之命，交给了常遇春的儿子常茂、孙子常宝森。

可惜大将军常遇春，为迅速消灭元朝，追元顺帝追到了上都[①]，未等到彻底平定天下，便在灭元鏖战中身染暴病谢世，其在长城以北[②]留下了众多的"营"（如张山营、魏家营、沈家营、马匹营等），号称有七十二营。朱元璋在江南闻讯，扶送回的棺椁痛哭不止，如此厚爱，除常将军外，未曾有过先例。并将其厚葬在皇陵对面。大明建国初，借故大杀武将时，却赐常遇春后人难得的殊荣，下旨追封常本人（儿子常茂）：承父爵袭郑国公、开平王、御赐镶赤金丝篆文的丹书铁券[③]，标明：只要不谋逆，可免三次死罪；而百世后代世袭爵禄不尽。并敕建庞大的常营清真寺，当时北京城还只是朱棣的王城。

后来，常遇春之子常茂，二十多岁便战功卓著，英雄了得，所率军队遂以常胜不败而闻名于天下。为明王朝立下汗马功劳。朱棣称帝后，对常家极有敬意，封常营为永世驻跸禁地、拱卫京畿的嫡系兵营。郑和在北京坝河（郑家坝）救驾使朱棣逃生，若不是常营发救兵，根本就不会有郑和的功成名就。朱棣御笔书写赐姓为"郑"姓，并在封官后再赐三不老爹宅子（三不老爹为南方话，意为似"山一样"的长辈，亦称三保老爹），即今天北京西城区的三不老胡同。

后来的郑和，只顾忙于奉旨频出海外，多是为国尽力。老北京城还有句话就是"郑家小子不爱财，名声四海，可惜白来，倒为太监正了名来"。在郑和之后，北京城每年待选太监的人就有十万之多。都说明朝是起于太监又亡于太监。有名的祸国大太监多出在明朝，魏忠贤当属一例。而大明开国皇帝朱元璋，曾是依靠大脚马皇后智谋领兵带将。有着医治不好的疑心病，生怕谁来篡夺帝位，看天下欲定未定之际，开始大杀起功臣来，最后连所有的被封王侯都日渐担起心来，有的是被逼至反，而皇子朱棣就是咬牙坚持到老皇帝嗣后的其中一个。

明朝尚未平定，皇子间就因皇位逐渐剑拔弩张起来。身为副帅的常遇春常愁思满怀，在最后出征塞外前，携子孙来坝河边散步。见几牧童在吟歌、游耍，问其："为何要唱诸葛亮的《出师表》？"牧童道："诸葛亮知人生有限，所以七出祁山，鞠躬尽瘁，而蜀国的安国公刘禅，在这里却乐不思蜀。只可惜千古名相，再算不出隆中之后，假若他养尊处优，闲云野鹤余生，那该多好，本是山野村夫，还怕回家去做村夫吗？您说呢？"

常遇春本武将出身，忠诚一贯，只知道打仗用兵，从不喜与宦官周旋国事。眼见一起出生入死的功勋们，常因谗言而丧了举家性命。又见到朱皇帝用"屠户之为"以治天下，不免为后代安危所忧虑。听了牧童的话，便对其子常茂嘱咐道："孔明先生写《出师表》时，就早已看到蜀国的未来，更无法把阿斗变成治国明君。你等切记，待我功成之时，你等即该渐退，去得越远越好。"其时，该孙正在宫内陪皇帝建文，其女儿也早进皇宫，做了朱元璋的儿媳。从此，常茂将其父之话谨记在心，时刻不忘。为人从来是事事小心，绝不误操练常营本部兵马，从不敢多与周边驻地将军们过多结交，也绝不敢比其"财有多富，地有几封，比权比势，比银殿气派"。在其父战死后，遂谎称因身体旧伤发作需要治疗而告假于皇帝，并私下将兵权交给嫡系参将。设计将其子常宝森撤出皇宫，躲到陇西的蛮荒之地，开荒隐居，并新建家庙、遂行禅事。巧妙地躲避了朱棣疯狂诛杀异己的麻烦，使后代们辈辈平安繁衍，逐渐被世人忘记。而常营回回军伍后代们，团结一心，不管境况多么艰难，只依靠勤劳的双手，种田盖房，男耕女织，生活的是本本分分，照样为国尽忠，还将常营清真寺维护得十分得体。

满族入主中原，清朝皇帝康熙，对常家深感钦佩，并将常营士兵委以重任，编入八旗军伍。乾隆皇帝因景仰这位明代将军，为此特建回回军——回回营[4]。敕建宝月楼之后，御封香妃，旨命回回营军伍，驻扎在宝月楼路南的回回营胡同。多次拨银两修缮常营及京城所有清真寺，旨令尊重回族的风俗习惯。故此，常营清真寺也因地而得名。改革开放后，国家和当地投巨资多次修缮该寺。目前属北京市文物重点保护单位。近几年，喜欢中国古迹的国际友人，常是来这参观游览，一睹有着几百年历史的明代清真寺风采。

---

[1] 河北省内。
[2] 今延庆县。
[3] 即免死牌。
[4] 今西长安街路南回回营胡同，宝月楼为现在长安街上新华门。

姥姥的针线活做得非常出色，甭管是钉扣襻、做衣裳，针迹都像外边裁缝做得一样，极为规整贴实。特别是给姥爷做的千层底布鞋，那可

真叫绝了，常使姥爷分不出新旧，而且经常穿错。床垫下压的纸质鞋样，总是厚厚一摞。一到年根儿，她总是小心翼翼地整理收好，生怕我和弟弟叠了"飞镖"①拿出去玩。"您留它干吗呀？"我常这么说。

"不懂啦不是？你还别看不起这纸样子，北京城怎么着？也是从这纸样子来的！"

北京城和驴皮影纸样儿楼

很多年前，北京城就盖起来高大雄伟的城楼了，那么到底是先盖成哪一座呢？问人，问不出个名堂。查书，书上更没有记载。倒有这么一句童谣："从南京到北京，没见驴屁股打补丁，南补丁、北补丁，东西南北没落空，西直门是块大补丁，琉璃瓦上做铆钉。"②

当年大明的皇帝，重建北京城，目的是要压住元朝的晦气，所以下旨，建宫殿、建城楼，皆要比原先的更高。好多的旧日王府，现在还能从墙上多少看出一再加高的痕迹来。再说，守着八达岭、居庸雄关的巍峨尊贵，若照南京样子再建北京新城，定会叫后代耻笑，说大明一朝，只会照猫画虎。但南京的长处，毕竟是老祖宗定的城样子，有大朝四平八稳的特点。结果，这么一耽误，竟是几年未曾动土。

咱京城的老辈儿木瓦工，都知道老北京的第一座砖城楼在哪，那便是样子楼。其实，这座城楼的正名叫"纸样儿楼"，他是北京各城楼的总样式——参照物。您想啊，做双布鞋，还得有鞋样子呢，您就别说盖那么大的城门楼了。工匠们都说这座城楼的样式，还是当年的鲁班大师傅，早在南京定样儿修成的。可那年月的大员，哪有心思去学画建城楼的图纸？工匠们面对皇帝的钦差，如何也说不明白，所以，纸上城图，屡屡难以恩准。姚老道曾是怎样了得的人物？这回只是出了个主意："您诸位不会做个能动的小样儿？"

主意有了，但小样儿谁会做能动的？若诸葛亮在世，虽可造木牛流马，但不一定会做能动的楼样儿。一时间，上上下下都发了愁。这叫"隔行如隔山"，说嘴行，人哪里做得出来。做不出来不要紧，御旨下来便谁都坐不住了，违旨不是砍头，就是扎草袋子③。这时，有个不起眼的山西木匠说："俺老爹都是找鲁班爷请教。"众工匠一听还当是听错了，忙问："嗯？鲁班爷虽说神通广大，但他是神呀，凭您老爹是个木匠吗？甭说爹，您别是说山呢吧？"

只见这位不起眼的师傅，认真地点点头，摆出没什大不了的样子，示意大家行礼给他。一看有门儿，大家像抓住了救命稻草，竟齐刷刷给这位不起眼的师傅跪下，磕起头来。心里寻思，能救命就是菩萨，家中毕竟还有老少人口呢不是？然后，大家杀鸡、宰牲、摆十全宴④，供上鲁班坐像。等到了晚上，对着月亮三拜六叩，口中默求鲁班爷现身显灵。第一天，没动静；接连十天后，师傅们干脆不再拜，皆写好遗书，只盼速死了。

期限到了，天擦黑儿掌灯时，御林军持松明火把，围住众工匠，但并不动手拿人，姚老道仍是一副笑容可掬的脸孔，又客气地迎出后边轿里坐的几位。这阵有工匠再找那山西不起眼儿的师傅，早没了踪影。心说，临了，还叫山西老西儿⑤给蒙了，真是"哑巴吃苦麻儿⑥——难受的是心里发苦芽儿"。只见没亮刀枪的御林兵，赶忙搬来一堆稀奇古怪的玩意儿后，众大员和皇亲国戚们，不慌不忙地在一排太师椅上落座，好像很有兴致的样子，谁也不提期限已到的事。

这会儿，突然点上了几盏大灯和白蜡，拉起一块白布，旁边又敲锣又打鼓的，还带拉弦的又唱、又叫、又喊，只见白布后面的几盏好油明灯里，不仅出现了蓝天彩云，还出现了一座高大的城池，而且城池里还出现了骑马、坐轿和游山、玩水的人群，连做小买卖的商贩也是应有尽有。更令大家惊奇的是，里面还有一群木匠师傅，正在拜鲁班爷。虽是白布后面的人，连说带唱的晋地口音太重，但大家总还是能够看明白。结果，大家还没过够戏瘾呢，却打白布后边绕出来了一位，嘿！正是不起眼的师傅，他鞠躬又抱拳地谢罪："鄙人献丑了，这要谢谢这些纸样子师傅们，借用白纸画出了驴皮影戏，才有了动的纸样儿。"等到这会儿，大家才恍然大悟，原来是不起眼儿的师傅，得鲁班爷指点的妙计，用白纸描绘出北京城楼来，并变成了活灵活现的皮影戏，赢得了钦差还有燕王朱棣的赞可。

从此，驴皮影般的纸样楼，在京城传出了大名。过后呢，皇帝还真从山西请到皮影戏师傅们，凡遇有国事时，即排成驴皮影小戏，进皇宫演出。皇上还下旨，不管做什么工程，都得做驴皮影的纸样儿。比如，城门楼要高过十一丈，要歇山式主楼、箭楼，还须建飞檐斗拱，依黄、绿、蓝琉璃瓦，各设定制。全城作坊共九九八十一家，都会委托工匠做纸样儿。不然，瓦、木、石、铁等各门师傅们，谁也揽不到活计。但好事多磨，东北边有座乍眼的东直门城门楼最先动工，可却难以竣工，那模样，叫谁都看着别扭。

原来，有个熟悉工程的工部大员，竟是生出贼胆。他明知此处地势低，更费工料，估摸皇上也许永远也来不到这里，他认为，只要能对付交差，就能偷工减料，样子差点不要紧，自己能赚足银子，自是万事大吉。他不叫工匠拜鲁班，还找人商量如何投机取巧，竟偷偷将金丝楠木的木料更换。

该门是京城靠东的——东直门，这门实高十二丈往上，事先要先砌好拱门，紧接着再砌第一层，砌到平台后，才用圆木开榫，连接二十四根金丝楠木，做明柱暗柁。工部大员为能省一笔银两，便"偷梁换柱"将大柁、柱改成一般木料，他满以为神不知鬼不觉。谁知"木料不一，难问高低"，大柁出了漏子。待斗拱升起，只差飞檐落瓦，完盖金顶了，但众师傅们怎么瞧怎么别扭，用尺一测，还是东北超高。工部大员看后急喊："上椽子压，一准儿平。"木匠疑惑的是，始做斗拱时，是按尺寸分厘不差，不该出此故障。

但大员又喊："快上椽子压！"结果，那飞檐角更加高起失形。木匠拿尺再量，也都够尺寸，任再加工调整，但那角就是高出一块，更没法用琉璃瓦找平。在场的所有人，都没了主意。正着急上火时，就听有个小木匠说："看来，咱们得请鲁班爷拿主意了。"师傅都明白，只有请不起眼师傅了。大员没了辙，只好点头允诺。但没想到天上竟然刮起大风，下起大雨来。只见不起眼师傅，先是安排大员去购置供品，然后竟身冒着大雨，在城楼外边转悠开了。众工匠心里本就堵得慌，便说：您老人家可别淋坏啦？心里却说，瞎转悠什么！您到底有没有那本事？巧啦，等大员购供品回来，却是风住雨停。大家心里又说，看来这风雨便是报应啦？

人到齐了。大家先对供案上的鲁班师傅磕头拜过，打算给不起眼师傅开饭。只见徒弟还在，可他又不知道钻到哪去了。总不能饿着师傅吧，于是就催他徒弟去找。但这个徒弟不吱声，口里还叼着一双筷子，翻转身像个猴子般，几下爬上木脚手。那身手叫大伙儿看傻了眼，只见他三下五除二地忽然刚攀到顶端……另一个徒弟可倒好，趁机抓起供品往嘴里塞……好像他师兄弟死活，与他无关似的。直弄得一个师傅指着他嚷："这都要出人命啦，你还顾吃？"可身边的大员，这时倒"哇"的一声口吐鲜血，当时倒地不省人事。

只见上面那个徒弟，双脚倒钩在翘起的椽子上，遂将筷子塞进斗拱缝中，随便用手按按，然后突然失足从柁上掉了下来！得，这么高，掉下去就甭想活了！直吓得人们捂上眼睛，都揪起了心。也怪了，半天没动静，可人却没了……等回头再找刚才吃供品的徒弟时，也没了人影儿。怪啦？来了仨人没了俩，俩徒弟又这么不明事理。师傅们只好围城楼再寻找不起眼师傅，但也是没人。没办法，只好去禀报了，可回来人却说："不起眼师傅压根儿就没回去！"

嘿！仨人都溜了？众人实猜不出缘由，更担心不已，这楼可怎么交差？待熬到第二天蒙蒙亮，有师傅猛然呼天抢地惊叫起来："快瞧，那叫一个平！"这话引得众人纷纷来看。原来，昨天不起眼的徒弟顺手塞的筷子，早变成了大柁。大柁上面是既有手印又有脚印，几个师傅去测，果真楼角不再偏高了。大伙高兴得围着楼观看，果然，在昨天掉下人的地方，还有个大大的脚印。一位白发苍苍的老师傅道，这是鲁班爷帮咱来啦，就把脚印给大家留个念想儿吧。多年后，东直门城楼上仍有个清楚的大脚印，相传这是鲁班爷的足迹。

没多久，那位大员被查出"渎职贪墨"，很快病死了。工匠们连道："报应报应。"等东直门瓮城全部竣工时，也没见那位"不起眼师傅"，只知道真正的驴皮影儿戏，倒成为北京的稀罕一景。不论皇上，平头老百姓，都喜欢看那画听那唱。

从此，天下的驴皮越来越金贵，老百姓干脆赶着毛驴到京城来卖。不老天下的人，好像商量好似的，山东人买皮做阿胶，山西人只卖驴皮，做阿胶和唱皮影戏的都出了大名号。而最后，连卖烧饼的河间人也沾了光，成就了"驴肉火烧"的大名。

小皇上一退位不要紧，回河间府的太监被饿得"五脊六兽"⑦，为挣口饭吃，竟说成是"天上龙肉，地下驴肉"。自此河间府的烧饼，也变成了方的，生生冒充是御供⑧的。据说有个旗人梦见乾隆爷龙颜大怒说："现在竟敢宰朕的坐骑啦？"于是，小朝廷的大臣便找老道请教，老道说："皇上这坐骑也忒像驴了，……其实张果老⑨的坐骑是药王神的跟班，叫'忒（特）'。要摸它浑身上下的，摸哪都能祛病。"于是，后来的人进东岳庙时，抢先要摸的，便是那只似驴非驴的用黄铜制作的"忒"⑩。

---

①孩子叠的纸飞机。
②西直门是在元朝的和义门城楼上加盖而成的，明代建新城时，所有元都的材料都没浪费。
③即剥皮楦草，明代一种极酷刑罚，把罪犯人皮留下填进干草，供众人参观。
④指宴席丰富。
⑤特指山西人。
⑥苦麻，北京的野菜。
⑦即皇家屋脊上的仙人动物群兽。
⑧即皇家特供。
⑨张果老是八仙之中年龄最长的一位神仙，在民间有广泛影响，他是一位真实的历史人物。据记载，张果老是唐朝人，本名张果，由于他年纪很大，人们加一个"老"表示对他尊敬。相传他久隐山西中条山，往来晋汾间，唐武则天时已数百岁。他常倒骑白驴，日行数万里。休息时即将驴折

叠，藏于巾箱。曾被唐玄宗召至京师，授以银青光禄大夫，赐号通玄先生。因为他经常手中拿一种竹子做的说唱用具，所以后世人们就把他看作是"道情"（民间一种说唱艺术）的祖师。

⑩摸"戗"能祛百病已成为民间的一解。

徐达，大明朝开国的第一大将帅，是安徽濠州人①，祖辈是务农的老庄稼把式。他身高超过十尺，用双锄耪地间苗，种地从来不指望耕牛。只一人便可在水田里耙地布秧，播种时自己一手撒种，一脚搂土沟。他总是一人干多家的活计，不计较劳累辛苦，从来是任劳任怨。只不过徐达的饭量是惊人得大，人称他"一人能吃三家餐"。吃得多又算什么，他能干哪。

大将徐达与箭杆河

要说身在军伍中的大元帅徐达，只是个粗鲁糙躁莽撞之人，这就全错了。其实，他最爱动脑子，颇有智慧将军之称，最懂兵书中的"兵不厌诈"之术。当他尊朱元璋帅令，率兵打至北京城附近时，他并不急于攻城略地消灭蒙古兵。却先在北京城周边地区画了一个圆圈，并在百姓里传言说"元朝天数已尽"，还说"朱元璋派了上天的哪吒来攻元大都"。您想啊，朱元璋连天上的神仙都能够派将出来打仗，那还有何不胜的呢？而在暗地里，徐达命其子和他里应外合，为明王朝立了大功。他由于心怀大志，作战英勇，兼之又足智多谋，百战百胜，所以很得朱元璋的赏识。北上灭元时，皇帝朱元璋遂任命徐达为"征北大元帅"。

腐败昏庸的元顺帝，只知从健德门仓皇逃跑，全不问到底有多少明军打来，出南口向西后，便永远没了消息。徐达率军进大都后，"封府库、籍图书宝物"，"令属下以兵千人守皇城、宫殿门，使宦者护视诸宫人、妃、主、禁士卒毋所侵暴"。在外边呢？当官的还做你的官，行你的令，徐达颁下的律条，叫他在百姓中大得人心。使孤立的明军，也巧妙地躲过了元大都城内的反抗与敌对。而在不知不觉当中，最后将北京的老居民，遣散到山西、陕西一带，并在北京城换上清一色明朝将士的子弟兵及家属、随从。

守着紫禁城的传说

"吏民安居，市不易肆"，就是说做买卖的还做你的买卖，老百姓该干什么，你就还干什么，是做工的还做工，种田的还种田，北京城就像没出过什么大事一样。为此，他受到了北京城老百姓的赞同和拥戴，直到今天北京外城一带，还流传着徐达射御箭、定明都的故事。

朱元璋派人北伐时，打算在北方，另建一座新都城时，但这都城究竟建在哪儿才最为合适呢？他想来想去，最后请来他的第一大元帅徐达，说："我要在北边建座都城，可现在还没有选好地方，这么办吧，凭借着你的神力往北射上十箭，箭落到哪儿，咱们就在哪儿建新都城。"徐达一听连忙答应着来到殿外，展臂膀抽弓搭箭，动用无比的神力，接连着向北方射了十箭。这十支箭出去可就远啦，分别落到了现在的昌平正街、前门外五牌楼、德胜门外果子市、崇文门外金鱼池，再有便是广安门内、东打磨厂、北池子、东单、北兵马司和宝钞胡同②附近。

明朝再建北京城后，以上这十个地方的每一处，都形成一条箭杆形的胡同。而且每条胡同均像箭杆一样笔直、精细。据老人们说，这即是徐达将军射出的十支帅箭而变成的……而徐达呢，虽说是接连射出十箭，但心里始终是担心不已。恐怕完不成朱皇帝交予的重要使命。于是，就假装记不清数字，又悄悄拉开满弓，运动两臂神力，竭尽全力地又射出一箭。而这支神箭自南天而来，似霹雳闪电一般的快，穿透了京东温榆运河堤坝，致使那年的大洪水冲破河水故道，箭孔出处使大堤溃决。而这支箭，最后便落在北京的一个村庄附近，箭从地上钻出后，便从地底下引出了一条湍急的小河。而这条小河的名字，被当地人叫作了"箭杆儿河"③。

然而，徐达又为何偏偏往东北方向射箭呢？因为西北有西安，正北是太原，而北京是在南京的东北方向。而在当时，叫朱元璋最不放心的，就是东北方向的山海关外。这里曾经有高丽、契丹、辽邦、前金等诸列强小国。而果不其然，三百年以后，前来接班做皇帝并独掌天下的，正是来自东北长白山一带的八旗满洲④，最为拥戴的顺治爷。

---

① 今安徽凤阳人。
② 在东城区。
③ 在顺义区。
④ 努尔哈赤、皇太极曾定大清国国名为八旗满洲。

话说半天，究竟那半间房子在故宫里哪处呢？只要您去过珍宝馆，便会得知，就是西太后来圈珍妃的那半间钉木栅栏的虎廊。

一万减半间的紫禁城

大明朝朱元璋登基称帝，从此这不老天下，全靠谋士[①]治理朝政。刘伯温便是其中的一个。自古遇新皇即位，还没一个不是大兴土木、敕建更新更大的皇宫的。而燕王朱棣也打算把宫殿盖得极大，甚至要超过史上最大的阿房宫[②]。虽说皇宫不比天宫，但起码也要超过唐朝，既显出无尽的荣华富贵，还要叫人能看见大明天子的威尊。尽管旧元大都的规模，曾叫他吃惊是如此恢宏，但天下既已归属，宫殿再大再奢侈，也值得去建。

自古以来，谋臣怕谏劝皇帝。"皇上翻脸，臣子命惨"，那是说杀即杀，毫不客气。但只有刘伯温，从来胆敢拐弯抹角地劝皇帝，望他不要学元朝，依然按照老土城建新都。更不要建一座与应天府[③]一样的京都。其实，新皇帝也明白，打动干戈以来，国家早已是生灵涂炭。就算有多少家底儿，也经不住折腾败家。好在是旧元宫殿已破败，修旧不如建新的，这就得找会过日子的人，好好盘算盘算。

话说，这由南方来的刘伯温刘军师，最会过日子。这也难怪，他自小曾家境贫寒，衣食皆忧。虽说怎么花钱不知道，说盖房他也不会，但他最擅长的，便是算九九账。他早就盘算好，不能暴殄天物，要物尽其用。要把旧元宫殿拆下的材料，全部使上，绝不糟践。因此，他用尽气力，督建北京新城五年，也费力巴拉地拆了五年的宫殿、庙宇。所有工匠都是边拆边建，两不耽搁，而且将元朝尚未使用的材料用上，连旧砖角楼[④]也包上一层新砖，那么将皮儿一换便成了大明城楼。这时北京城，是个总完不了工、盖不完房的大工地。这还得说大将徐达最有见地。领兵进城后，他对原有宫殿看护尤佳，既不许放火来烧，也不许官兵随意进入，而且更不许在元大都内为所欲为。等刘伯温一到，徐大将军便交予他一座齐整干净的大元都城。为留住大都原貌，老刘广招画师，将元大都的蓝图勾勒描画。将这气势恢宏，楼亭馆榭的宫廷样式图画，全装订成册。并决定，新建时，皆要高过原建筑。

守着紫禁城的传说

自古名师出高徒,"上梁节俭,下边勤恭"。工匠们先将北海琼岛,那高耸入云的宫殿,依照命令降低,就省出一座团城的沙石木料;再将太液池清理一次,还能增加煤山⑤的高度。于是,这数不清的淤泥,就变成松柏花池的绝好肥料。然后一改旧元的草原都城,重将所有皇家禁地,新种松柏等常青之树,并在皇城以内外,分出文官武将居住的宅子。

文官门外是雕国花瑞草,立抱鼓青石,装文官落轿石。武官门外是雕豹虎飞马,狮狗门墩再设上下、马石,统一门门当作品级标志。文官宅门俊秀,花案细腻;武官则是门户威武,宽敞大气,就连皇宫的左宗右社⑥都要定成规制,世代永不变更。

凡是离开南方,到此当官的人,只要是常驻北京,那房前都要种槐树,取"怀(槐)"念故土之意(又有怀庶一说,叫他们别忘了家乡百姓)。所以,北京城为何所有地方都种槐树,就因是大明朝的官员们的思乡殷切。而朱元璋从不给在位的官员放假,是为叫他们只为国为民,不给照顾家乡的时机,不叫当官的回家去炫耀门庭,为光祖而铺张。但后来,不少官员们竟然想出去扮乞丐,流浪回家的馊主意。弄得不老天下的百姓,分不出到底是哪闹饥荒,哪闹瘟疫。于是,便有了最大的"官乞"——"丐帮",有当官的撑腰,乞儿自然端上了金饭碗。

到了大清这朝,北京内外所有大街、胡同内,仍保留种槐树的习俗。谁也不能随便砍伐,只允许种。甭管北京雨水多少,这种不怕旱涝的槐树都好活,它四面出枝,树荫叠重,芽叶层密,远看像伞上落伞,遇小雨皆可避人。"前人种树,后人乘凉,荫子荫孙,辈辈相传"。大清时还有一个说法,树上那"吊死鬼"(虫子)是自个吊没的,怪不得别人(指崇祯帝上吊)。而槐树接的花、籽及枝干都会被回收利用:一进中药;二可入口(槐花还可以用来沏水,做凉菜);三做染料;四者冬枝还可做柴烧。明代时京城遭瓦剌人攻打,槐树还立了功勋,曾是槐树糕、于谦糕的原料之一。几历朝代,从没有毁槐树的,槐树是"门神",建宅时门前必种此树。

说起烧砖来,远在山东临清,有的是官窑。就近的砖窑都在城外,你们见过大北窑吗?哪怕是碎砖头都有用,最大窑当数大名鼎鼎的刘家窑。它一开便是五十年,把南城外好土都做了砖坯。后来的北京人,对大小瓦匠都这么夸奖,好瓦匠都是——"齐不齐一把泥"。这可倒好,元朝工匠是石头砖包土坯,而大明朝是讲究填瓷实堑,外面要磨砖对缝。这得多大的讲究?所有从山上拉来的石头,都没糟践。世人都说北京城,比南京城更大气。姚、刘二臣建北京城与皇宫,费尽了心机。当然,这还得感谢不老天的主宰——玉皇大帝。

话说这天，朱棣正在潭柘寺内吃斋念佛，因一阵懵懂间，他突然下山行走踏青，便不知不觉地飘起来。刚要唤随驾的太监郑和，可却见不到一人，他身不能自主，只身飘到一个馨香扑鼻、仙风拂面的大殿外，殿前的侍卫，都似庙里金刚的头，但确是眼珠会动的真人。他在迷蒙中瞟见远处香烟里，有一位帝王，竟身高他几倍！如此的巨人令他惊骇得倒吸凉气，想转身走开，可脚下却动弹不得。他用心想，眼前这大号的帝王似乎在哪儿见过……只听得巨人话语朗朗，在对他说什么。朱棣在恐惧中惊醒，他胆战心惊得右目连跳不止，急忙大喊："快来救朕！"正要传旨宣老姚来解噩梦，老姚却不请自到。

老姚一见到朱棣便说："启奏燕王，昨夜臣做梦，见玉皇把臣召到天上说：'燕王建皇宫，你要告诉他，天上神殿是一万间，凡间不可超过天宫。还要教给他，要一请佛祖保佑，二请天王庇护，三请五金镇克，四请金刚护法，五请罗汉降妖，六请二十八星宿降魔，七请天罡拥戴，八请地煞安民。以上诸神都会去凡间保护皇宫。有这八请，大明朝才能够风调雨顺，国泰民安，社稷昌盛，时代绵亘。如若不然，秦皇汉武唐太宗又怎样？一旦成仙后，后人还不是改朝换代？不老天下的姓氏，本都是帝王所赐，可现今呢？还不是天下百姓都有了祖宗姓氏？'玉皇说完话，嘴里似喷出一股茫茫香霭……直吓得我醒来时动不得身子！"

朱棣听后更是诚惶诚恐地急问："姚爱卿，若再盖行宫，数字能算否？"

"当然不能算。历朝修建行宫，该是在每逢安定年景或遇大吉，并考虑国家积蓄。而燕王刚平定内乱，百废待兴，几年以后，总会有四海属国，依岁贡奉我大明王朝。若三年建一次，燕王也是旨令之劳，开开尊口罢了，自是遂天意顺民心，水到渠成的事情。"

朱棣听罢，这才喘长气放下心。于是，便叫老姚去督建一座不到万间，可近同天宫等级的三宝殿，并派姚老道作法，"八请"众神灵来保护皇宫。但家住在姚家园的老姚又告诉他，"住人的屋里，要一间屋，必半间炕。凡遇见尼姑、和尚、老道僧人，都不要去拦阻他们的善事善为。其原因是，宋朝是今天信老道，没几年又信和尚，再过几年又换回来，最后就连皇帝与大臣都不知道，到底是信奉谁。总之，老子、孔子都要供。现将都城迁到北方，就不能再说江南话了。而且最南与最北的语言都不妥"。结果，燕王便把位于不南不北，正中间位置的河南话，当作京城官话。天下都要学说河南话。于是，天下便有了大家喜欢的豫剧味儿与"河南坠子"，凡吃皇粮的官员，都必须会哼唱坠子，凡为官的都必须说好河南话。一时间，明朝有了公认的官话——河南话。河南

守着紫禁城的传说

人最爱说的"中、中、中",便不插鸟翅地传遍天下,正好,中国本来就是在天下的正中嘛。

没几年,北京新城总算建好。新城设九门威武高大,内城四四方方的,是清一色青砖,熟江米汤拌生石灰灌浆腻缝,既耐尘污,又结实久用。瓮城的二重城楼都为斗拱翅檐,设绿琉璃瓦铺摆,脊卧鸱吻。新城池依照八卦,遵循五行。比元大都稍小,但更加宏伟大器,元大都的所有优点,新城无一忘却。宫殿照样是朱砂红墙琉璃黄瓦。一看皇宫盖得华贵无比,朱棣甚为满意。他悄问老姚:"爱卿,究竟建了多少间呢?"

"九千九百九十九间半。"哈哈!朱棣一听,心里那叫美哉。再看紫禁城内的大殿,座座宝顶上金光闪闪,都设有十全的辟邪物件。外朝的三大殿后,再设内宫三殿,细分出东西十二偏宫。而皇宫外由众商家捐款,将重整千座庙宇,只是道观与庵,便盖满了一百零八座。北京城到处似有神仙镇守。朱棣越看越高兴,当时便给姚、刘二人加封晋爵,还赏赐珠宝。在几千里地外的八方夷贼,听说二军师请天神再建京城,后又给北京城加了顶王冕。朱棣再派郑和驾大船出洋过海,也从此不敢兴兵作乱,燕王也稳坐天下。多少年以后,百姓才知道,故宫内殿间数是九千九百九十九间半⑦,每间大小,说是按皇宫规矩,其实,又是照了庙宇的大小。

其实,燕王朱棣一生从未正式登基称帝。"帝不过天,王不过百,正房一定单数盖,单数为阳字,中为子午线"。老北京的规矩是,从不住当街,这叫"睡不临街,住不面北"。过去迷信,总说临街住是看街的(属两厢),最后要沦落成乞丐,而住南房是败家的,过去不打胜仗即叫"败北"。那住南房的,是不是都败了家呢?

---

① 姚广孝、刘伯温,明朝的开国功臣谋士。
② 据说秦始皇时代所建的阿房宫有三百里之大。
③ 即南京。
④ 该地在目前的东城区和平里附近。
⑤ 太液池,即北海,煤山即今日景山。
⑥ 清朝延续明代"左宗右社"的定制。
⑦ 栅栏房子,即没封闭严实的房屋,古人将它折抵半间房屋。

北新桥历来传说，此地有海眼。但若论与水有关的真凭实据，只有郭守敬的故事最为贴切。自明代以来，北京最多的庙，就是关帝庙和岳王庙，这也叫人联想到"忠奸"的古事来，百姓们从来好提忠字当头，而前有曹操，后来秦桧，他们的故事也总和忠臣连在一起。

宰相秦桧进"鸡头"的故事

早先，在这北新桥不远处，有座殿宇雄伟的岳王庙[①]，香火盛况，超过其他寺庙。每逢初一、十五二日，远近的百姓便会来这焚香、膜拜，祈祷千古忠良岳元帅保佑大家伙年景平安，无灾无难。在岳王庙正殿，三尊朝大门正中巍然而坐的镏金漆塑是大英雄岳飞——岳鹏举岳武穆王，两旁站立的是岳王爷长子岳云、义子张宪，共是父子仨人。三塑像年年再塑金身；而背着正殿，当门而跪，在岳王面前，俯首帖耳并拜地不起的一位，是已除去顶戴官衣，披头散发的泥塑，就是北宋的宰相——大奸臣秦桧。此泥塑每年都在脸上重涂铁锈色。

人常说，"天有良知，信则有生"，被百姓供奉的岳王爷，自然会不时显灵。话说有一夜，岳王爷的神魂带着岳云和张宪二人，应关公关老爷的盛情，到东直门瓮城的关帝庙[②]内赴宴攀谈。酒饮至酣时，关公非要与岳王下两盘棋。但因岳王总惦记庙里无人看管，不知秦桧老贼是否在那里规矩老实，便婉言辞绝了关公的善意。可岳云、张宪却想与关公之子关平和周仓多聊一会儿大天。你想想，几个年轻人，整日介高坐在庙堂内为神做圣，接受众生虔诚的祭拜，并端坐在旺香盛火中熏蒸多年，这绝非年轻人的一个好差使。

顾及此情，岳王只好沉住气端坐在机凳上，借着十四日这天如水的月色，与关公对弈起来。二位爷下棋，正是楚河汉界，棋逢对手，酣战罢，已是子时几刻。焦急的岳王还是决意要走；任凭关公再敬美酒苦苦劝留，最终还是拱手告别，并约改日再饮再战。

在对弈时，岳王失手一招，输了这一局，心中自是懊悔。所以，在回来路上，免不了反省自责，但一时又思寻不出解法。直到进庙门时，仍在想残棋。猛然低头间，却发现常年跪在身前的奸臣秦桧，其嘴角竟乖戾的露出一丝得意奸笑。见此情景，岳王不禁心中诧异。迷蒙中甚觉很有些不祥之兆。心想，是否在他们爷儿仁去关公庙赴宴时，庙中发生了什么诡异之事。而此事肯定对秦桧有利，而必定是对天理有害，想至此，便即刻命岳云、张宪二小将，仔细询查秦桧到底是做了什么阴谋，才如此侥幸。

原来，在庙前的庭院内，亘古留下一眼古井，内有一通海之孔——海眼[③]，古人曾在内放有铸铅巨球，以万钧之重压住海眼不使其渗出海水。但绝想不到这秦桧，借岳王去关公那赴宴之机，从地上爬起，悄悄来到古井边，乘四周无人便溜进海眼，还发现其中的另一条龙王上天复命的神路。秦桧竟顺此路，摸索走到九霄云外的南天门。还径直跑到凌霄大殿，居然撑起包天狗胆去拜见玉皇。这老贼一见玉皇，立即磕头如捣蒜般地哀号起来，好比他才丧考妣般，鬼哭狼嚎，一通喊冤之后，鼻涕和眼泪的伏身在玉帝丹墀下哀诉道："玉帝！秦某人因一时糊涂，受强寇鞑邦与赵昏君威逼利诱，误伤岳将军性命。现如今他已被誉封为武穆忠王。他会在这不老天下所有岳庙中，世代享受香奉，万年受到黎民百姓景仰。可罪臣深感不公，但凡有供他的地方，我就得与老伴儿被缚前去、下跪、叩首，无论如何悔过自责，世人的辱骂却遥无尽期。多少年来，被没完没了地千咒万唾。只举西湖之畔的跪地铁像一例，光是吐沫就淹了我多少朝代。明君啊，还请明鉴：假若没强虏与昏君，我又何苦代人去害岳王？再说，我只害岳王一生。若非我，他怎会永垂不朽？不说赵皇对此罪责该承担多少，我做臣子的，却要替代昏君跪拜万代？您老人家乃万佛万宗万世之主，一向断事公平宽容无边。既然放下屠刀的强盗，尚且能立地成佛，何况几百年来我时刻反省自责，夜不寐日不食地忏悔己过。恳请您老，千万特许给我投胎转世的机会，我定会重新做人！哪怕只一次！"

秦桧言毕，累得趴在地上，口吐白沫昏厥。只可惜，从不食人间烟火的玉皇，怎么会明晓奸与忠的不同下场？见秦桧哭得悲痛，实是凄婉真切，其叙述说得也不无道理，便动了恻隐之心，居然微张金口，欲出玉言。虽众神居多，谁也没来得及劝，玉皇道："好吧，恩准你投胎转世……"此言一出，秦桧是欣喜若狂，忙双膝前移，谢恩不止。猫腰转身要走，却没想玉皇却打了个哈欠，周身微动后又道："哎呀……今日若应你，朕在岳王与众神面前，又怎样讲话？……"

玉皇明知，金口玉言不能收回，待沉吟片刻后，想"朕给朕"打个圆场。

"嗯……朕……念你在几百年里受尽惩罚，破例准你先投胎到鸡脑袋瓜里去……以赎罪孽。但只能去……那绝不敢偷懒打鸣的公鸡头内，以此不误农时节气和三、五更天，因母鸡的事情过于繁杂，免得你趁下蛋孵雏时溜出来，为患于俗凡。"

秦桧忙问道："那得何时转世啊？"

"这个嘛……待岳庙前那座新建石桥旧喽，当然——长出桥翅膀，也就是太阳打西边始出来那天吧。"玉帝心想，一座汉白玉新石桥，若成了破烂不堪，至少要经五百年以上时辰，兴许到那时岳王早已忘断恩仇，而众神也会把这茬口忘了。到那时秦桧再转人世，定是无人再计较。他言道："也就是到……驴载甲子骡月闰年……便能转世为人……下去吧！"玉皇一甩袖子，天兵天将遂将秦桧赶了下去。这秦桧谢罢天恩便顺原路返回，依旧面对岳王脚下并背门而跪。心下暗寻思，凭借玉帝金口玉言，投胎转世最终有望，想至此，其不免大喜形于色。却忘记面前的岳王，早就盯住他端详不已。小将岳云、张宪凭借千里眼、顺风耳二神之力，又上天入地地紧着一打听，还真将这秦桧的行动，打探得一清二楚，急回来禀报父帅。岳王听罢，禁不住怒从心起。心说，这个千古欺祖、灭族、叛逆、奸佞之贼，居然还想转世人间？那后朝的江山社稷，岂不是还会出大奸臣？又要有多少个叫岳飞或不叫岳飞的忠良，再重演"风波亭"④的"莫须有"？

在岳王庙前，有座精美的汉白玉石桥，建时虽是新姿卓然，但终有荒废之日。即便是十世尚新，但千年后，总要陈腐不堪。一旦这奸臣转世，天下必要大乱，黎民百姓又会生灵涂炭。玉帝下天旨是金口玉言，话又不能更改，这该如何是好？平生曾是身经百战、智勇双全的岳王元帅，反倒一时没了计策。只能是眉头紧锁，满面愁容，头上青筋暴涨，实属无计可施。

第二天是岳庙的香会。天刚蒙蒙亮，远近慕名而来的京城百姓成群结队地来到岳王庙拜庙烧香。旺火浓香之中，有农夫见岳王紧锁眉宇、面带愁容，忙磕头拜问："岳王爷为何愁眉不展？请示下，我等愿帮忙分忧。"于是，立于左右的小将岳云、张宪，便将昨夜之事道出。这位上香的农夫，与前朝几代家人，都是敬慕岳王英雄了得。见有此效忠机会，便快马加鞭，跑回村将此事传知众农夫。您想，在这不老天下，能有几个不爱戴咱岳王的百姓？一时间，人言不翼而飞，京城外百里十乡的众农夫们，都骑毛驴赶牛车携家带口似水涌而来，同聚到岳王神像前，边敬香边出谋划策边想主意。

架不住"众人拾柴火焰高"。众农夫们都七嘴八舌地说："玉帝不是叫他先投胎到公鸡脑袋瓜子里吗？那咱就专啃公鸡头，嚼碎了奸臣秦桧。玉帝不是说石桥旧了，他便能转世为人吗？那从此咱就把桥挂上匾，叫'北新桥'，咱不管这桥破成什么样，它在咱一辈又一辈的嘴里，永远叫它'北新桥'，叫玉皇永远听不到石桥旧的消息，看秦桧到底怎么转世为人。"众人皆拍手赞同主意好，岳王闻听后，开始眉舒眼悦了。

从此，北京的酒馆儿里，绝不丢弃公鸡头。而且还做成便宜实惠的下酒菜。而食客们，从来都是小心翼翼地剥开鸡头骨，剜出里面的鸡脑，并在吃之前，还要对大家说："这个下跪小人正是秦桧，不在这跪着呢吗？"外地人初来乍到，对北京人为何对啃鸡头情有独钟，难以理解。其实，那是在咬贼子秦桧呐！更有仔细人，将鸡脖子也啃个干净，还借口说是鸡脑袋上没秦桧，再看看这贼子，会不会跑到别处。于是，会做生意的买卖人，自然将鸡脖子、鸭脖子加工后，每隔十年，便狠赚一回北京城的钱，不信您就记着，是历来如此。从此，桥改名叫"北新桥"，即便是桥、匾早已不见，但仍叫"北新桥"。其实，大家都清楚，玉皇说得"驴载甲子骡月闰年"照样没有日子。

①即以供奉岳飞为主的寺庙。
②供奉关公的庙。清代时，北京各城门瓮城，大多建有关帝庙。
③井被古人常称作海眼，海眼指可通大海之孔。北海公园内曾有一处"海眼"景观。
④风波亭是岳飞被皇帝赐死之地。

元朝人为何要修通惠河？当然是先为国，后利民。还有个原因是，在大都居住的贵族越来越多，不仅要喝水，而且还要用水。如果连皇上的御马，都要放在太液池里去刷洗，这岂不是叫百姓们笑话？传说忽必烈的前任皇帝，从来都是办事拖拉，而下边也更是拖拖拉拉，要不后人总是管他们叫脱脱儿①拉拉、磨磨儿叽叽儿、皆是糊糊儿弄弄儿。

一座没有御旨的"怪桥"

早先，西山的玉泉水冲着呢，曾冲出一个诺大的瓮山泊来②。但有一样，皇上喝水，也得靠畜力将水拉进城里来，这并非是从明朝才去拉水的。元朝自找到甜水后，才始建元大都。

自忽必烈登基称帝，立得大志就是，要改变草原人的陋习，学中原的千载礼仪，学汉族人所有的吃、喝、拉、撒、睡与礼仪廉耻，文明洁净等一切好习惯。

忽必烈前任的皇帝，从不知道明天该做什么，只晓得杀人灭族、攻城侵域。忽必烈皇帝一进中原即主张要建一座与宋都汴梁相近的大都城。不光要把吃的水引进城来，还要将城内的污水排出去。咱老北京的水，那会儿是苦多甜少，要不人家总说北京是"幽州苦海"呢。说白喽，河里的、井里的、连不老天公给的雨水，总是又苦又涩。它也怪了，所有果树结的果，却是拗甜可口的，而西山上的流泉，也是甘洌无比。为使皇宫里喝上甜水，专去西山拉泉水的马车，从未时闲。但没多久，京城即成为十万人的兵营，水仍旧成了大事。只要少雨，城内就能渴死人。

有一年，逢春大旱，忽必烈去潭柘寺，拜佛烧香祈雨。一路之上，只见四野干旱得暴土扬场一般，麦苗和小树，皆没了水灵劲儿。好不容易进了潭柘寺，谁想到，寺庙里除了人能喝的一点存水之外，连后山龙泉水口，也滴水若油，好叫他无奈。向来视座下御马为宝贝的忽必烈，见饮御马的水只有星星点点的几捧，令他大为不爽，找邪茬儿对部下恼怒起来。

老方丈见龙颜不悦，赶忙解释道："这自古的规矩是黑龙管水，白龙兴风，只因北方离天太近，地势又过高，自然也就离水更远，天龙们大都愿意到南方去云游，所以今年一直没见龙的踪影，即便是黑龙能干，恪尽职守，降水行洪，但白龙一兴风，只会掉几个雨星星儿就算完，寺僧每天才能喝上几口露水，老衲恳请皇帝赎罪。"

"那何处有甜而又多的水呢？"忽必烈明白了缘由后问道。

"泉水是自古由天而降，靠山当然要吃山泉，而只有山泉水，才算是不老天赠予人的，但没有足够的雨水，山泉也不会总是旺盛不断的。"

"那好，从此你专给朕念经祈祷天水，再将这山泉水分出上等、中等、下等，朕要增派人归你管辖，定要查清西山里的水源到底有多少。"

回来的路上，忽必烈想起设立元大都的事情，便决定先要引出人能喝的水。一回宫，便传来管水大臣，大臣禀道，牛、马仍不断地驮牛皮水囊进宫蓄水。忽必烈一听，赶忙查看他喝的蓄水池，只见池边臭气熏天，杂草丛生，蚊虫竞飞。他先是大吃一惊，然后极为震怒，想不到，他喝的水竟是这臭水坑的水："这就是朕的太液池？如此肮脏，可怎么喝？难怪将军们都说，这儿没草原好呢！"

大臣慌忙道："这本是草原习俗，存水而已……皇上不是说过，此地不宜动水和土吗？"

"这个……那朕的御马在哪里洗浴呢？难道去亮马河吗？"

"汗血宝马无比尊贵，怎能去那么远呢？只有用金刷，再配上玉液……"

守着紫禁城的传说

"也用朕这太液池水?还是你等放它随便进水去洗?"忽必烈突然想起,他的汗血宝马从来就是这个脾气,随意溜达去尽情洗浴。他也曾下过旨意,才使得千里龙驹随意而为。于是,他反倒和气地对大臣道:"你等立即去西、北山上找泉水,分出上、中、下几等,而朕的御马,谁再敢随意放出去,定要重责,限你等即刻清理太液池,从此,凡属皇宫水域,民与官等无论是谁,绝不可走近或胡乱使用!违旨者,立斩不赦!"

当天,皇宫里的盆盆罐罐和能装水的家什,都蓄满玉泉山水。几日后,所有大员都被派去寻找水源。为对付干旱,他又下旨,在玉泉山沿途,变水坑为蓄水池。开建的第一个御池就是西山众泉集汇之地——瓮山泊,该水清澈近乎无鱼,最为清洁。并在海淀一带,接连修出多座蓄水池,还有这来自百泉的万泉河。

但没想到,一场突发的暴雨,引得山洪突发,将新修御池,冲得面目皆非。连大都的北城土墙,也被冲得歪七扭八、坍塌并决口。号称三头八臂的哪吒城四面疮痍,似遭到外夷破坏损毁一般。虽说天公降下水灾,但当地的农户,却发现一件不可思议的事,凡西北方的井水,一夜间一味地变甜了,但城内井水却仍是苦的,难道是老天故意要惩罚忽必烈?忽必烈暗自寻思,难道是修大都时,真的将龙脉挡住了?但叫郭守敬测算的结果是,若不疏通元大都所有水路,才真正是堵住了龙脉。总害怕与龙王作对的忽必烈,生怕还镇不住水,又专请西域高僧念佛唱经后,用建五塔寺的梵塔镇住西直门外流来之水,这才同意疏通大运河。何为镇水?就是不叫水走也不叫水去,把水留在当地。

最终,因郭守敬提前修好了通惠河,才抵住大雨和山洪来犯,而使得多余之水穿城而过,还能携带污水出城,使大都城内外平安无事,永久避开了水患。为乞求老天保佑,大都城内外便建起红、白、黄、高庙等庙和镇城的一对白塔。但皇家吃水,还是一个难以解决的问题——还得用马去西山拉,所以,忽必烈并不甘心,他的元大都会永远无水可饮。

郭守敬修通惠河、坝河以后,得到了忽必烈的"万余钱"的赏赐,令举国轰动,这也使得元大都一下子连接了南方及大元朝的天下各省。

眼看着汉臣因修河治水而被大皇上赏金加爵,立刻便有蒙古武将不服气了,不就是修几条大一点的海溜子③吗?凭什么会得到万金之赏?哪比得上我们这些攻城略地、流血流汗的武将功劳大呢?而且有不少武将也认同他的说法。

闻听满朝都在议论,说大皇上偏袒外族人。开始,忽必烈并不在意,这就使得议论更加大胆公开。一天,一位曾荣立勋功的武将,当着朝官大呼小叫道:

"大皇上若将通惠运河的活计交予我办，我也行，不就是把兵民都变成奴隶，去挖土石、修河道吗？我还会很轻松！"

朝堂之上，满朝的文官皆不敢吭声，元朝的武将，多是蒙古族人，而对于蒙古将士居多的元朝来讲，他们同是异族人。谁知，忽必烈却突然从暖阁后迈步而出，脱口便问："是哪位大功臣要改行呀？"大殿内文官武将，呼啦啦跪倒一片，口呼万万岁！不料，这位说话的武将，竟大胆将原话又叙说了一遍。忽必烈听后道："那好，朕正好将引泉水进大都的要事交予你吧！但将军要立军令状，若办得好，自会有赏，若办不好，照律令杀头问斩。"这武官一听如了愿，当时是高兴之极。心里想，不就是引泉水吗？这太容易了！我行武多年，早在沙场上死过几遭，怎能因引泉水而被杀头？于是，他便磕头谢恩，大笑而退。

没几日，江南的南竹，都随船运抵大都。工匠们将竹子一节节连接好，接成走水管道，再用圆木交织架起，从玉泉山一路接进"和义门"④内的城根，顺城内再照直往东，自鼓楼前又到交道口。然后，水再折向南，直进到皇宫内里。若问此地为何叫交道口？就是水道与马路交叉的"道口"。

但在路口拐弯时，却遇到了难处。您想，从玉泉山一直靠竹管引来的泉水，要经五十里的路途之遥。而并排架设的三道竹管，不论地势高低，皆要跨道逾水，泉水自然是从高往低流。开始还可凭借地势，稳稳当当、顺顺溜溜一路通畅，但竹管一进到海淀镇，地势低下来，等再往东南，便怎么也流不动了，等到了交道口已是千折百转，凸凹不平了，等再到偏高处，哪还会有泉水？

这位蒙古将军毕竟是武将，有汗命在身，并不敢怠慢，他没日没夜地只知道催促工匠，早早做好这几十里地的竹管。这位平日只知喝酒、吃肉、打仗的武官，真着了大急。平日他并不愿矮下身去请教那些工匠，唯恐低了一头似的。眼看着一天天时光荏苒，却只能看见泉水倒流，就是不往前走。他可真是后悔领了这"打水仗"营生。这好比是"（和皇上）要了把利刀，却架在自个脖子上"，他知道，这军令状是决不姑息任何人的。

在他焦急万分时，有幕僚出主意：有人能救他一命。谁呀？就是大元能人——郭守敬。于是，这位蒙古武将备好几马车的厚礼，硬着头皮也厚着脸皮，在晚上来到西海的郭水监家拜访。到了门口，他忽然想到曾在朝堂之上对郭守敬多有冒犯，便亲自取出银元宝，往门人手里塞。在黑夜中，门人推托开并说："我从不收来客钱财，照样给您传话，但我得先问问，您到底为何事，看是不是我能办理。"

武官听后先是一愣，灵机一动道："不过是条细长的河，可惜路不平，怎能将它引来呢？"

黑影中门人笑着答："您可以把路铲平啊？"

"可是路太远无法修呢？"

"您还可以加圆木支高啊。"

"可是……还是太远，遇高仍是过不去。"

"那你就分段，就像我家主人修运河一样，将河道一段段分开修。"

哦……原来如此，好厉害的门子，却给老郭看大门。他心说，这"一段段"分开修，是绝好的法子，原来修通惠河竟这么简单，老郭实在是太运气了。可转念一想，还得去通惠河，他马不停蹄的赶到河边亲眼看了，禁不住心中大喜，原来如此啊！他认为已找到了办法。于是，每遇低洼处时，他便修一水池或水井，然后安上辘轳和十五个木桶，在下一段水管再加装一个漏斗。水桶先将低处水淘上来，再倒进漏斗里去。这样，水总是不断流向东边。而在交道口东边，为了多送些水，他还命工匠特意在此挖了个大水池。结果倒好，在十字路口处，不得不建一座巨大的高台，用以增高水位了……

竣工的日子到了，忽必烈皇上被群臣簇拥着，沿皇宫的水管，一直巡视到此地，一见如此，他真是哭笑不得。本来齐整的十字路口，被巨大的水池拦腰截断，再顺着往前走，只见一个个的水井、辘轳、吊桶边全是兵丁踩着泥水忙作一团，真是"十五个吊桶打水——七上八下"，把身边的大员们都闹得心里扑腾。一见此状，忽必烈气得说不出话来，他大声申饬道："花费数十万锭白银，你却将朕喝的甘泉，都变成洗脚水啦！是何居心？来人，全家抄斩！"

众侍卫一拥而上，将武将绑缚起来，看似就要押到刑场了，但忽必烈却问郭守敬道："如此这般糟糕，如何更改得好呢？"也不知是在说这水管，还是在说这位武官。

郭守敬道："臣倒是可以修补！只求皇上叫其将功抵罪，不必再杀他了。"

"那也罢，叫他多活几天，叫他看看什么是智慧！"其实，忽必烈深知这位蒙古勋臣愚钝，所以他早安排好郭守敬，在暗中观察，并化装成门人，故意点破门道，但没想到，竟会如此糟糕。

而郭守敬却只用了一个月，将所有用吊桶的水池，都换成圆弧踩水车代替。而后再用好板材密封起来，并改用牛来拉动水车。最后，还将交道口等处的大井房做成亭台楼阁的模样，设了兵士看守。还派作送信的临时驿站。

等忽必烈再巡视时，交道口的几个路口处，已修成两座彩色宫殿般的亭桥，桥上分别直通四方道路。由于在元大都城内，谁都没见过如此富丽堂皇的"怪桥"，所以早早引来的皇亲国戚，纷纷将消息传回。忽必烈因刚喝完美酒，怎么也想不出这两座"桥"该起何名讳。在元代，桥必须由皇家赐名。往来熙攘的百姓们，一见面自然都会说起这两座桥，由于坐落在皇城北，而它又不单是桥，还是送泉水进皇宫的管道。

一听老百姓都在夸赞这两座桥，忽必烈一高兴，念及武将曾立勋功无数，忠实可靠，引水也用尽了蛮力，起码有苦劳，便将其从轻发落，带罪发配边疆御敌。

被发配的蒙古武官，正好与顶替他的武官走个对面。于是便询问他："喂，老兄为何被降品发配呢？"那位武将尚在被从轻处置的诚惶诚恐当中，即脱口说了句："哎！还不是因为那座'背兴桥⑤'吗？"然后赶紧催马前行了。

新武官是个认真之人，听了他的话，非要去这"背兴桥"看个究竟不可，谁知道他去了"北幸桥"路口，竟然看到了一模一样的亭桥。但当忽必烈突然问起，他是否知道前任的事时，新官便只好将路口说成是"北新桥"！忽必烈一听大喜，他喜的是，本来皇帝去的地方该称"巡幸"之地，于是便恩准，以后称此桥就叫"北幸（新）桥"了。但是他们都忘了一件事情，交道口与北新桥，并不是一个路口，只是相近而已。而忽必烈为了包庇那位蒙古武官，只是口谕认可"怪桥"的名称了，所以，他左思右想了半天，干脆决定不再下旨给"怪桥"起名了。

从此以后，元大都城内，还多出一条很有名气的胡同——水车胡同。这是因为郭守敬安排工匠专制造南方水车的作坊。后来，郭守敬又将元大都的废水，架起管道，同样通过"怪桥"直接排到安定门外护城河里。在净水与污水双管"交"汇处，于是就有了很有名气的道口——交道口。渐渐地，人们也将紧挨着这个路口的"北幸桥"叫成了"北新桥"。

到了明代大兴土木时，为建北京新砖城，不断垫高内城地势，并借地势将污水排至护城河，顺护城河再往东，直接流进东大桥下河里。现在，这条河已成为被盖上水泥板的污水河，今日呢，此水直接流入高碑店污水处理厂回收处理。

---

① 即拖雷皇帝。儿化音来自元朝，脱脱儿是元朝宰相。

② 即颐和园的昆明湖。

③ 海溜子，满语中的河沟。

④ 1967 年修环城地铁拆除西直门瓮城箭楼时，在城楼下发现元代"和义门"。

⑤ "背兴"——北方人的俗语，即不幸运，没运气，倒霉之意。

民国以前，住北京城里的人们都知道，每天晚上的戌时（约七点钟到九点），就能听见连续不断的"爹——鞋——爹——鞋"的阵阵钟声。尤其在寒冬腊月天，地皮儿冻得打褶儿①，在无风干冷时，小辈儿的额娘们会对自己的孩子说："赶紧睡觉吧，钟楼的钟响啦，铸钟娘娘又在和他阿玛要鞋来啦，她也知道怕冻脚呢……快睡觉吧，别吵了咱的铸钟娘娘②找爹爹要鞋。"

铸钟娘娘造新钟

"铸钟娘娘跟爹要鞋谁穿呀？"孩子们总是紧着问。于是，额娘定会说出个故事来。原先，咱老百姓家还都没钟表那会儿，北京周围的各个州、县城里，都建有一座鼓楼和钟楼，到了子午时③，钟楼就要开始敲钟配鼓，这叫"交更"，老百姓听见钟、鼓楼的钟、鼓声合拍阵阵时，便知道天大约到"子丑寅卯"什么时辰了。北京是多少朝代的皇城，这钟鼓楼的巍然气派，当然要比各地的钟鼓楼高大雄伟得多。干吗盖这么气派？还要高过北京所有的城楼呢？当然是为了镇住以前旧元朝的邪气，这也叫"天子重时，才可守信"啊。

当年大明军师刘伯温，为镇住京城地下的海眼④，曾多次请旨，说要建钟楼。缘故是，光建高大威猛的鼓楼，像弥勒佛祖一般，在那一坐，若要没个众星捧月的大小寺庙、寺庵陪衬，旧元的邪，倒能镇住，但只有鼓楼的形单影寡，必显得孤苦冷清。于是，老刘总寻思，要给鼓楼配个钟楼，才叫阴阳搭配⑤，以成全天时地利。不然，京城里的寺庙都有"晨钟暮鼓"的响动，但到底该听谁报点哪？

因此他启奏皇上，要重建被毁掉的钟楼，要在五凤楼（午门）上，配上钟鼓二器，还得配有笙、管、笛、箫，演奏《丹陛大乐》。皇帝降旨准奏，遂委派工部大员，将鼓楼后，再配上一座既高挑但又矮于、小于鼓楼的钟楼，样子一定要玲珑雅致，重在苗条剔透。可这钟的个头当然要制成天下最大的！到底得多大呢？要铸一口在不老天下，即人世间最大的，也就是造一尊两万斤重的大钟。

工部大员接旨后，马上从各州府里，选派铜铁器营的当家人⑥与专门倒腾铜铁的名匠良工，召集到北京城。而朝廷造御钟，算得上是神圣无比，为对外保密，师傅们都要携家眷同来参与，均不得违犯。没多日，待全国有名工匠聚齐后，工部便在鼓楼西处，建起来铸钟作坊⑦。这地方是南临京城六海，背依王公府邸，西傍一大喇嘛庙，东边则是一片专打制金银铜铁铃铛的小作坊——铃铛坊，也就是现在的铃铛胡同。工部委派有名的老铁匠邓营头为铸钟大师傅后，这才开始动土开工。可邓师傅明明是铁匠头领，怎么又铸起铜钟来了？在那时候，金银铜锡等，都是皇家专料。而百姓家只能用铁，这就叫"细软好制，大件难成"。在元朝，常常视铜为金，民间皆禁止使用。若非皇家，谁胆敢铸一口铜钟呢？所以只有铁钟最大。而铸造铁器，先要搭起一顶高高的大棚，还要由工匠们自砌模具。

老铁匠邓师傅家里共三口人。贤惠的老伴儿和一个女红出色又心灵手巧、长得水葱似的闺女——水儿。一家被安置在铸钟作坊外不远一个胡同里居住。邓师傅天天早起，直接奔作坊，傍晚直接回家睡觉。开始，他还总和妻女们说笑着插科打诨，过着舒心和气的日子，但后来就不成了。原来邓师傅收工回家后，水儿总是在问："爹，大钟造好了吗？"老邓总是笑眯着眼睛说："快了快了，开槽砌模子啦。"

一晃儿，十天、二十天、三个月过去了，铸成的是一口很大的铁钟，重量是两万斤朝上。为此，一家三口，便与所有的师傅们一起，喝白干儿老酒庆贺了一番。

见大钟铸成，工部大员也欢喜地急禀皇上。于是皇上摆驾，来此视察并聆听钟响。大员满以为，定会得到重赏，但万没想到，皇上一见这口铁钟，登时龙颜不悦，说："为何不铸一口金（铜）钟？这黑不龊咧、黢墨儿乌黑的，太像乌龟壳子，还不如德外那座铁影壁好看呢！"等再听钟响，皇上怒了！当即责罚大员一干人等，扣掉当年俸禄，一甩滚龙袍袖，气冲冲起驾了。

被责罚的大员，气急败坏地对师傅们说："你们也听听，这是什么声音？啪啦啦的像敲瓦盆，别说在北京城内听不见，就是在紫禁城也听不见哪！皇上有旨：'限期三个月，再铸一口两万斤重，用响铜为料，平常时候，四郊都得听见钟响，顺风要传出五十里以外，逆风时呢，也要传出二十里地去，若铸不成这样的钟，就杀你们的头！抄你等的家与九族！'"

大员把皇上旨意一传，师傅气得不得了。邓师傅也面带愠色进了家门，水儿一见忙问："钟不是铸好了吗？爹为啥还生气呢？"老爹就将皇上看钟的事说了一遍。老伴儿听了安慰说："做铁钟是大臣，改铜钟是皇上，这也是没办法

守着紫禁城的传说

的事,再做个铜钟不就结了。"老伴终究是外行,她哪懂得造铜钟的难处。以后,邓师傅照样天天早晨去作坊忙碌。可往后的日月里,邓师傅的脸色更差,总唉声叹气,吃不香也睡不着,人也渐渐瘦成一把骨头,可把家里人心疼坏了。

  原来,为造这座铜钟,工匠们可费了心血。你想啊,铜水和开水一样,要是只沏一壶茶还可以,倘若在冬天,用开水沏上十壶酽茶,那保不齐就有沏不开的那壶。而铜水比开水既流得慢,也浓得多,不等流满那两万斤的模具里,铜汁早已冷却凝固。任众师傅们怎么摆布,到底还是铸不成整钟。师傅们只能化了铜再铸,不好再返工,铜水烧坏了无数模具,废了无尽的响铜,还是没见到铜钟的影儿。当水儿姑娘明了原委后,也天天替爹发起这钟愁来。

  每当爹进家门,她和娘一起,便来安慰爹几句。爹不在家时,便和娘一起因担忧所有的工匠性命而流泪。眼看期限一天天临近,可把水儿熬煎的五脊六兽,她心里真正是"十五个吊桶打水——七上八下"了。明天是最后期限了,师傅们都没被允许回家,大员派的虾兵蟹将,也早已将钟作坊围起来,连家属也不许随意走动。

  早晨,水儿说要去看爹,娘说:"一个姑娘家家的,怎能让你进作坊呢?作坊是禁止女子进门的。"见水儿一定要去,娘也就依着女儿了。若真做不好这口钟,明年的今天,就会是所有工匠的忌日。水儿今天出门着意穿上了新衣裳,穿上自己喜爱的新绣花鞋,就奔了爹爹的大作坊。一进门,她看见爹和师傅们满头大汗,正围着铜水炉忙个不停,身上到处沾满乌黑的锅灰,头上脸上是一道道汗污。

  水儿喊:"爹!"邓师傅看见闺女,打心里有说不出的滋味。要在以往,爹定会斥责水儿一顿,可今儿例外。"爹!娘叫我看看大钟!"

  还没等答话,一工匠说:"老爷儿⑧一落山,阎王爷该请大家喽,大侄女快准备装裹⑨吧!"

  水儿听了这话,心里便暗下恒心!既然爹和大家都活不成,那还做什么钟呢?这使她想起爹讲的一个故事,里面说为铸千年宝剑,女儿舍身跳进熔炉,化做莫邪剑的故事。她突然想到,这也许是唯一能救爹娘和工匠们的办法。想到这,水儿便噌噌爬上了高高的炉梯⑩。

  爹一看急了:"丫头停下!那上不得女子!"

  诸师傅都跺着脚求她:"求你叫大伙再多活一会儿吧!也许有盼头呢。"

  这会儿工部派的兵,已将囚车推进作坊院里,专等老爷儿落山,将工匠绑缚刑场了。见身边师傅也跪下求她，水儿便大声道："钟神仙，求您了，救救大伙儿吧！但愿我化成这不该做的钟！"边说边向铜炉跳了下去！她的话，被身边的师傅，听得清清楚楚。师傅伸双手拦时，水儿已从炉梯上，向铜水炉内跳将下去！"轰"的一声，铜水四溢飞溅，闪出金光百丈！通红的铜水自炉边齐齐的冒将出来，飞快地流进模具里……爹和众工匠们全都目瞪口呆。好半天，大伙似乎才从梦里醒来一般！水儿姑娘没了。炉梯上的师傅，只抓到水儿脚上的一只绣花鞋！而水儿姑娘，已早化成铜钟的一部分。看着姑娘的绣花鞋，师傅们都失声痛哭起来！而土质模具，还不断在崩裂开来。大伙儿正伤心不止时，一工匠喊："邓师傅，水儿把我们都救啦！"

果然，模具崩塌脱落，一座闪耀金光的大铜钟显露了出来！上造真草隶篆金文清晰，纹路洒脱，既无毛茬儿，也不必再抛光。望着刚偏西的老爷儿，工匠们谁都说不出是喜是悲。水儿并不是没了，而是嫁给了"钟神"，成为神仙中救苦救难的女神——"铸钟娘娘"。

从这开始，每当工匠们铸钟开工时，都会规矩地摆上供品，烧香磕头，八拜"铸钟娘娘"。而在大师傅怀里，还真揣有绣花鞋，难怪所有铜钟，都用一个声响，帮水儿喊爹找鞋呢？最先铸成的那口铁钟哪去了？它一直仰着躺在鼓楼后面，1976年还在那。北京城每过一个时辰，钟楼便打出："紧数八、慢数八、不紧不慢一十八"两番一百零八下的钟声，若仔细听，里边还配着鼓声阵阵。钟声的尾音总是："爹——鞋——爹——鞋——"的。老人听见钟声，往往会说，"铸钟娘娘又想爹啦——还有绣花鞋"。到后来，大作坊没了，但铸钟厂的地名一直延续至今。钟楼后曾建有一座娘娘庙。有人说是皇上敕建的，也有人说，是铸钟工匠们建的，还有人说是太监们捐钱建的，因从紫禁城被赶出的老太监们，有不少都在娘娘庙里养老。

再后来，娘娘庙也没了，但铸钟娘娘想爹找鞋的传说，也就流传在了咱北京城。

---

①老北京一直是土路，凡遇冬季极寒冷，把地冻得裂口，起褶子。
②铸钟娘娘的叫法起源于钟楼之后的娘娘庙。
③晚间23：00—凌晨1：00的两边为交更。
④民间有北京多处海眼之传说。
⑤民间有传，鼓为阳钟为阴。
⑥古代元明朝代的各行业都分在军营内。
⑦地址是现在鼓楼西的铸钟厂。

■ 守着紫禁城的传说

⑧北方管"太阳"又叫"老爷儿"。
⑨人死后换上的衣着,叫装裹或寿衣。
⑩查看炉水的高台。

咱北京人聊天,注注是张开嘴都爱说这北京城。拿大小王爷或什么爵儿的陵墓前头摆得专驮碑的石头家伙来说,自打进关就被满族"老土"改叫成土浔掉渣儿称呼——"王八驮石碑"。那会儿哪里懂得这里还有龙的典故。南方人骂街有"忘八"二字,这是因燕王朱棣,忘了封龙子赑屃等八位龙子。所以,但凡不敬这位皇上的人,就拿这当了话茬儿,于是,"忘八"一词便流传下来,后来还被人说成是忘了八辈祖宗的意思。

赑屃的传说和由来

明代开国老皇帝朱元璋,早就盘算好,他闭眼后,不管是儿孙谁当皇上,都同样是朱家天下。干脆就留下来一对你死我活的"文武对头",由他们去争天下。那么多说书、编书的,虽然说得花里胡哨,但谁都知道,哪朝代不是马上皇帝,才能稳坐天下?从三皇五帝开始,就向来是刀枪里头换朝代。自家人争天下,历代不是常见嘛。朱棣起兵造反,缘由是一山不容二虎。只许当孙子的继皇位,不准当儿子的坐龙廷?但无奈,天下已然认准建文小皇帝,皆不承认燕王朱棣为尊,这就只有靠打仗见分晓了。

朱棣自以为率兵多年,若论打仗,势必稳操胜券。结果是骄兵必败,还被小皇帝打回了北京,朱棣在危难时,成就了太监郑和①英雄救主的百世美名。后来,世代居住在幽州苦海的孽龙,借机发了那势不可当的洪水,不仅淹州没县,而且还使得"南军"借势大胜,弄得朱棣几乎是全军覆没。要不后来他专要和孽龙斗法、专门加以惩治呢?在危难时的朱棣心里寻思也许这便是天意难违。既是天早定好乾坤归属,又何必有我呢?回想当年关公留下曹操一命,但最终是成了魏武帝。可这回,自己真是"脱了毛的凤凰不如鸡"。可惜这早有济世之志的燕王朱棣，眼眉前儿仅剩下几兵几卒、几骡几马和破桅烂船，被围在那没有边际的长江畔，钻在一间打鱼人住的茅草屋内躲风避雨。他只盼"南军"快快撤走。不然就真该"宁为玉碎，不为瓦全"了。他几次都想自绝于世，但都被下属拦住。

茅屋外惊雷翻滚，大雨滂沱，只听"南军"马嘶人喊，锐气凌天。而茅屋内，只剩下了一个正在打摆子、发疟疾的燕王朱棣。架不住大风又刮来，将个挡风避雨的茅屋，直刮到天上。这会儿，忽听哨箭"唰"射来，就见一只快船，从江北急驶而来。真是绝路逢生！这是老姚救燕王来了。朱棣一干人，顿时来了精神，眼看快船将靠岸，就见帆即被狂风折断。只见"南军"大小战船，乌泱泱向这扑来，将兵都嗷嗷喊叫："抓反王——"眼看没了辙的燕王，只好二目紧闭，躺倒在河边干等死了。

在这千钧一发之际，猛听于江河中发出巨响，直震得巨浪滔天，将燕王卷起来不知有多高。自黑暗江河中，又钻出乌黑色大船一只，稳当当地接住燕王，船前还有两盏明灯开道，而所有"南军"，被大船晃出的巨浪撞得船翻人落，朱棣定睛一看，脚下哪是什么大船？他分明是踩在一头硕大海怪的脊背上！见其张巨口，露出剑牙刀齿，磨盘般四只巨爪像巨桨划动。它每划一下，便将"南军"船弄翻几只，前方阻挡的敌船，也抵不住海怪发威、冲撞。只需几声吼号，便不知掀翻多少只船。虽大风恶浪都在朱棣身边掠过，但并不伤他一根毫毛。海怪的发威吼声，立刻压住了"南军"的人喊马嘶。那海怪·对明灯似的眼睛，直照亮大江的对岸。朱棣终于看见，河对岸老姚所率"北兵"——拥戴他的大队人马，是浩荡来迎。朱棣大喊："天不灭我啊！"

此时天亮，东方日出。朱棣清楚地看见，在江中救他的，正是一巨大蠵龟。才靠岸被众将搀扶下来，惊魂未定的朱棣，边施大礼边问它："承蒙龟神，为何救朱棣？"

蠵龟用只有朱棣才能听懂的兽语道："吾乃天下龟中之王，但并非龟类，且还与燕王是同宗同族同种同辈，为沧海龙王九子之一的赑屃便是，而你却是真龙天子。"

朱棣道："我该如何报答搭救之恩？"

"你是真龙天子，若谢，我和另八位臣弟，只想求各有其封而已。"

"一定，一定，只要天下有大统之日，九位龙王我定要封。"燕王朱棣还在鞠躬答礼时，赑屃却缩头摆爪行礼后，翻身退至江中。其落水处，又是如山般巨浪，另八位龙子，也在浪中隐隐现身拜别。姚广孝一看正是进攻南军之时，便指

守着紫禁城的传说

挥大军,追随蠵龟乘胜追击,加之另八位龙子,在天上地下云里河里的协助帮忙,南军终是大败而逃。一退再退的丢扬州、弃江陵、失苏北,最后都叛了"孙"[②]伙计不说,朝臣竟主动打开南京城门,全降了燕王朱棣,自此,便有了大明朝的永乐皇上——朱棣。

朱棣未登基,先是大赦天下,后又在金銮殿上大封功臣。他这才明白高祖朱元璋对他朱棣是偏疼偏爱有加。但见金銮殿上,不管是前后、左右,连那牵马坠镫的小卒,皆被封官加爵,并赏以金银财宝。唯独没有钦封曾救他性命的龙子蠵龟弟兄们爵位。唯有听懂兽语的姚广孝心里明白,朱棣不知该如何封赏多位龙弟。

于是,他屡次悄悄提醒朱棣,对其接连比画再念叨:"可不能……忘……八……"(手比画蠵龟与八位龙子),意思是,那还有八位龙子等封呢。但朱棣却对老姚的比画毫不理会。

不料没几日,内城九门提都来禀,西直门与德胜门之间的城墙,是屡屡坍塌,有群大小不一的蠵龟,总用利爪挠抓依水而建的城墙根基。尽管再砌,过后还塌。该河岸就像无底洞,总没完的塌陷。老姚听闻速报朱棣,这分明是龙爷们在故意捣乱嘛。

"皇上,臣以为,须早做那……御断才是。"老姚还是比画大拇指和"八"字。

其实,朱棣并未忘记封赏蠵龟弟兄们的事,只因他实在想不出,能给九位龙子御赐何等爵位,它们是否满意。再有,就是九位龙子禀性脾气各异。例如:大龙子是最喜负重物并爱文字,好图清净,若真将它的鎏金像,摆于庙内供奉享受香火,但谁会认可这只龟形的真龙呢?这还势必牵扯上死对头,小皇帝建文的"文"字,叫他实感太不吉利。再说,被封者,必须在大殿之上抛头露面才行,而它们又都藏在哪里?如何知道龙子们想要什么爵位呢?

"若依臣,佛祖在西方,微臣景仰的丘道祖[③]也在西方,给大龙子媒配一雌龟,成对后,永封它为万年之王,封地为漫天之下的所有福祉[④],不限海枯石烂,当否?这样还能招来另外八位龙子觐见皇上,臣主张都加官晋爵,各个有封。"

朱棣听后大喜,刚要下旨,老姚忙拦住道:"只需口传御旨,龙救龙的事情,何必公布于人世间?何况是万年御封,省得再提起蠵龟不满,而做破毁城墙之事。"这使朱棣茅塞大开。于是,他用百吨顽石,在武当山处,叫工匠刻了左雌右雄一对蠵龟。不仅纪念它勇武善战,还赞美它的救主奇功,还能让它远望大海，不忘龙弟龙兄。然后再昭告天下，说佛祖有意，要在大明朝所有贵胄墓前，摆放大龙子真身——仍御赐名为"赑屃"。其所负石碑上，决不忘再雕龙刻文，以证"赑屃"是龙族，代表龙族之神圣。而碑上须由人间书仙笔圣，或贤臣名君所书，定为皇家礼制。这不但还了"龟"情，而龙子赑屃，永被世代皇帝钦封和景仰，只要属皇帝辖地，都有赑屃的封土。

从此，龙子赑屃，便用数不清的子孙占据了天下。但另外八位龙子，见没给自己的封地，也只好留下替身——这便是人家见到的多只走兽。这八位龙子，见朱棣失信，都隐身不再露面。但却都跑到皇宫的屋脊、朱门、刀剑上、石桥边等。而北京西北城墙，再也没了蠵龟捣乱，可此处还是缺了一个大角。

姚广孝高寿临终前，始终惭愧该早对朱棣说此封赏之事。从此，朱棣再也躲不开因对"忘八"失信之嫌疑。但朱棣却只想给功臣老姚建一个天下最奢侈的墓地："朕给爱卿建八层宝塔，配千件金银风铃，盖八间功德大殿，供姚家八代宗族，将享殿建在第八代大明皇帝陵墓前，还要在东岳庙东北方的姚家园，建一座有八字影壁的宗祠，叫卿光宗耀祖，万代留芳……"

老姚闻听，即从病床上匍匐于地上，感激涕零地说："臣心领了，不老天下，哪有出家僧人享此殊遇？那臣民，定要笑话皇上是个……那个的，圣上，臣只要一琉璃塔，以代替龙子赑屃为镇，表示臣永在龙之下，绝不敢造次犯上，而且要避开皇陵，去幽州之南，其他项一概剔除，倒赞同在姚家园故宅，只建一八角碑亭，命姚氏子孙百姓都搬过去，也算给他们转移圣恩，死的全是先辈，尚在的全是晚辈，我也对得起父母了。"

话说完，老姚羽化⑤归天。果然，朱棣在北京西南方的崇各庄，给老姚墓地建了一座七层琉璃宝塔，四周全撒上各类种子，由住附近的族民管理。这样，当地人能吃到新鲜菜果，新打的粮食。当地人护塔胜过护家，从不允许别人糟践四周的一草一木。因此，老姚墓地自然成了农家"福祉"。朝廷又下令，凡是建老道墓冢，须往京城东北地方，再不可往南。于是就有了，位于东岳庙东北向的"道家坟"。而住姚家园的姚氏后代们，为表示对皇帝的感激，历代都在养猪（朱）、敬猪（朱）但决不杀猪（朱），所以，京城本地人从不做屠户⑥。

尽管九位龙子，已一个不落的被钦封，但所有龙子，都不愿意向朱棣露出真身，因燕王毕竟伤了龙子颜面。龙子赑屃，却永远驻守在人间的福祉。有它驮石碑的地方，皆是其封地。只要有它在，那碑文便能证明前代史实，碑上落款在历代皆会注君王年号。自然，它受到后人的仰慕与褒贬。从此，对永乐皇帝——朱棣，凤有怨言的南方人，就将他说成是"忘八"的鼻祖。赑屃的恪尽职守与耐

守着紫禁城的传说

劳任怨,得到不老天下的认同,由于它孤零零的,总是在默默承其重物,谁都忘了它是龙子,只知道它是蛇首龟蹼。

但蜀人一张嘴骂人,总不忘"龟儿子"的口头禅,因所有龟类的名号,早被百姓叫骂得完满无缺。特别是现代的骂街,本与乌龟王八没什么关系,但老百姓活得过于困苦,所以,当看见这些个既废料、耗工、陪伴曾经奢侈亡人的大家伙时,如何不气?渐渐雕刻龙子赑屃的工匠因做活拿不到工钱时,便会顺口咒道,"就为这么个乌龟王八——连饭都吃不饱"⑦,于是,故事自然也就流传到不老天下。

---

①郑和原名叫马和,救主后被赐为郑姓。
②即朱元璋之孙建文。
③即道家先祖丘处机。
④坟墓是古代所说的阴间之宅,也被称为福祉。
⑤道家归天叫"羽化"。
⑥其含义为,养朱敬朱。
⑦指桑骂槐的诅咒工头或老板。

姥姥还是小闺女时,随大人出齐化门①,多是坐驴、马、牛车奔东岳庙。叫她能高兴好几天的,是能骑一回又高又大的骆驼。若走着去那地方,得先去坛口,要不然,新挂的灯笼和高粱秸莛儿②的哗啦啦响的风车和说书、卖唱、拉洋片的,老是拽着姥姥似的,她准和大人闹性子。最次,也得要闹出一串冰糖葫芦来,才算完事。

八国联军进北京时,人都说:"坛口往南溜溜,看不完死人骨头。"别看这地方听着叫人害怕,但这集市实在是招人留恋。"坛口儿"这名儿,起得就有趣,那进口真是小,但里面集市倒真是肚子大,是寸土寸金的商家宝地,曾是北京四九城门外,最令人想去的地方,同去"吉祥"③看大戏是另一个韵味。

朝外坛口的传说

现在的年轻人,大多不知道"坛口"的地名。若在过去,谁要不知道"坛口",那一定不是真北京人。北京人天生称大,总喊外来人"老忐"儿,这是在叫从未来过北京的官员,是笑话人家老土,和现在个别小孩子叫外地老乡"老帽儿"一样,都是看不起人家的意思。年轻人不懂得,人人都会变老。而无论谁的祖上,都是来自乡下。

干吗非叫它"坛口"呢?难道是就近有卖坛子的吗?卖坛子的虽有,但你要顺胡同照直往南,便会看见一片松柏树林里的红墙绿瓦,这便是明清两朝皇帝祭祀太阳的地方——日坛。日坛是北京城天、地、日、月、先农、社稷、先蚕坛的八坛之一。民国前后,日坛四下到处是乱坟岗子。贴城根儿的地方,到处有旧兵勇④。等袁大头一窃国后,便有一批专扒墓盗坟的来这儿想发横财。他们专挖日本人的坟,结果挖出的全是破烂瓦罐、坛子,谁也没能发财。他们还以为日本人会像中国财主一样,也往坟墓里撂下些珠宝什么的,结果,除骨灰便是坛子,真是小气到阴间的倭人,抠门儿到家了。

但"坛口"究竟是怎么兴旺起来的呢?话说燕王朱棣称帝后,每到"代皇祭祀"日时,他总要在日坛内小住几天。因为京东是他在危难之时,被马和(郑和)救驾的吉利地方。他第一次来到日坛,便挑出了日坛荒无人烟、满处奔跑狐狸秧子的毛病,他说:"一统天下,连京都的神坛都这样,这叫本王怎么亲近黎民?"

官员们一听害了怕,忙趁朱棣未走,赶修起简易民宅,还拨了兵,来冒充农夫们,并沿朱棣还朝路上,列队专等送往。不料,朱棣还朝时又说:"你们竟敢用大明士兵,扮装成百姓来蒙哄欺本王,民什么样?兵什么样?以为本王分不出吗?"这回,可吓坏了众官员们,临了走时,大小官员心怀鬼胎地齐刷刷跪了一大片,专等令担当"瞒王之罪"。谁知,还在高兴已一统不老天下的燕王朱棣,这回不但没怪罪,还将带来的祭品发放给众官。一时间,官员们是抢着磕头谢恩,真格是满路鞭炮齐鸣,山呼千岁。凡是大喊万岁的是原以为会被治罪的官员,他们觉得朱棣实在是大度宽宏。

转眼又到了皇家祭日时节,齐化门外的道路周边,已日益兴隆,坛口儿一带

守着紫禁城的传说

民房累建成了一片，见沿街而迎驾的真老百姓，燕王朱棣十分高兴。其实，这些大多还是士兵，不过增加家眷和商贩。朱棣住下后，自然要上街去转转。虽然这建了民宅与官邸，但号称华北首观的东岳庙，他总想去转转，尽管他到过名山大川无数，但不到齐外他想不起去这道祖圣地。

这天，东岳庙众老道跪迎燕王。但朱棣仍然挑礼儿道："高高的齐化城门外，道家圣地旁边又是寺院，又是衙门、兵营，那我的百姓到哪去买吃喝呀？天下归一，怎么只有小屠店⑤才热闹呢？本王要吃街食，要听黄梅曲儿！这些都在哪呢？"

官员们这才明白，燕王是要见到繁华闹市。于是，官员们又紧赶着士兵和家眷，急忙拼凑了一个花里胡哨的集市，干脆对燕王直说，只是摆样子，先叫"未来的"大明皇帝看看，是不是他要的样子。于是，便在一个操练场上，凑足了卖粮油米面、黄桥烧饼、南味糕点的，打把式卖艺的，唱黄梅小曲儿的众小贩。有胆大的官员，竟请到罕见的伶人来弹拉吹唱。果然，朱棣一见大喜过望。并将兵厨们、众兵家眷的手艺，都品尝了一番，吃了个肚子鼓鼓。

难道一个帝王，就这么不开眼吗？其实，全因他多年随父征战，而对这种集市的多样小吃，只听人说过，而实在不曾见过。自被封燕王之后，他同样净顾带兵驱寇，风餐露营，再加之朝中一再内讧重重。他哪敢有这等闲心？待他问明是谁的主意后，边嚼口里食物，边赞赏有加："本王正是喜欢这样，只有北京城的沿途都如此繁华，这不老天下的财富，才会像水都流进北京，要叫天下的富人来，也不要拦住穷人，更不能饿死乞丐，还要挖水塘养鱼养水兵，北京城就该是人人挣钱的'罐罐坛口'。"他边说边又吃了一卷棉花毛子糖。

皇上说话就是金口玉言。于是，"罐罐坛口"便被叫起来。以后，齐外的商贩不断增加。不光是东岳庙前有设赈灾的粥摊，而在北京所有庙会集市上，一定要赈救乞丐与灾民。因"罐罐坛口"是南方话，特别拗口。所以，皇宫御史们便联想到借用日坛入口来代替原意，因齐外始终是皇上祭日的必经之路。于是，此处简单明了就叫作"坛口儿"，可朱棣说话时，正在吃棉花糖，干脆就说成了"糖口儿"。而当时说豫音的居多，也正好避讳"坛"字。

很快，随着"糖口儿"集市的生意兴隆，这里不仅大建宅院，还在对面的元老胡同建了衙门，齐外再没了往日荒凉。路北的那片水也变成城里人吃鱼饮酒喝茶的好地方。还特意建冰窖为商家租用。在工体及团结湖一带，还借助烧窑坑，建起水兵营地。从东岳庙往东沿途的关东老店、呼家楼的大车店、红庙、小猪店及二闸等集市或庙会，也都兴旺起来。

其实，后来北京民间所指的坛子，多为不吉利，因棺材铺里，也同样出售各类坛子，与腌咸菜的坛子可大不一样。那是专门给寺庙里的僧、道、尼盛骨灰用的。

  在1958年，姥姥和姥爷来坛口听书，没想到说书的，竟然是电匣子⑥里的名角。如：连家门⑦的名气，北京人老少尽知。尽管六七十年代那几年别处都停了，但这里始终还是个兴隆集市。

---

①齐化门是朝阳门旧称。
②葶荠儿，高粱杆用刀子劈开制作玩具。
③"吉祥"，旧京城著名的剧场。
④兵勇，多指清朝的绿营兵，清朝时士兵前后都印有兵、勇卒等字号。
⑤明代往往避讳朱字谐音，称宰猪户为"屠"户，流传至今。
⑥收音机的老称呼。
⑦即连阔如先生。

满族传说

■ 守着紫禁城的传说

　　满族人喜爱乌鸦，因为它能给人报警送信，好坏它都能先知。常年喂它们，只为他们是神灵的女儿。所以每月在祖宗杆（索伦杆）的锡斗内，总会放置乌鸦爱吃的食物，特别在腊七腊八的寒季，一样给它们肉和猪肝吃，以免"冻死寒鸦"。而在坤宁宫，照样有索伦杆。傍晚时，漫天飞来飞去的乌鸦，总会回到皇宫来聚齐，多少个寒暑天过去，乌鸦从没被委屈。它曾得到满族人由衷的敬奉，因为它是神鸟。

乌鸦进族徽的传说

　　从前，在长白山的深山老林里，住有这么娘儿俩，日子过得很是寒酸贫苦。但好在，儿子乌纳罕①很孝顺额娘。他不仅天天上山打猎砍柴，还要种那几亩薄地的苞谷，以此来养活与他相依为命的额娘。额娘也因为心疼儿子，常背着山货与皮毛，到集市上换粮，还跑到更远的墟场上，打扫掉在地上的苞米、黍子、高粱、谷子等粮食粒儿，将杂粮背回，再推碾盘磨成面，给儿子做饽饽好带山上去吃。

　　见天见的，乌纳罕总觉得，他带的干粮袋里，好吃的嚼谷儿越来越多了。每天到山上，总是先给山神玛发②行礼后，再小心地供上吃食。等忙完后，回来再吃。可有一天，等他砍完柴回来吃饽饽时，却发现一丁点儿都没剩下。再一转身，连衣裳也不见了。无奈，他只好饿着肚子，缩着脖子咬牙背柴转回家。也怪了，一连俩月，只要供嚼谷儿在山神玛发前，要吃时准没有，而哪怕是破坎肩，也经常无故丢失。开始怕额娘知道着急，他只好瞒着。但时间一长，他瞒不住了，额娘跟着着急，也跟着一起称怪。额娘道："今儿再去上点儿心，看到底是谁偷吃了，甭管是谁，只要不糟践粮食就好。"

　　第二天，乌纳罕又上山打猎。和往常一样，还是将嚼谷儿规矩地供于山神玛发前。拜过之后，他便偷偷躲在山门不远处看着。就看没多大一会儿，只听"咚"的一声，寻声看去，有一只比老鹰还大的乌鸦，扑扇着大翅膀，蹦跶到山神玛发的神案上，似乎要抓那些吃食。乌纳罕拉弓对准就射，只听"砰"一声，箭射到神案上，"轰"地溅起一团火光！再一细看，大乌鸦一拍翅膀，突然没有了，神案上只站着一个小不丁点的羽毛人，他眼睛长得老大老大的。

　　小毛人说："乌纳罕兄台，别射箭，我正找你呢。"

乌纳罕纳闷儿地问："既认识我，又为何要偷吃供品呢？而且连衣裳也偷走，我不是财主啊！"

小毛人一蹦一跳地走到乌纳罕身边，笑道："您先别气，只缘我家老额纳③，害了一种难寻的稀罕病。要治好这病，非得要吃百家饭，再穿百家衣，这病才能有救。而您这吃食，就是用百家粮做的，而旧衣裳呢，也是百家的布头缝制的。这前后俩月的供品及衣裳，都是我偷给额纳吃的，这先得谢您老额娘呢。若不是见她天天去老远的集市上，去捡别人丢掉的粮食与布头儿，这百家粮与百家衣，我能到哪里去找呢？"小毛人说完，竟跪在地上磕头不止。

乌纳罕听完，气也没了。一想起他和自己都是这么辛苦，心里不是滋味。看来他也是孝子，会疼额娘。就道："若真是那样，你还接着拿吧，额娘也不会怪你的。"

小毛人摆手却道："我已给额纳偷了六十六天的吃食及百件衣裳，她那难寻的稀罕病也大安痊愈，她总念叨着不能忘你的恩情，还嘱咐说，要带你到我家去住几天，她要当面致谢。"

乌纳罕一听忙说："那好吧，我得先告知额娘才成，省得她着急上火。"于是乌纳罕连忙回到家里，告诉了额娘。然后便跟着小毛人，进了深山。

小毛人领着乌纳罕，只是一个劲儿地走，走呀走的，走进一座更高更深的老林子里，沿途到处是几抱的参天大树，两旁是狰石怪壁，高不可攀，连日头都看不清楚。再往前走，没路了。

小毛人见状就说："老兄台，你闭上眼，我再拽上你的手，叫你睁眼时你再睁开。"

乌纳罕刚一闭眼，便听耳旁一阵号吼的风声，过一会儿风停了，小毛人连忙说道："喂，老兄台，请睁眼吧。"乌纳罕睁眼一看，面前是一片青砖灰瓦的宽敞的高宅大院，不像是贫苦人所住。毛人呢，便拉他进院门，还远远地就喊："额纳，咱的救命恩人来了。"

随着院内的一声答应，从里院正屋门内，走出来一位白发苍苍的、满面笑容的老额纳。小毛人向乌纳罕引荐说："老兄台，这是我额纳，你看，她气色好多了，现在还可以出门了呢。"

乌纳罕一听是长辈，赶忙上前请安，老额纳像见了亲人般的边感谢边将乌纳罕领进里间屋。小毛人家里人虽不少，但吃的许多东西，乌纳罕从没有见过。只见桌案上，全是各种飞禽走兽的肉，连豹子老虎的肉也有。老额纳摆出好酒好菜，连连招待他，这一住便是好几天。因他与额娘从未分开过，这突然一别，还真是惦念不已，只好硬着头皮，对主人道："小老弟儿，我惦记额娘，得回去。"

小毛人道："乌纳罕，你放心住着，额娘会有人照顾的。"

又住了两天，乌纳罕实在惦记额娘，就一定要家走。小毛人见留不了乌纳罕，便把他领出门去，小毛人道："兄台执意要回，我们不好硬留，但走时，我父母定要送你礼物，作为报答。但你要切记，送别的千万不要拿。你只需借三件宝：第一件，是我阿玛拄的拐杖，那是只硬木金眼老鸹④，只要一骑上它，说到哪儿，一闭眼就会到；第二件，是我额纳穿的坎肩，要是穿上它，谁也看不见你；第三件，是我的贴身兜肚。它什么东西都能装进去，装多少都装不满。"

乌纳罕听后，心里一一记下。临出门走时，果然谢绝了所有礼物。只借了这三样，老额纳本来舍不得，但无奈是救命恩人，实在也不好说不借。也只好告诉他，这三样借物，一年后，他要送回来，而这回只算借。

乌纳罕拜别小毛人，骑上他家的硬木金眼老鸹。对他道："回家吧。"乌纳罕一闭眼，耳旁又是一阵风的号吼声，再睁眼，竟真进了自家门。只见额娘正在院门内扫地喂鸡呢。

他紧叫了一声额娘。见乌纳罕平安归来，额娘很是高兴。不等问，儿子便一五一十地对额娘诉说了这几天的事。额娘道："这些天，总来人给我送吃食，还说我的乌纳罕，只是到个朋友家去做客，叫我不要惦记，看来还真是这样。"娘俩唠起嗑来没完没了，好像离开了一年。

乌纳罕试了第一件宝贝，而他照小毛人教他的法子，又去试这第二件。坎肩——却是个隐身衣。他穿上它，专为贫苦人去打抱不平。平常谁要是欺负百姓，他便会突然出现在恶霸们面前。轻者打财主屁股，重者罚以木棒，专替百姓出气。而他的那只金眼老鸹拐杖，还会领他去挖强盗埋藏的金银珠宝，然后，再分给那些贫苦的百姓。

乌纳罕有这三件宝贝后，就由拐杖带着他，日日去破解不义之财，好人家的，他不拿片瓦，但凡有贪官污吏们搜刮百姓钱财的，他会由性地往兜兜里装。穿着隐身坎肩儿，等装足财宝后，乌纳罕便骑上硬木金眼老鸹，闭眼飞回，然后再分给大家。过几天，拐杖还会带他再出去找……就这样，不到一年，他家成了衣食不缺、有牛有马的人家。人有了钱，还愁没有媳妇？额娘给他百里挑一，挑上一个既贤惠又美貌，还知道孝顺的妻子。村里人都羡慕他们，不知额娘俩，到底是积了哪样德。

久而久之，乌纳罕与"金眼老鸹"都出了大名。有一回，老罕王遇到明将的追踪，无路可寻时，被正要去小毛人家还宝贝的乌纳罕遇见，他忙将坎肩给他披上。一时间，人不见了。只在万丈悬崖边上，有一群金眼黑老鸹，在呱呱喊着落在已变成棵枯树的拐杖上，明将还以为是老鸹在等食吃呢，便打道撤兵。罕王得救后，便打出个翻天覆地的大清国。而乌纳罕也按照约定，按时还给小毛人宝贝，并追随罕王，成了一个满族八旗兵。从此，金眼老鸹便跟着他，落到了满族的族徽上⑤。

①满语，骏马之意。
②玛发，老祖宗之意，这里指山神爷爷。
③额纳，满语的奶奶。
④即乌鸦。
⑤满族族徽，图案为太阳与乌鸦。

说起这吃食来，有一段老掉象牙根儿的儿歌："德胜矮，于谦高，喻啦瓦剌气焰嚣，挟英宗来令天下，败了于谦挨了刀，丢盔弃甲出居庸，还了皇上再修好。千刀万剐剩白骨，可惜害了于英豪，喻啦哇啦一哇啦，再也不吃榆钱糕！"话说这天下历朝历代，不被太监误国的朝代，总是不多。就拿大英雄于谦来说，就是在奸佞满朝、宦阉作祟的明代当官。大明皇上朱元璋的后代们，也你争我夺地相互残杀，但从来都是拿杀剐忠臣来说是非。

"于谦（榆钱儿）糕"的传说

大明朝内宫，一听到自己的几十万大军，在土木堡灰飞烟灭，连皇上也被瓦剌人①掳走，真真是举国惊恐。后宫嫔妃们直哭得昏天黑地。而皇太后还算沉得住气，忙问众臣："爱卿们，有何法救皇上？这国难道完了吗？"满朝文武众官，均无人吭气儿。只有一个没牙老官，仗着黄土快埋到嗓子眼儿的年纪，豁出死的勇气，战战兢兢奏道："兵压境，君被掠，太后领兵也成啊……"朝堂之上真成"纸糊的三阁老，泥塑的六尚书"了。太后是女流之辈，手无缚鸡之力，如何能领兵守城？再说太后也不是穆桂英啊。

于是皇太后只好央求大臣们："国有难，你等谁人领兵抗敌？"连问几声，竟无人应答。就在这时，平常从来不争功的于谦，大步跨到太后前面高声奏道："国不能一日无君，请皇太后先立君，臣愿意领兵民死守京城！"皇太后明知北京城是既无军饷，又无强将，不由得担心："城内无几个兵将，你怎能去死守？你可知这粮食能支撑几日？"

"回皇太后，京城数十万百姓都是将兵！但太后须颁懿旨，不论文武百官，皆要上城参战，谁也不准怯敌言降，更不得出城逃跑！臣诚邀一把尚方宝剑！"

"那好！哀家就赐你尚方宝剑，你从此就是兵部尚书！帑库内银两都交你做军饷，现在就叫新皇（景泰）以承大统，重振大明之威。"

于是，景泰皇上当即登基，朝内外立刻稳定了。但刚俘虏皇帝的瓦剌军队，却乘胜在四面齐攻北京九门。只有在天黑时，才会歇息片刻。城四周强寇呐喊，火药味道呛人口鼻。眼看粮食没了，就是有金银，又能到哪里去买粮食？于是，于谦就叫士兵在德胜门城楼上打锣，自己也钻进胡同里嚷叫："谁有军粮，财宝换兑！得胜有赏！钱加一倍！生不战死，羞煞我辈！城破之时，玉石俱碎！"

从来深明事理的北京人，便将家中粮食全交上来。由于谦分配好，御敌的兵与百姓，必须得吃干粮。凡不能登城打仗的，包括皇太后与三宫六院的嫔妃，都要喝米汤和稀粥。但由于瓦剌敌矢如雨，攻城不止，兵民都被打碎了盔甲、战鼓也敲烂了，刀枪也卷了刃儿，连绦旗也被火烧焦了。京城内所有的石、砖房子，皆因砸瓦剌兵都给拆掉、使光……最难的是，人总得吃饭，还要用火药杀敌。于是，年逾五十的于谦，不顾作战疲劳，又敲着铜锣四处呐喊："明日血战，财宝无用，谁有妙计，我皇奖励！光宗耀祖，青史留迹！"

这时，一个扛过大个的②高个子听见喊，便跑来说："我有吃的计策，今年城里的'榆树钱儿'都长疯了，大的像小孩的舌头，可做成榆钱儿饼呢？往年我家若没了粮吃，也保不齐吃些榆皮面儿锅挑儿③，还有香椿芽儿……树皮，河里的苇子根儿……地上的苦麻儿，三海里的莲蓬，咱饿不死……"于谦一听大喜道："就奖封你个伙头官④当当吧！"

一个抱孩子的妇道人家，挤过来说："咱女流会裱'袼褙'，能当盔甲、防刀剑呀！"一个屠户抢着说："所有驴马牛牲畜的皮能做战鼓……"一个掏粪的说："大人一定不会忘，大宋朝用热粪浇敌守城的典吧……"又一个大个子抢过话："京城的树，哪棵不是刀枪呢？扯块被窝面不就是旗吗？"听听，这不老天下谁最厉害？还是老百姓！几天下来，将士们吃的是榆钱儿菜饼，会发面的于谦夫人，又蒸出榆钱儿糕，给它起名叫"大明糕"。意思是大明百姓智谋最高。兵们饿了吃糕，想喝稀的，只泡点水，就变成水糟糕，"糟糕"这词，也就是打这回叫响的。

一个降敌太监，早说北京城是座无兵无粮的空城，所以瓦剌才大胆挟英宗皇上围打京城。谁知于谦与百姓一起浴血奋战，有时借半夜天黑，突袭瓦剌。见京城里总是兵强马壮的，瓦剌兵将如何也想不出，城里兵民到底吃了什么好东西。于谦和副将石亨，总是带兵出德胜门突发反击，杀死瓦剌将领，经常一下冲到土城以北的清河。再看呢，城楼上是锣也多、鼓也多、兵也多、将也广、彩旗也多……瓦剌大汗暗想，莫不是神灵相助？最终，那净吃生牛、羊肉的瓦剌大军，反倒是耗不起粮草短缺、无奶无酪的"拉大锯战"，便先将帐篷退到土城，再退到昌平，最后终被于谦打到了居庸关，干脆在黑天里自跑了走。

大明的英宗命大、命好，比宋代被掳走的俩倒霉皇帝幸运。漫天下，哪有背着抢走的皇帝，兜绕了那么一大圈，又给送回来的？瓦剌可汗也速与大明再重新修好。谁知道，没出息的景帝为皇有了瘾，不仅不让位，反将归来的英宗软禁起来。几年后，大明朝让景帝搞得是全国起怨，日月无光，国家又没了欢实劲儿。

自古乱世出歹臣。再说这被封了官，但还总想谋逆皇权的武清侯石亨，自盖出高大巍然的武清城后，见景泰帝病危，便专心拉拢皇族再立英宗。尽管英宗也喜爱于谦的难能可贵，但因没实权，只好眼巴巴地看着佞臣石亨，残酷地杀害了大将军于谦。

为不叫于将军饿着上路，北京城的家家户户端着酒壶、熟肉、大明糕等前来送行。百姓哭声阵天，老爷儿也昏睡不醒，不老天降下愁云惨雾。谁都说老天寒心哭啦，百姓们想到于谦敲铜锣喊的那句话："灾自瓦剌——难在国家！守城有责，皆为自家！散尽家财，大家小家！"再想起曾在城根烧火做饭的于夫人，男女老少都号啕大哭，以至于喘不过气来……正午过后，真从四九城楼飘落下来为于谦烧的纸钱，似飘起漫天鹅毛大雪。当朝皇太后，因拦不住囚车，只好领着三宫六院在紫禁城内恸哭、烧纸后含悲离世。

半月后，人们发觉，京城内外的所有榆树，突然莫名其妙地枯死大半。人们便悄悄对榆树磕头拜祭。正是这榆钱儿，帮北京人打败了瓦剌。可谁又能想到，带头吃"大明糕"的于将军却被千刀万剐。打那开始，榆树长出了各色各样的害虫，而小孩子舌头大的榆钱儿，再也没长出来过。陷害于将军的正是武清侯——石亨，现在天津武清区，还矗立着那座旧城楼，曾是他的侯府封地。为怀念于将军，北京人便开始加栽槐树，这就是京城只有千年松柏银杏树，而却没有千八百年老槐树的缘故。这本是怀念家乡的明代朝臣们所种,但于谦死后,是老百姓为槐(怀)念于将军才栽的。

再后来,石亨贪赃枉法得了现世报应。已收回权力的英宗查抄石府时,发现其居然有百万家资。而再看于谦家里,只不过有瓦房、库房各一间,除御赐之物别无他长。眼下在正房内,却仍摆有一块搁置已久的"大明糕"——榆钱儿糕,盘内虽积满厚土,但"糕"竟似新蒸出一般,一尘不染且香气扑鼻。英宗皇上禁不住大呼"于谦!于谦啊!——"

重坐皇位的英宗,本打算用榆树修建一座为纪念他"龙头始徊"复辟登基的寺庙,便将元代建的回龙道观翻修借用,所有大梁均用榆木做檩栋。本来很好的回龙道观,却因再修而屡遭天火不断,最后只剩下个空空的名字——回龙观。直到"文革"前后,老百姓盖房,还是用榆木做房柁。英宗皇帝还算有点良心,归天前叮嘱后代,要为于谦修祠补坟。建于祠那天,不老天公竟然降下冰雹,砸毁了太和殿正脊的琉璃鸱吻⑤。但没几日,北京城的枯榆也再发新芽,突然长出硕大的榆钱儿,人们争先恐后地蒸榆钱糕,给将军上供。大家都说于谦是百姓的"九城门神"。

北京城现在还留有许多榆树。唯有勤劳本分的农家院中榆树结的榆钱儿尚还能吃。但吃糕时必须讲起于谦的故事。渐渐地,人们为避于谦名讳,干脆唤它作"榆钱儿糕",后来,因历代太监作祟,京城内不长虫的榆树几乎难寻。所以,不到万不得已时,决不会再蒸此糕为食。当年八旗满洲入关,怕被百姓说成是茹毛饮血的瓦剌强寇,于是,便不准再祭拜于公祠⑥。但过了三百年后,光绪末年又重修于公祠,这谁都明白,要是八国祸害京城那会儿也出个于谦,京城还会遭涂炭吗?可话又说回来,若真再有个于将军,最后不还得死吗?等忠臣良将死绝,再给于谦盖个宫殿也没用,还不是白搭吗?

---

①蒙古草原中的一族。

②装卸工。

③面条。

④军内的伙夫官。

⑤鸱吻,传说中的龙子,在大殿屋脊上的两端。

⑥在西单一带。

谁也想不到的是，尚还年轻的康熙爷并不惊奇动肝火，只是随意说道："连鬼都该有朋友，这说明旧明皇帝过于昏庸，杀伐不定，历来是，忠里有奸，奸里存忠。连崇祯皇帝都是顺治爷厚葬的，北京人义气朴实，更不要说只是一个教书先生，此事不必再去追究了。"

魏忠贤生祠碑和私塾

北京朝阳区东坝乡某中学有魏忠贤生祠碑一方，虽然风化严重，但现今仍存。

魏忠贤与严嵩，是明朝有名的俩奸臣。本来明朝的文臣武将能人不少，只可惜是奸佞当道、恶宦拢权，才致使民不聊生。大明朝红火于太监（郑和），完蛋于太监（魏忠贤）。提起明朝招用太监这邪行事来，从没听说，在别的朝代也搞得惊天动地的，恨不得天下男子，都净身为宦。每年十万人，眼巴巴在京城这儿，等着混这碗饭吃，而皇宫内却还有一万太监在当差。我总想不明白，朱皇帝干吗非要沿用太监？是不是想在太监里，挤对出司马迁来？

奸相严嵩是个有学问的才子，"六必居"的老匾、"天下第一关"、东岳庙琉璃牌坊的"永延帝祚"，都是他写的字。有才归有才，但居官几十年，混得比皇上还有钱的人，肯定不是忠臣，必是个贪官。而在晚明后来居上的小魏（魏忠贤），却是个文盲，是"斗大字，不识得一箩筐"。因其早年进宫，当太监而绝了后嗣，比不了人家有三亲六戚、七姑八姨，他最怕和人家聊说家人亲情。自打小魏借势成气候不说，若出近户远门，总有锦衣卫[①]前呼后拥，他耍尽了做老公官的威风。小魏名声大了后，他头一条想的，便是要叫所有识文断字的人，都得服他才行，不然的话，他便发着狠去加害那些文人。

再有，他想用多办学堂来积德。把小时上不起学的晦气弥补回来，要培养自己的秀才文人，自会为他办事。还要多认干亲晚辈。这叫"多一个干儿，多一路嫡亲"，人若蹬腿儿，总得有揽头抱腰、真哭假喊的孝子晚辈儿。见小魏整天日夜不眠，身旁的体己太监，给他出了主意。

不就是亲戚和下属少吗？这好办。凡遇到不老天下是魏姓的，先划在自家人里，再回老家那边转转，还能光宗耀祖呢。这一天，他带上几个人，坐轿转到河

守着紫禁城的传说

北老家，专门寻找魏姓人最多的地方。没承想，刚一下轿，便听说有一家姓魏的，正在县城告状打官司，但不知告的是谁，便连忙叫人去打听。原来，这个告状的是个穷秀才，告状的原因是当地的土财主，为索债务抢走了他老婆。一听是老魏家人，又是个识文断字的秀才，小魏心想：和这个秀才联连上，自己的势力也就有了开端。皇宫里打杂儿的都有老家回。我也算有了老家，而且还是魏姓本家人。

这天，他穿了微服，也没打出巡抚旗号，跟着人悄悄混到老百姓当中，来到巡抚衙门大堂里听审案。结果是，越听越觉着断案县官说话可恨。心里说，自己在宫外时的艰难，就因为这些个狗官们贪赃枉法，没理有钱就能赢官司，有理没钱便输官司。正想着，忽听县官对秀才说："你既然是欠了财主钱，那还要什么老婆？把老婆当钱还，不就结了吗？退堂——"

还没等秀才回答，小魏便挤出人群来，怒气冲天地大声质问县官："你放的是什么狗臭屁？天下欠债的多了，都不要老婆了？老子欠钱海了去了——来人！把这个贪官给我拿下！"跟来的锦衣卫呼啦啦冲上去，将县官从座上揪下来，狠狠摁跪在大堂前。小魏开口就问财主："你到底给了衙门多少银子？若有隐瞒，我灭你九族抄你家！砍了你脑袋喂狗吃！来人！给我上大刑！"

你想啊，过去有钱人，哪个不给衙门送礼？这下把财主给唬着了，他连忙将送礼一事交代了底儿掉："大老爷，您千万别上刑！我给了县太爷五十两银子！"

"那好，你再给秀才拿五十两银子，把人家媳妇送回去，不然，我就定你个贿赂官员罪，照样砍你头！"随后对县官说，"你这狗屁县官也算做到头了！区区五十两银子，你把良心给昧了？你不会要一千两？"

土财主懂得挭节儿时得拿钱保命，他忙磕头求饶："大老爷饶命！我知罪认罚交钱还老婆。"

当堂跪着的县官与始终没明白是怎么回事的秀才，全都被吓成了一锅糊涂糨子。这县官心里寻思：我这官儿就这么给抹啦？我也太倒霉啦。那个穷秀才更是心里打鼓，我打赢官司啦？看来老天爷可睁眼了，这位大人简直是我的再生父母啊！

又听小魏接着问县官："狗官，你是想接着干县官呢，还是背着贪罪，蹲几年篱笆圈子呢？"

县官一听有缓儿，连忙捣蒜般磕头道："启禀大人，您开开恩，我想在您面前做一回好官。"

"你这主意也不错，咱家念你是初犯，就先饶你这一回，不过你可要将秀才安置好，我们姓魏的人家，可从来不靠官大欺负人，愿打愿罚由你吧。"

"小的情愿受罚，请大人明示。"

"你得出银子帮秀才置几间房办私塾，专教姓魏的孩子读书，一切花销归你出，若办妥了，还当你的县官，如何？"

"老爷说的好，我一定照办，我现在就代我魏姓一家人，先谢谢老父母了。"县官心里说：您姓魏，我也姓魏，你怎没向着我说呢？

财主闻听，心里已明白，面前审他的正是当朝的大太监魏忠贤，连忙挪身到前头再磕头："不知我魏家外祖父九千岁②老大人驾到，小外孙我这，再给您叩首赔罪了！"

"什么？你俩……都姓魏?!"……见如此巧合，小魏先是一愣，随后又禁不住打心里高兴起来："那就都起来说话，我有好事叫你们去做，退堂！"

这可倒好，满大街找姓魏的不好找，结果在公堂之上，竟能遇上这么多姓魏的。知趣的魏姓县官，花银子办了学堂，尔后便升成知府。倒霉的魏秀才不仅要回了老婆，还成了私塾的师长。本来赔银子的土财主，尔后又发了大财。三个人全都走了红运。这仨人又都分别将魏忠贤唤作二叔、三舅、四姥爷，全都"驴槽子改棺材——成（盛）人物"了，再往后认的干亲有什么五虎儿（吾虎儿）、五狗儿（吾狗儿）、十儿（拾来儿）、四十孙（斯拾孙）。一直到魏忠贤被发配到江南凤阳时，还真有一大堆孝子贤孙（"贤孙"这叫法就是这么来的）前呼后拥地紧随不舍。再说魏忠贤的胆子也忒大，他曾将本族正吃奶的孩子，也封为朝廷命官。

而这一回，他眼见皇上真较起真来，也干脆用一根绳子，自己了断了身家事。话又说回来，自从断糊涂案开始，魏忠贤便真做起了天下魏姓人的善事来。凡不姓魏的乞儿、孤儿都搜罗在魏姓门下，使其吃饱喝足，读书识字。不管多么穷困的外姓人，只要是改姓魏，便有了衣食住房或有田地可种。这下可好，连不老天下的地痞流氓与恶霸强盗，也追随他姓了魏。一时间，魏忠贤在穷苦百姓中声名鹊起，好一时他就是救世的活菩萨。于是，不老天下到处修满大大小小的魏氏生祠碑，凡是建生祠碑的地方都盖有学堂。最后与魏姓有瓜葛的姨表姑表亲啦，八竿子够不着的，都把孩子送了来。但真正沾光的，大多数都是穷人家的孩子；姓李的最多（魏忠贤原名叫李进忠），但都得改成魏姓。若不拜他魏氏，下边人就会千方百计下套坏其事。

话说在北京东坝河边，有一家私塾。这天，来了一帮税官，要叫这家先生交税，还说若不交就立马把先生赶到外埠去做苦役。老实巴交的私塾先生一听害了

■ 守着紫禁城的传说

怕,实在不知道有何好办法能躲过此劫。于是便跑去求故年同窗。见先生急得火要上房,同窗好友便答应一定帮忙。结果,老同窗在大半夜,骑马跑到百里外一座魏氏生祠碑前,偷偷刻拓并临摹出条幅。又用山药刻了小魏的印盖上,经装裱后,便堂堂正正地挂在私塾正屋上首,单等税官到来。哪知,几位税官一见墙上条幅,就吓得跪地叩头不止。税官不但没拿走一文,还将从别处勒索的银两,都送给了先生。至此,这学堂一直是平安无事。谁知有拍马屁的,转着弯儿告上来。小魏听后不以为然道:"只要能教穷孩子,不妨送他一方刻龙的生祠碑,再盖几间瓦房,也算还了我小时读不起书的愿了。"果然,私塾内不仅立了魏氏生祠石碑,还公开办起学堂,历代从未间断过。

不老天下正直的魏姓人,谁要不张罗着建魏氏祠堂,小魏的下面人,便会有人找毛病。"魏氏祠堂多得数不清,谁也不知是李进忠"。其实,小魏是随了一个老太监的姓氏。李闯王造反天下大乱,崇祯皇帝听了众文武官员的话,立刻惩办了小魏。但事后又后悔起来,这是因为小魏虽不是武将,但面对大清铁骑的逼人之势,他却毫不畏惧,是力请主战的一派。抵抗外侵坚决,并大胆起用多名强将。但也都被昏庸的崇祯皇帝杀了个一干二净。崇祯皇帝最不好的,就是从不给臣子留任何后路。这一回,崇祯又后悔当初杀小魏,于是又将小魏重新安置,遂将其骨灰安葬在香山碧云寺内,给了小魏一个新说辞。崇祯这一折腾不要紧,死时只剩太监陪他在煤山③一同自缢。

康熙爷登基坐宝后,踏春至香山碧云寺,没承想一见小魏的墓冢,气不打一处来。明朝本有葬太监的地方④,哪能随意埋在这该是历代景仰的佛家圣地?又想起当年,因小魏提拔的大明将军的顽强抵抗,致使"英明汗"——太祖爷努尔哈赤,身负重伤无治而亡,只恨得康熙爷牙根疼痛、震怒不已。便叫人立即捣毁了小魏墓冢,并下令铲平天下所有的魏氏生祠碑。

在人人都在捣毁小魏生祠碑时,唯独东坝河的这家私塾老先生,却将院内的小魏生祠碑用茅草棚细细遮挡藏匿。还对要砸碑的村人讲,若没这生祠碑,哪有这个学堂?不能光由皇帝随意定小魏的善恶,也该由咱百姓定他的好坏。事后,先生和一群非魏姓学生,买通碧云寺的守卒,冒死潜入并清扫回一驴驮的小魏骨灰和墓土,恭敬地埋葬于东坝河岸,再立碑并敬奉香火。不料,这事却惊动了九门提督,其马上派人缉捕了有关人等,同时也禀报了康熙皇上。

想不到,康熙爷并未惊奇动火,只随意道:"连鬼都有朋友,这旧明帝王过于昏庸,杀、放不定,在人性中,忠里有奸,奸里存忠,连崇祯皇帝都是顺治爷葬的。而京人义气朴实,更甭说是个教书先生,竟如此仁义。此事不必再追究了。"

　　1949年以后，私塾已改成中学。这地方就是东坝乡北门里的十六中学。而那块魏忠贤生祠碑，已在校园内保留多年至今，当年那位教书先生别世时，也将魏氏坟墓的秘密一同带走了。从此，魏氏坟墓再无处去寻。

---

①锦衣卫，明代皇家的侦缉队。
②魏忠贤在民间被称作"九千岁"。
③现在的景山公园。
④现在的中关村，紫禁城高级太监归中官管辖。

　　过了好多年，死后受罚的国王爷——多尔衮重新被乾隆皇帝昭雪，于是，他的牌位又回到宗室之内。至于说李闯王的人也是各说各样，我小时候只记得这些部分："自从来了李闯王，口里说着不纳粮，卧金坐银嫌不够，将士天天做新郎。"教给我们的倒是一个南方的私塾先生，他将李闯王形容得像大强盗，做过好事也没少做歹事，他说，北京城愣一愣叫他给烧光了。

多尔衮拆天桥

　　多尔衮进北京时，不光拆了天桥，还一直坚守不杀外城人的承诺。大清国入主中原，头一站便是北京，那是从清明节到中秋节。这会儿的满洲八旗兵，可称得上是兵强马壮。尤其他率领的上三旗，更是衣装齐整，所骑战马脑门前的马鬃，都染了各旗的主颜色①。比如正、镶黄二旗染成黄色，所有八旗将士的囟脑门上，还只留一撮辫子②盘在头顶。

　　自古北口开始，多尔衮先是率上三旗，清理李闯王的残兵败将。正值收秋季节，到处有粮食和牛羊，净顾打仗的八旗兵们，找不到老百姓收秋，便只有边打猎边驻防，边吃炒米粥③和山猪肉。谁知道，待答应吴三桂进京后，不老天不知为什么，突然在西山，降下天火自烧④。弄得多尔衮的人马，只在德胜门外，硬着头皮驻扎下来。虽城上竖起白旗，但却无人开城门。

只见到瓮城楼上，一对琉璃鸥吻⑤被同时震落，变得光秃秃的，楼顶上掉落的满地木檩和椽子，活像被火炮击中过。已到达景山万春亭的几名将士，也被山上石头牌坊砸伤。可景山内那棵歪脖树，像是在看明朝皇帝的笑话，而崇祯虽被装进棺椁，被扔在西华门外，却无人敢张罗送葬。北京六海的河水全都浑浊不堪，到处是死尸与烂草，就连紫禁城内的金水河，竟然也变得污浊不堪。北京城到处是死尸，有跳河的官员和女眷，还有被大顺兵杀死的朝官⑥。

大顺国皇上李闯王，是头天登殿称君，后天落荒而逃，难怪都叫他作流寇。大顺兵进城来，净顾得搜寻浮财，将所有迎他们的旧明官员，都关进了诸王府。说："谁投降都可以，但若没金银财宝来买'罪'，是难赎自己命的。"尽管是旧明官员散尽家财，先买命后买官。不然就将妻女送至兵营，按容貌和出身分出贵贱，也得变现成钱。这么一弄不要紧，只把皇城作践得人心惶惶，所有打白旗投降的官员，皆成为囚犯，妻女都变成军妓。大顺国未立稳，先做倒了行市。李皇帝的四周全成为仇人，直到溃退时，拉运金银财宝的随人，都是家里亲己的。

这会儿多尔衮是进是退，正拿不定主意。到底要将顺治皇帝，接到什么地方最稳妥呢？不料这时，却有几个上年纪的外城百姓，主动找上门来，说要为八旗兵指路做导。多尔衮一听，大喜过望，这分明是天助我！于是他先进外城以探虚实。

原来，李闯王为东山再起，曾抓走外城青壮年，凡不听从的，当时便砍头问罪。所以，不愿当兵的，都逃至山里躲藏。受够丢国弃君之侮的北京城，再加上西北大山上烟尘滚滚，老林子自己起火燃烧。这想不到的天灾人祸，便吓坏了三种人。

这一，北京外城百姓，全认为是大明天时该绝，而多尔衮的八旗兵到哪里，自会有人来开城门。不管是德胜门、崇文门还是宣武门、广安门等外城之门，尽数被南城人大敞又开。而第一路，是从后来被叫作顺治门——宣武门进来的。

这二，李闯王自以为自己修炼不够，到头来混了个天怨人怒，只有落荒而逃。但他哪里知道，北京人早恨透了曾盼望的闯王。其实，老百姓光自己悄悄做好的假辫子，就比真的还要真。这会儿京城，最红火的生意，便是开假辫子铺的。见此状况，多尔衮对所有的旗兵下命，进京后千万不要杀人，尤其不要杀外城人。而这会儿的旗兵，都纪律森严，秋毫不犯。

这三，最后迎进京城的皇上太后母子，也惧怕这大明的天，是否真要塌下来。要不然好好的天空如何会雨雪齐来，青青葱葱的大山，又为何眼睁睁地天火燃烧。由于惧怕，所有的八旗兵，都在城外搭建帐篷，真像是蒙古兵又回到中原一般。多尔衮当时就只好叫将官们，死死盯住逃走的大顺皇帝，以剿灭他们的强伍强将。

这天，多尔衮打算先替顺治去天坛祭天。因满族在中原，是多少辈征战已久，谁也没想到，竟如此的不费吹灰之力，占据了北京城。这不得谢谢不老天的安排吗？尽管他拉不动，最早投降大清的几位汉臣，但有南城的老少也就足够了。平地之间的道路没有什么，只是那平地而起的，一座残破的石基木栏桥⑦，反倒吓住了他的战马！

刚一上桥，坐骑便如临大敌似地咴咴嘶叫，竟将他掀下马来，摔在烂草当中。只见天桥四周，满是污泥的河沟蚊虫飞起，一身污浊不堪，所有的随从自然引起一场虚惊。

但多尔衮未发怒，"这桥为何建在平地上？桥下也并未见有沟渠？"他问几位当地长者。

老者道："因那上吊的崇祯皇帝说，这才是真正的龙（隆起）桥，才称得上是'天桥'，地上则是天，是上天之路，是通往天的桥，是为祭天而建嘛。"这在燕王时代，倒是一条东西走向的河水，如同紫禁城内那条金水御河一样，只是漫地之水，但一直也是木桥。后经多年未再修疏，自然荒废了用处，河也渐渐地成了平地。

"那这旧明皇帝如何见得这个脏处呢？"

老者们道："四面烽烟，国不国，贪官太多了，自然皇上也就更不知道了。"

多尔衮道："历来皇帝出行，都要黄土垫道净水泼街，总会干净几日的。那现在这北京城里死人忒多，该如何是好呢？"

几位老者道："只要有粥喝，百姓都会出来撒白灰驱邪。"

原来，崇祯登基十余年，不老天下正在闹鼠疫与战乱。而李闯王同鼠疫，竟一齐闹腾了十多年之久。住北京的人，心里只想着过今天，而决不敢想明天能如何。甚至连达官贵人、贫贱百姓都各有失落。几乎人人都在说："若流贼李自成到家门口，我即开门请他进来。"北京城城门虽加固，但事实上早已崩溃瓦解，而大多数人都是"宁叫闯王坐金銮，不叫金虏进一天"，不老天下的人，竟把宝押在李闯王身上。当大顺兵入京后，却使北京的官民后悔透了……

多尔衮听罢，暗寻思，难道我这匹宝马，懂得这是座禁桥？不妨再试一次。于是，他便叫家奴再次牵马上桥。不料，这一回战马十分听话，自己便溜达过桥

守着紫禁城的传说

去。多尔衮悟出了道理，这分明是专走皇帝的桥，因崇祯灵柩尚停灵西华门外，等待入土为安。天下尚未平定，自己怎能随意登上，这座桥看起来并不高，而实是很不吉利的"天桥"呢？对，本王要想主意拆掉它。想至此，他率领亲兵们绕过天桥，直走进天坛。进天坛后，见这往日帝王祭祀的神坛荒凉无比，诸坛也没了以往的尊严。坛内遍地杂草丛生，与天桥就近一样脏乱不堪。转不多久，他想出个主意来。历来，明代皇帝，每年必祭奠这京城内天地日月先农五坛。现在正好是清朝入主、新皇登基的日子，要借顺治皇帝登基，来表明大清的正统，须再找一个缘由。

于是，多尔衮便告知天下，说北京的瘟疫还在蔓延，须采取措施。八旗兵就将所有战车，改成了拉白灰的车。进京城来，到处广撒这祛毒之物[8]。见八旗精兵进京后，只是清理京城的旧疫，这令北京人说不出的感动。特别是外城的商人百姓，便主动为多尔衮及兵丁端茶送水，结果，遂成就了兵民和气的好事。本来八旗兵就是老百姓，百姓间是好处的，外城的青壮小伙，竟有多人主动要进八旗当兵，这可好，多尔衮便有了大建绿营的打算。

等到顺治皇帝进京后，先第一次到天坛祭天。谁知过天桥时，竟然是晴天转阴，瞬时风雨同来。虽有惊险，但皇帝之尊，尽管淋湿衣衫，终是平安过桥。多尔衮看在眼里，可记在心里，将同来的萨满，唤至身边悄悄问道："本王能过承天门与正阳门的天子之门，金水桥中间天子桥，及紫禁城的帝王道，为何过不得此桥呢？"

萨满道："您过也行，国王爷只要将此桥拆掉后，在地上用白灰，标画出一桥不就能过了吗？"

因此，多尔衮便在顺治皇上过桥后，下令拆除了此桥。完结了天桥的寿命。结果，这事被顺治皇上知道后，便开始记恨在心，认为是多尔衮在诅咒他是"过河拆桥"。其实，多尔衮早就有了皇上的所有一切，只不过，身居东北僻壤多年，他对所见所闻都好奇罢了。长年的戎马生活，早把他磨炼得霸气盎然。用老北京人的说法就是："老虎掉山涧里——伤人太重。"所有武将并非因不忠而被杀，全因大不敬而被歼灭。而武将居功与蛮横不讲理是历代通病。当多尔衮再领兵迎福临时，饱受摧残的北京官民，大多数是观望并小心谨慎。不料，多尔衮是既不戒严，也不挥兵为祸，百姓反倒觉得，请来的留辫子的关外雄兵，是如何通情达理。来自西边的叫大顺，来自东边的叫顺治，一对比，是天降下来治顺之人？顺治倒念不就是"治顺"[9]嘛。

后来，北京的外城百姓，都对主动开城门迎清莫不赞同。到后来，外城人大都做了绿营旗兵，直到太平后，天下最多的军队，便是汉旗绿营。他们的军功，改变了皇上不用汉将的想法。他们念及的，并不是崇祯的自缢，而更多的是，多尔衮为叫天下都留辫一统，便将北京二十四州县的百姓，都招来做剃头兵⑩，给了一个靠技术的铁饭碗，这真救了外城的贫苦人家。

早对大明朝寒心的老百姓，却感受到"异族"的关照，还因外城老少，总不断到衙门申诉冤屈，使得多尔衮将自己的王府，干脆设在临外城最近的"小南城"⑪。结果，外城百姓又新编出来一句："堂堂李闯王，比不了太上皇，崇祯也念好，顺治修陵堂。"⑫

---

① 各旗的战马头顶上的染本旗颜色。

② 囟脑门，即当头顶。顶子辫：满族人留大辫子是后来的事情，最早只是在头顶之上留有一细辫，因入主中原后闻听中原有"发受之于父母"之讲法，随后头顶上的头发及辫子越续越多，直到清末才留成了只剃前额，用来区分男女而留后脑海的大辫子。

③ 清军伙食多为炒小米熬粥。

④ 传说清初时西山树木过于茂密总是山火不断。

⑤ 城楼上防火灾的镇物祥兽。

⑥ 明代的北京内城住的都是官宦人家，普通的老百姓只有在外城居住。

⑦ 即石头榆木头儿造的天桥，传说是崇祯登基时为了表示自己与天最近所搭建的。

⑧ 以前北京都是用白灰消毒。

⑨ 即顺治皇帝。最终埋葬崇祯的是顺治皇帝当政时。

⑩ 指八旗汉军。

⑪ 今东华门外普度寺。

⑫ 指多尔衮。

咱家向来姑奶多，先拉一炕，后吃一锅，脾气大还没法说。皇上选秀她不去，气得阿玛腿哆嗦。腿哆嗦，骑不了马，赌气卖了金盔甲；金盔甲，给了人，姑奶奶招婿不嫁人。

——满族民谚

我（指姥姥）几岁那会儿，额娘常带我去舅姥爷家里串门。他家里不仅有评书、大鼓书听，还有能逗人乐的相声。但后来听说，说相声的都被"九门督"赶到津门去了。这些人胆子也忒大，京城内还没有他们不敢咒的,此行的罪过是用口犯上。在宣统元年,当差的舅姥爷,因误了与洋人间的大事,被贬后发配了热和省,家道从此败落下来。舅姥姥当时正穿着棉袍和高桩花盆鞋学唱大鼓书,知道这信儿后,只会哭个不停。家里人将其围在当中劝解。他家到底有几个姑爸,我实在是数不清。在满族人家中,没出阁的姑奶奶,见了皇上都可以不磕头。

见她哭背过气,我再不敢闹着回家了,只好在她家住下来。我也想念舅姥爷。每年给他拜年,我都会得到许多压岁钱和小丫头们都喜欢的玩意儿。见大人们着急,我也就哭个没完。直到天近半夜,额娘进暖阁去陪舅姥姥,我便由春姑爸来哄。在亲戚里面,因为这辈人稀罕女子,所以谁都宠我。为让我不哭不闹地安睡,春姑爸不停地更换一个又一个好看的香木花翅给我变戏法,有大丽菊的、芍药花的、蝴蝶花的和牡丹花的。当她卸下头上这些累赘后,便将个从不改样的故事讲给我,这就是春节的故事。

春节的来历

很久以前,不老天公生有四个女儿,名字分别叫春姑娘、夏姑娘、秋姑娘、冬姑娘。她们长到该出阁的时候,不老天公便把她们,安排在日头的东、南、西、北四个方向。

"东西南北中,五岳泰日升"。那会儿的天下四方,都有一样的山与水,连接果子都是四方一般多,谁不多也不少。比如说:山上没有鱼,那么就会有狍子、獐子等。丘陵处没狍子,那就会有野兔、獭喇(旱獭)。平原处有树、有山的地方也会有野雉①和跑溜子②,天上自然还有大小不一的尼玛善③,它们专挑拣地上不该太多的活物吃掉,像土花子蛇、瘟④鼠什么的,还有专咬苞米的蜊蜊蛄,"蜊蜊蛄一叫,三载白饶"都在论。

太阳在四方的当中,四方都有很足够用的春天。那会儿是该来雨时会来雨,该刮风时就来了风,该开花的时候,自然会万花争艳。蜜蜂都忙不过来采蜜,马蜂也不会蜇人。这些好是春姑娘的功劳,天公公很看重他的大女儿,向天宫不断报喜。于是,天上的散花仙女,时常受王母娘娘指派,到春天来布撒花种,装点凡间,大女儿因此很是骄傲。

老二夏姑娘，她离太阳自然远一点，处在万花开放的最好时光，只需一个夏天，就可以叫小鱼、小鸟、小牛、小羊长大，五谷和六麦抽穗，禾苗插到水里就活。等到结了稻谷，便可以吃上香喷喷的大米饭。稻田里还有海了去的大螃蟹，老长的泥鳅和地了拍子（近似鳝鱼），肉多的田螺和鱼，人吃的菜有六荤六素，都在夏季里疯长，吃也吃不完。天下黎民没有饿肚肠的，谁都是高兴、快活地生儿育女，又男耕女织，牛郎与织女就是那会子叫出名的。不老天公又得意于二女儿；放出了老流鹏（蜻蜓），来专门处理咬人的蚊虫，播下艾蒿种子，杀人们床上的臭虫、跳蚤与邪气，还请玉皇出面，把太阳的值日加了时间，不然怎么会夏日最长呢？得到奖赏的夏姑娘骄傲得都要疯了。她整天在江、河里洗澡，将水溅得到处都是，要不夏季里，怎会那么大湿气呢？她脾气也大得很，说风就是雨，要不说"姑娘脸是六月天"，说变就变呢？

　　三女儿是秋姑娘，她给人们带来的是：云高气爽，蓝天白云，五谷丰登。在庄稼颗粒饱满之时，连家畜都是膘肥体壮。山上野猪贪吃，跑进农家住着不走，它生儿育女，自愿做起家猪来。于是，天下农家，都在这个季节里，得到丰收的喜悦。那漫山遍野，都是无尽的果实。由于人们都忙得不得了，在这个季节里，连一个乞丐都还没生出来。看到天下全是欢喜，天公公就下旨封了秋姑娘一个谁都晓得的大号——大秋，并奏请玉帝安排，天必须蓝，云必须白。大秋的大号，现在还有很多人在叫，这引起了春、夏两位姊妹的妒忌。

　　天公的四女儿芳名叫冬。人们一年的收成，都要在这季节里储存，为使人休息得舒服、得体、养精蓄锐，冬姑娘奏请天公，让黑夜长长的，太阳也要晚起早歇。夜长了，动物便冬眠，种子也要沉睡。只有在寒冷的冬季，树木上的害虫才会被冻死，这才算是为新一年做好准备。但在寒冷季节，谁都不会体谅冬姑娘的良苦用心。人们被酷冷所包围，只有那洁白的冰和雪。而骤然凝固的世界，只会给孩子一点点由于惊奇带来的快乐。人们都在不断诅咒：冬是多么冷酷无情，冬总是因为人们的误解和诅咒，使她寂寞伤心的泪变成雨雪，连玉皇赐予她的水晶王冠，都被她丢在高高的山上。从此，有了终年不化的雪山，就是我们的长白仙山。

　　在冬季的寒夜，人都在暖和的屋里歇息。而屋外的月亮，也闪着冰花，冬季没有春天的绿芽、夏日的繁花、秋季的欢乐满足。天下太平本是件很美的事，可从来都会有意想不到的事情发生。天公在论功行赏时，却因女儿们的争执，头疼起来。

　　春说，万物由我发，这功我最大！你们可以不要春吗？

夏说，不是我在后，哪有万花发？你们可以不要夏吗？

秋说，不是我收获，种子哪去拿？你们可以不要秋吗？

冬说，万物要有序，何必争功大？你们都可以不吵吗？

不老天看几女吵个没完，只好叫过来太阳、月亮俩老神来评判。可几女还是吵不停，只吵得天昏地暗，春和夏跑到南方，秋和冬留在北方，谁也不在围着太阳了。结果，太阳神气得就只有躲到西山后一边去了（日从此出东落西，月亮也冷看不语）。

为了赌气，春把风刮得黄沙滚滚，滴雨都不下（难怪都说"春雨贵如油"呢）。

夏也不客气："我要把地上的所有全晒熟了，不留给秋什么种子。"晒昏头的马蜂开始蜇人。

秋大怒："我要是一立秋，谁也不许出黏汗，只能出水；开始我要热，最后我要冷，还要'一场秋雨一场寒'，我要把春、夏和冬的本事都使出来！"

而只有冬姑娘最通情达理。一看太阳伯伯生了气，忙说："您别生气，冬天都能休息，您就多歇息吧。"从此，太阳一到冬天，便懒洋洋地晚起早歇。"月亮爷爷您也省省心吧。"从此，月亮就眯上一只眼，变成了微光。

女儿们吵得不老天公没了主意，忙请旨玉帝。只冬姑娘得到赏赐，那就是把春节安排在冬季末的寒冷时节。叫人们记住，要在乍暖还寒的日月里迎接春天。再后，安排二十四节气，把原来离太阳近的人迁到南方，把离太阳远的人搬到北方，而不远不近的人，干脆留在中原。再加上神物作孽（众神的爱犬啦，坐骑啦，都偷着下凡成怪）为祸人间，还把牛郎与织女分开，还安排了豺狼虎豹与恶霸财主，从此，地上开始民不聊生了。

为了不断提醒春姑娘该老实听话，每当人们吃春饼时，都会说"咬春"，数完九还得说"打春"，给孩子钱得说"压岁（祟）"，守夜得说"过年"。但春天则干旱不已，这回可好，万花都开在了夏季，只有少数的梅花、玉兰等开在春天。为使夏季平安，当天极热时，就会来一场痛快的雨，把天气变凉爽，给百花们生籽的机会，将暑热唤作"酷暑"。为使秋天的人们有力气，立秋时就教给人们"贴秋膘"。为聚拢四方亲人，所以在八月十五那天，才请来月亮爷一照团聚。在冬还未到时便刮起冷风来，来锻炼人们的耐寒力。冬的王冠，便成为永远不化的雪山。

从此，不老天公，眼看着玉帝准予他的女儿们，把天下分成南方、北方。

南方向来季节很美好，是风调雨顺的鱼米之乡。总会有几茬收成，四季都有无数种花草，山上长着奇异珍贵的金丝楠木和香樟，还有如画般的山色湖光。而北方则不同，在长白山这边，只有漫长的、满是雪的冬季和很短的夏季，又到处是山岭，所以粮食是老少老少的，猎鱼季节都有限。一到冬天，人们就早早地钻进屋里烤火取暖。北方人在风雪中，练就了和豹子单打独斗的本事，山神会赐给他们肉吃。

四季还在争吵，却谁也离不开谁。争吵，引起了人间的纷争，打打杀杀的改朝换代，伐光北方、南方的大树用来盖宫殿。四季的吵闹，也给人间带来了会叫喊的白毛风和大河的冰凌，突来的漫天洪水，不停的干旱、夏天的冰雹。从此，天下再不安宁，这都是因春而起，所以每逢春来时，都要用"节"去节制它。春节就是这么来的。

满族人进了中原，对春节就更多了讲究。其实在最早，满族只懂得冬、夏，就像长白山一样只给满族冬天，而黑龙江水，又只在夏季里给我们送马哈子、银鱼、鲟鳇鱼、鲍螺⑤和江鲤。本来不懂八月十五，只知是要开始过冬天了。但到了现在，满族像是雪水已化入在汉族的故事和讲究当中。现在有人讲正月有个讲究是"二十三糖瓜粘"，因提到关东糖所以还是满俗。腊月二十三是过小年，都要炖肉吃的，南方、北方谁不知道？

有几句土歌谣我还记着，那还是嫁到东北满族自治县的春姑爸⑥，给我学舌的嗑儿：

腊十一，满山去捡长尾巴鸡（渴、饿、冻死的山鸡）。

腊十二，不下蛋的都做馅儿（挑出老母鸡来宰）。

腊十三，大炕请来小戏班（请戏班子）。

腊十四，请好先生写好字（写对子、条幅）。

腊十五，一年进项今天数（每年这会土匪就多）。

腊十六，是还、是借早拼凑（找中保人还、借贷）。

腊十七，抹房加草来把泥（屋顶别叫雪闷糟了）。

腊十八，吃了年糕串亲家（亲家派人串门探望）。

腊十九，爬犁捎回老烧酒（在东北酒是得订好才送的）。

腊二十，血肠就在灶前吃（边做边吃自做荤、素灌肠）。

腊二一，绑了笆篱收兽皮（归置了院里屋里，有人来收购皮毛，这就要宰猪了）。

腊双伴儿，大狗小狗都撒线儿（解开绳索，狗总拴着咬人）。

腊二三，先拜灶王再祭天（都馋了，得吃肉过小年）。

腊二四，二四八，花生瓜子红枣茶（用酒泡人参、红枣，炒脆枣做茶）。

腊二五，饼子粉皮点豆腐（素什锦、年糕备好）。

腊二六，黑花子大碗拜高寿（送肉给老家儿请教祭祖、年后先去哪拜年）。

腊二七腊二八，对子齐了贴年画，噼里啪啦带呲花（对子别叫风刮跑了，这天大地方要专门请来萨满师傅来跳打鬼舞，小孩也放炮、呲花吓鬼）。

腊二九，豆包、馒头（红点的），丫头子选秀（借干活，叫媒人来偷瞧欲相亲之女）。

三十晚上熬一宿（东北有烧干松柏树枝），沾荤带素谁都有（素饺子上供，酒肉可吃，嗑干货、瓜子等但不得扫地，忌动刀剪、做饭）。

初一饺子（拜年，踩岁），初二面（接财神），初三烙饼摊鸡蛋（拜元，吉利开始），初四一桌百家饭（剩的也叫折箩），初五破荤动刀剪（女人才可出门，为破），饺子得掺烙饼面（得煮破几个），正月十五后才算春节过完，这也是受长白山那头的影响，也叫"偎冬儿"。咱国大，咱国古老，咱几千年前就有圣人了，可天下谁能比得了。满族若不是进中原得到汉化，虽说也是炎黄尘裔，哪知道中原的讲究扯了去了！可说到底，光本上的二斤花生油，你还想吃炸糕？你总得等我把这点肉煸完再说呀？你这孩子，兴许你能赶上个不缺吃喝的盛世……

---

①山鸡。
②类似家禽的一种鸟。
③满语，鹰类。
④形容老鼠种类多。
⑤即大马哈鱼。
⑥即表姑。满族称姑姑"姑爸爸"。

所有长有金樱桃树的地方，都是女真人的后代，也有跟随的狗儿们。于是有了后来大家都知道的满族和形影不离的朋友、子孙越来越多的忠犬——狗。而满族永远不会吃朋友的肉——狗肉。狗对人来讲都是忠臣，而主人就是狗紧随不舍的君王。

金樱桃树的故事

还在远古时，在长白山一座高而险的峰峦上，有一棵令人向往的树，芳名叫金樱桃，由于美貌和温顺，她博得了山下的叶赫河边三个男子汉的爱慕。

第一个人想道：我一旦得到了她，将是最勇敢而又令大家都羡慕钦佩的人。于是，他带上无比锋利的月牙斧头爬上了山。这天金樱桃特意请来了山神和风伯伯来帮忙，山神刮起了大风，送第一个男子汉顺利直达山顶。"啊！真美呀！"他赞叹说："你愿意跟我回家吗？你看你的叶子都有黄的了，山上风大又冷，你多孤独啊？"金樱桃想起每当大风骤雨疾来时她都快要跌倒折断，有好几次险些被砍柴的农夫当作仙柴①砍掉，想到此处她伤心极了："好吧，我同你一起回家。"于是她便化成鲜嫩的果树枝，同他一起下了高山，她被他感动流下的泪水就变成了长白山上天池里清澈透明的湖水。

男子汉端详她后，认为她是一株能做精美家具和摆设的好材料，便将美丽的金樱桃树用锯锯成一段段，把金樱桃气得干脆丢下被砍断的一条腿，化作一股水果香气，跑回了长白山上。说起下山的事情，她总是后悔莫及，只会一个劲地怪罪山神和风伯。俩伯伯说："实在对不住，因我们不是人类，也就没有人的头脑，谁也想不到，这个看起来健壮朴实的男子汉，竟是这样的卑鄙与小气，看起来，他并不是真爱慕你，而只是把你当作一只仙木材料。"于是，金樱桃伤心的泪水就变成了长白山上最坚硬的冰雪，谁也融化不了，还有那天池的水，也变得和她的眼泪一样，更加寒冷彻骨起来。

第二个男子汉，带上大木锯爬上山，他说："喂！金樱桃，我爱慕你爱得疯狂，你已被人家做了一半了，你也不过就是一块精美的木料罢了，你应该同情我的爱慕与设想，而我是在抬举你，好叫你走出大山，来到平原的富饶之地，也许会被人当作香几②呀？"

山神与风伯伯听了大为恼火，便用凛冽的山风与滚石，把已举起大锯要下手的第二个男子汉，恶狠狠地刮下山去，沿途的带刺荆条抽得他浑身都是伤。他抚摸着自己的满身伤痕，见这棵受伤的树如此有骨气地拒绝，惭愧得羞红了脸庞。从此，长白山神为了保护她，就随意、不分季节地刮凶猛的风和雪。金樱桃伤心得悲痛欲绝。作为一棵樱桃树，她从来都是用树荫去伞盖小草并为它们遮风挡

守着紫禁城的传说

雨，用自己甘甜的果子给小孩子解渴充饥。可不老天公却对她太不公平了，竟叫她受到如此的委屈。于是，她山泉似的眼泪和千百条小溪汇合，化成了松花江和嫩江水，冲出了一片宽阔的松嫩平川[③]。

最后，有一个英俊勇敢的男子汉，知道了曾发生的一切。他和金樱桃同样生在长白山上，从小就喜欢这棵美丽动人的樱桃树。他路过的时候，从不去折她的枝。他知道她的树枝能在风中歌唱，也能用嫩枝去抚摸天上的白云，并亲吻来往的小鸟。于是，他就在长白山的春姑姑醒来时，来和她做好朋友。其实，他曾经和第一个男子汉一同出发进山，但山神和风伯伯的狂风，使他迷了好久的路，多亏山伯用风告诉了他这一切。他便扔掉斧头，折断木锯，并小声对金樱桃说："金樱桃，我来请你到我家，我会帮你养伤并疗好你的心痛的。"

金樱桃听了，既高兴又难过地说："虽然你是个男子汉，但我已不敢再有下山的念头了，长白山下毕竟不是我的家园。"

"你不下山也没有关系，虽然我很贫穷，但是我很勤劳。我可以用天上的雨露和甘霖来浇灌你，给你施肥、捉虫、修枝，也可以保护你。我会说服所有农夫，都来爱护你的枝叶，我会叫小孩子们，善意地采摘你熟透的果实。让大家都成为你的朋友，并以你的美丽为豪，还将种下你的伙伴，叫你永远不再孤单。"结果，这个男子汉真是这么做的。这使得历尽辛酸的金樱桃被感动得在大风中大哭起来，山神和风伯温煦地劝她忘掉过去。她想不到还会有人如此地喜欢爱慕她。面对长白山下这片新家园，她也逐渐深深地爱上了第三个男子汉，并决意不叫他伤心失望。她的喜泪和不老天上的雨水，化作了湍流不息的黑龙江水。这最后一个男子汉，就是由天庭派至凡间的黑龙江龙王，他带了天上的鱼虾诸类，全洒在黑龙江里，作为给百姓的礼物。他带来的狗神，看护着不老天下的樱桃树，任树的灵魂自由地随风飘去。

金樱桃下山后，到底去了哪儿？我不知道。反正世上的樱桃树，都是她的姊妹和后代。而黑龙江边的鱼虾，数也数不清。而每家还都会有看家护院、打猎拉爬犁的好助手，这就是犬神后代——忠实于主人的狗。当金樱桃再次成熟的一天，长白山仙女佛库仑吃了从不老天上飞来的太阳鸟口里衔来的一颗樱桃后，便受孕生下了满族的祖先。不老天又安排了一头神牛，驮他们下了长白山去周游四方。

[①]即果树干枝。古代的山里人常用果木烧烤食物或代替香火，所以被称作是仙柴。
[②]大山里来贵客后专门由家中的小姑娘放置炕上的茶几。
[③]即黑土地流域。

20世纪六七十年代，姥姥不仅破例去了颐和园，就连香山、明十三陵、北海、潭柘寺、故宫、中山公园、天坛等皇家旧地都转了一遭。她逢街坊邻居便夸，说她摊上了一个懂得心疼、理解她的好女婿。

姥姥家对门有个韩姥爷，抗日时曾在河北当武工队队长，因为没跟随大部队走，私自进城后生了一堆（六个）儿女，落得家里总是不到月头便没了饭辙，又加上他要脸面，从不在本院正眼看谁，总是带有一副功臣派头。他们院里是韩姓财主一家人，当年本家劝他留在京城做生意，是想拿他做挡风牌。谁知一闹"文革"不要紧，他总怕沾上财主的晦气，明着不再搭理人家，还装腔作势起来。所以院内、院外街坊都和他不对付，谁家有钱也不借他，最后他只有硬着头皮，悄悄地来找我姥爷。他知道，凭我姥爷、姥姥绝对老实的好人缘，他绝不会空手而回，不是有那句老话吗？叫作："穷死的懒人，死要面的旗人。"在那个年代里，姥姥家里好就好在除姥姥是在居委会之外，都有正规职业。这在当时，不是所有家庭都会如此"殷实"。韩姥爷看到从那罕见的屁股后头马达响、带冒烟的摩托车上下来神气活现的邻家女婿时，才下决心前来借钱。

什么是北京人的穷大方？就是自己打肿脸再充胖子。即便委屈自己，再紧张也得借给别人钱。当时韩姥爷的工作，是看守故宫神武门①，门楼上的殿堂正在举办四川大地主刘文彩剥削农民的忆苦泥塑展《收租院》。有此关系，我便随姥姥看了无数遍的展览，天天能进到故宫御花园内。那会儿，我眼中的故宫不过只是个公园，绝不会像今天这样，谁都在不断刮目看它。养心殿那一连串的大小旁门、走廊都可以随便乱跑，连坤宁宫内的大炕也能随便去坐一下。有一天，参观三大殿的只有很少几个人，等发现有人已跑上中和殿的皇帝宝座上，看殿人才刚从太和殿那边往这边跑。参观者大多是"走后门"进来的，还算规矩、自觉，多一步不迈，但孩子们是谁也管不了的。

当时，故宫里的荒凉感我直到现在也没忘记。在极其安静的大殿内，能清楚地听到滴漏的滴水声。我由于淘气，到处乱跑并几次偷藏起来和姥姥捉迷藏，故意叫她着急找我。而姥姥不管怎么生气，也绝对下不去手拧我里窝儿②。

姥姥总是仔细看着那被玻璃罩遮挡着的珠宝、玉器，特别是那块老

■ 守着紫禁城的传说

早就被人传说的乾隆年间大玉石③，上刻大禹治水故事，还有金枝镶嵌玉叶的小树、满是宝石的凤冠霞帔、各类绣龙坐墩、木头或玉的枕头、各式各样的高桩鞋④。寝殿内都有厚床垫大土炕，尽管谁坐下都没人来管，但姥姥总是先看看窗外面，才敢轻轻坐一下，然后慌忙离开……几十年过去了，我还没忘在一个殿外墙西边撒了泡尿（因厕所离得太远），被姥姥数骂了一顿。

每去一回故宫，我总是累得不得了，应为它太大了，它的门和过道总是连绵不断。不像颐和园，是个能玩的地方。而在故宫，只有不停地走与转，想不走都不行。当年，我认为最好玩的是北海公园，那里不仅有儿童乐园还有少年科技馆⑤，要走累了，河边还有椅子坐，还能划船玩，离家还特别的近。上中学时，学校组织我们去这些公园时，总觉得同学们是故意地大呼小叫，现在也有人会说我很幸运，但我压根儿就没承认过。到去年，我终于承认了，但却把别人说得哭笑不得："我真是省了不少门票钱。"

仙鹤为何被安排在御座前

姥姥曾给我讲过故宫内那几对铜仙鹤的故事，她说过，那是她老祖儿的故乡才有的动物。

很久以前，在积雪终年不化的长白仙山脚下，流淌着一条河，每当春天雪化时节，河水大涨，溢出的水里到处游满了大、小马哈鱼，不等去抓它们，多得它们自会跳出水来，一条条地摆在水边泥埂上，等人来捡回去吃。当时人还很少，尽管女人辛劳，男子勇猛，却总因为没有嚼谷儿吃而年年挨饿。"嚼谷儿"就是吃食（嚼——放嘴里嚼，谷儿——咀嚼的声音）。

这年的冬天更漫长，叶赫人与河，一样被冰冻起来，等到第三年，冰还是不化。族长因饥饿寒冷，要殁的前一天，唤来叫叶赫托津的后生，交代后事，并嘱咐他去找萨满师傅⑥出主意，不然，叶赫部族会灭绝。萨满告诉托津："冬天的连续不断，是因为不老天公家里头几女内讧，乱了调配四季的法理。还有玉皇赐给冬姑娘的水晶王冠，被她扔在长白山上的缘故，只要冬姑娘一天不把它挪动，那么北方的人们，最终会被冻死饿死，即便迁徙也没有出路。"

"可怎样使冬姑娘把水晶冠挪动一点呢？"托津问他。

萨满道："世间的一切，是由母亲生育出来的，而母亲则是由女人演变，虽说不老天公做不了几个女儿的主，但你们都忘了，不老天公是生不出儿女来的。"

托津闻听忙问："难道还有一个地母吗？"

萨满道："万物皆由天、地合和而生，天主公道，地主王法。地上所有的一切，均归不老地母管，地上万物因地而生，五谷六麦均由地认可而结籽，人世间的一切，不也是地母认可吗？"

托津一听发了愁："那又该如何找到不老地母呢？"

萨满道："她属神类，你无缘相见。但只要虔诚，便会见到不老地母的信使，只可惜，人的声音太渺小，不过一旦用生命拼命去呼喊，地母就会听到。'人命关天'，天知道时，地自然也会知道。"

托津不明白了："既是这样，那四季乱了的事情，地母为何不吭声呢？"

萨满道："四季为表，本在天、地。不老天公已请旨玉皇为四女们决断，地母当然也要随从天意。天冷也罢，热也罢，她都能示意人们，要么盖上房屋或钻进山洞，并在寒冷的地方，安排人参娃娃和雪莲花、冬虫夏草；而热的地方，安排巨大的椰树、蓉树和水田。地母嘛，总归四季都是她女儿，发大水时她会用土去吞，刮大风她会说：'沙子嘛，哪都是它的家。'天寒也冻得她咧嘴，水大也淹得她犯慌（发黄），土干了她嗓了也冒烟，但是，地母还是地母……"

托津问："该用什么办法，才能找到天公呢？"

萨满道："叫你爱恋的女人，去仙山走走，何时在云雾里找到天梯，便会见到不老天公。"

托津回到家中，左思右想睡不着，把事情告诉了妻子。因季节总是冬天，屯里人们早吃净了树皮，已饿死孩子无数，不能再叫孩子母亲冒风险，他决定，天亮后只身去找不老天公评理。

托津爬了七七四十九天的山，这才看到天梯。谁知遇到冬姑娘在山顶上使尖冰做的梳子用凛冽的寒风梳头。她见有人来打搅她，便大怒："何方妖孽，敢偷越天境！"

托津答："我是来找不老天公评理的叶赫族人！"

冬姑娘道："人是来不到这里的，你分明是妖孽！"话未说完，她便吹倒一座冰山，向托津砸过来。被压在冰山下的托津，用全力伸出头来大吼："为祸人间，你才是妖孽！"

守着紫禁城的传说

　　冬姑娘大怒，又移来雪山，将托津压挤成细细的薄片，但勇敢的托津，还是在喊："我不怕死！还我的鱼！我们不要冰雪！你还我叶赫河水！"他痛苦的声调凄厉无比，声音直上天庭。

　　天公和地母，很快得知托津的事情，立刻阻止冬姑娘。但托津已被压成了一个冰片，夏救的急，忙用口吹（结果吹出了羽毛）；地母用身子捂他（结果把脚捂得像黑土地一般）；天公公给了他一颗还魂红宝石放在头顶（便有了丹顶）；春也来用暖流喂他水喝；谁知里面有小鱼（于是便拉长了嘴巴）；秋也不停地抚摸他的背。众神灵出于好心都来伸手，便把托津扯拉成仙鹤现在这样子，但托津在疼痛中还是喊叫不止："还我们叶赫人河——"

　　国有国法，天有天条。不老天公为奖赏托津的勇敢无畏，请玉帝圣旨升他为鸟仙，做探报天下大事的信使官。你看它站的位置，一是在帝王面前，认真听取天下大事，二是在高台上（地是四方的，这是方砖的来历）探首对南天（天又是圆庐般的，所以天坛顶子都是圆的），不忘它忠实的职守。画匠把它和松放在一起，表示会长寿无疆，和鹿画在一起，表示年华永驻，禄福共在。再往后呢，它背负放有藏香的御炉，使其立在君王阶前，仍会口吐余香。

　　从此以后便有了仙鹤（毫音）（丹顶鹤），它们的叫声，像是从云里飘下来的天笛，美妙得不好学舌。托津的后代们，为永远纪念他，便将家乡的河水起名叫小叶赫河，又称它为叫仙濠（仙鹤河）。天公公将冬的水晶王冠移动，终于结束了寒冷岁月。还记得托津说的话："还我鱼来！"于是，天公为不叫勇敢无畏的仙鹤饿着，便在每年春天时，将叶赫河畔变化成沼泽，将河泊安排在长白仙山下的乌拉、哈达、挥发等部落，每春仙鹤便飞回来，这是在告诉不老天下百姓，南方热了，在天下的所有地方，它都会骄傲地对别人说："我住在——小叶赫河！"

　　姥姥说过，历代皇帝虽是天子，可谁也没像四季这样，世代绵而不绝。但人们都尊敬这位和不老天公同在的鸟仙——仙鹤。特别是它飞的样子，从来都是一副潇洒样儿，像仙子摆起衣衫。咱老祖宗们见它吃什么鱼，就吃什么鱼，凡是忌口的东西，都是它教的。过去，北京人是这也不吃那也不吃……而后来的北京人，早忘了"忌口"二字，难怪现在的人爱得病呢！

　　过去的故宫御花园内总养有仙鹤。太和殿前还有铜铸的"吐香鹤"，皇帝宝座旁还有数不清的景泰蓝的"香鹤"，它们一旦被点上藏香后，皇宫就变成了天宫，可谓是香烟袅袅了……

---

①即故宫北门。

②即大腿内侧。
③即大玉山。
④花盆鞋。
⑤在岸东小电站。
⑥满族人祖上信仰萨满教。

若现在还有皇帝的话,那这狗的故事是万万讲不得的,要不是皇上都龙驭宾天,我哪里敢胡说……那么无论如何,这狗肉也是万万不可吃的。

咱满族家里养的大狗,从前都是大脑袋老虎狗,都是吃老虎的!你不信?那狗祖宗是天狗,既沾仙气又带虎威,通情达理,是咱的真朋友。不有那么句老话吗?"神仙、老虎狗,不敬难行走。"旁人常说,狗是狼变的,这是看它们长得一样,就瞎猜胡想。咱就抬句杠,那狗怎么变不回狼去?剩下那狼怎变不成狗?

神仙老虎狗①

女真人到底是谁造的?当然是不老天。不老天造满族的先人女真,同样是炎黄后裔。后又造出了无数条河流和那一片四季不变的、谁也不知到底有多大的长白仙山。在远古时,它就造了天犬的后代——老虎狗。那会儿,它们都在长白山上修炼,只为早日得道升天——变成佛祖麾下的神仙。狗也能升天成神?那是当然。别忘了"鸡犬升天"的事,孙猴子、猪八戒不都成了佛吗?在北京还有狗神庙呢。原来天下没有老虎,只有和老虎长得一样的圆头大狗,个头大大的。

月亮上住有仙人,专管狗的生辰八字。而每只狗却都想托生变神仙,倘若如了愿,便会在仙境大有自由,既能上天,也能下凡,还能随意变化成凡间的一切。当知道有这好事,即引来天下众生灵都来修炼。狐、鬼、刺猬、鼠、猫,还有鱼,鲤鱼跳龙门嘛——跳过就成龙了。

这天,老虎狗们正在修炼,忽听佛祖念叨,要安排凡间女真族的事情,便全都悄悄地动了凡心,好像七仙女一般,神不做,只顾去寻那董郎逍遥人间。既是修炼狗嘛，就得由日、月看管着它们，白天归老爷儿（日头）看，晚上归月老儿管。若不把其中一个吃掉，那谁也别想躲开日、月的执事②和看管。它俩是玉皇的哼哈二将，从来是黑脸儿包公样的铁面无私，从来是按照天时运行办公。比如：夜猫子、鼠等归月亮管，百鸟、万花儿、五谷、六畜归日头管。

老虎狗们知道天公为神最正派，从来是向理不向人。日属相是火上的火，由众火凑成。而月是霜里的冰，属相是由无数块冰搭就。若日、月它俩哪一个打了瞌睡，便能借机会逃到凡间。但只可惜，日月都依时交班从不马虎，更甭说打瞌睡了。狗们先是想借阴天逃跑，后来发现，在天公底下为神的，都是认真执事办公的。比如说：雷公、电母老两口子，云、风小两口，雨、霜姐俩……谁的空子也钻不了。于是，几只狗商量着，让不怕冰冷扎牙的狗去吞月，叫不怕日头火焰烫嘴的去吞日，只剩下仍在修炼的两只老虎狗。

那年是闰年，刚吞了半个日的几只狗，有叫火焰给烫掉狗牙的（从此狗再吃不了烫东西），有被日头给烫疯了的（所有疯狗就是那会儿作下的病），还有几只被日头火苗给烧成一条条满身烧煳的焦纹。烧得轻的焦纹虽浅，可肚里却受了内伤，它就是白虎（目前俄罗斯尚存）。被烧得重但没有内伤的，那是因它嘴叉大，吐火吐得快，但仍是遍体鳞伤，这就是后来的老虎。它乱叫、乱吼、乱啸地跑遍了东北。

瘦弱的老虎狗被烧成了金钱豹。跑得最快的便跑到江南，就即成了华南虎。而被烧得最厉害的，就一头扎到日头中间去了，便成了黑虎。佛祖看它可怜，就把它放在传说和故事里，还叫一个美丽的仙女骑着它。而何时仙女嫁了人，它才能得到宽恕。但直到现在，那骑虎的仙女还没出嫁，因她名字很可怕——"山鬼"。那些吞月的狗，就变成了白虎与雪豹。而没变成雪豹的，被日头烤得发面饼一般，变成了雪地里的大狗熊。因它危害四方，便被猎人们一一追打灭种。而被咬下的几块月亮呢，有一块掉在中藏（青海）常年不化的雪山上，由于它终年向着日头，起名就叫"日月山"。还有许多月亮块，掉在了南天下，随即变成无数个大、小海岛。有个大岛子上，因为月亮上的冰块融解，化作了湖，由于它离太阳最近，就给它起名叫"日月潭"。

天上只剩下两只得道的老虎狗——天狗。一只永远留在天上，成了天神。它总会不时告诫天下的犬类和妄徒，不要忘记吞日吞月的教训。这只狗每隔几年，便常借闰年闰月，再吞一回日、月（日、月食）。因为天狗祖宗也想下凡，就是那只早年被封神的"哮天犬"。而最后那一只尊听佛祖示意而得道的天狗，用它威武的身体、锋刀般的犬牙，与被惩罚的狗儿们在长白山来了一场恶斗，命令罪狗伏首听命，乖乖地去该去的地方受苦、服役。

从此，老虎的吼声如雷震耳，它是想让不老天公听见其悔过的真诚。老虎行路生风，就是因为这一回给吓的所以总是警醒万分。而白老虎几乎是不叫的，冰和雪把它的喉咙冻小了。雪豹是小声又谨慎地叫，它被罚在冰天雪地里做窝打憨。而黑虎的声音，永远被定在画里面，至于他的后代黑熊，也成了落下风火眼病的熊瞎子，连眼睛都怕风吹。

最后，终成正果的当数这只下凡的天狗——忠诚的老虎狗，便被派到凡间。玉皇大帝给它许配了妻妾七个，每位都送给它一条命作为礼物。从此狗有了七条性命。于是，在人间也就有了各类各式样的狗：大圆头的是藏獒，小巧玲珑的是狮子狗。连那蹲在华表上的望天吼，也是龙与狗的后代，不仅总盯着皇帝进出，也在告诫天下的狗们，遵令、孝主和忠诚是本分，天公早明断十二属相有狗排位。

又过了不知多少个鱼季，这只忠犬，便来到了满族人的身边。满族是敬神尊狗的，没一个猎户不依赖狗而生存，更没一个渔户船上不载犬捕鱼。狗比人先学会游泳、捕鱼，有龙性；敢和野兽搏斗，有虎性；它拉车，有牛性；它扯爬犁，有马性。在努尔哈赤身陷绝地时，它曾是唯一的侍卫。它还最通人性。在罕王龙御升天时，几只老虎狗对月长吠，奔进火堆内自焚。另几只竟绝食饿死，眼里还流出血泪来，这是有血性，后与太祖爷一起被掩埋……

祖宗说，好狗恋主，是忠臣。人容易忘乎所以，当谁不知道走哪条路，不知要跟谁走时，就看看狗，它就是你不说人语的先生。当"忠臣"都被杀宰时，国也就没了。曾经女真被四面围攻，快给杀绝，都跑散不敢回家时，只有狗们最先跑了回来，并用奶水救活了"英明汗"，于是十三副铠甲，就生出满洲的十万雄师。

狗曾是旺门大族。我在内蒙古集宁草原上见过老虎狗，但"朋友"的肉我是绝不敢吃的。有那么一天，这不老天要是再睁开眼时，最重视的仍是这狗。狗通人性哪！只要是有人在，狗绝不了种。你想呀，狗是能吞日与月的神种，它能绝户吗？舒先生（老舍）怎么说来着？要是看见家家狗都肥了时，那便是国家富强的征兆④。

故事讲完了，你还会吃狗肉吗？

---

①即藏獒类狗。

②监管。

③努尔哈赤曾被明皇封为英明汗，见《明史》。

④ "猫狗肥而国家富",见《老舍文集·论狗》。

    汉家女子饰物有顶指儿(顶针儿)、饰针儿、戒指儿、耳针儿、簪、钗针儿、领针儿、胸针儿等,汉族始于汉高祖刘邦统一天下。因其封王在汉水流域的汉中,故定民族为汉。我们曾是万国景仰的神州,瞧见没,谁行?僧格林沁没了还有二十九军大刀队,还有八路军呢,洋毛子不是都挨茬儿完蛋了吗?若有人说这扳指不是满族人专有,那么咱就问他一句,那天下早早有的袍子,可又为什么偏叫它旗袍呢?不还是满族的嘛!我们有歌唱的是扳指……

    满族男人的佩物,最早有腰刀与"罕的汗"(扳指),凡成年男子都有扳指。满族因由众多民族聚成,在百年间迅速崛起,下又编制为旗,便称为旗人。

顶指儿、扳指儿

    满族信奉神灵,早就想摆脱白山黑水之方寸,力效成吉思汗占有中原。一次英明汗请萨满师傅占卜。萨满说,这"满"字代表富有三方之水以上地域,而曾经刀耕火种、打鱼为生的满族,最喜的便是丰收之水。有了水则世代福来祸去,可以造福后代千百年,再加上"洲"字呢,是一个不老天下的三川汇聚。于是,后来就有了"满洲"之称。

    自打有了靠骑马过活的人,就有了类似扳指的物件。可后来,当扳指成了比金银财宝还贵重的稀罕物件时,那马上的英雄便都绝户了。早先,凡满族男子就有扳指,"近处使杖,远处扳弓",拉弓就得用扳指。不管这发明扳指的功劳记不记在满族身上,但是当天下人都知道什么是扳指那会儿,正是满族名扬天下至高无上之时。

    当年,成吉思汗的铁骑曾用无数只爪系兽骨哨的神鹰,铺天盖地的围住满族部落。满族与各民族也世代交往。满族视老鹰、老雕为神种。"天上鹰、凤、龙,地下狗、马、牛",凡助人的,都有天上神灵庇佑和领引。既是成吉思汗有神相助，自该跟着他走，莫问前程。所以，在元朝的百万铁骑中，也有满族英雄。

那随龙进关的八旗满洲兵丁，到底有多少呢？"满十万来蒙八万，哩哩啦汉军二十三，得了天下万万田。"满族原来是靠打猎种地、淘水捕鱼为生的。在林里打了活物，得由狗伙计帮助找寻，可若在险要处，就非得有鹰来帮忙。"天上鹰、地下犬，一对奴才帮着瞅。"一进北京城谁还惦记鹰去？原本是带小鹰出去练膀子的，大鹰有崽儿后，都急于回来喂食。神鹰与满族人辈辈打交道。凡有大鹰的地方，就一定有大活物（指猎物）。而能叼起人的巨鹰，让没有草原的满族人见了世面。马背族视鹰为神灵：一是它能飞在高高的不老天上，鹰住的地方，也是人最难到的险地，它离众神最近；二是因为老鹰是鸟神，凤凰不过只站在高树枝上。但鹰是神鸟，吐蕃人升天都要靠它，它主管百鸟、蛇、狐、兔、鼠这些活物，总站在最高的地方圆睁二目，傲骨英武的英雄样子。历来，凡称"老"字的都是神的旨意，它是精（老猫成狸、老虎成王、老狼成狈），所以老鹰是成精之鸟。老祖宗曾追随大汗走遍天下，但最后还是回归故乡。而大元的不肖子孙，进中原便不思进取，最终是再丢天下。

神鹰与铁骑、大獒横行天下，蒙古兵就地取材，身上都是牛皮物件，皮衣、皮盔甲、皮护镜、皮靴鞭等。蒙古草原人都拉大弓、射长箭，必戴套袖类。这套袖今天还在流传。但将上百支箭射出，手指岂有不烂？当大元一败涂地时，败回的蒙古人，还能去放羊牧马，有草原为家。而败回的满族，要恢复百年，才得以喘息。打仗殁的是男人，没男人的日子最为悲惨。一个跟随成吉思汗的祖先，叫尼玛善，从遥远处跑回来。他的拇指，已在沙场被长刀砍断，是一个回族姑娘，为他磨制了假拇指，使他最后回家。而那位姑娘的五指，都带上了套指，她为叫他学会用弓箭来保护自己。而这美玉拇指，又是能弯曲射箭的活拇指。

这个尼玛善（满语意为芝麻鹰），就像他名字一样，总算是飞了回来。他因美玉的拇指，开始认识玉石，从假指中悟出了道理：万物都会磨损。在沙场上最早拉弓的勇士，常会被敌人最先杀死。缘故是，他们只剩下磨烂的手指与咬断的牙齿，于是就成了待屠羔羊。倘再增加一只假指，那么弓箭会威力倍增，不会因伤残而丢性命。于是，他爬遍群山去找"宝贝"。而珠宝、玉石、玛瑙、翡翠一类，此时正被中原的帝王将相用来标榜权力与富有，都据为己有。

而尼玛善，却把这假指分享给族人。他还造了玉石盔甲和强弩，使得族人常转败为胜。特别是明军还不认识的武器——弹子弩，只需一弩，再配有几百粒石子，可以一敌多。尼玛善怨恨中原的帝王虽说把北京建得像江南天堂，却没有将天下治理好，愧对于天下的苍生百姓。为此，他渐渐地将手艺传授给族人。有了扳指，再加上头盔、铠甲、强弓、强弩，族人能以十当百，刀枪不入，同属炎黄之后的满族，必该有番作为。

百年后，天公降大任于满族。成汗豢养的神鹰，又飞回满族身边。有次老罕王努尔哈赤，被明军包围在尼玛善后代所住的地域。而所有将士，都被强弓磨烂手指，只好用牙齿来代替。最后，皆无法突围。当日傍晚，老罕王因愁而大醉不醒，在梦中他骑马直找成吉思汗请教，大汗笑对他说："还有比弓箭更厉害的，就在你身边！"老罕王醒来后，将士报说，有人在帐外已等候多时。此人便是尼玛善的四代孙——小尼玛善。很快，小尼玛善帮罕王用铜盔铁甲、强弓、弹子弩、扳指等装备，一举击溃了明军。

大胜后，老罕王见此玲珑奇妙的扳指，真是大喜过望，即命工匠们即刻大批打造。又遇聪明工匠，将多种材质制成扳指。软的有牛皮、熊皮，木头的有黄梨、榆木、枣木、花梨等硬木，动物的如牛角、羚角、犀角，还有那上天赐予的奇石美玉，喜得众将士争相挂在身上。还有发出另类怪声的萨满用器，就是牛琵琶骨制作的串铃敲板（哈来巴），也吓坏了明兵。再就是用箭敲响的鼓，都系有铃铛。老罕王说，只四面不够（四旗），还须有八方（八旗）。为让大家都知道满洲要拥有八方之土，马也要挂八个铃铛，鼓也要八个角，连孩子玩意儿也要用八个铆钉（花郎棒儿）。为鼓舞士气，还要用八角铃鼓添威助阵。这"哈来巴"鼓从盛京响遍了大江南北。又配得一根儿单弦伴唱。而另一根弦，说是要留给成吉思汗把玩。后因蒙古人不高兴，只好换用马鬃来代替。于是，道歉的满族，就做了满族式的马头琴，赠给大汗后人。此后，满蒙才有了世代互好。

后来，当四海人都知晓了扳指儿的神奇，而吴三桂磕遍响头，恳请大清发兵救中原水火，天下自然也就归了满洲。多尔衮曾是占一座城池，便打造一只翠扳指为念，而扳指上有时刻诗，有时刻名讳，有时刻地名或名胜，还要镂空雕刻，真做成了顶指儿般的精巧。年深日久，大清国得天下后，便骄躁起来，忘了江山社稷还会丢。汉臣们虽支撑着大清，但谁也没拦住国家走下坡路。渐渐地，八旗满洲的王公们，忘了神鹰、铁骑、利箭、火炮，却用弩来打鸽子玩，套上扳指甩鸟笼子取乐，雄鹰的哨子甚至成了鸽子的脚环。都忘了琢磨护国利器，若再有个小尼玛善，那该多好！这段天津时调，姥姥唱时，我大概不到八岁……还没见过扳指。

"金扳指，玉扳指，戴在了情郎哥的手指头芯儿，骑追风马扛鬼头刀，为龙旗头可抛，可惜了妹妹也就等不着，哎嗨呀，打仗莫如把鱼捞，大马哈子就送他姥姥，见着她我鞠躬弯腰……"

小学四年级时，我把这段故事讲给了同学们。我那听"水"字尿裤子的毛病若再犯起来，不知姥姥会用什么故事来治，虽说她是个目不识丁的故事王，但毕竟不是大夫。

姥姥眼睛里的朝外

  姥姥出生是在清朝末年，所以总把朝阳门叫成齐化门。她说这是朝阳门的小名。我还在三岁时，因趴在积水潭那满是陈年青苔的花青色条石码头，看水里小鱼时，滑落湖里险些被淹死，所以一听谁说"水"字，总会"激灵"一下，落下了尿裤子的病根儿。可这回出门，姥姥竟把我的毛病治好了。记得那年大概是1963年，我六七岁左右。

  这一天是周日。我和姥姥坐上了头顶大气包①的公共汽车，直奔爸妈住的红庙而去。但还没到朝阳门，就听姥姥喊："你看呀！齐化门护城河！"我听到"水"时不禁一激灵，缩起脑瓜来并随即湿了裤子。等她硬将我薅起来时，汽车早过了非常热闹的朝外菜市场。没想到这里有这么宽的马路。这时也巧，汽车抛锚坏了。在别人都在抱怨车和司机时，姥姥却高兴地背起我来，便指着不远处一座庙门说："东岳庙，地王庙，不住和尚住老道。"她边说边走，直到我背会了这句民谚就又说道："东大桥到了——"还没等我来得及缩脖子，她却很快说道："别怕河，别怕水，掉在河里得捂嘴。"现在我还清楚地记得，东大桥②上那粗大的白木头栏杆，桥下水声很大，水流更是湍急。但我却不敢低头去看，只总想着掉进西海③里的事，后悔为什么当时自己没能捂住嘴而只是呛水。姥姥这回带我出门，是去看老姑与我妈的，老姑家住在关东店……

  我问姥姥："为什么叫关东店呢？"

  姥姥说："我老祖告诉过我'关东店，卖豆面，人参皮袄大叶烟'，所以叫关东店。"

  许多年后我才弄明白，关东店是很久以前专卖东北土特产的老店，姥姥是满族人，祖上来自白山黑水，想必她一定熟悉这关东老店，满族姥姥都抽烟，不过我姥姥不抽烟袋锅。

  夏日炎炎，姥姥在朝外菜市场给我买的冰棍儿总算被我舔剩成竹棍，顺着东

守着紫禁城的传说

大桥,姥姥没领我走大路,却往北走了关东店后街那条流水的河边(现在已经消失变成路了),我只顾数大白木桥有几个,早忘了面前的水了,我问姥姥:"怎么有这么多桥呀?"

姥姥道:"这桥得排到你妈家呢!"(马道口针织总厂宿舍约在 1994 年拆除平房改楼)

我又问:"河里水那么多,要流到哪儿去呢?"于是,姥姥便说起了一个传说。

都说咱北京城在很久以前,当真是在水里泡着的,可就有那么一天,从水里浮出来时,它就是刻着"北京"俩字的一座四方城。而只有满族人的老祖宗,还叫女真时,便能看见城背面刻着的另外俩字——"大青"。大青是一匹马的名字,这就是努尔哈赤的坐下神骑,是黑龙江龙王之子。

早在建盛京(指清王朝定都沈阳)之前,西大神就托梦给金努尔:"该去北京城看看。"有一回他遭遇明朝军队,经几天的血战,难出数万铁骑重围。眼看箭尽粮绝,一筹莫展时,就在行营大帐里,大青马把他驮起,一口气直奔了北京城。时值天降大雨,可身上淋雨却不湿,到了北京城外,大青马并不进城,却用马蹄将京城东踩出了许多水坑。金努尔奇怪地问:"大青,为何到这不走了?快进北京城啊!"

大青马突然变化回青龙模样,连连甩须叹气道:"我乃黑龙江龙王之子,现在进城还为时过早,念你我同属龙子龙孙,我得天令助你,若没天相助,你怎能来到北京城外?还是先取盛京,名正言顺后,再图大业的好。明朝气数已尽,此番决斗事关国运,我已力竭……"在金努尔还在犹豫时,青龙长吟后,一抖龙身,天空中雷闪交加,把金努尔摔下马来。这时于梦中惊醒的他一看,自身已不在军帐内,而是睡在了一片水洼里。他即刻明白,这是有神灵示意他,先求生存,再图大业。于是他振作精神,率八旗兵里应外合,将旧明军打得溃不成军,为建立盛京的基业赢得时间。在恶战中,他与大青马都身负重伤,而最终大青马死在沙场一个水坑里,还现出青黑龙身。

大青马死后,把金努尔心疼得几天不思茶饭。从此,他命属下,不许宰杀和大青马一般颜色的战马。定都盛京后,他以大青马的"青"字同音立国号。大青马阵亡时,浑身血包龙身,他便将青字添上三点水,叫后代们记住,坐江山也要以"清"为重。若丢了三点水,"清"字又变成青,青乃黑色,污浊也。而盛京的"盛"字又念 chéng,含盛容器物之意,寓意做事要心胸广大、包容天下。并在盛京城东,再给大青马立碑撰文,叫后代如纪念祖宗一般,每年祭奠,御封大青马为

"大清驭臣"。再下旨：天下不许杀马卖肉。现在北京的马甸，原是该立在朝外唤作"奠马"的，可有后代却偏忤逆不听，用"跑马占地"来糟践马的名声，搞得汉家百姓流离失所。还是御马官忠实于老罕王，进盛京升官后，他一直严禁杀马。在北京城几百年来到今，没人敢卖马肉。北京原来还有多座"马神庙"，传说马王爷一面长三只眼睛……齐化门外专给大青马留路，叫马道口。所有大道都叫马道或马路，也是为纪念大青马，外城还有马连道，好马都是龙种呢。

"别睡觉啊！你看那大块湖上有多少鸭子呢？"（团结湖原有大片相连的水域，大过公园几十倍）姥姥光顾给我讲故事，早忘了路该怎么走，只好顺着无数座大白木桥的河往东，直奔了水碓子。见到无边水田，青蛙叫声极大，都好像个头挺大，我想，这些水田莫不都是"大青"踩的？

从此，再听到水也不怕了。那是因总会想起那大青马的巨蹄，马蹄都能踩出湖那么大的印儿来，那这条青龙变的马该有多巨大？在巨蹄下的水，总显得那么不值得一怕。后来，我曾是学校里能游很远的会水者。在积水潭可以游好几个来回呢。

---

①当年由于汽油紧缺只好烧气，北京城的公共汽车都在车顶上安装橡胶气囊，以液化气顶替汽油。
②现在蓝岛商场对面。
③即积水潭。

姥姥家有块老了去的祖宗板子，特殊时期，曾被人打趣地说"当柴烧都够不了一把火"，因此躲过一劫。姥姥十分珍惜这块"板子"，尽管担惊受怕，但姥爷最终答应，将"板子"由老舅藏到单位里去，后来就只剩下这个祖宗板子有关联的物件。

姥姥有每年在河边种柳树的习惯，还是个植柳树的标杆。

我相信，如果这世上没有了柳树，还算世界吗？

佛多额娘的传说

过去，在满族人家的街门外上首，曾戳着一根高高的松木杆，都叫它索楞杆。不知道或不懂的人皆看着奇怪,总以为这不过是根光秃秃的旗杆。其实,这杆子在故宫里的坤宁宫院内也有。还有人编出典来,说这来源于满祖先祖,在遇危难时,曾化作一根落满乌鸦的杉篙而逢凶化吉。其实这杆子是在告诉人们,满族是信萨满教的。而住房内的西墙上,满族还供奉着一位祖先级别的女神——佛多额娘。满族人家里皆供奉此神。

满语"佛多"的汉意,原指柳树棵或柳芽儿。"额娘"汉意为母亲、娘亲或阿嫫、纳纳。"佛多额娘"的汉意是"柳树妈妈"或"树根娘亲"、"柳芽母亲"。满族祭祀"佛多额娘",约为两个含义:一个是"为感谢她给家族,带来人丁兴旺的香火,与世代生活美满";再有一个是,还要继续祈求"本族内多得子,也好儿孙满堂,并祈求她保佑家族人口队伍,更快地无限壮大与兴旺"。于是和它相配的便是那块祖宗板子。过去满族的老辈人,在自家"祖宗板子"的左上侧,从来是恭恭敬敬地供奉"佛多额娘",虽有其位,却无其像,但总供在上首。在祈求子嗣时,会将所供的食物,先从左首放起。然后,再将西墙上的"索子口袋"——即用黑线绳扎紧的"口袋"内,早装藏有五色彩线的线绺。其长三丈三尺,才是拴住后代的"子孙线绳"。

直到现在,还有小女孩儿,在跳猴皮筋时,或在游戏时唱的童谣:"意米尔米①二,三丈三,骑红马,过仙山,左边的口袋,右边的砖②,生了孩珠儿谢祖先,再将小娃娃用绳拴。"叩完头后,家中的长妇,再将西墙上"索子口袋"解开,把袋内的"子孙线绳"慢慢不断地拉出,连口袋一起绑在房门外位于东侧③的柳树枝上。此时便可分享供品及祭肉。以后,便安置家里儿童,皆围坐在菖蒲垫上及柳树枝周围。而妇女,则必须跪于"口袋"之前。若家族显赫富贵,自会请来吹鼓手,方由萨满来跳祈福求子的神舞。而孩童与妇女,最喜欢看的便是"萨满打鬼"。而打鬼时,不仅能显示出强悍威武,还会叫所有的孩童们效仿,萨满那些拿刀动枪的英姿。

说起"佛多额娘",在满族内还流传着"柳叶生人"的传说。女真的祖先叫五督犇,传说他是不老天地所生。那一年,不老天下吃人的野兽,不知怎的突然多起来,有豺狼虎豹、熊黑马猴、怪蟒巨蛇等,数也数不清。不知它们都听谁说的:天下之苍生百种,唯独人肉最为香甜、谁吃后不仅能长生不老,还会不断长出来在与活物的搏斗中永难战胜的獠牙,并可以不断地增强武力。所以它们便日日琢磨,怎样才能吃掉五督犇。

他们常怀偷袭五督犇之心。有几次,五督犇都差点儿落入野兽之口。尽管是处处留神小心,但四面却危险丛生。所以,他请来颇为英武的两个侍卫,天天随扈五督犇。

可野兽们不仅凶恶歹毒，也极狡猾多变。兽王也知人是万物之灵。于是，他便将各种野兽们，都勾连起来，借各种时机来捕捉人，或杀人吃人。为此，他们向五督犇挑衅，叫他从部落里走出来，与他们决战，并大叫说："咱双方得摆开一个像样的沙场。"

一向憨厚的五督犇终于上了当。刚一开战他就遭遇偷袭，人兽双方战得是难解难分。在死战了十天十夜之后，五督犇等已被无数只野兽层层围住。他仨人因腹中饥饿，寡不敌众，渐渐疲倦起来，而野兽们却是轮番地吃饱喝足，继续参战。当三人精疲力竭，只剩下最后的气力时，已站立不住的五督犇，发出对天公的最后一声求救："不老天公啊，难道额娘生下我来，我的身子只是一块吃食，用它来填饱这些个野兽们吗？快救救我！阿玛呀——"他声嘶力竭，跌倒在地，引得野兽们蜂拥扑向五督犇……但却只见到一块冰冷坚硬的石头。任它们怎么来啃咬，都难以下嘴。其实，不老天公早在九天上，听到了五督犇的呼喊。天公即派专除妖降怪的萨满，下凡间去搭救已遍体鳞伤的五督犇。

只见萨满着青色衣饰，拖红、蓝两色的百褶长裙，散着十二条带纽襻儿飘带，头上着牛角神盔，手拿八角铃鼓，腰里悬青铜明镜，甩腰铃，挎百神刃，铿锵跳步舞鼓，唱着神歌从天而降。他边唱边把鼓敲得震天动地，腰铃脚铃哗楞楞，震撼四野。他每走一步，脚下都会新长出柳树芽子来，这些芽子很快长高，变成锋利无比的尖刀与利器，将野兽们困住，走不得半步。野兽们一见萨满的神通，早吓得胆战心惊，只好卧在地上不断求饶。从此，所有野兽们，便都学会卧在地上。萨满将野兽"拘"在一起责骂道："你们这些个蠢家伙，现在你们都要重新接受磨难，不然，难叫你等再返回人间！还得经受万世折磨。"

接着，萨满便对五督犇三人说："长白山这地方实在是荒凉，你几人难以主宰这不老天下，而目前是要快延续香火，使其代代繁衍，这要靠佛多额娘的帮助。"从那天起，佛多额娘便从天上降下来，将神魂化成雨露甘霖，倾注在所有柳树身上、枝上，而已经枯萎的柳树根，也再次发芽。从此，有了佛多额娘的甘霖，柳树也变成了插到哪里都会生存的树种。凡拜柳树——佛多额娘的人家，必定是香火旺盛，会生下无数的男丁女娃。

等到后来，萨满渐成皇族的御用，而最先分出等级的八旗满洲，里面的牛录、固山、甲喇们，生怕满族人随意来向萨满进供。结果，萨满师傅便和旗下人慢慢失去了联系。这是在学元朝，既用大喇嘛说禅，但只会给其念经的机会，而剥夺他们参政的权利。萨满也只成为皇家摆设，而喇嘛却比萨满们吃香得多，那

■ 守着紫禁城的传说

是因为北面和西北的藏、蒙古族都以喇嘛教为时髦信仰。

但萨满越来越少，佛多额娘也变成更遥远的传说，就连本应世代供奉的祖宗板子，也随着满族入主而汉化。所有的满族习惯，因恶劣的生活环境，包括"舍物保命、留根儿"的最后一搏，没法做到，也渐渐被满族自己忘记。大多年轻人忘了自己的传统，什么也不拜，什么也不信。而佛多额娘，也就成为永远的传说。当年有"无心插柳柳成荫，有心栽花花不成"这么个老话，怎么求子祠，但总还得怀胎育子。但凡是有寄托心愿的地方，就会有人拜。

直到发现，在旧明遗留的庙宇中，竟还有多种送子娘娘在享受香火。于是，除新建喇嘛庙之外，渐渐将对佛多额娘的崇拜，逐步引到寺庙。结果，在家里的西墙上渐渐没了象征佛多额娘的"索子口袋"，最后就只剩下孤单的祖宗板子。但是，祖宗并不能真正保佑满族后代永远没有灾难。当八国联军攻进北京时，所有逃跑的皇亲国戚，谁也来不及取走祖宗板子。所以，有人说，是民国挤对走了祖宗板子，而列强还损辱了祖宗的后代。但佛多额娘，却没被满族人忘却，因到处都能看见其化身——柳树与柳芽。

---

①意米尔米，即薏苡米和其他的粮食。
②老辈满族人习惯管厚的祖宗板子叫作"砖"，由此引申"板砖"一词。
③东为左首。满族人以左为上，为首，为祖为宗。

我小学三年级时，学校停课。向来舍不得花钱去逛公园的姥姥，突然提出要带我去颐和园。后来我才得知，她是怕颐和园也被拆了。这事现在说来好像很可笑，可在当时就连见过世面的一家之主——我姥爷，也有同样的想法。几天前，姥姥家靠南的大庙，刚被拆掉（辛勤胡同内），胡同口的小庙——只有一个烧香的小灰砖楼，也被砸烂了。积水潭北小岛上，那座满清皇帝乾隆为纪念通惠河源头而立御碑的汇通祠，也被拆得七零八落（到1987年左右才重建），还整天打听高庙在哪儿，得亏只有姥姥知道，积水潭医院就是旧时王府银銮。遇此危机，姥姥当然担心颐和园也会难躲开将灭顶的命运，因为它不只是四旧，它是"外甥打灯笼专矇摸照小的大辈——老老旧（舅）了"。

红庙与小庄的传说

于是老俩真去颐和园了。姥姥看见那些铜麒麟、凤凰、仙鹤等什么的，都要问我姥爷一句："这能留得住吗？"我姥爷总是摇摇头，他本来就不善言语。看到殿内给慈禧太后祝寿的巨幅寿字时，她摇头说："不老老实实当太后，非张罗管什么国？"转了一大圈后，我们在十七孔桥边的廓如亭休息。我姥爷从来不赞成姥姥给我讲故事，生怕我又把"封资修"故事散布给同学而惹来麻烦。结果，趁姥爷去看龙王庙的工夫，姥姥又讲起眼前这金牛[①]的故事。

牛在许多传说中都是神。曾经是满族老祖宗的骄傲，供牛头是为供奉西大神，满族世代供奉它。牛本似麒麟，麒麟是脱了鳞的牛。牛通龙性所以它会浮水。它在感到死将至时，会和人一样落泪。它和龙一样，都会驾五彩祥云，那牛郎便是沾了牛的光，不然怎会去天上会织女？牛就是麒麟。牛有搬山填海的耐力，它一身没一点没用的东西，就连骨头都在给人解闷，你看那"哈嘞吧"（牛骨快板，目前民间艺人孟新还在打此牛骨板儿），的确，牛骨、肉、皮、角、连牛粪都是牧民的燃料。进关前后，清朝曾有令禁食牛肉。每当老天爷发大水时，它都会对着有火的地方人吼，专警告水怪、众妖孽们罢手。它是不老天放在满族人身边的神。天底下多少生灵？只有牛会给要杀它的人下跪。那会儿的十七孔桥旁铜牛并没有护网，人们都用手去摸它光滑的脊背[②]。当年八国联军洋兵，只是伤了它一只尾巴，最后还是自己滚回西方了。

"它是神牛？那为什么不给它盖上一座像这公园里的庙一样，老在这里被雨淋着吗？"

姥姥说："它不怕，若一遇见发大水，它就半夜里驾云飞走了。"

"我不信。"我确实不信。

"不信甭信，反正我信，那庙都拜好几百年了，不叫拜就不信啦？中国人谁不烧纸啊？"

"这倒也是。"清明节谁都会烧纸，过去家家都会去上坟，还会在坟前哭天抹泪的。

"您说过，有桥就有过水，叫庙的地方也该有庙，可我爸妈家红庙就没有庙，对不对？"我只好改个方向，好不至于招姥姥生气。

■ 守着紫禁城的传说

"谁说没庙？那你是没见过！小猪店（即小庄）最兴隆，头眼先见着庙顶子红，红庙嘛……"

现在的小朱店儿（今小庄），原叫"小猪店儿"，猪市大街老年间专卖猪肉。可肥猪大都是打水路坐船来的，这没宰的活猪是进不得京城的，必须要养在有水的乡下，小庄北边是水洼最多的湖泊，叫水碓子（是那大青马用马蹄踩出来的天坑）这里曾是大、小猪聚会的地儿。旧明为给皇城供肉，就要专挑那些上好的猪苗（小猪）卖给养猪人，猪养大了再买回来。自古猪、鸭、鹅、鱼，都是离不开水的，猪的水性又是不得了的。都说猪脏，这不公道，猪是天底下最爱洗澡的畜类。猪名儿是玉皇给起的，其祖宗猪八戒，是玉皇手下元帅，管天宫水军。都道是他投错胎，其实是因它贪吃。这便叫"你贪吃食，众馋吃你，"天下若没猪，还早就没了人了。满族男儿一到年龄坎儿，先要学打野猪。野猪是猪王，周身毛赛过钢针，双牙是利刀，与老虎是两不相扰，熊瞎子都躲着它。

这天下养猪的，都是老百姓。满族进中原，见大家都吃猪肉，也一样随起大溜，它肉香啊。但自打八旗铁骑，一进北京城，再也没人敢卖猪肉了，因大清的将兵，到处都"留头不留发，留发不留头"，要不叫"剃头"的呢？

旧明的杀猪行当，在早年得了朱皇帝的济③，不能说"杀猪（朱）"，只许唤作"屠户（家）"。满族进关后，杀猪人都躲起来。没办法，只好用兵杀猪，但会杀不会养。没几个月，城外猪圈里的大、小猪全给杀绝了，连鸡鸭鹅都进了肚子。时逢寒冬，皇宫和城外将兵们都没了肉吃，北京城开始乱营。原想着进北京享受的众王公，受不了这没肉的日子，不得不出城打猎。又几月，西山上的野物，再也见不着，有将军还抢了鞑子（泛指内、外蒙一带）的"上贡羊"宰肉吃，从上三旗到下五旗（皇帝率三，王爷领五）都乱了营，在加之南北都在攻城打仗，天下真是乱啦，猪肉要比人值钱呢。记得有歌谣叫《猪换女》："猪换百斗粮，女子贱于肉，一猪换十妇，任你流干女子泪，人都不如猪……"

这时，有个专门教祖宗学问的旧明官员出主意说："要遵从汉俗、回俗，不要改变别族的习俗，剃头留辫的都为大清子民。不然，非但天下坐不稳，若再回了长白山，就不会再有回来的机会，要对养猪人不收分文苛税，卖给国家就可。"于是，下面的小官，便令八旗兵在大、小路上，甭管遇到谁，都举着银子说："告诉我谁会养猪，银子就给你。"

渐渐地，会养猪的那些逃荒、要饭的，都被留下来。汉族老百姓养猪，已养了几千年，只要是真给吃好的，哪有养不好的。几个月后，吃得比人还要好的肥猪，从水碓子猪场出圈上市，京城也稳定下来。皇上又听了汉官的好主意，后来，还撤销了不许别族吃牛肉的律法。老百姓的日子，也开始稳定下来，而当时最时兴的，就是进养猪行。但见水碓子一带，太多的肥猪撑坏了地盘，到处是猪屎味儿，结果，都传上了猪瘟。这下坏啦，旗兵屠户被染上不少。小官"訇荣按"便不得已，叫百姓都穿上"勇卒"服，冒替士兵来杀猪。

他将病猪深埋后，开始带头在水碓子买起猪崽儿来。凡送来的大猪，当场就作价给银子，叫养猪人回家养肥再回来卖，将养猪场变成只杀肥猪与卖小猪仔儿的集市。

谁知，又来了占地的问题。红庙附近的水源足实。四处环水，供土地爷（元朝人处处拜土地神），像敖包一般，指路定向。在土坯墙包上砖后，红庙是这地方唯一的看头。而约定成俗的习惯是：十里一堡、八里一庄（店）、六里一屯（村）、五里一陀（土堆）、四里必有寺（庙）、三里一河、二里有沟、一里为（城）外，八里才允许外人住店。而堡、屯内才住家眷和百姓。

因日子太平，到红庙烧香的人越聚越多，周围便成了闹市。金台路一带，更因为猪热闹起来，也聚起卖鸡、鸭、鹅、鸽子、鸟、猫、狗等小贩。清朝信的是喇嘛庙的佛，但刚建国，哪来钱改换庙里的神，而旧寺庙又是无数座。结果，时逢连月暴雨，将这个砖加土坯的红庙泡在水里。自古一遇天灾，造反的人便钻空子。旧明留用的太监们，也趁机在京城内放火、捣乱闹事。

话又说回来，当年努尔哈赤曾传令进城后不杀太监。一是念太监救过他，二是念太监天命本苦，三是念土大太监囚忠实崇祯，陪葬在景山。也怪王爷多尔衮面凶内善，一见白旗打满京城，早没了杀戮之心，所以才会有朱家后人的造反机会。红庙里靠百姓香火钱喂肥的人，看来一定是奸贼。不然，老天爷怎么会在劈雷中，把个红庙劈到地底下去了呢？而认准红庙能让大家有好日子过的百姓，重新搭起高帆布棚，浇上猪血和桐油。当年的年景是先旱后涝，眼见得四面八方的灾民潮水似地涌到京城。八旗兵自是戒备森严，"訇荣按"手下的旗兵，都被抽走去打吴三桂。于是，他便大胆用起灾民来，他带头在红庙地基上，支起大锅，赈灾放粥、炖肉、放粮，把灾民安排得井井有条。红庙是用汉家人最多的地方，而这些弟兄们，因能干全被升了官，都去主管天下养猪和宰杀家禽的事，挣钱多的，还开起大饭铺子来。

他们不想叫后代们忘记"訇荣按"这个有义有恩的人，但人们却谁也说不清汉、满文中，这"訇荣按"三个字到底是哪几个字。后打听出，他身后留下俩小子，被召作皇宫御厨，分别叫"红案"和"白案"。从此，人们便把凡是皇赐匾的这个楼、那个坊的肉案师傅，叫作"红案"，面案师傅为"白案"，以示

守着紫禁城的传说

对"訾荣按"的永远怀念。还在杀猪行中,定下一条行规,凡宰猪的,都要在事后被奖赏猪下水,或允其生吃里脊肉,以此来表示尊敬。

后来,等皇上巡视京城时,发现红庙的肉棚过于破旧不堪。而大清国对颜色极为讲究(红、黄、蓝、白、黑都是原色),鲜红必须是皇族才能使用(太平天国、红灯照等都是用红),干脆只留红庙地名也罢,还将所有肉棚顶上涂上猪血。雍正时,还将京东铺就石板路,直至通州。三百多年来,京东小猪店、红庙、八里庄、十里堡的名字就没变过,老地名好,国运长久,百姓长久,源远流长。《百家姓》不是现编的,红、白案也不是现在才叫出来的,都自有道理。

慈禧在庚子年往西一跑,北京城可遭了殃。有老话说:"山山石头泡不烂,怎不用它做大船?石头雕④,难镇妖,洋毛子来了奔西撂。"那糊涂老太太,原是上了太监李莲英的当,才修颐和园并再修石坊。所以说,不全乎人的话不该听。话又说回来了,造反也不能砸东西不是?等再找,那会儿可都没喽!这老北京可哪儿哪儿都是宝啊!

---

①铜牛曾是镀金的金牛。
②因此牛曾躲过八国联军的战乱,只被毁坏掉一条尾巴。所以说能保佑人躲避灾难。
③好处,指朱元璋给屠户送对子:"双手劈开生死路,一刀斩断是非根。"
④即石坊。

　　天安门前,有一对汉白玉石雕刻的云龙盘柱华表,上头还各有一只形同小犬的望天吼,头都冲着中南方正阳门。但从来没有人注意的是,再往前不远的午门内,还有一对一模一样的华表,望天吼的头却直对北方。再往北走进端门,正对着的就是三大殿。这是在告诉皇上,在紫禁城内的皇帝,不要总坐在宝座上;而当皇帝出远门时,望天吼又会说,皇帝要晓得什么时候该回来,这里才是皇帝的所在。乾隆爷就爱到江南微服私访,俗话说"上有天堂,下有苏杭",江南的什么都美呀,这天下都是他的,所以他也贪玩,看什么都新鲜。

商场与铺子的名称来历

话说这一天，几只大船走运河直奔江南。乾隆爷身着微服，再次来到杭州。他随意打扮成一个小商人，由几个苏拉①陪同，不经意地溜达到离杭州不远的一个小镇上。他边走，看见民间的什么物件，都倍感新鲜。但见街上，车水马龙，熙熙攘攘，行人络绎不绝，集市上热闹非凡。有小贩，有百姓，个顶个儿地讨价还价，买卖双方非常认真地唱收唱付，购买所需。买主为买到便宜货物，都与卖主真真假假地理论不休。别看乾隆爷听不懂江南百姓②的方言，但他看热闹的兴趣是有增无减。他回到北京城后，马上便撺掇孝贤皇后，不仅在神武门前开了个小市，而且还在颐和园苏街子③开了一条商道。为叫内宫里人，懂得什么是买与卖，他命工匠专制出一种叫作"花钱"④的大子儿来⑤，好分出是皇宫内钱币。

集市之上是如此这般的热闹，将乾隆爷看得是目不暇接，心花怒放。挤在嘈杂的人堆里，他倍觉有趣好玩，因他从未见识过在拥挤的人群中被众百姓推着往前，不得不走的滋味儿。而着急的倒是他的内侍，眼见皇上被挤得站立不住，并在人流里忽东忽西，可把几个跟班的给急得火上房，但就是追不上皇上。他可倒好，伸着龙脖子，挤得还挺开心乐意。当他实在挤累了时，便探头想找地方喘上口气，忽见十字路口处，有家大店铺。他便直奔这买卖人家，好不易上台阶后，就见门额匾上写有依里歪斜的几个破字——万货全。

乾隆爷一看中间的"万"字猛一打愣怔，心里老大不爽。自寻思，简直是没王法啦？真是"旗杆上绑鸡毛——好大的胆（掸）子"啊！也不怕闪了拿笔的脖子？难道"万"字，你也敢使用？这可真是天高皇帝远哪，瞧这口气，大得是没人管！但既然朕来了，倒要看看他趁不趁一万种货？若不够数，就叫人砸匾！于是，他掀门帘进铺子，装模作样挑起货物来。

还别说，铺子里的货，还真齐全：大的有箱柜、桌椅板凳，小的有马轧、瓷木石墩儿，再小的有顶指儿、木梳、扣子、簪子、针头、线脑，竟然连吃用穿戴、米面油盐都有。

乾隆爷一见门店内的东西繁多，气即刻消了大半，顺柜台转了几遭之后，便眉头一皱计上心来。他高声对小伙计道："朕……真、真热……我想买个痰盂儿。"

南方人本有口音，所以，根本听不出这"真""朕"的发声有何不同，也就没在意乾隆的失口。小伙计一听客人要买痰盂，一边答应还连忙取出一大摞竹子的、软硬木的、铁的铜的痰盂，过来道："客官，您尽管挑选。"

乾隆看都不看一眼，摇头说："这些不行，我要最好的、顶贵的、值钱的，不要破烂货。"

小伙计一听，赶忙赔着笑脸，又翻箱倒柜，找来一个用锡银制作的痰盂儿："这位爷，您看，这是小店存放几年的陈货，但可惜了，就这么一件。"

乾隆爷拿起来仔细观看道："锡银并非是纯银，我想要纯金的！上面还得雕龙刻凤。"

瞎忙半天的伙计傻了眼，学好几年徒，还从未听说过，哪位要买纯金痰盂？还要什么雕龙刻凤的？不就是个尿盆嘛，至于吗？小伙计有些惊慌，赶紧定定神才道："客官，请您老稍等一下！"然后掉头急跑到后房里找大掌柜。

大掌柜听说有人买金尿盆儿，连忙小跑到柜前，点头哈腰地仔细打量客人，满脸堆笑地说："这位大福大贵的……大客官，只有官家才用这来接痰漱口，而在我等寻常百姓家，这玩意本是接老少的'一吐二溺'之物的。所以呢，本店只能照着您看到的打造，而这冒充银子做的锡盆，还是乾隆爷惩治贪吏时，我托一个朋友用高价买的被查抄之物，如若不是有青天王法，我怎见到这些东西？而老百姓更是做不起。我们也不敢做，若大胆忤逆去制作，那岂不是要犯违制的死罪？"老掌柜话虽说了几箩筐，但仍是毫无结果。无奈何，不知再说什么的老掌柜，竟然扑通跪地，倒头即叩："请您老开开恩，饶我这一家老小吧？您有金子我也没胆子做啊！"

乾隆爷是毫不领情，还较了真儿："我就要用金痰盂儿，而不是溺桶，我要的是金子的，假若在你这里买不到，我就不走啦！"

下跪的老掌柜暗下里寻思，眼前这位可绝不是通常的生意人。等他再一打量，不仅不像生意人，而简直与生意人不沾一点边。细观此人脚下那双靴鞡，是从未见过的高雅，那是由金线银丝缝制的皮官靴。再看，此人是天庭饱满，印堂发亮，满脸气色非凡，眉宇间透出无边的霸气。心说，此人莫非是贵胄王侯？他急忙又说道："这位大富大贵的客官，若您诚意买，本小店可代为与工匠商量，为您专打造一尊，不知您是否愿听结果？"

见老掌柜如此没脾气，乾隆爷自是佩服店主的聪明与智慧，但坦然应答说："没现货？那你那个依里歪斜的匾上，不是明白白地写着'万货全'吗？"

这句问话，使老掌柜一下子全明白了，他忙回头喊伙计："你快去，快把那破招牌摘下来，早说你的字忒差劲，非要悬挂门外？惹得大人生气。"

老掌柜用意，不光是叫伙计赶紧去摘字号，还要他马上去禀报官府求救。他对乾隆爷道："客官，是我不知好歹，但为了珍惜大清国的平安盛世，就求您这位贵客给小铺起个字号？"

话未说完，刚站起身的他，"扑通"又跪地上，见门外的皇家扈从，总在此转悠不走，他心里更是打战战，实在想不起，到底是得罪了谁。本想要兴师问罪的乾隆爷，一听"平安盛世"四个字，竟然是满肚子气全消。心说，看来自登基以来，到底是没白辛苦忙碌，毕竟换来了一个安定世道。他心里头得意，脸上便也露出悦色，随即顺口对门外道："那好，取笔来，我写便是了。"跟来的侍人，早心知肚明，忙递过文房四宝。难怪人都说乾隆爷的字不值钱呢⑥，他从来是随意留墨，处处题诗，写遍了塞北江南。他所遇的亭台楼阁，从不落空。只见他吐纳气息，饱蘸墨笔，用犀角斗笔挥就，写出"百货全"仨大字。这时，乾隆爷依旧不露声色，直等他要离开时，一列官军正迎上前来捕他。但谁也想不到，跟班的也早通告了府衙，忙接走了乾隆爷。

后来，给乾隆爷跟班的，照规矩去铺子盖印落款，发现铺子已关门歇业。其实，这并非是官家所为，实是一听皇上来找麻烦，早把个老掌柜吓得直躲了几月也不敢露面。直等官府派人来说不再追究时，老掌柜这才大着胆去制作匾额。殊不料，刻匾师傅却"扑通"一声，跪在地上磕头，连呼："皇上万万岁！"经追问才知，这写字之人，竟然是乾隆皇上！

老掌柜当时是受宠若惊，久跪在地上不起。从此这家"万货全"，就变成御赐的"百货全"。门额上黑地烫金字的御匾，引得四水八港的江南百姓都来观。老掌柜为感恩皇上的不杀之恩和赐字之荣，专请了说书先生，常在小铺门口细述皇上为他题字之事，并摆茶水来以供行人解渴。后来，北京城及天下所有门店都来效仿。开业时，一定要摆四天义茶，免费招待来客，这便是北京大碗茶的最早来历。

听说皇上来微服私访，江南百姓及大小官员都纷纷跑来观瞻牌匾，还想看看皇上买金痰盂的铺子究竟是什么样。没过多久，小镇因此越变越大，而老掌柜的生意也越做越大，伙计也做成掌柜。"百货全"分铺，从江北做到江南。老掌柜归天前，告诉子孙说："不是皇上挑理儿，咱买卖再大，也只能叫百货全，口气不能忒大，而对谁都要客气才对。"

打那以后，只有叫"百货店"的商铺，而绝没有叫"千货店"、"万货店"

的。露天开的叫厂（场）甸、马甸，因地上的确长有草。天天开叫劝业场（天津）。好多铺子为纪念这家老铺，即起了"三义全"、"聚义全"等。在北京城里的大集市，还为保护商家，而专增了护铁廊杆（大栅栏），民国以后又改叫商场（西单商场）。现在呢，除增加叫"客隆"的超市之外，把鱼市、猪市、蒜市、菜市口等归拢到一处，统称"自由市场"，即农贸市场。

---

①苏拉即仆人，即太监。
②称南方人。
③颐和园内的苏州街。
④皇宫自制的内部纪念币。
⑤大子儿又叫大铜子，即清代小面值的一种货币，中间有方孔。串起来称吊。
⑥因乾隆皇帝留下的"手迹"遍及大江南北，所以常被民国时的文人们看作是因"太多而贬值"。

淂，门字的一钩和故事里的"一钩"就这么混为一谈了。本来这"钩"今天看来不过只一字，但身为皇帝的乾隆爷，在今后日子里，在"字"上可没少杀文人。连最后不忍心杀和珅的乾隆爷，终于借儿子之手收回了，已不淂已收回的富可敌国之财宝。难怪后来人都说"一朝天子一朝臣，一换天子无故人，一朝官用一朝人"。

乾隆爷不要"钩心斗角"

为何老北京人对故去的长辈，都爱说"祖宗"二字？因为历代开国皇帝的牌位，都被称作是"太祖""太宗"。所以，老百姓便从秀才那学了排序，把自家成事与不成事的一概先人，都叫起祖宗来了，"祖宗祖宗，先祖后宗，家国皆大，后人荫生"。满族入关后，稳坐大清一统江山的真龙天子，只有康熙、乾隆等先皇。他们曾是大中国唯我独尊的皇上。

大清国法给官员定的规矩，是"一团和气（一堂和气）"。这就是压根儿不拆团城①，反而还要再修的缘故。团城从来不开西门，开门总是向着东方——因那方是养育满族的故土，有永乘东风不忘本色之意。而在团城内的元代大玉酒瓮，更是象征"迎东避西"之意，有如现在说的"东风压倒西风"。别看团城不大，却哪代都饰修，谁也不敢拆，大清皇子皇孙们后来不拆，是看了乾隆爷都沿用下来。但只可怜了雍正爷，短命就短在为给乾隆爷一个"盛世"，他几乎杀绝亲兄弟和皇子。这也就难怪这天下人，都说是雍正爷害死了康熙爷。您想啊？所有亲骨肉都不容，皆杀、剐无赦，就甭再说对老了不中用的爹，谁敢保准，为争接班不起那弑父之心？所以，这么看他的人实在是不老少。

等到乾隆爷这辈儿，一登龙位，便大赦天下，将过去钦定的大逆之案，完全颠倒过来。"汉不封武拜将，满不传胪点元"②，都是他早年定的。但没几年他便明白，若不是各族人保佐大清国，这万里疆土，不过是座沙塔罢了，连阵风都扛不住。于是，他将汉族将军用到极致，而文官数量，也等同了满洲旗人。他发现，往往误事败国的，倒是满族旗人。

多年太平岁月，也同样磨损帝王的龙庚。那回，已上年纪的乾隆爷，时感龙体不适，但他还是咬牙支撑着，要去天坛"祭天把斋"，眼看龙车刚要起步，谁料想刘罗锅③，早赶到正阳门外拦驾，结果还没见着龙辇，就跪地不起地死谏，死活不叫他去天坛。乾隆爷明知刘罗锅是在担心他龙体是否经得住车马劳顿，但皇帝祭天，历来是祖宗立的规矩。忠臣死谏，乾隆爷一时没了主意，就甩了句咧子："这是祭大，你就是趴下，也拦不了朕尽忠尽孝啊！"

嘴虽这么说，心里可感激刘罗锅的忠臣可嘉。刘墉借势顺口奏明："臣只是想伴驾，想当年，太皇上那早给您备了'斋宫'，是皇上故意给忘了？一出正阳门，可就算祭过天啦。"

其实，不是乾隆爷忘了，而是他额娘，曾经最怕斋宫内鬼魂会吓着年幼的乾隆爷。乾隆爷小时过于顽皮不羁，曾一不小心蹬开斋宫内地窨子④机关，结果，掉下去的太监没能活了。只有一个没掉下去的小苏拉，急跑去招呼人。当皇额娘呼天抢地，已哭不出声地跑来时，却见一只金鳞巨爪，稳当地托住乾隆。他毫发未损，睡得才叫香甜呢。真龙自有天命，他稳坐江山六十年，整一个甲子轮回啊。

就从那一次，所有伺候他的人，对不管什么"门"都有了防备。而乾隆爷最喜好的，却总是更换朝堂、宫殿的门，他讲究宫内门都要开双扇，而所有门样式，都得经他恩准。等乾隆爷长大，灭杀了那只当年诅咒过雍正爷的"驴溜狼"⑤后。总想起犯人临末了说的话："明明是皇子之间钩心斗角，才天下大乱，却如何怪得我们读书人？不过痛快一下嘴罢了。请再看看《康熙辞典》恩准的'门（鬥）'字吧！明明造得'内以钩心，外有双角'，总在没完地穷'鬥'[6]嘛。"

还真是的，细一看这字，门字与鬥字，是一模一样，任凭怎解，始终没离开斗啊。乾隆爷想到这儿，抬头便寻思：这头顶的正阳门上写的"门"字细一看，不好，还真是个"鬥"字；右边的"钩"直对中心。心说，待朕再仔细去看看斋宫内，到底还留有什么字迹。

乾隆借机对属下传旨："先皇是先斋戒，再祭天，朕只好依祖宗去做了。"没别的，找个台阶就下，他便打道回宫。回宫后，他速传御史查问，并忙摆驾去"斋宫"探究。果然，见斋宫地窨子门上，真真切切写得一个"门"字，该门的机关果然非比寻常。若把斋之人，悄然按动机关，会即刻消失。这叫乾隆爷大为惊慌，难道雍正爷整天提防别人加害吗？后悄悄问刘罗锅与和珅，"门"字怎么解才算最好？鬼到家的刘墉，哪敢乱言皇宫之事，忙道："此字外有龙角，以镇皇天后土，框内本是古人，为显示笔之有锋，拈手而来，从篆到真草隶，字本没何用意，而左是不动的框，右则是转轴的门扇，凡是门，总得有轴勾住这框啊。"

乾隆爷问道："是不是明代修《永乐大典》时留的？朕只记得蝌蚪文，大、小篆字，都不是这样，在隶帖里的《曹全碑》里，也找不到这个钩啊？何必再用正楷呢，以后，内九门的门额都改用篆书吧。"

谁知和珅接过话岔说："刘墉，你们汉字的每一笔划，从来都有用意，你分明是想遮盖，你吹嘘汉族帝王的本意，是在说：所有帝王，原来不过是权臣。从来是借助宫殿内有钩心之外，也定有两角之斗，好借机篡谋皇位。你看朱元璋之后，皇子们谁不是借内乱来抢位夺玺？这字明明是在门内，有两王在争嘛……"和珅说话，一向要压别人，而乾隆也非要听罗锅回答。

刘墉辩道："臣认为，门之钩，不过在字上强化，这只右下方点缀一钩而已，的确没了本意。"

谁想和珅竟突然跪在地上说："万岁容秉！想当年旧明朝的朱高煦，觉得自己是宣德皇帝的叔叔，连造反都没追究他，干脆坐在地上耍赖，就这么用脚一钩，好欺侮皇上，而被钩倒后又爬起来的宣德皇帝大怒，竟把朱高煦扣在大釜里，在外点火活活烤了……"见乾隆爷龙颜欲怒，声音也就小了，"这一钩难道是小事吗？请皇上明断。"

一心想要和珅花大钱的刘罗锅，故意卖关子道："眼看年关，咱们何不请皇上去东岳庙散散心呢？找老道问问？"心说：咱这回，就在这钩上做文章。

和珅一听去东岳庙,又抢话说:"皇上何不去东岳庙里测测'门'字?"

这天,极爱微服私访的乾隆爷,领内宫几个戈什哈⑦,来逛东岳庙会。以往净听说这里曾是几代兴旺,现在他要看看,这儿的民风民俗,到底有何魔力。一到庙南琉璃牌坊前,他不禁心内大呼可恶。原来前朝大奸臣严嵩手书的几个大字"永延帝祚",竟是那么浑厚、负重、遒劲,难怪旧明皇帝,对他是如此信任与恩宠。这享誉京城的琉璃牌坊,竟由旧明几大太监集资而建,但明代为何立国也近三百年呢?看来奸臣里,也不乏大有奇才的。依此看来,若不老天下都决然是忠臣,也是不可行的,水清则无鱼,前朝哪代都是如此。忠臣、奸臣、贪臣都不可缺这才对,但比例都不能太大,奸臣多了误国,贪臣多了误民,而忠臣多了累君。

逛罢东岳庙会,便请老道测这"门"字。和珅抢言道:"若测得好,自然是送一统⑧'念想'还要做大施主。"便接过老道递过的斗笔,大书了个"门",收笔时那竖钩,使老道诧异之极。

老道顿悟,说道:"施主写这一钩,在您心内,已存有多载,是总放不下的心事。若说'门'字,自古的黎民草庶,称作柴屏俾帐,在东北则叫篱笆扇,在老北京叫拍子。原本是侯宅呢,即称作是朱门;再大有国门,皇宫称宫门或阙,内城谓之有九门,公用的都称作'门'。再呢?一家忠烈有杨门,天有天门,地有鬼门。入地自有森罗,也称关,关多为险地,如居庸关、嘉峪关、潼关、海关,这门、关二字本是难解难分。诗人说的门,可敲叩;科举进的门,是考场直通官门;武官的门可攻守;大理寺的门,能定是非;商宅大门都为防贼。总之,都是禁人之口。那么您写的"门"字,就只这一钩,可见此门历来都是,非同寻常的日月而争,互为褒贬,入此门人数众多。但不管是出入得此门,必有钩心斗角,绝无闲暇之日,不知贫道所言是否沾边?再拿这东岳圣地而言,看它庙宇轩昂,香火旺盛,实说一句,也不过就此一钩罢了。"

乾隆爷听后大惑不解忙问:"这怎么讲?"

老道微微一笑道:"所来、所去之人,最终都要被勾走魂魄的,难道不是吗?"一番话讲开来。好家伙,好一个要命的"勾"字,从吴三桂"勾"了满族来,到紫禁城内太监和宫外旧明势力"勾"结造反,全是一个"勾"字……乾隆爷再也没法听下去了,问道:"若这个字没有钩了,是否就再也没钩心斗角之事了呢?"

"哎呀,从武则天造'曌',非当今皇帝允旨,谁也不可擅改文字。再说,天下怎能没有钩心斗角呢,但只要不似当年,民间风传的前朝⑨那样,自是天下太平，万民同喜啦。"

字测完了，话说尽了。乾隆爷将随身佩玉压在老道案上，命和珅过几日送银两后再兑换回来，还下旨命和珅速打造龙碑一统。当和珅将刻碑送至东岳庙时，老道们竟早已准备接驾，结果，东岳庙前有了一对大清皇帝的御赐石碑⑩。

当和珅再进宫复命时，心说，这回皇上该赏他钱了。谁知，工部大员正在等他给钱。原来，乾隆爷回紫禁城后，即命工部派人，将正阳门及皇宫内几个奉旨钦差必过门额的"门"字，全都换上，亲手临摹的无钩之"门"。但此项开销却"赏赐"给和珅。其实，这是刘墉的主意。因当初和珅竟敢当着乾隆爷提到旧明之钩字典故，实属大逆不道。而乾隆爷则想的是，钦差是代表皇上，不管谁出入，都不可用一己之见，贪赃枉法。便认为，告和珅状的人最多，那么就该他破费出钱。乾隆年间一直被传为"盛世"佳话，那会儿西洋人，谁也没敢来中国占便宜。而有钩没钩的门字，便都在皇宫内能见到。

---

① 团城，在北海公园南门，始建于元代。明、清两代为宫廷赛马起点和终点的皇帝检阅台。
② 意为，汉族人不能官拜武将，满族人不得去从文考进士及第，而后来乾隆宣布取消该制。
③ 刘墉。
④ 即秘密地下室或暗道，旧社会有条件的家里都会在盖房时修有地窖子。
⑤ 即吕留良。
⑥ 繁体字的斗是"鬥"。
⑦ 满语，即侍卫。
⑧ "一统"是石碑，大施主是多捐钱给庙里，因过去制作龙碑要皇帝"一人御准，统一定制"，故称"一统"。
⑨ 指雍正朝代。
⑩ 康熙还立有一块碑在东岳庙前，后乾隆再添一块御碑，现仍在。

出朝阳门偏南，顺通惠河流向东行，曾有座曾是元、明、清诸代皇帝御封的古闸，人们都唤它花园闸。北面河的地方，曾有一块方圆几十亩的大坟地——荣禄坟，现已荡然无存。

大黄庄与荣禄"陵"

陵，为古代帝王之墓。坟，帝王之下所有人的墓地。古皆称福祉。陵园，当代人的坟墓。

70年代初，小舅到通州去相亲，由于女方人家非要叫上未来的丈母娘（我姥姥）去喝相亲酒，所以我不得已当了我姥姥的拐棍，随同出行。时值深秋，女方马车来接我们，姥姥嘴上夸说人家"哪儿都好"，但嫌人家是农业户口，光念叨着很是啰唆。什么"不如吃商品粮啦，农村就是农村，有孩子两头跑啦，说小舅比还笨啦"，直说得小舅脸上一阵红、一阵白的。

此时姥姥年事已高，有事并非一定要拽上她，而是为了不让她总守着病卧床的姥爷，出来透透风。俩老相守半个世纪，历经清朝、民国、新中国三朝，都过了"圣人"之龄①。其家世代居于北京，绵延香火十余代，他在姥姥的故事基础上，早增了新内容。

过了慈云寺，小舅故意地把我姥姥"数落"了一通："您还说荣禄坟吗？还是说这地方姓安的都是您老祖一脉吗？随您说，反正这'文革'，眼看着就过去了。"小舅说的这两件事，我早知晓。但作为姥姥的"忠实信徒"，我断定姥姥，必定会讲出个凄美或有些悲凉的故事来，可这回讲的，确实是别有其韵。

荣禄是谁？小皇上（溥仪）的姥爷，满洲正白旗人。小皇上额娘是荣禄之女，由西太后指婚载沣，那得是多大面子？满族入主后，添了不少毛病。其中一个便是，在五十大寿时，必须备有坟地，随之还得有寿材（棺椁）。这样，待五十岁以后，便好像重新活一回"冲喜去灾"。

虽说荣禄是西太后的宠臣，但这辈子也是行路坎坷，几起几落。在早，他都没离开犯这财、色二戒，还差点叫顾命大臣肃顺砍了脑壳。要不是早年，一心辅佐皇太后，对光绪爷（载湉）继统有功，早被慈禧钩了他旗籍（死罪）了。头回贪银子，为得是想给自己这个枝杈，换个大坟地，好种下连风的梧桐。突兀一度被贬，他只好把造大坟的念头藏掖起来。落得十多年来，委屈屈身在异地好不失意。这天，他带府里人，悄悄溜到白云观来摸石猴，想预测身家福祸。第二次被贬，本是遇赦不赦、永不录用的死贬，自然也就没了盼头。

其实，白云观与皇室渊源极深。那专管生死吉福的老道，早认出他来，就悄把"金钱眼"换了个大孔的，又加了块吸铜石。荣禄投掷三次，见铜子全中响金铃，不由得喜出望外！忙取出一锭银子，请老道算命。荣禄道："我想给后事找宝地福祉。"

老道说："五行中金木水火土，京居中为土，土吞水生金，您后生了得。"

荣疑惑不解："土吞水？难道我后事埋水里去？"

老道："京城近处为土，与您自然相克，大人一旦出京，遇东南去克火（灭洋人炮火），西北可掩祸水（灭造反发逆），西南去灭反戈（灭革命党人），再回京还可灭'家奴'（谭嗣同）。您出京东十里外为大顺，有土木再生（升）之吉，到时您自会知晓。"言罢，一推银子说："如应验，这钱可用在重修我观，再塑所供奉邱祖（邱处机）的金身上，不过，您荣升高位时，万不可欺君，否则，必遭杀身之大灾！"这要在原来，荣禄立马会把这老道给宰了。但不得不服气老道的诠释，几句话便将他所做大事言尽。庚子赔款、剿灭太平军、杀革命党人和戊戌政变，没一句有差。荣禄心里服气但还在找辙，他心说，我明天就去寻，要不像你说的，回来便找人拆观！第二日他乘马车上路，下人见他神色不好，哪敢怠慢，专安排了会说话的奴才伺候。

"前面是历代帝王都敬仰的东岳庙……关东店，也是几朝闹市……这楼名唤呼家楼，相传满门忠烈的呼、杨二家，被宋皇发配在此落户为生……"

"可留有后人在朝为官？大清江山也是汉蒙回藏的呀。"

"有是有杨姓将军，但却未能成就当年的气候。"

等到了红庙他问："为何看不见红庙呀？"

"元朝唤的庙，不一定还在。前面还有慈云寺。主子，再往后就要以驴代步了。"

"以驴代步？"荣禄心说，"当回骑驴的张果老，倒也潇洒。"

"大人您是微服，当年雍正朝曾修石路直到通州，但现在过十里堡，就只有野道了，甘露庵有'甘露石槽'接天之灵水，能祛百病……往南尚有乾隆朝和硕公主和多尔衮的坟……此路直达通州——还可走通惠水路，高碑店有元朝郭守敬修的古闸、码头……"

"慢，是传说太罕王（努尔哈赤）逢凶化吉的地方？路——通——土，遇木，有水，土木水……这倒是生（升）呀，那就上船走水路吧！"

坐在船上，但见通惠河北岸，参天松柏之间，间有柳柏槐杨等树郁郁葱葱。粮田新黄，野花茂盛，河中捕鱼人在忙碌，往来船只无几。岸旁几鱼妇，对来往人叫卖新藕和鱼虾。由于国力衰微，通惠河也因淤阻久不通漕船。想起祖上本住在白山黑水，自己也曾被贬后发配千里之遥，不禁感慨万千。心想，若在这一望无际的如画儿般的绿野丛中，突然出现一座红墙碧瓦的功德大殿，甬道旁有一排石路生镇怪辟邪，早日择路转世……北京人活着，时兴住讲究几进四合院。皇帝殡天，也要用松、柏树围成三合。自己的坟要修得天圆地方，阴、阳宅体面。还要立汉白玉的狮子，一定得大过索家坟的铁狮子，叫后人将此地唤作"石狮子坟"，可怎么才能和"陵"一样？好，先要把地垫高（据说所有皇陵地面每进都要高出三尺）。

"快靠岸！"他立马打着官号论行情，就价盘地。果然，真不虚此行。嘿，好事真来了！还未进家，圣旨降下……荣禄心想，真灵验！为给皇太后办寿，算没白忙活，佛爷助我见佛爷！

见驾西太后，他受宠若惊，只说声："老臣思念太后！为给佛爷效命，老臣拼得性命以报隆恩。"遂跪地痛哭不止。这一哭，将个铁石心肠的慈禧太后，弄得好不忆旧，想起来荣禄的全部好处。既顺西太后意，官也就越做越大。十年做西安将军，也算是反思，没想太后念及老荣之忠。听说太后还要给醇亲王载沣指婚配其女儿，高兴得他连喝几天大酒。从立载湉，到大溥儁，因告密光绪爷。不少人，都死在他手里，到赔款割地给八国洋人，荣禄也总悬着一颗心。

历代帝王们，龙体健在时，便开始问地、望风水，以择万年吉地。地上得建有横功德匾的大殿，地下得有寝宫和陪葬；都只为福荫子孙，家国永在。阳宅方正堂皇，而阴宅也得不同凡响，没见那东、西皇陵，一东一西的均离京城百里，修得如同行宫模样。自己虽不比皇族宗室，但女儿与宗室联姻后，也变成皇亲国戚。

但选在何位置为最妥呢？直对着齐化门建坟是大逆不道，就算是葬亲王、公主也不敢随意择地。因此，他专意叮嘱下边，要秘密谨慎地择地建坟，绝不可泄露。中原大贤孔圣人，认为人死必须入土为安，连乾隆爷也降过圣旨：必须入土。旗人这才辈辈如此，遂行入土为安。

几年后，新坟修好，身家平安无事。荣禄忙派人往白云观送酬谢银两，却再也找不到那老道，只是托人给他留了首诗。请教了所有道士，却无懂偈之人，他也看不懂。便只好扔在一边，先去看修好的坟。心急，干脆骑快马而行，不一会儿，他几人来到了甘露庵东，见下人领他往南拐时，远远已看见那高出地面的土路方向，一片红墙碧瓦，就勒马来问：

"此地人迹稀少，北边如何有一股阴霾？那村庄叫什么？"谁知陪人耳背，早拐过弯奔了坟地，后面一随人，忙在马上问一背筐老者。而老翁大声说了两

遍:"dah/wangzhuang！"（大黄庄方言，黄、王二字含混）

不料，荣禄闻听后，大惊失色，随即便一头从高头马上折下来……立时见了阎王。不知他是听成"大皇庄"还是"大亡庄"，看来这俩字都够他一呛。若听成"大皇庄"，那当然便是被吓死的，若是听成"大亡庄"，即肯定是被气死的，反正现在的老人，还这么叫这地名。

荣禄暴死后几年后，白云观传出了老道的那几句偈意："甲子[②]无葬身，三载帝王梦（外孙溥仪只坐了三年皇帝），阴阳都作孽（生前害光绪，死后袁世凯窃国也怪他），末（殁，亡谐音）为一地名。"

果不其然，一共四句，句句贴谱，全都应验。

其实，荣禄的坟圈子，不光是高出地面近丈余，方圆也有几十里。其外有土坯墙加砖骨，内有西洋方格青砖围墙，四面修明沟，灵道是青砖墁地。凡一过路，先能看见石头牌坊，门前的确有对石狮，但不是汉白玉石，头脚早都糟烂了，一揭一层皮。进功德门，是一小佛殿相似的享殿，二进有彩色三门牌楼。再后接神道，有小石路生卧于路两旁，都说好似十二属相中的蛇。有碑亭，一座三孔汉白玉小号石桥。引通惠河之水，池中养有五彩金鱼，双侧有彩木游廊。三进殿摆放了列代祖宗牌位和荣禄画像，殿通后院，才是坟冢。铁香炉、水井都有，主坟丘大，左右妻妾二坟丘较小。该坟包天圆地方，青石砖基裙散水，各进分别种有松、柏、槐、石榴，最显眼的是小红豆花。据说宣统（溥仪）即位后，补种过帝王树[③]，疏通过水沟。

后墙外四周种了庄稼，有恶狗吠叫终日。传说西太后、光绪、溥仪、袁世凯等都给荣禄立过驮龙碑。而最早闯进的人，是被打散的张勋辫子兵……

荣禄之前，在北京只有一个非王室坟，修得最为了得，那便是"铁狮子坟"，是康熙爷赐给索尼的坟地，被称为大清天下第一官坟。光说索家坟最大，可姥姥说她小时就只看见过三围松柏圈。而荣家坟，倒是在京城就能看见的最大的坟圈。那几年，北京整天打枪炮还拆皇城，旗人都提心吊胆地跑出城避难……时过境迁，1966年，荣禄坟被扒了……

现在这已成了繁华小区，但地面仍高于四周，而通惠运河依旧东流不止。据姥姥说，慈禧闻听荣禄死，大惊落泪，命抚恤千金，谥号"文忠"，配享太庙。

[①]因孔子73岁、孟子84岁殁，所以在民间有"七十三，八十四，阎王不叫自己去"之说。

[②]六十年为一甲子，一个甲子后荣禄连个葬身之地都没了。

[③]即银杏树。帝王树位于潭柘寺内，传说，当一个帝王去世时，帝王树就会有一支树杈折断；当一个帝王继位后，帝王树又会长出新的枝条。所以，人们把银杏树称为"帝王树"。

与高碑店人聊天，能享受到真正的京韵京腔。北京在千年前，曾是古代辽国，首都也有众多民族，若都讲出每族自己的故事，一定有许多好故事听。哪天一定去看看高碑店的这块风水宝地，最好带相机，专去找姥姥说的清太祖曾住过的小客店。还要带尺子，量量高碑店那块蟠龙碑到底比别处碑能高多少。也许从尺寸上，还能找出什么新说道来。您想，若没皇上御准，谁敢如此大胆，将石碑尺寸提升？哪怕高半厘米，也必定会有说辞，这也包括涿州的高碑店。

花盆儿鞋与高碑店

屦、履，北人称鞋子，南人称嗵子，满族人称靰鞡子①。

我姥姥祖姓纳剌，后来只残剩汉姓"安"一字，闺名富贤，清朝满洲镶黄旗后裔之女，1902年生人。其少闺时的长相，高挑俊秀，且女红出色，皆因属了个虎，又不愿下嫁②，到二八时，再逢民国动乱，令已无俸禄的爹妈实难为其谋婿。直到在银锭桥就近的大翔凤胡同婆家，闺中待字三八有二，不得不屈从就嫁。

据我姑姥姥说，当时她年高的祖母，一见大清已无复辟之望，且民国天下动乱愈烈不止，连龙种（溥仪）都逃至天津卫张园避难，此时在京城的满族人，已成了各路匪帅袭击的众矢之的，皆饱受欺凌、搜刮和劫掠，若再不叫孙女出阁，恐怕即要挨饿或多遇不测。所以，便托人疾媒、快选、速配，使姥姥出阁。于是在当年某月某日，姥姥坐着一顶绣有龙凤图案的私家小轿儿，并无吹打地进了婆家。还没过几天清闲日子，便被早没了俸禄③的大老伯子的整日里鬼吸、恶赌、典当独院等败家壮举所连累。害得她与我姥爷逃荒似的不得不寄友投亲。待租房住时已是家徒四壁，隔夜总无粮米。虽说姥姥的陪嫁细软丰盈，但抵不住姥爷囊空如洗，又家无定所，人无常业。老话说，家有常业，饿而不饥，家无常业，饿而又饥，确是这个理儿。

自打小皇上④被老冯架起洋炮连赶带吓轰出紫禁城后，身高马大的姥爷，就再也干不成了听着好听、看着好看，却不易养家的内侍。其三弟偷了家里仅剩的一块银圆，怀揣着光复大清的梦想，奔天津去追随小皇上——这便是三十年成一梦，就到了我姥姥给我讲故事的年代。

我姥姥识字不多，但讲的故事，恕我数不清究竟有多少。我常问她："为什么您总讲不完呢？"

她道："故事原本是文字的老姥姥，她额娘虽不识字，但也会讲好多传说，满族的识字人，讲的都是从汉文里看来的；但不识字人讲的故事，却是世代地口述下去。这龙、那凤、该神、其鬼的传说，不都是一代代口传才有的吗？"于是，便有了此番传说。

满族将鞋唤作"靰鞡子"（长白山一种草名），管南方人叫"蛮子"，满族老祖宗来自女神，自是以女为尊，所以便叫女真。等到有大汗时，满族就知道最美的地方在江南，那里没有一年是大半年的寒冬，连江南女子也要比北方美貌。如若不然，为何乾隆爷坐了江山，却还总去寻那江南美女？真龙天子他必有缘故，南边一定有仙境。可古往今来，南方百姓就怕北方的"鞑子"攻城略地、挑起战端，以至于到处滥杀无辜。所以连北方鞋都被改叫成"嚅（孩）"，谓之"最北为邪"。虽说官家出字典，但南方百姓照旧叫鞋为"嚅"，这一下便不知叫了多少年。

满族老祖儿里有个光明汗——金努尔（努尔哈赤），身材不比张飞矮一寸，力气大得能把活老虎抓回部落，早将熊瞎子整得见他就逃。他是最早把女真众部落都捏合在一块儿的能人。

在东北，有个抚边的明朝大官，把女真人给管得是活着吃不着自己种的粮，死了也穿不上用性命换来的兽皮〔女真人死后，要穿兽皮衣服，叫装裹或寿（兽）衣〕。谁家若生了男孩儿，得多缴份钱粮，若生女孩儿，又只能算是半个人儿，却要缴整份的人头税。大明官兵还经常宰杀我们世代供奉的西大神（牛）来吃，就连"忠犬"也都杀死吃掉（满族不吃狗肉）。兵骑的是日行千里的高头大马，想抢哪里就去哪里抢。他们个个像是阎罗王的儿子，连女人用山木做的沐梳都抢，还要逼迫女子裹脚从军。连祖辈庆获丰收跳的"萨满舞"，也被禁多次。

给皇帝供不完的金银、美女，征不完的米粮、兽皮，把女真人挤对得生不如死。而只有能人金努尔，才有办法对付。他开始学汉话、汉文、汉理、汉算，并彻夜打造长刀、利剑等兵器，效仿成吉思汗，要把明军赶回关内。不料奸细早暗报大明皇帝，说他要伺机造反。明皇闻听，不禁龙颜震怒，下旨命金努尔将一批美女和金银财宝亲自押解到北京，不然，就要血洗建州，还说只要他敢面圣，便一定封他个王做。得此消息，住在建州女真头领们，就分成了两派：一派说，去不得，大明皇上从来不讲信义，一贯口是心非，要派人代为面圣才稳妥；另一派则说只有亲自去北京，才能免除大明皇帝的猜疑，才会有安稳日子过。诸王妃也道，一旦遇不测，刚刚统一的女真各部，可能会重新相互残杀、争夺王位。

经再三考虑，金努尔决定去亲自北京面圣。一来能争得起兵时间，二来也叫人知道他是真正的女真英雄。于是，他穿上一身刀枪不入的金丝内甲，又准备了两套金银财宝与美女，分两路入关。不出所料，明皇属下化装成匪人掠走了一路人、财；而早早绕道而行的金努尔却冒充大明骑兵，逢岭攀山，遇水过河，平安抵达京东的漕运码头边的一个小客店。为不打搅村里人，只说是来给皇上送婢女的。后来满清入关，即称此地为高（搁）婢店（东北管搁叫"高"），相传就是现在的高碑店村。金努尔将金银财宝托太监从"黄金台"（现金台路）转送给大明皇宫后久不见回音，却等来皇帝派来监视他的军队。这使他感到此行更是凶多吉少，心里戒备日渐增多，只好整天饮酒，闷闷不乐，表面却装出无事的样子。

大明皇帝也并不想没缘由地问他罪。于是，找出不见他的原因：一、国事繁忙，接见他最少还得两个月；二、献来的美女，必须是小脚（大脚女子会变成武则天），个子也不能矮小，还得能歌善舞，风情无限；三、大内高手准备要真刀真枪地和他比武，输与赢、生与死皆由天定。为了戏弄他们，还专门派人送来被女真人视为西大神的牛头、牛肉。金努尔明知是刁难、欺侮于他，却没有办法。但他带去的小王妃聪明绝顶，先把这第三条给办妥。很快，她买光了酒仙桥最好的陈年老酒，送金递银买通前来监视他们的太监，叫他们帮金努尔传言，说他"身高十尺，单手能降白虎、擒黑熊（白虎已在中国灭绝）"，结果，拿了银子的太监极会行事，吓坏了要与他交手的大内侍卫，比武就没人敢再提（后传说他下令如进皇城，一个太监不杀还要再用）。这第一条说两个月接见，若再下道圣旨，不又能推俩月吗？这第二条呢？明摆是最难之事，女真女子要靠大脚丫子来围猎、纺布、剥刷兽皮、奶孩儿、做家务种地，又怎可能立刻将脚缠小？总不能用刀削啊？更何况，长白山长年冰天雪地，女子天生是肥臀大脚，穿上用来防寒的厚木底呜鞍子（棉草鞋围毡）全和大木船一般……一听这些，几个随员也犯了难，和金努尔一起坐卧不安，以至于茶饭不思，干脆就叫王妃与十婢女随便玩耍，倒也解闷儿。

一天，小王妃和婢女笑闹过头，将客店中木花盆打翻，金努尔一见散落一地的牡丹花，顿时智上心来。牡丹花种在花盆儿内显得高大，但一旦无盆儿时，却显得矮小、难看，毫无风韵。如果没有花盆儿托着花，纵使是国花也不漂亮，好比一个统率千军万马的将军,不骑高头大马,也就没了威风凛凛的气势。于是,借修花盆之机,他请来小村里最好的木匠(现在高碑店仍做仿古家具),制作出木脚,再由妃子将绣花花布包缝在硬木制作的像半个小花盆儿般的月牙形木脚上,站不稳时便两脚和拢,仍似精巧的花盆样子。再叫工匠刻上玲珑的木脚趾,人踩的地方要随脚大小而制,还将旗袍加长。结果,几婢女一试,嘿!脚小了,人高了,腰细了,头上也做了香樟木翅,准备专挑牡丹花插戴。小王妃、婢女们,皆各带一块自绣手帕,一走一扭(想走快也不行),加之东北人会耍手帕(有二人转为证)。他一看,头上有花冠比俏,脚下有木屐咯咯,几女打扮得如同下凡天仙一般,金努尔不禁大喜过望。他立誓,如将来进北京要重修御花园,还要栽牡丹和芍药,这得感谢花神相助;还有这鞋,哪个女子穿也反不起天来。最后他自己也做了双大号木底靴穿上,谁要是真敢动手比武,只需踢一脚便定能取胜。小王妃也许愿,将来决不叫汉家姊妹再裹小脚受罪。他们动身之前依然再供上牛头,又在庙会上买了大串的佛珠带上,以表示信佛,从此,便有了朝珠(清朝信藏佛教,雍和宫为证)。全妥后,金努尔托人转报明皇,说要面圣,不然北京正值五月端午节,已立夏天热,待得久了美女是要变丑的。

上得金殿,明皇上开口即问:"你个山野头领,为何要戴几串佛珠啊?"

金努尔"扑通"跪拜(鞋太高)回说:"我大明开国太祖来自佛门⑤,我辈子民都该信佛,本山野村夫虽住白山黑水,也一样信不老天公安排的佛,佛当然就是我眼前的皇上。"

明皇一听龙颜顿悦,便叫给金努尔赐座,又问:"你带来的美女呢?"

这时,只见十个婢女在王妃的引领下,双手耍手帕,又摇着八角鼓扭捏而来。各个是身材芊细,又加之鼓声朗朗有节。再看那一只只小脚儿,简直比汉家女子小脚还要精致百倍,特别是穿在身上的黑地儿粉花儿的长旗袍,连皇后看了也万分惊奇羡慕。明皇再看着呆站在一旁唯唯诺诺仍不敢入座的金努尔,心里说:"这么胆小又听话的人,怎么会造反呢?看来属下不定骑了我多少回驴(将贡品打扣)呐!"他接着又问:"女真女子为何也戴牡丹花呀?"

金努尔答:"不是我大明的国花谁敢献与我皇万岁啊?"

当下,明皇大悦,便赐酒宴款待金努尔并封他为王,赐金印,命其统管女真各部,又赐黄金百两、御酒十坛、丝绸百匹,金、银、玉器百件,汉书百部,还回赠美女十名、宝马十匹,都命下人直送至客店内,并恩准金努尔在京城游玩十天。明皇当晚痛饮美酒至大醉酣睡不醒。

次日,明皇酒醒后,发现所有美女竟全是木脚。因此震怒,后悔昨晚没把金努尔抓起来，忙传旨在齐化门重兵把守，定要寻机扣住金努尔。而他哪知道，机警睿智的金努尔，早于当夜由太监引领，走前门河沿儿，乘船入通惠河直达小客店。接王妃并取了赐金，乘快船早驶往通州方向……等身负圣命的御林兵，急追到通惠河时，见漫天大雾致使船上官兵都迷失方向，船也搁浅难行。这时，飞鸽传信说：金等一干人早出了山海关。后悔莫及的皇帝得知，只好找补个大人情，旨命将所赐之物，派人全部押送建州城，还钦封金永远为"英明汗王"，应允子孙世袭。

"满足"一语从此方有。清朝因足而得不老天下，又因过分满足，遂不思进取而亡。大清国名本由金努尔坐骑大青马颜色而来。而与红、黄、蓝、白旗颜色相加，外夷称之为五原色……

笔者似悟，现在仍未见有流传下来的"满舞"，所以无法想出当年蒙蔽明皇的场景。曾见一外报说，"模特"一词竟来自三百年前的东方，而女模特们走起路来，完全像踏"花盆高足"满族女子形态，"扭捏而步，似虎似鹿，似走又停"，传教士把满族舞蹈与高跟鞋同时引入西洋，从此才有了花盆鞋的变种子孙——高跟鞋。我曾考证过，西方女子穿高跟鞋的历史，不过才近二百余年，而最原始的花盆儿鞋却至少有五百年历史。

但二人转中的手帕功，仍然是东北的一绝。最初是由游猎民族在水中，清洗兽皮的劳动之舞，皆因东北天寒地冻，人们御寒装束笨蠢无比，下肢舞蹈必不发达于世。于是乎，民间说唱形式多为手的舞蹈。后来，满族入关后，仍定牡丹为国花，为御花园内主花。但在皇宫重大礼仪中，宫中嫔妃依旧顶花冠、踩花盆，自有仪官去评头品足⑥。连现在小朋友的"丢手绢"游戏，也是满族少年男女的游戏。旧童谣都唱：丢手帕，选哪家儿，悄么地放在姑老爷的后边，长大才能告诉他……而汉族少年男女是只有包头巾、汗巾，但不会携带好几块香帕的。手绢曾是满族人最早的"媒体"。再后来，搁婢店浑叫成高碑店，代替了银王庄、高蜜店、高米店等多称，尤其那尊从里与地铁站边的赑屃盘龙石碑，的确比北京所有的石碑都高上一头⑦，当年是否清太祖早在此立下国之福祉，好叫后代铭记清朝乃古村高碑店赐予？

当年几朝繁荣的漕运码头，现仍留有巨石在此，这里的墓葬为清朝的居多，位至亲王、和硕公主等，荣禄也埋在该乡。近年，高碑店庙会又重现风采，该村人都为有千年村史而感到自豪不已。我姥姥卒年八十，留下此故事，在我家辈辈传说，也算是趣味儿横生了。

---

①用乌拉草制作的鞋。

②即嫁给穷人。过去有门当户对之说。大户家女子嫁给比其身份低的人家称"下嫁"。
③俸禄，好比现在的退休待遇，在清朝时只有满族人有，高粱面俸禄是指满族后期的可怜供给。
④指三岁登基做皇帝的溥仪。
⑤朱元璋出过家。
⑥"评头品足"就是指选秀女之事，传入民间后即变成了评论女子的习俗。
⑦位于北京市朝阳区四惠东地铁站东侧。

有人说南城金鱼池最早是皇帝养金鱼的地方，这不准确。因为从隋唐开始，谁也不会把金鱼养在幽燕这片蛮荒之地，那只不过是金国视鱼为水神，留的鱼坑罢了，这才有了"金鱼池"的名字。有水就有鱼，才称池。谁又都爱在河边糟践，自然沾不了天坛的光。若郭守敬不修通惠河，北京城外连个甜水井都没有。水苦是因为碱性大，如天津的鱼到北京总活不了几天，更别说从南方或外国拉来的鱼了，哪有那么易活的事情。

皇宫金鱼高碑店

在清朝，满族人曾是兵民不分的。天下无战事，就是百姓的福分。从京城水路被忽必烈赐名"通惠"开始，朝外的水闸也被称作御闸，均配备闸兵闸官。但当朝有令：不允许士兵娶妻生子。但不光闸兵偷偷从远处村落娶妻，闸官们也一个个都有了明妻暗妾，生出一堆不成气候的丫头、小子。

有那么句老话说："大元朝，男子贵，出帐当巴图①，太平娶偏妃。"大清一品大员能娶七个女子，还赐有俸禄。可大元朝的将兵们，杀进中原后，随便去娶不说，还有一个旧习俗就是总抢人家的老婆。这习俗最后连满族武官，也多少沾上了一点。满族祖上是灭完一个部落，必须要娶头领的女儿，这是规矩。不然，死魂附体，必难得超生。抢人家老婆，还有个最要命的事便是"凡生过子的，才是最好的女人"，单单这点，就招中原百姓极不待见，皆认为不讲伦理。其实，只有归一朝管，才有大家都认可的伦理，还得说孔孟先人文明，讲伦理。

皇帝忽必烈闻听,下面的闸兵娶妻生子,被大臣们广为非议。忙问御史:"究竟有何不妥?"

御史回道:"我大元兵有子为丁,虽说不是坏事,但我蒙古兵与中原女子结姻,岂不生下混血后代,有失民族的纯正?这岂不是令人担忧吗?"

忽必烈一听,禁不住哈哈大笑起来:"蒙古兵打仗勇猛无敌,世人所共知,但真正建大都的却是他族人士,如汉臣刘秉忠、郭守敬、耶律楚材等,还有大批夷人都在为我效力,若将天下的各族文武之士,都引到我大元来,那么元朝的江山,会万古不变。再说,我大元兵同要娶妻生子,靠子养老送终,你们这些官呀,干脆就不要管这些纯属鸡毛蒜皮的小事。士兵能打仗足矣,只怕在我身后,不是兵不行,而是皇帝窝囊,这才是真正的忧虑。"果然,其后代元顺帝妥懽帖睦尔,很快便败了家业。大明的兵帅轻易占了北京,那驻扎在万里之外的几十万蒙古将士,都成了夷人的子弟兵。

说话间到了康熙年间。话说河北百姓,依山就靠狩猎为生,若傍水得凭鱼为活,种粮若遇灾害,就不得不扶老携幼去讨米为丐。在京东,老年间的温榆河,是十年九不收粮。虽说男人去看御闸,但一遇天灾,老婆孩子就得投奔男人。有位闸兵刚好下值,远远看见自己老婆因为一路饥饿劳累晕倒在地。闸兵立时明白,这是家里又遭了灾,忙搀扶老婆回到闸营。人都说高碑店村的院子都相通,而且窗子全冲外开,就因原是元、明朝闸兵营房的底子。还有便是南房的窗户不仅临街,还要冲南开,北边是连环院,南面则是通道或野地。因为这里渔家人居多,这种格局好进风,可出腥气,采光充分,更方便做鱼生意。四方来的主顾,必经过窗前。而谁起得早,谁就可代为开窗。就为这全村里团结一心的习惯,所以在京城各鱼市,皆是高碑店闸营家属为主,兵兵有系,自会关照,形同一家。眼眉前的闸官正在发愁,虽说吃官府月饷,但闸营自己,还得想法养活老婆孩儿,于是,他便召集大家想主意,以解燃眉之急。

甭看高碑店村不大,却有清太祖老罕王曾在此逢凶化吉之说。自康熙二十七年巡游此地,御赐蟠龙碑后,这比一般石碑尚高的福碑,常给高碑店带来意外好事。现在小村已成了镇子,有商贩云集的鱼市、茶楼、酒肆、客店等,每年还有热闹的高跷、小车诸会的庙会,在京城享有盛名。连二闸的响铃狮子,也"蒙"出了会浮水的雅号,京门九城鱼行已由高碑店人主市。虽说是淀、河、湖、海的鱼,皆有专户外卖,但起码都是本村人。但若有一种鱼能挣大钱,养活女眷、孩子绝无问题。可到底卖什么鱼呢?一时间叫闸兵头领发了愁。

女眷们不得不进庙去拜娘娘。相传这庙最是灵验,大宋时,穆桂英家的女

守着紫禁城的传说

将,由于厌倦战争特暂避此地,生下五男二女,兴旺了穆氏宗门。为祈福,穆氏后人便在此建娘娘庙。所以,这里女子比男人能干,而大明皇帝在清太祖来北京时,御赐了十个美女在此地生活。故此,这里的女子都美丽大方,勤俭持家,且义气如男,又不失贤德淑惠。即使到了冬天,也同男子出入经商。商量出主意后,便托往来的漕兵头目,非要他们帮忙找到现在紫禁城里都没有的鱼。

这天,一南方商人终于带来了闸上人只听说但从未见过的几船令人惊奇美丽的怪鱼。

鱼市口是京城最早的鱼市。别看元和清都信藏传佛教,但藏地的喇嘛与民众,都是视鱼为神的。而满族却视鱼为不老天给的恩赐,只是不吃怪鱼、杂鱼、不认识的鱼。

身负重命的于氏姐儿俩天天盼望,这天终于等到给紫禁城里采购吃食的太监,可谁也别忘了,这金鱼最大的,也不会有半斤重。没见过它的,自会想到它是否算怪鱼。再说,太监除了是定好的购买,你一对处世不深的俩黄毛丫头,也得懂得先拜庙不是?何况,又是深秋,这么冷了,谁还买水里的玩意儿?俩人还没说几句话,就被跟班的轰出去老远,姐儿俩这个气呀,将看热闹的人赶走不说,干着急就是没主意。

自古商家是挣流水钱,再刨本钱才算利。姐俩没有流水,哪还有鱼(余)利?若非身边还有高碑店的乡亲照顾,姐儿俩恨不得和谁打上一架。最后,俩人记起出门时老家儿的话:"要是卖不回钱来,你俩只有跟南方人走了。"姐儿俩急了,咬耳朵一商量,只好如此这般了。

姐姐急着找到巡城御使说:"'鱼市口'有人卖一种浑身带金子片的紫禁城鱼,若不马上送回皇宫,你的头就要被咔嚓了,有人已告到顺天府去了,你不禀报,恐怕功被夺走了。"

妹妹到顺天府敲状鼓大喊:"康熙盛世,竟然不认得,这本该在皇宫游的神鱼?没见它身上有那么多金片片?是我大清国皇封的。大老爷若不速禀报万岁爷,可叫巡城御使争头功了!"

御使和顺天府尹哪知道这是姐儿俩的馊主意,全不敢有一丝怠慢,御使忙派人拉金鱼带姐姐,顺天知府连忙禀报大内有关,也带上了妹妹。这还惊动了康熙爷和几个皇子,都来看御使拉来的鱼。都道:"天下竟有这么多色彩和周身带金片的鱼?鱼尾还带了金环子?"每条鱼竟然是五彩多色,有那大眼贼儿,鱼眼睛加起比身子还大,而大尾巴长过身子几倍!康熙皇帝大喜,这果然是天意,这便是明朝崇祯年间皇宫里消失的"宝鱼"。

姐儿俩哪知捅了天大的娄子，只知从怀里抓出饼子就往嘴里塞，还吃得挺香。

"你这兜里还装有饼？"小皇子觉得好玩儿。

姐道："就这破饼子？上我那吃去有的是，除武清的贴饼子熬小鱼，别的都能给你带来。"

"这饼的名字叫……传说是呼家将、杨家将发明的？"大皇子觉得好奇。

"叫呼饼！[2]"妹答："是穆桂英，就是杨宗保的媳妇！是她教给我们高碑店人做的。"

"我看看……"康熙爷咬了一口呼饼嚼着，连连点头，"行军打仗吃，有粮又有菜，韭菜为荤菜，可充饥、补肾、去疲劳，焦脆嫩香可口……妙！"

妹抢答："我阿玛说不打仗了，该做买卖了，老大爷，把鱼买走吧，我还要还账去呢，朗朗乾坤，康熙盛世，不要饿死我们拉家带口的养鱼人啊！"想到卖鱼的艰辛，她哭了起来。

康熙爷顿悟，不老天下的百姓，有几个是爱打仗的？他的八旗兵和老百姓都还穷。"来人，赏两个小姑娘……把这块呼饼交给御膳房学着做，重新把金鱼胡同的鱼缸摆到大街，叫国人鉴赏，哎？你这怎么还有大红鲤鱼呢？充数的吧。"原来是妹妹恶作剧，怕金鱼的分量少藏在里边凑数的，被发现不知怎么回答。康熙爷见状哈哈大笑起来："别怕，这个朕也要。"

站在一边的御使、知府早吓得筛糠，心说这乌纱帽算没了，还保不齐要被治罪，没想叫两个小丫头给耍了一回。见皇帝没有怪罪谁，便争着多付了银两，将她们送回高碑店。

从此，高碑店的金鱼，便成了皇宫的贡品。金环金鱼的名字，便是从高碑店传出的，所有小尾巴金鱼，到了这都会给变长。高碑店人能把所有的鱼种，改良成各种漂亮金鱼，村外的水里有的是鲜活鱼虫喂鱼。金鱼生意一做就做了二百多年，他们批发的小金鱼，随着谁都熟悉的"卖小金鱼嘞——"的叫卖声，悠游在北京城各式各样的无数只鱼盆（缸）里。现在要问老住户，于姓后代都说："祖上我家真是卖小金鱼……"高碑店的金鱼生意，一直做到民国以后，小皇上溥仪出皇宫后也没停。

---

①巴图——巴图鲁，即蒙古语"英雄"之意。
②即传说中的呼家将士兵所食之物。

■ 守着紫禁城的传说

常言道:"滴壶儿、沙漏儿,紧时、慢凑。"过去打钟人都打得那么准时无误,到底靠什么呢?其实,正是靠这两样东西。这两样东西,那会儿是钟鼓楼上和寺庙里有,再就是在紫禁城里的五凤楼①上有了。俗话说"御钟不响,万钟不鸣"。然后,在钟鼓楼上还要用飞鸽和德胜门城墙上的响炮,与值事官对点。不管是钟鸣还是鼓响,都是报京都平安。而最早是用传令兵骑马通禀、摇旗。庚子年八国联军打来后,北京连钟鼓楼的执事官们和大钟、大鼓都一同挨了洋刀,直到现在鼓楼上还留着几面被洋人伤残的牛皮大鼓。

鼻烟壶与玻璃指头

这是讲老北京钟楼的故事。钟楼曾有个打钟的管事,姓李排行老二,人称钟官李二。由打他老老爷爷起,便在钟楼叩时撞钟。每逢酉时,爷爷就爬上钟楼打钟。打钟的规矩是"紧数八、慢数八、不紧不慢一十八",用悬挂起的木杵,撞那口铸钟娘娘铸的大铜钟。撞了一时又一时,一日又一日,一载又一载。撞了数万次大铜钟,最后生将李爷撞白了胡须,还撞出了皱纹。终于有一天,等爷爷再也爬不上钟楼台阶时,便子传父辈,由李二爸爸顶替去打钟。

李二爸爸也是日日爬钟楼,天天撞铸钟娘娘铸的钟。撞了一时时,一日日,一载载。等爸爸再也爬不上钟楼时,便又子传父辈,由李二顶替去爬钟楼撞钟。李二也是跟他爷爷与爸爸一样,天天得去爬六十六级的钟楼台阶,按班准点地撞铜钟。他烦恼极啦。他怎么也琢磨不透爷爷、爸爸为何爱撞钟。听奶奶说,只有和尚才是每日撞钟,有句俗话叫作"做一天和尚撞一天钟"。爷有爸接班,他爸又有他来接替。但等到李二三十出头,穷得连娶媳妇都没了盼头,哪来的后代?爷爷没得早,爸妈也早没。一个光棍儿更甭说会有儿女啦。以后,若到了同样也爬不上好几十级的台阶时,有谁来管他呢?现在身强力壮都半饱半饿地等死,哪敢想以后呢?您说这一辈辈人,到底为什么活着呢?得到何时才能不撞钟了呢?李二闲暇时,总还想这事。等到发饷时,虽然他能得到几贯铜子儿,可钱又买不了多少吃食。他更觉日子天天艰难得不好过。

这一天,李二撞罢大钟,倍觉困倦和说不出的烦闷,便依偎在铜钟架子旁边,不知不觉地打盹儿②睡着。只觉得刮来一阵冷风,吹得身上凉飕飕的,顿时起了一身鸡皮疙瘩。在朦胧中他觉得有人来了,睁眼一看,眼眉儿前站着一个白发白衣白裤褂白袜白鞋的白胡子老头儿,像是个什么戏里的角色。老人家笑眯眯对他道:"李二呀,你不是总想过好日子娶媳妇吗?这不是难事儿,你心里烦吗?让我来哄你吧,愿意跟我遛弯儿去吗?"李二一听心下高兴,还从未有过被哄的时候呢,连忙问:"您老是谁呀?"

就见那白发白衣白裤褂白袜子白鞋白胡子老头儿,扬起脸,捋着白胡子乐着道:"天天和我打交道,会不认识我?不愿意就算拉倒③。"李二迷迷糊糊的,也不知白胡子说的天天打交道,是在哪儿打交道。心下一高兴,便顾不得去问这位白胡子老头是谁啦,赶忙爬起身说:"我愿意去!"

"那咱爷儿俩现在就走。"那白胡子老头儿轻轻一拽李二,便飘然驾云彩下了钟楼。不待落地,又忽悠悠驾云飘出安定门城楼,出黄寺、关厢、马甸,照直朝北去了。

正是年轻力壮的李二,腿脚极灵便,走路飞快而利落。但一过马甸,老头撒手后,李二是不管怎么紧着脚步,也追不上面前这位白发白衣白裤褂白袜白鞋白胡子老头儿,总落他有好几丈远。但老头儿的话,他可听得清楚,他说:"别急,这就到啦——城外这野景多好啊!"早已汗流浃背的李二,只顾着紧追老头儿,来不及答话。再说,周围是黑漆漆的半夜,根本什么也看不清。老头儿在前,李二在后,没多时已来到山下。等抬头往上一看,可真吓了他一跳。直上直下的悬崖峭壁,愣长进云雾中,看不见耸入云霄的山顶。脚下只有麻绳般细的羊肠小路,绕到尽头,山路上满是石块,走起来那叫硌脚④。这可叫我怎么爬呀!只见白胡子老头儿是头也不回还嘴里说着:"走啊,到啦!"见老头儿迈着四方步,飘上山道。李二在后边紧追不舍,他寻思,就凭自己天天爬钟楼的功夫,怎么也得超过老头儿。但还是差着好几丈远。

爬层层山道,过座座山岭,眼前来到两边都是峭壁的豁口,窄得看不到天,只有能走过一个人的宽窄,若对面也来人,很难过去。白胡子在头里走到山豁口前停下脚步,回头来对他说:"李二,你向里面看看,里面可是热闹极了!"李二一听,赶忙走近了往里面瞧,嘿!果然不错。这里面是又有山水又有树木,有田地、有房屋、有牛羊、有马车、有街市、有生意人家,还有数不过来的骑着毛驴走亲戚的大姑娘小媳妇,真是好不热闹。见李二瞧得仔细舍不得离开,老头儿就乐着说:"你要是能住在这儿,日子会好过得多啦,愿意进去住吗?"李二又看了看里面心下暗想,天下有这样的好地方,我哪有不乐意住在这里的,便一时兴奋地脱口说:"您领我进去吧,但还要给我个差事做。"

只见那白发白衣白裤褂白袜子白鞋白胡子老头儿扬起头来,手捋胡子哈哈一乐,指着身旁地上说:"你看!你要过这山豁子口儿,必须得先把这滩臭泥吞进嘴里,只有这样儿,你才能过得去这山豁子口儿,才能进到这里头住,你知道这是什么地儿吗?这就是仙境,进去就是神仙了。"

"啊?神仙住的地儿?"李二边听边往地上一瞧,地上真有一摊污秽,旁边苍蝇蚊子一大堆,都围着转圈儿。而那污秽之物,竟是阵阵的膻腻腥臭的呛味,直冲上鼻来,李二立刻觉得一阵干哕⑤。他闭住气,犹豫发待了半天,也没能说出话来。白胡子老头儿催他:"快点吃啊,我好赶紧领你进去!不然就来不及了!"李二呢,是又想进山豁子,但又不想吃这污秽,最后叫白胡子老头儿催急,就只得趴在地上。但一伏下身去不要紧,那味就更大得令他喘不过气来,他闭住气也闭上眼睛,只用食指在污秽上蘸了一下,但已做出决定,死活不再吃这恶心的污秽。想好后,他站起身来对老头儿道:"您也别催了,我实在不能吃它!"老头儿听完,却微微一笑说:"好吧,我只好再送你回去啦。"

说来也快,李二又跟着这个白发白衣白裤褂白袜子白鞋白胡子老头儿,闭上眼睛,驾着呼呼的风,迷迷糊糊地顺原路又回到钟楼。等落定之后,李二睁开眼再仔细一瞧,老头儿早没了影。只有他自个,还依偎在黑乎乎的钟架子旁,他也说不上,刚才在恍惚中发生的事,这到底是真还是梦。等天大亮,李二醒透之后站起来时,低头一看千层底的鞋帮上,竟真有一层厚厚的泥土。这会儿又觉得右手食指不大得劲,细一看不要紧,哎呀,这太怪啦!右手的食指,居然变成透明的玻璃手指了,手指虽还是自己的,但连骨头带皮,却大有了文章,那透明指头里,却充满了日月同在的良辰美景,那里的图案,还有山豁口儿里的景象。最令他惊奇的是,里面还是动换的人与物,比看拉洋片和皮影戏都地道得多!

回家后,李二回忆起刚才的事,才知是遇到了钟神爷爷。真是越想越后悔不已,他多亏没吃那滩污秽,不然,神都看不起他。由打这儿起,他像变了个人一样,变得爱和邻居说话打招呼。他见到谁,就和谁聊,而街坊邻居都知道了那晚上所见,便偷叫他"玻璃指头李二"。

钟官李二,自打变成玻璃指头以后,他便多长了本事,会画画啦。他常利用休歇的当口儿,出门去给人画个影背画,还经人介绍去寺庙里,描壁画或给佛像染彩色什么的。白天他到处去画画,到夜晚还是"紧数八、慢数八、不紧不慢一十八"地撞那口铜钟。说也奇怪,玻璃指头李二,自打有了外号,烦恼全没了,还因和街坊邻居有话说了,所以经大媒人一撮合,娶妻生子,就成了远近闻名的能人，后来，他还有了接他班的承后人——他儿子。

钟官李二爷别世那天，他老婆孩子给他入殓。但遇见了邪乎事，怎么也搬不动他身子，仔细一瞅，原是那只变成玻璃手指的手臂，全变成了玻璃的！还紧抓住床铺不放，如同焊在铺上一般。不承想求街坊一搬不打紧，李二那只玻璃手臂，突然掉在地上摔了几半。等把李二爷入土为安，再回家之后，才见那已摔碎的玻璃手臂，竟变成了几只精美剔透的内画鼻烟壶。

一时间，听到这消息的财主们，纷纷踏破了二爷家门槛儿，来争看这绝世之宝。李家媳妇被闹得没办法，只好悄悄收藏了一对，其余的都卖给了抢购鼻烟壶的财主和大官们。自打有这宝贝后，闹得京城总不断出窃案。别的不丢，却只丢从李家买的鼻烟壶。于是，有心计的生意人，就花钱去观看那只仅存的宝贝——玻璃内画的鼻烟壶。聪明的李家媳妇，干脆在家里坐收渔利。这鼻烟壶里总是不断变化，或人或景，红楼、三国、西游的，从没重样子。结果，叫贪心的皇亲国戚知道，非要当国宝收回国库，李二媳妇一听说，连忙带着全家几口人去别处躲藏。

于是，北京便有了画鼻烟壶内画的行当。说来也怪，此行当是专挣财主和洋人的钱，还专破贪官家。你想啊，皇帝若知道定会来索要，不给即会遭殃灭族。结果呢？凡照李家画的，会变化风景的鼻烟壶越来越少，结果，这手艺还是绝了后，只剩下一种不会动的鼻烟内画壶。

---

①即午门城楼。
②北京土语，睡着的意思。
③拉倒，满语。意为告吹、算了。
④gèjiǎo，北京土语，意为脚踩在石头上疼痛不已。
⑤满语，意为欲呕吐。

民间传奇

■ 守着紫禁城的传说

自古以来，从皇帝到王侯公卿们，谁不惜才？一个国若没有惜才的天性，那可怎么发展？

对子镇出清官

刚登龙座，尚还年轻的康熙爷，听下人禀报，说主管科考的朝中大员，只顾招有钱人家子弟，而把有真才实学的汉家学子们一概拒之门外。听闻，他便将几个受贿、作弊的考官，有一个送一个的，全送到了大牢之内。并打算在年底前，再补招一些汉家举子，好作为国家的备用人才。

康熙自小学的是汉文汉理，教皇帝的帝师也是汉人翰林，还有不少是喜欢写楹联、作对子之人。有回听大臣说，京东有个对联镇，不管男女老少，皆能出口成文，张口就对，出于好奇心，他便一直记在心里。等他亲政后，赶上头一次科考，就极想招几个能吟联作对的才子。于是，他着微服、领为数不多的几个随扈，决定亲自专门去一趟对子镇，想亲眼看看，到底能有何感受，是否真有别人说的那么了得。

出得正阳门之后，他便下御河走水路，直接乘民船直去京东。他刚坐稳于船上，便立刻询问船家，要找那个对子镇。要知道，当时的北京郊区，一共有二十多个县镇，俗称"京畿"。

康熙问道："敢问船家，是否知道这京东境地，哪里有个对子镇呢？是骑马还是坐船，该怎么走呢？"

没想到的是，船家回答的，正好与皇上的问话对得一字不差。

"回应客官，倒是晓得本御河水土，到处都出状元郎啊！非走着或被抬着，不必拐弯即到。"

嗯？有意思啊，他接着忙问道："难道船家喜欢对句吗？"

见问，对方也毫不小气地回他："不值贵客割爱分心呦。"

既然是这样子，那么我就先来吧，康熙觉得有意思。久在深宫的他实在没有想到如此好玩。

"左白虎，右青龙，寻地不熟走伯仲，试问梢长可搭乘？"

没想到，船家听后张口便对："上三殿，下五宫，南北不达只西东，敬请尊兄待梢翁。"

康熙一听，心说，啊？一个撑船的这么厉害，看来船家必通晓诗文，忙再问道："看来您也曾学过词对？也会楹句？"

"先生我不知古诗礼义，只好应承。"

"上从下，轻与重，言之曾是礼，话到即为对。"

"水对天，天合地，不韵也能成，有词自会声。"

真好真好，好对称的对仗！康熙爷心想，我听说坐船去京东时，远远便能看见许多的古迹名胜，比如几百年前的燃灯宝塔，曾是古代潞州来往船只的著名灯塔，上有数千鎏金风铃，为僧道尼蕃世代所敬仰，堪为罕见之古迹。据说，还可以在船上的十几里以内，看到燃灯塔在水里倒映成趣，真个是与天日交相成辉，宛若仙境一般。想至此康熙就顺口吟道：

"古建燃灯塔，一影巍耸，七层八方四面来敬；这塔为何修这么好呢？"

不料这回未等艄公作答，船妇便抢过来答对："今行旧潞州，三帆①梦魇，五楫三长两短皆承；它日原来本就有神通。"

康熙一听，心下里不禁惊喜万端，一个平常的摆渡妇道人家，竟知道我平三藩铲除吴三桂的壮举！真个是好楹对呀！随后他也连忙对船妇开玩笑道：

"夫寓德，妇方德，从夫德焉为不语，你是妇道人家，怎么瞎掺和国事？你不知道'女子不才方是德'吗？"

谁知道，船妇自有说法：

"国有母，万人母，为人母者是纯孝，您作为大丈夫，还不是有好内助？您势必懂'男人有德妻必贤'嘛！"

哎呀呀，哈哈，船妇还使出了小性，自个儿夸上自个儿了。倒不乏是个有德兼才，既书香又贤惠的良家妇女。这使得康熙爷忽然想起来，祖母孝庄太皇太后的舔犊之情意。当年，若非皇祖母的谆谆诲导，哪还会有什么康熙或盛世？

"若老人逝去，后人该怎样做呢？"康熙想的是，该为故去的皇祖母烧纸了。

"假长者驾鹤，新近就该备祭了。"

"右社祭，左宗庙，不知天下何为孝？如何祭祀呢？"故意问问她吧。

"先清明，知上元，寒暑祭拜送冥银，黄历去查呗。"女船家又答。

康熙爷心说：这就是说，我们满族，也该向中原百姓一样，在清明、盂兰盆会等几节，也要祭奠故去的人，都要给归西的亲人们，烧纸钱孝敬才好，这算是能了却心愿的办法。

从此后，康熙便传谕，所有旗人都要效仿中原的入土为安等几度祭节，每年还要给故去长辈们的坟墓添新土、摆供品，还要在鬼节这天，祭祀在世代战乱中一切死难的人等,并想着要把河灯放游在河里,为亡灵招魂。而这些节日,都是以庙寺的活动来引导百姓的,所以,从清朝便一直延续到现在。

客船到岸了,康熙爷为了感激艄公船妇不仅将船撑得稳当舒适,而且还陪他如此雅兴为对,便嘱咐下人,一再多给银子,以表示再谢过夫妇二人。船家却屡屡推辞,不敢多收银两,在知真心给予后,船妇这才接过钱来,又行个礼答谢道:

"'穷妇摆一回渡,付一月银宝,先生莫不是财神显圣?'客官,多谢您了。"

康熙爷同样是客气地回答道:

"'观音撑几天篙,济百家苍生,夫人算得上普渡众生。'大嫂,客气不该。"

上得岸来,康熙才发现船家正是住在这个镇上。他一行人还未进得对子镇,远远就见家家户户,皆有对联贴在门前的门框上。还有几个孩童在村口的沙滩上,一边做活一边玩耍,康熙爷再不敢以句打招呼,以免被孩童们"将上一军"。因为既然是对子镇,想必是人人都是会对句的。但最终还是忍不住,只好张口就问了:

"因何事情玩泥沙?"心说,穷人家孩子也许是在玩泥吧。

一孩童倒张口即道:"只为修路平洼地。"

又走了几步,就见到遍地的苇子。他道:"难道还过粽子节?不是早过了吗?"

而另一孩马上接:"于塘编排束苇席,外人就是不懂!"

康熙心说,果然不俗,别看小孩子不大,但说话很是噎人。忙又问:

"芦苇是在地上铺路的吗?"

一孩童道:"为我大清天子遮阳避暑。"

又一孩接答:"了众子民商家补壁防贼。"

好!忠君爱国从小便知道,百姓的本分也不失为,这儿的地保应当被奖赏。

"难道你家就不用了吗?"

那孩子道:"老百姓家先填饱肚子,方不饿。"

另孩接道:"微万芯苇后阻挡风雨,是为活。"

见如此小的百姓家孩童,竟是这么懂事,康熙听了甚为感动。

"你父母在做什么呢?"

"吾父在外,砌而不赌方城;咱娘于家,独掌天象乾纲。"

康熙听了当时难解缘故,只好再问孩子:"那你的爷爷奶奶呢?"

"玉雪蒸开天地白;金弦抖动君王心。"

这个更是听不懂了，康熙更不敢再问孩子了，而孩子却是一笑说道："我爸爸是瓦匠，在修城墙，我妈妈在家要给他多烙大饼带着，我爷爷奶奶一个卖馒头一个卖面条啊。"康熙爷一听哈哈大笑道，原来如此啊。

"那你们有哥们儿吗？"

"长，大不过锨锄；幼，尚不能寻谷。"

哦……康熙听得明白，看来这孩子家里倒是个极普通的老百姓，老少都在忙着生计。便再问："那你长大后想做什么呢？"

"帝王身边为臣子，亦为忠臣好；百姓面前做牛伯，比做耕牛妙。"

康熙爷这一回，简直都不相信自己的耳朵了，如此小的孩子，竟然比大人都有志气："你们村今年能有几个人去进京赶考啊？不想做官吗？"

"爹有其心可惜无银两；吾空涵志无奈是庶人。"

"那若是有人送你们读书识字，待来年进京赶考呢？又该谢谁呢？"康熙爷主意已定。

"双手合一，拜爷拜奶拜父母。"

"我说的是谢谁？出门谁不拜长辈呢？"

"言身寸，谢天谢地谢君王。"康熙爷听闻龙颜大悦，当即赏了几个孩童银两道："我要给你们写几个字，眼看这天就黑了，可如何是好呢？"几孩童一听，赶忙都跑去拿油灯给康熙爷照亮，但没想到的是，因为这里很贫穷，油灯多是没点一会儿便油枯灯灭。康熙爷既感慨又叹息地吟道："龙书暗无月，几孩点灯，堪为乾坤多增清色。"

不想几个孩童，都点起来用苇子做的火把，竟然异口同声对答："油枯灯自灭，先生驾到，好似君王再降隆光。"

答罢的孩童们，一边跑去拿"文房四宝"，可惜的是，因为穷，镇子的人哪能凑齐笔墨纸砚？拿的却是几只过火的碳枝。最后，只好由随扈侍卫，将文房四宝取至康熙爷面前，只见他飞龙走蛇的，终留了墨宝，赐给众孩童们。

正在这时候，船家为感激康熙的大方，竟然带一家人前来送饭，对子镇的老百姓见真是贵客，便都来陪伴，见虽是粗茶淡饭，只是些小鱼小虾与窝头咸菜，可是足已见镇上的人待客真诚，康熙爷不禁感慨道：

"饭可淡，茶亦粗，唯人心诚可载舟千古。"

即刻有个老翁回道："厚以德，终载物，若耐心智必天道酬勤。"

据说，此对句康熙始终没忘，回宫后他从此不忘关心、注重农业生产，并多次微服私访，关注百姓疾苦，终于使国家渐渐富强起来，他的朝代在历史上被称作"康熙盛世"。

当年立秋后,果然有京东知府衙门派来了有棚的官船,这正是来接镇里所有的孩童进城读书识字的。大船走后,镇里人这才知道,那天来的人,正是当今的天子康熙皇上。没过几年,对子镇就不断地出秀才、举人、进士探花及榜眼,而他们在朝中做了大、小官后,协助皇帝推出了许多的廉政方案,而且,他们中的大多数人,都成了颇有出息的清官。

---

①暗指三藩,指吴三桂等藩王所封之处。
注:本文只为民间对句,不是严格意义上的工整对联。

人世间高高大大的物件,多是从小变化而来,比如说,鲁班就是从小小的锯齿草发明了大锯。而这宝塔的传说是与空筝分不开的。

空筝(竹)的传说

空竹在老北京叫"空筝",天津唤"风葫芦"或"闷葫芦",南方则称"嗡子",四川喊"响簧",上海念"哑铃",山西云"胡敲",长沙呼"天雷公",台湾曰"扯铃",北方也管它叫"空竹"。这个玩意儿天下无人不知晓它。以北京、天津所产的空竹最为著名,质为竹、瓷、金属、葫芦等。

空筝像塔,而塔是佛教之镇物。有千塔之寺美誉的,是青海的塔尔寺。在北京通州存有燃灯佛舍利塔,王四营乡有十方诸佛宝塔,西四有妙应白塔,高梁河畔有五塔寺,北海有万寿寺白塔,西四牌楼附近有砖塔,西直门有黑塔寺,西山有玉泉塔……京北有"塔院"……

眼下呀,总有不少人夸洋人高明、尖端,其实,哪样不是从中国学走的?不过是再琢磨加工罢了。空筝就是被外国人学走的玩艺儿。记得民国后的厂甸那,我曾见过一个穿皂袍的传教士,向人比画着,要卖一个五彩花哨的空筝。哎呀,难怪都围着,洋人把咱的玩艺儿,都生给做活了!

我曾算过账，要论生孩儿，当然是咱国人最多。若倒回去一千年，外国那还能剩下几个人？早在五百年前的明朝，太监郑和就琢磨捆积木筏子，游遍天下大洋藩国，那会儿时兴穿什么？最好是蚕丝织成的绸缎。可头几天你小舅，非要领我去苏联展览馆①看什么哥白尼展览，说是在洋油画里还能看见外国几百年前的衣裳。我看了，国王穿的那衣袍，哪有咱古代皇上穿得好？只会横竖斜挂，披几块花被窝面就算完活。若不是咱花盆儿鞋和高跷，他们哪懂得穿高跟儿鞋？要不就是不穿衣服，还生说成是美？还不如民国的乞儿。东洋鬼子牛吧，可洗澡连男女都不懂得分开！

书归正传。要说空筝的故事，得从汉代说起。汉代帝王最怕的就是匈奴。

为什么？每当秋高气爽，正值不老天下米粮丰收之际，皇宫里等的是老百姓一年上缴的税粮、家畜和各藩所献贡品。可偏到这时候，匈奴铁骑就会突然出现在四面八方，无情地抢走眼看快要到手的奇珠异宝和所有的粮食牲畜。匈奴的坐骑，都是不老天下最好的高头骏马，这又为什么？那是因匈奴的马，全生长在水草丰美的地界。那些个只吃草的活物，如马了牛了羊了的，皆来自北边大草甸上②。它周围却是火焰山变成的沙漠瀚海，自打孙猴子成精，借芭蕉扇灭了火焰山后，那地方便寸草不生，一概杳无人烟了。每逢汉家将兵剿敌到此，眼望雾沉沉的孤烟大漠，都会止马不前。谁也惊骇这变幻莫测、冒着嘶嘶白气的沙海。伴随他们的，只剩死难汉将的累累枯骨和被风吹的摇晃的赤柳、刺棘、酸枣丛、枯胡桃林，好像给大汉兵们招魂。

匈奴悍兵似天兵天将，来去无踪影，而大汉的武将却不能见上匈奴阏氏一面，真不知道匈奴是从何方杀来。这就急杀恼杀了汉武帝刘彻。无论他怎么请百官献破敌之策，但在金銮殿上的乌泱泱官宦，听到"匈奴"二字，往往是周身发抖，比见了皇上还要命。

这会儿有消息报来说，"藩篱贡品被匈奴半路劫去了！"

刘彻听后怒形于色："都抢了什么？"

"是大理国，已被匈奴洗劫一空，还差点掳走国王！"

"传旨！叫大理王贡一种王朝没有的兵器！"

"回皇上，他们的兵器还是我朝打制的……"

"什么？"刘彻暗想：若有种威力无比的利器该多好。

于是，他安排使官去大理，一定琢磨出能退敌的兵器！使官依旨来访大理国。见百姓因连年被匈奴袭扰，几乎都衣衫褴褛，而过去那种男耕女织、安逸富饶的景象早已不存。侥幸从匈奴掌中逃脱的大理王，一见老朋友来使，险些掉下眼泪来。

知他来意后，大理王苦笑道："孤王③除去那几座先人留下的宝塔，是一无所有啊。"只见蓝天与绿草地间，如画卷般的景中，矗立着几座金黄亮闪的宝塔。山风吹过时，发回嗡嗡声响，其声音雄壮、悲凉，其中蕴含着钟声、鼓韵，走近后，令人有振聋发聩之感。

"陛下总喊穷，却有那么多座金塔？"

"哪不过是竹子的，是先王为垦土拓荒而做的镇妖塔罢了，既不能防敌，也不能御寇……如果不嫌弃，就把它献给大汉皇上如何？"

"前辈的宝物您也舍得做贡品？"

"孤若舍不得这些镇物，那大理黎民，同样有灭顶之灾，大汉朝也叫我们恐惧呢。"

国不论大小，总得要休养生息。使官想到此，心生一计，说："若将宝塔制作成案上的景致如何？由臣对皇上讲述您的诚心，兴许能获宽容。"大理王一听，拍手称妙，忙召集能工巧匠赶制做出。可是，无论如何摆弄却都出不了声音，为此国王大伤脑筋。碰巧，几岁的小王子，见小竹塔像玩具，便伸手去摆弄，不料将尚未用胶粘好的宝塔碰倒，一时间，咕噜噜哗楞楞的，竟滚到王殿台阶下面。令人意想不到的是，滚动的塔却突然发出了悦耳声响！一工匠喜悦地大叫："有了！就叫它'彻令宝塔'④！"

第二天，工匠将竹塔用铁轴串住，又将绳绕住塔，然后用力一扯。立刻，不同高矮、不同大小的竹制宝塔，都旋转并发出不同声响，同时还有无数的玩具小竹箭，从塔里依次发射出来！大理王一见惊喜万端："木匠（竹匠）真是可以给老天做柱的奇才啊。"

使官携玩具竹塔，与大理工匠一同回禀皇上，刘彻见后大喜过望，大汉疆域广阔，却从未见过竹塔。便召集百官围看，并说，谁若将此宝塔用在剿灭匈奴上，将被封侯拜相。从此，工匠们广博集思，把宝塔拆来卸去的，终于琢磨出御敌之物。

玲珑迷魂塔：在敌四面转动宝塔，发出震慑敌胆之声音，使其不知所措。

玲珑火药塔：用旋转力将众多装火药的"宝塔"，围敌时抛向敌群。

玲珑竹箭塔：塔中藏有毒矢，当敌接近观看塔时，冷不防开动机关，突然伤敌。

自此以后，汉武帝天天练兵布阵，终于有一天，将多年不败的匈奴劲旅引出大漠，打得丢盔弃甲，使其全军覆没，还活捉了匈奴阏氏。只剩下一骑骏马也被俘获，这便是后来吕布的那匹日行千里的赤兔宝马。

　　汉武帝高兴得与百官兵民同庆得胜，特意将玩具塔专门表演给老百姓。只见演员用绳子，拉扯宝塔上下滚动，似雷音大作。一大臣高声说，这是大理王国的宝物……见旋转的小塔，发出了各类声响，百姓皆兴奋起来。便将宝塔的"彻令"之名，遂改叫为"扯铃"，小宝塔从此有了正号。刘彻赏赐了大理王，并传旨，凡如大理王这样，皆可免除徭役与贡品。而竹宝塔，即摆放在武帝寝宫，上面还被镶嵌满奇珍异宝。后来，刘彻派人去大理帮助重修竹塔，并改成砖木结构，一直延续至今。

　　自武帝大军将匈奴赶得销声匿迹，逃到爪哇国去以后，为叫所有人不忘记匈奴强寇，武帝的皇后每早梳洗后，先要叫宫鬟只用牙齿咬开脂粉盒，用咬此"胭脂"来提醒自己，不要忘记彼"阏氏"。习惯传到民间，"胭脂"一词便成了女子及其用品的总称。当时，汉朝百姓还发明了笙、管、笛、箫，这无不是竹子的功劳。直到宋、金、辽诸藩靴国，都将此类乐器用于宫廷演奏。迨至乾隆爷这代，自然是国事升平，世道安康。六下江南时，乾隆爷见到这奇特的竹塔时就惊讶，天下竟将此玩物叫出几十个名目来的玩意儿。但他发现，竹乐器到了北方，其形状声音均变化有别。于是，他便在紫禁城内设作坊制作，并根据竹子习性，夹杂木料，改留八孔或二十四孔[5]，用作对八旗打胜仗的赏赐。皇宫作坊还制作出硬杂木、铁质、铜质等分量重的，专给八旗兵锻炼腕力。轻巧易玩的，则留给嫔妃解闷散心。因其响声像乐谱上的音乐，便称"空筝"，但南人发"筝"拗口，认为不过是竹本色加工而已，所以仍叫空竹。

　　后来，空筝渐渐传出宫外。遇年节或闲暇时的百姓，特别是在开春时，常是聚起多人，竞比"斗空筝"技艺。一到杂耍人的手里，当真谓之"抖"起来了，什么"猴爬杆儿"、"陀螺转"、"弹空儿"等就更算不了什么。另还有在地上转的"响簧"，像陀螺一样被人拉动，上带一排哨般的竹管，好似风琴的声音，音色最好。只可惜，此类已绝迹难寻，我也只见到过几次。18世纪初，英国传教士波罗将空筝传入欧洲，叫"帝雅·波罗"，材质为赛璐珞和橡胶（用作圆轮的边）。但老天爷有眼，天下谁都不买他的冒牌货，咱们还是玩自己的玩意儿。

　　听完姥姥的故事，我暗下里寻思：真不知明天，谁会抢先把"空筝"注册给联合国？

可惜的是，我对空竺却不如小区那几位见天介抖空竺的白发长者那样痴迷。其中最年轻的也近六十岁。现在国内虽有塑料空竺，但人们还是喜欢传统的竹木制作，因其还是可供欣赏的工艺品。而所谓的"帝雅·波罗"，只是像一双碗足相对的死膛塑料疙瘩，竟然还是个哑巴。我有个老朋友从非洲旅游回来说："非洲小学生早开始玩这个了，它在北美叫'中国摇摇'，其俱乐部遍地皆是。"

①即西直门外北京展览馆旧称。
②草原。
③孤，王的自称，相当于"寡人"。
④后来又被南方人称作"扯铃"。
⑤八、二十四，都是满清的吉利数字，是前八旗后二十四旗之意。

满族从来将草了、木了、花了、鱼了、果了的都放进故事里。这是因满族故乡那里，有的是奇树和异草，在水里还有各类鱼。这都是不老天赐予我们生存的食物。而每逢过年过节，当人们嗑嚼起瓜子来时，就总会唠起老嗑儿来。满汉一样，都爱惜英雄好汉，不仅早熟知了三国的故事，还最爱叨叨岳飞、杨家将。忠臣的故事说了一代又一代，讲也讲不完。每当我听到呼家楼这个地名时，便会想起这呼延、杨氏亲如一家的传说。

呼家楼与杨家将的传说

葵花，属葵科草本植物。其花瓣金黄，花朵逐日而长，得籽后须晾干，若炒之味香可口。葵花在中原被称作向日葵、葵花、色（晒，第三音）莲，在北方则被称作撞日莲、转日莲等。其籽，俗称瓜子儿、葵花子儿。姥姥说，葵花是杨家将、呼家将生为人杰、死为鬼雄、宁折不弯、威武不屈的英雄化身。在东北，还有地方称它"壮士莲"。

那天我听说，东院街坊家的小梅与大来相好了，但双方的爹妈却都不同意俩人来往。你想知道究竟吗？那我要念叨出一个掌故来，他俩决然再不会寻死觅活，你嫁我娶的。

其实，这个老话是不老天下"忠烈家门"的美谈。古人讲，人得有仁义礼智信。自打那家喻户晓的杨家一门受到昏庸宋皇的残害后，它大宋从此也就再没了翻身的光景。你想啊，金、元、辽①诸国，连大宋百姓，也看不上昏佞迂腐的赵氏皇门。杨呼两家如此忠君爱国，倒剩得满门寡妇孤儿，落得个家破人亡，谁还能为昏君去保卫社稷。难道怪奸臣？不全对，耽误国的，归根结底还是宋皇自己不是？"君若不昏，奸佞难存"，鸡蛋是从芯儿里臭，赖不得下蛋的鸡。

自从岳飞被秦桧害死后，几代宋皇，绝不敢任用秦姓当官儿。有位秦姓读书人，诚心拜谒岳墓后还说过，"站在陵前愧姓秦"。自古书生都知道忠君爱国，而同代百姓，也齐道是"一个潘仁美，十代受连累"。若依我说，还不如潘安，总之还落了个好。

想当初，呼延赞世代辈辈英雄，几代保驾大宋，为将时，历来是赴汤蹈火，赤胆忠心，曾得到器重不说，还得到一个殊权，便是老皇上赐他的一对配以玛瑙钻石的"夺命麻面金锏"，左边这把上刻"上打昏君致伤无罪"，右手这把上刻"下弊奸臣夺命有功"。他在金殿之上，曾将昏君吓得龙体战栗，尿了裤子；还吼呼着为杨家将伸冤理论，这拯救忠烈的仗义之举，让后人佩服不已。在龙廷上，他对奸相潘仁美，曾大挥夺命金锏，非要弊其性命不可。若非百官纷纷阻拦劝解，潘佞早见了阎工。金锏将花梨木公案从中劈断，奸相潘贼被慑得心惊胆战，座椅翻倒，从此后，再不敢使用长条桌案，睡在卧榻上也是连绵恶梦，总梦见牛头马面的几经枷锁套他，拉他去阎王那儿理论。老潘最后还是患心病致死。

多亏宋皇弟八贤王，在国家危难之时，再请十二寡妇征西，挂帅天门，威震辽邦。潘家后人生怕诬陷杨家的事被天下知道，便意欲斩草除根，灭绝杨门。于是，便在呼延赞、八王爷年迈重病期间，买通宦官，又对宋君言说，呼延、杨氏二门合旧部，暗地里悄悄招兵购马，训练武士，意在谋反。昏皇见报，立刻暴跳震怒，即下旨捉拿呼延、杨氏九族满门，连犬、马、佣人、烧火的使唤丫头也要捉拿到案。昏君想起曾经探母的四郎②尚在辽地，只恨自己是鞭长莫及辽地，偌大的宋朝只剩得半壁河山，为不留心头隐患，干脆就错杀到底，定要再施毒手，灭绝呼、杨二门，宋皇好比是"修脚扒袜子——自己做倒了行市"。

宋皇如此听信谗言的又一原因是，每遇清明节，给杨家坟地烧纸钱的火堆，即有万簇之多。尽管杨家的奉禄早被大内克扣多年，致使杨府荒凉贫困，但就连市井小贩们，都会给杨府送粮送菜送水，且分文不取。可见民心之向，倘若杨家真要造反，料这天下，定然是一呼百应。还有呼延家呢？呼延氏威名天下知晓，是堂堂一个顶天立地的大忠臣，若呼延、杨氏二门若联手更是不得了，势必有颠覆大宋之忧。于是宋皇决定必须下手。

是夜，宋兵重重围住呼延、杨宅邸。破门后却见二府中空无一人。原来呼延、杨氏二家将军尚在时，便与所率旧部将士结有生死之交，且都是些勇将。皆因宋皇昏腐无能，众将虽多次抗寇却屡遭败北。旧部们无一不怀念勇武精忠、义博云天的呼延、杨二帅，故而暗送密信，使二府人化险为夷，真可谓"天不灭忠门"。虽然四海之大，可怜逃出的二家忠门全家，落得只剩下老少与孤儿寡母，谁也不知该到何处安身立命。暗中护送的一将军劝道："宋皇无道，不如反了算了，也免得如此委屈忍辱。"

呼、杨二门长者听后立即回他说："活乃忠烈门，死归忠烈魂，为国受辱不屈，忧国身死不惧，我二门姓氏虽异，但忠似一家，自此后便亲如一家，如出一宗，世代不离，谁敢再劝？再不与其来往！忠门决不与二心奸人同日同月！"

劝将羞愧得拔剑自尽。而同来的军卒，还是蒙蔽了二忠门长者，趁夜悄把他们送出宋朝北方边界。自此二家后人，就在当年还是幽燕古地的北京周边，白手起家，开辟出一片净土，并建起一座杂木阁楼，位置正在朝阳门外的呼家楼处。他们亲如一门，从不联姻，却相亲互爱，使得二忠门香火延续不断，渐到衣食无忧。

原此楼挂匾为"呼延杨楼"，但呼家将、杨家将之名，未免树大招风。况且，宋朝总在此地与诸国，争来夺去，所以便改称呼家楼。此时天下正是蒙古兵连年征战，逃荒过路的百姓穷困之极之时。为报答家乡父老之念想，二家便在此地开了个小商市，任人买卖或交换物品。渐渐地，人们才知此市是呼延、杨后人所开。于是，过往商家更是自守公德，童叟无欺。但因奸臣作乱的宋朝还在，还是叫两家几回搬挪。但人们总算都能记住，关东老店，再往东便是呼家楼。

姥姥说："小梅子姓呼，曾姓呼延；大来子姓杨，杨家将后人，同是忠烈一家人，又怎能谈婚论嫁呢？按现在的说法，不就是近亲结婚了吗？"

于是我问："那为何有人说杨家将，只是胡编乱造的故事呢？说史上查无此事？"

姥姥道："那一定是潘氏后人说的……我可晓得，历代帝王皆景仰关公关老爷、岳飞岳老爷和呼延、杨氏忠烈的，你想想，这偌大的国家，要是没这些个人物，那还不变成纸糊的社稷江山？

民间传奇

"呼、杨两家要是早早的把姓氏隐藏起来呢？"

那倒也是啊。为躲避权势而藏起姓氏，自古以来，这也是没辙的最后一辙。就像那被砍头的壮士莲，名号虽繁，但它还是开一样的花，结一样的籽。后来，呼延、杨氏后人，因思念故土和前辈，暗地潜回旧墓地去烧纸祭祀。只见坟地里长着一片，根本不认得的庄稼，便询问看坟老翁："您与呼、杨两门何人认得？莫非坟主许给你好处啦？或是奉命在此种花？"

老翁一捋白胡须爽然笑道："您看这种大花，在这土地生长，籽是由天降下，余香人间，它并不图何好处。再看坟地所埋，都是马革裹尸的忠烈忠骨，为国捐躯后，又能得什么好处？我自愿来看坟，是要告诉天下，这哪里是呼、杨两家的坟？倒是天下人都该祭奠的忠坟！"

闻此言后，呼延、杨家后人打心里敬佩老翁。并于第二日，购买酒肉等祭物，去坟地拜谢。结果，老翁没了踪影，但地里的大花全已结果成籽，多半花头虽被人砍下取走，但花身仍直立不倒，依旧挺拔。于是，便将花籽带回，种在园内。自此世代种植，绝不敢怠慢。原来呼延、杨后代，因无法效忠国家的一片委屈之情，也渐随时光流逝而消失。从此，再不对他人讲自家是忠烈之后，却只对人道说，呼延、杨氏前辈，是天下人的英雄。

此事后来被一位遭贬的史官得知，才流传出一句诗："谁说忠烈无后代，五百年前是一家。"前一句版本颇多，后一句传遍天下，而只有本版毫不走样。

在呼家楼这一带，第一位分葵花子给大家品尝的呼延、杨氏后人，是这么吆喝的："壮士莲——籽好、香嚯！连尝再带吧"——当地人自然听得出来，是捎带南音的"子好、香火、长传代啊——"

呼家楼是上木下砖共三层③，坐北面南，最高处供奉着呼延和杨家先祖牌位。但乱世分攘，战伐不休，曾几次藏起前辈牌位，只载下家谱传承后代。可惜到了元代，被打家劫舍的蒙古兵，当成字画卷包劫去。但皇帝忽必烈竟派人找上门来，说蒙古大汗也惜怜呼延、杨氏英雄。但此时的二门人早隐藏起来，直到朱元璋败寇建国，才使呼延、杨氏终于有了报国机会，但二门后人并不再提呼延、杨氏渊源。所以，虽效忠，却未得重用，其位也至提督、先锋等要职。

天下稍太平后，呼家楼便成了车马客店，接待南来北往的芸芸众生。为给百姓解决旅途饥渴之难处，便将呼延、杨氏子弟兵，曾行军打仗的伙食，送给路人做干粮带。这就是老北京人爱吃的有菜有粮的"呼饼"④。渐渐的，客店外也收留了众多谋生的小工匠，所以便开始有了前、后铜碗胡同。在这里有众多的黑白铁与土、木、石大小工匠在此营生，遂使呼家楼，在元明清三代都扬名于京城。凡犯行规的铜盆匠们,都必须得去大街上吆喝:"铜盆儿铜呦——铜碗哎⑤——"("锯潘儿,要锯完喽")。1949年以后,朝阳区因此成为了首都的修理大区……

而当年二忠门长者早商定好,"有呼有杨,甘苦同尝;呼在不远,杨在呼旁"。你去打听打听,这二姓从来都住街坊,不信你问去呀?还有出门就改姓的规矩呢?而且,照这个掌故再往下说,他俩照样还是不能连成姻缘,这不是明摆着吗?

姥姥的一席话,叫我醍醐灌顶,顿开茅塞。宋皇早没了好几百年,但呼、杨后人还在。巧极了,街坊里还真有这两个姓氏,还都住一个楼号,有机会一定去请教,还有件事便是,这传说能否"申遗"?

---

①宋朝曾被这些诸侯国所灭。
②杨四郎即杨令公第四子杨延昭。
③呼家楼于20世纪被拆除。
④呼饼,即糊烙出的饼子,用玉米糊糊与各类鲜菜烙制。
⑤"锯潘儿要,要锯完喽",意为,灭奸臣要灭完。

注:姥姥富贤口述1976年初稿,2007年10月定稿于高碑店。本文曾与呼家楼杨家之后人——杨福来先生一起探讨、修改。

姥姥享年八十岁,皆因前几天已年近百岁的姥爷撒手人寰后伤心而终。她逝前说:"给你姥爷烧纸时想着给他写上'镶蓝旗旗下富察人氏富察多尔奎',我是'镶黄旗旗下的纳刺富贤'。"

萧太后与"姥姥"称呼的传说

这是谁都知道的称呼:外祖母,外婆,姥姥。但谁也不知道"姥姥"这称呼来历的传说。

1973年夏初，老舅想请姥爷、姥姥去他家住上两天，说那里的蔬菜，既鲜嫩还便宜。像黄瓜、西红柿等出门就摘，还能买到刚宰的、老厚肥膘的猪肉，而且不用副食本。谁知，姥爷向来是重男轻女，听说又生了个"丫头片子"，本来寡言寡语的他，就更没了话。姥姥见姥爷如此，虽然着急想去看孙女，但不敢再提这事。我当时是刚升高中，又欣逢暑假，正是哪都想去的年纪。又听说，刚生了一个比大表妹白净得多的小表妹，非闹着要去不可。于是，便谎称要与姥姥去即将要拆的东岳庙，姥爷只好点头同意。出东直门后，先是一段难走的石子路，不一会儿又变成乡间土路。我们在水田和菜地里，没完没了地绕来绕去，最后，总算绕到一个叫安家楼的地方。买的水蜜桃被网兜勒出了桃汁，但姥姥和我谁也舍不得吃。年过七十岁的姥姥，可累得不得了，她便找地方坐下歇息。我问姥姥："听我同学说，附近有一座萧君庙①，这庙供的是谁呢？"

　　"'雍正爷，铺石道，寺院连着姑子庙。'②（朝外有东岳庙、慈云寺、延静寺、五圣庵、甘露庵），不是一国之君谁敢带姓，盖庙，称君？那就是辽邦萧太后的皇宫！"

　　"真有萧太后？那哈密蛋也有？"我还记着那个叫岳飞割去鼻子、满身膻气味的倒霉军师。

　　"你当只有岳飞是真的？'萧家姥姥进中原，只招女婿不要田。'"

　　"啊？到咱这儿招女婿？难道她们是女人国，没男的吗？"

　　"北京是幽燕之地。萧太后是辽邦之主。在古时候，家与国并不好区分。有句话叫作'国有国法，家有家规'。国法是从家规里来的，谁家都是几辈人同住一起，五服同堂。听你老舅说，正红旗下的舒先生③写《四世同堂》，就是写四辈人同住。为何只写四辈儿呢？是因为书里所表现的辈分和称呼，在四辈以下好办。比方说，老祖儿是四辈之首，再往上叫是男（女）老祖儿、姥姥祖儿、姥爷祖儿、太老祖儿……

　　"什么？不会有五辈儿人同在？谁说的？那我兄长五十得子，他儿子人小辈分大，他和你同年，你就得叫舅舅。你还没有踪影儿的儿女们，早早就有了这么一堆的舅姥爷。假如舅姥爷全都是花天酒地，哄鸽子架鹰提喽鸟笼子，不做事的公子哥，等玩够了再要孩儿，那你儿子就多了一大堆的舅姥爷、舅姥姥祖儿。舒先生是满族的'文曲'写家，书又是戏本子的爹妈。家里的乱枝旧杈一择，便成了故事。不然那书得厚成什么样？北京老写家还有个张恨水，恨水恨水儿，专写摩登，经意小姐公子儿，可惜我不识字儿。今天见到的满文的字的物件，都是从蒙古字里绕腾出来的。乾隆爷有本事不？他不是还得傅恒、刘罗锅、和珅们做帮衬？干吗叫人家罗锅？还不是因为人家是汉人吗？满族总把满汉分得清清楚楚，可隆裕用的窃国奴才袁世凯怎样？吃肥了祸国忤逆，最后做了个死胎皇帝。"

"您讲过酒仙桥有过酒仙，可有回我去找桥，到底是哪个桥啊？"

"这和北新桥一样，讲出个海眼的故事来，说是钟鼓楼什么时候塌，万年老鳖就出来了，那是用故事压故事，后朝人压前朝人，是新龙伏旧蛟。其实，北新桥、酒仙桥都是明朝的故事。"

"照您这么说，酒仙桥那没有酒仙？连酒也没有啦？"

"我可没这么说过！'烧酒胡同④没有酒，剩了缸底东北走（酒仙桥），六个作坊入御库，四个大间天下有。'什么酒仙？没看这有十间坊的地名啊？兹叫它几间房的，都是老年间的作坊（酒厂）。可世间的吃喝，都是香嘴臭屁股，要不是烧酒胡同那酒糟能把人给呛死，熏得粮官告御状（元、明、清朝在东城有粮库），何至于去酒仙桥酿酒呢？要是没在桥头建酒仙庙，再说个酒仙典故，那儿的酒谁还买？'酒香也怕地界偏'，明摆着，天下哪行都供哪行神。好水是酒引子，河水都给传香了，酒不是更好了吗？"

"那北新桥该怎么讲呢？"

"那是蒙古王公们喝的甘露（水）的过交道口、北新桥，一遇到路了、河了便要把竹水管架起来，就像是红旗渠，那渠要是到哪天不用了，桥墩还有什么用？"

"前面就要到了，您再歇会儿，我叫您姥姥，为什么不叫外婆、外祖母？"

"原来都叫外婆，由萧太后那才开始喊姥姥。萧太后过去打仗是为争地，还得抢人去做苦役与奴才。若真和汉族联上姻缘，天下才能太平，省得'麻杆子打狼——两头儿害怕'。它也凑巧，大辽公主竟喜欢上了宋朝将军杨四郎。为抢到这个女婿，萧天佐⑤绞尽脑汁儿，用多少辽兵的性命，还得答应，不再与大宋交战，并在辽国纳四郎为婿。迂腐的宋皇，见有机可乘，想借此联姻之机灭辽邦，欲用杨家将全家项上人头，吸引萧太后上当，并诱骗四郎回宋地。果然，守信的萧太后为了公主，让出已占据的几十座宋家城池。不料宋皇背信弃义，联合蒙古直捣辽都——黄龙城（北京）。

"此时，天逢大旱，农田都裂成'土地爷的嘴——干张口了'，一切兵民正抓紧挖沟修渠，引水解救农田。萧太后与公主正在一演兵高台上——又称作望京墩。古谚说：'镇有墩，屯有墩，墩墩连着望京墩，待到萧宫见京门。'萧太后正期盼女婿的平安归来，公主也抱着才几个月的孩子翘首瞭望，还不时往地下倒

民间传奇

酒祈求、祝贺辽宋两国和平，也祈祷和丈夫杨四郎的团聚。

"突然，忽见土墩西面狼烟四起，飞马探兵来报，说宋皇无信，联合金、蒙来袭大辽，辽兵不抵，国家眼看就要亡了！站在高处的萧太后，望着远处骑马来的宋兵，再看看身边几坛为四郎接风的美酒，已知女婿此一去再难回头。既然山河已破碎，辽邦百姓定会再次惨遭涂炭。想至此，不禁望着不老天长叹一声：'孩儿们，我老啦！既然宋皇无道，其后必亡于蒙，我活不能为百姓安辽邦，死若能化成甘霖，用来造福家乡田土，罢！罢！罢！孙儿啊，此话要是老天还能听见，你就喊上我一声，哪怕是喊我老太后！'

"才几个月大小，尚在襁褓中的外孙闻听，突然大喊：'姥——姥——姥！'然后大哭不止。而此时，萧太后欣然从烟墩高处跳下，众辽兵皆跪地痛哭，将酒洒下祭奠。这时，天昏地暗，狂风暴雨而至，在萧太后坠落处，涌出一股甘洌清澈的泉水，其水发狂四溢，切土冲沟的拱开东西走向，将所追宋兵悉数吞没。辽邦百姓得以逃生。而公主与其子却被水流托起，直被送到几里地外的一棵大柳树干上。

"从此，老百姓即称这涌出水来的河，为萧太后河⑥。而公主的逃生处，没几年便长出，无数的参天大树，后人皆叫大树沟，都在朝阳区境内。最终是辽国灭亡，而蒙古大汗，回过头来又毫不留情地灭了宋朝，而崛起的蒙古百万天兵割草般灭了远近诸国。

"八旗满洲人关，国王爷⑦多尔衮路过此处，听说这故事后感慨不已。属下拍马屁的，都要求用他的名字也命名一条河。而他却笑道：'海河都可干枯，只要有人在，就不会忘掉英雄多尔衮！'多尔衮暴死后，有人到墓前扫墓。谁知，骤然狂风大作，面前老松树竟然周身落泪，并半拜在肃王墓上⑧。从此，这松树便被后人称作架子松——这就是劲松地名的由来。不知松树是老啦，还是和我一样，见风就流泪……"

姥姥满是皱纹的眼角，真的闪出泪花来。我后悔"连累"姥姥，跑到这么远的地方。以后，每当经过安家楼时，便会想起姥姥和她讲的萧太后。

---

① 在北京朝阳区安家楼附近。
② 雍正皇帝在位时，清政府曾从朝阳门铺石板路直到通州。
③ 即老舍先生。
④ 在北京市东城区。
⑤ 辽国大将。
⑥ 今北京朝阳区南磨房乡大树沟南的萧太后河。

· 201 ·

⑦摄政王,国王爷即多尔衮。
⑧肃亲王豪格曾为多尔衮政敌,被多尔衮杀死,传说是冤狱。

人世间,谁离开过奶水?成吉思汗在世时,又有谁不知道牛奶?没有他,这世上便没人认识牛奶,而外国也根本没有奶牛,因为他们没有一望无边的草原牧场。

奶牛走世界的传说

奶制品——所有牛奶食品之总称。靠骑马射箭而崛起的成吉思汗,为何立国于欧亚大陆?他的士兵,为何在当年所向无敌于半个世界?正因为他使用了奶牛战术。自元朝以后,全世界的君主,都开始认识到,牛奶是可以强大一个国家的食品。在奶牛和牛奶的发源地中国,却因为接连几百年的战争使土地流失、草原退化、奶牛减少,而人们只识得辛苦劳作的耕牛了。

满族人因民风族俗,视(奶)牛为天生神种,所以曾忌食牛肉。但由于满族不是源于草原,所以认识不到牛奶对兴盛国家是何等重要。牛奶曾只是满族贵族的食品,后又因奶牛的日渐稀罕成为百姓饮食中的奢侈品。而最早走向世界的奶牛来自中国的草原。

成吉思汗由天降生,后转至瘦弱的额吉①怀中,长在草原。他要建万族一统的天下。儿时额吉教他的歌谣是:"不老云儿飘飘,草原巴图佼佼,神驹大尾甩甩,有如虎狼萧萧,量地有几许尺寸?可着个的尿尿②。"他还不会爬时,额吉就没了奶,只能吃牦牛乳或羊奶、马奶、牛奶。成年后他发觉,只有牛奶在草原无限充足。随便一头牛犊儿出生,只需吃三个月牛奶,便能长成原来的几倍。若吃牦牛奶,就更能长大几倍,连老虎豹子也怵头。儿马子③要吃三个月牛奶而不是马奶,那这马会变成昼行千里的汗血宝马。当然,若不懂得这些,那么他就成不了成吉大汗。只有天上的神灵知道,他是真神的化身。

现在总说外国人喝了多少辈的牛奶,但当初,若非成吉思汗,用牛奶喂足无敌的蒙古兵,并赶着奶牛征战天下,洋人哪会懂得什么叫牛奶和奶酪、酥油④?

民间传奇

他们又到哪去喝牛奶？面包，也不过是宋朝百姓吃的馒头，馒头烙烤后就是面包。其实，蒙古兵早把牛奶、糌粑⑤吃烦了，这才将面粉掺上凤凰蛋（鸡蛋，因为凤凰与鸡都会飞）摊饼吃！但还是西域回回的手最巧，一个"驴打滚儿"的小吃，便成了忽必烈皇上的御餐。从此，蒙古兵见了回回饭铺，都会争着去吃。等到乾隆朝呢，有名气的清真字号更是居多。

为不使蒙古兵无端杀戮，江南官员管不起他们吃肉，就只好将黏米碾碎制作成"鞑子⑥"饽饽，后来便有了无数的"鞑子饽饽铺"。那会儿，中原人为投其所好，所有厨师都改行，干脆全做起鸡蛋摊饼、煎饼、蒸饼来，也下令百姓们都来学做摊、煎"凤凰"蛋饼。结果，几百年下来，河南人遇出门，便用鸡蛋饼当干粮。

清朝官装与旧明的区别是，将突噜到地可藏百物的大袖，改为效忠祖宗的马蹄袖子，成就了象征富贵的麒麟之像。满族最早好战是因为他们曾经太羸弱，同小树般不硬朗，若不壮大自己，定会被别人吞并。元、宋、契丹、辽等大小诸国，谁没吞并过女真？明朝的皇帝用宽大的袖子和衣裤将自己的百姓打扮得好似佛一般，甘愿给皇上跪地而拜，行君臣礼最讲究五体投地。而"甘做牛马"的说法却来自元朝。牛被挤出奶，马被鞑子骑。元朝命短是曾将所管辖的中原臣民看成是草原的牛、马。

虽说牛奶是好东西，若没成吉思汗，洋人哪知道奶牛和牛奶。有那么一年，成吉思汗有了无数的牛羊，而天下诸番邦，人多还在蛮荒年月。若与外国一起退回千年去，那世上还只剩下半亿人，那外国只还剩下一亿的十分之一人。而外国那地方，先是没草原，也更没数不清的奶牛。谁不信就查查外国古史。"彼得，无德，拜了大汗，有吃有喝，忘了祖宗，也信弥陀。"当时，追随成吉思汗吃饱穿暖打天下，是人们求之不得的。那会儿洋人多是给大元助威，还能做参谋。结果打到最西时，成吉大汗的夷国兵将越来越多。

成吉思汗拥有最大的草原，最多的牛羊，但他绝不独享。牛分两类：一种牛是耕水、旱两田地，架木轱辘车西的牛。另一种是与人密切相关的神牛——奶牛，它把蒙古人变得威猛，而且将大草原生存的所有活物都变得健壮：雄鹰更神勇，随大汗意志而展翅飞翔；百灵鸟再不怕风沙并叫声悦人。提笼架鸟本是元朝将、兵怀念故土的嗜好。鸟儿曾是马背族的吉祥物，而狼就是草原的守卫者，历代草原盟首曾被称为"狼主"。

在草原，藏獒维护成吉思汗，连豺狼虎豹同样会助战；神牛的乳汁，养育了似豺狼虎豹般好战的蒙古兵，在攻城略地时，也要带上这些"畜类"，一同去争

守着紫禁城的传说

喊闷雷般响的"乎脉"⑦。奶牛最先教给蒙古兵开喉引歌,不然便没有"乎脉"。"乎脉"是元、明、清朝在公堂上的一种呼声;"唯唔——"就是戏中衙役喊的"威武"二字。龙生九种,成吉思汗生子数种,除忽必烈随他更多一点,尚能造福于世,但到元顺帝时,便是"麻绳栓豆腐,再也提不起来了"。

成吉思汗统一草原后,最先是往西、往南去寻找传说中的"佛"。但四面都是诸国界碑,谁都不准他通行。大汗明白,自古"佛"也是战胜了妖魔,才在人间争得了庙堂。而道祖也说在阴间有阎罗殿,同是各司其职。而他的后代倒是认准了一个佛:雪域圣僧。说来不怪,佛祖、道祖、玉皇和所有众神,都住在天上,地上便只剩了人了,土地爷之下还有管阴间的阎罗王,要不说"人往高处走"呢,往下还不进了地狱?

有句寻神的俗语是:"南边寻仙,西边拜佛。"蒙古大军使天下归顺,第一路将士南寻,经大漠,攀长城,先到了有神的龙门石窟。哦!原来在这人迹罕无的山中,竟有这么多尊佛住在洞窟里。他们衣着奇艳,像同真人,虽是用石雕成,但分明是有其神才有其像。所以,要再往南走,真佛,也许会在肥地甜海的中原。

第二路大军,剿灭大辽、契丹后,刚西行便遭遇西夏国挡道。这小国由几人靠给大宋进贡建国,因世代给宋皇当干儿子成为西夏王,横到不认得干爹(大宋)和"哈巴狗叫日头——不知天是高的"的境地。欺大宋、吞契丹、抗大辽、战大金;就是不知道成吉思汗的厉害,还拿枪耍调,调集人马,耀党项族人之威,比划着要与大汗相抗衡。成吉思汗本因其国小不便欺他,只发了响箭借路,告诉他,假若期限之时再不归顺,必灭其国。

期限一到,兽骨响箭发大汗令,其归顺大元则联合,可活,若倒行逆施,则必亡。谁知,那尺寸见方的小国,竟然敢城门洞开,摇旗呐喊冲出党项兵,与早就连接好的西域盟国一并杀向蒙古大军。但岿然不动的大军,早摆好八八六十四的棋盘阵,九九八十一的胡同阵,只是放了阵火炮,便只剩灰飞烟灭的城池。被大炮吓破胆的西夏兵,见自家片刻没了,还骑在马上,就都束手就擒了。最后,才将火箭万簇齐发,酥油将云彩般的大火烧到城里,西夏有多少座城池,就有多少片火海,活着的投降,埋葬本族尸首后,皆归降蒙古大军后再向西去。火不必去救,宝不必去拾,大汗军队不曾折损一兵一将,继而西行。活着的西夏人看到,最先走的是藏獒与豺狼虎豹,最后是看不到头的奶牛,灭西夏像是扫地般容易,从此,西夏永远只留在传说里了。

再西征呢,就到了叫不老天下蛮夷,都晓得蒙古大军厉害的这天。那会儿,罗马、沙俄等国皇帝莫不望风比着称臣,还要请蒙古兵来保护他们。西征之后,忽必烈拉着天下所有的财宝,回归东方。难怪多少年来,西夷紧盯住东方,因为,世界上所有财宝都在东方。

胸怀天下的成吉思汗,为与他们永世友好,将无数的奶牛留在他到过的草地,还将大蓥赠给臣国的王公贵族。至此,外夷们才开始认得奶牛与牛奶、大蓥与神鹰。大汗西去寻佛,看到不老天下的国度,都有不同的神,却没在异地找到他敬仰的"佛",反倒明白一个道理,只有故乡的东方,才有他可信赖的西域佛的信使——圣僧⑧,于是就有了国师、宰相喇嘛的故事。

再回顾西去的大军,顺着长城内外,打到有万佛肃立的敦煌,觉得离佛不远了。他说,秦始皇到底是成了仙,不然这鸟难飞过的万里雄关是如何筑成的?他拜秦陵后,总觉得有什么话要对儿孙讲。对建陵墓他嘱咐子孙,人生在世时,不必建那似山高的巨墓,要像草原狼一般,用狼占领地的办法,叫他最喜欢的大蓥"巴特"只画上一个圆弧。告诉子弟兵们,速分另一路,开始南去寻仙。很快,蒙古大军一统南中国,还造船量木的,忙着奔了海上。大汗只想着早晚要告之天下,他无意占这大好河山,只是要看看这山东南面的大海上,是否真是所传说的瑶台仙境。人若成仙,便可能长生不老,而变成真佛。只可惜,他的奶牛一过黄河就变成水牛,只会耕田拉车了,他的战马同样惧怕南方的瘴气,不是病即是毁了马蹄。但没想到的是,到南方后,大批遇热的牛奶,又成了另一种吃食——酸奶。

因从海上遇台风大败回的蒙古兵,带回南海诸岛的鲜果与甘蔗,为叫牛奶不变质,从此做出甘蔗糖饴。才有了后来人们不可或缺的"糖"。而那时,世界上最大的糖场、酒坊都在中国。富足的谷仓,常被人忘记它们会变质成酒。而做酒的商人,在历朝历代总是发大财。白酒、牛奶与糖永远是最重要的。

美酒是勇气、奶牛是骨头、大蓥是坚韧、战马是轩辕、长弓是大度、利箭是无畏、鼙鼓是人胆、马刀是天威、刀剑是方向、彩旗是雄风、敖包是路标,而他信奉的"佛"则是善待和善果。虽然坐骑从蒙古马曾变成过大象,但他还是在回家的路上又换回了战马。

成吉思汗没有陵墓,但谁都在惦念他。自他升天后,尽管射杀了十匹骆驼、十对黄羊、十头雪豹、十头大象、十头牦牛、十头麋鹿、十头老狼、十头熊罴、十头老虎,但这些动物的后代们,谁也找不到大汗的陵位。我曾听一个蒙古后人说过:"在草原,哪里都有成吉思汗。"可惜的是,他给全世界带去奶牛和牛奶,但作为后代,我们才只能喝半磅牛奶("文革"时),而大门口本来是长相如狮

守着紫禁城的传说

的幼獒,却连帝王也非要说它是狮子。其实,文殊菩萨骑的狮子,不会往富贵家门前蹲守,只有狗(獒)才会看家门。明明驮石碑的是龙子赑屃,可偏说成是'王八驮石碑'。那也没辙,有许多道理,不是皇上和读书人就能改变的。自古以来,造字编书的是文人墨客,而安排的却全是武夫。老辈人说过,在元朝之前,门口并没有石头狮子把门,只有上下马石和石鼓。而在门口摆狮子是在元朝之后。紫禁城内还留有元代石头狮子,并不像门墩那样子。

我寻思着:真等牛奶臭到一条街时,那好日子就算开始了。若真倒退回八百年去,外国不仅没几个人,更没几头奶牛。听说它欧巴罗洲四百年前,是个大复兴年景。就是说,五百年前他们才知喝牛奶吃面包。但在七八百年前,成吉大汗就赶着奶牛做粮仓,青石板烙奶酪,牛奶酸了酿美酒,炒面发了烤面包。谁先进,谁就能不败;谁勇武一世,不一定能勇武十辈。而现在,又有新沙皇又有美帝的,不是咱中国有这原子弹镇着,不又是一大堆"巴狗联军"[9]吗?

我爱听解放军打仗的故事,总共只二十年的光景就建了新中国。我问过说书的连阔成:"您知道的还有更短的吗?"他想想才说:"有,但国家没咱这么大。"听听,说书人没有不知道的事,前几日你们学军拉练,我看是练练好,总不练兵,一旦有事,国家不是净等着吃亏吗?

---

①额吉:蒙语,母亲。
②满族中流传的蒙古族歌谣,意为像虎狼般用尿的气味占居领地。
③幼儿马。
④即纯奶油。
⑤奶油炒的面。
⑥古代的草原民族被汉民族称作鞑子,这里指蒙古人。"鞑子"在过去并非是贬称。
⑦呼麦。蒙古草原牧民的一种歌声唱法。即"鼓喉而歌",在战争之前极富"震慑力"。
⑧即喇嘛。
⑨即八国联军。

没想到这事叫皇宫内的萨满知道了,忙前来观看,竟然扑通跪地磕头不止,还道:"自古只有神才能造出人,难不成您是神托生的人吗?"所以,在每年的皇宫祭典及京城的大庙堂,必须要码放老面的面人作供

品。从此，老面的名气大作！而聂冕的真名早被忘掉，只记得是捏面（聂冕）的手艺人。

捏面人和乾隆拜寿的传说

话说有个当官的后代叫聂冕。自从父亲进京为官后，一家人才从陕西搬来北京安家。但谁想到，老父亲却因病早殁。他尚未成家便没了饭辙。只好在陕西老家，娶了做面食人家的闺女当媳妇。这年他总算是运气好，只带着一身的面食手艺，通过世交①的叔伯们打点银两问路，终于混上紫禁城内御膳房最低等的面案②。结果没几天，就被别人起外号叫他"聂老面"，为什么？别看在宫内打杂儿的人不少，但都算是有来头的，从来是明里暗里，免不了相互较劲，谁也不服气谁。只怨聂老面为人厚道，不懂得溜沟子拍马。所以，便没机会主面案，再加之单薄的身子骨和模样木讷，只能给人打下手。御膳房所有的脏活、糙活都由他做，把他累得够呛。

没进过皇宫的人都会说，"一辈子没福气见金銮殿"。即便是久在紫禁城里当差，这一辈子也不一定能看着金銮殿。有一回聂老面顶替大面案儿做馒头劲儿③，干着干着突然来了兴致。把发好的面，按陕西老家过节的习俗，揉揉搓搓捏成寿桃、水果等形状，又用竹板、竹刀、竹勺，在其发面团上一捣鼓，面团就变成了金鱼、肥猫、胖娃娃、小狗、蝴蝶、胖牛、公鸡、鸭子，再点上吃色，还放置了红枣、龙眼等漂亮鲜果子，上笼屉蒸熟后一掀锅盖，嘿！全有了模样，使得御厨们赞不绝口。

眼看要过年，宫内几许拜堂阿，就算是太监，也同样惦记家人。聂老面于是就捏出十二个属性的小动物，暗表思念。蒸熟的面食玩意儿往内宫一端不要紧，直看得皇太后及嫔妃们，拿在手里谁也不舍得吃，只是端详摆弄个没完。竟还赏了御厨银两，将面疙瘩统统变成条案上的摆设。这可把面案们乐坏了，谁都高兴地唠叨起老家来，也免不了发几句牢骚，主管御膳的老太监，不免心里妒忌。心说，你们比我强百倍！我进宫时，还是不丁点的孩崽子，连出头之日都没有，你们好歹隔几年，还能熬盼探家团聚呢？

自古皇宫，都有一条明文禁令。做奴才的，谁敢想家或是发牢骚，就要被即刻杖毙④。于是，老太监便借空，将御厨发牢骚的事，禀报了宫监总管。没想到，竟被乾隆爷不经意听见，没过几天，老面便被叫到御书房门前，跪在地上等候发落。巧了，那天乾隆爷正因得到件外夷的贡品高兴，对总管太监爱答不理的。一提这事，皇上板了龙颜，结果连老太监也被罚跪到天黑掌灯。俩人全都冻晕在门前。直到乾隆爷觉得肚子咕咕响了，出门起驾回銮，正看见有俩人在外头躺着，大为诧异。还觉得挺有意思，对俩人的忠实守规颇为赞赏。跟班太监当然免不得称赞老面几句。听说是御厨，于是乾隆爷便免了他罪过，还恩准他回老家看看。

逢凶化吉的聂老面回老家后，将前后事一五一十地对老婆说了一遍。老婆听说万岁爷夸他，来了精神头，便将做闺女时，练就的本事，大显了一手。并将黏米面、精米面、榆皮面、黏黍子面、小米面、荞麦面和好，捏成了小丫头片儿、小小子儿和山村里所有鸡、猫、狗、猪、牛、羊等家畜，又用胭脂、水果和蔬菜制成染料，给它们上颜点色后再蒸熟。

经巧手老婆这么一折腾，家里简直成了玩意儿铺子。老面把这些五彩"活物"装进麻袋，背回了紫禁城。为谢皇上不杀之恩，都送给了太后和娘娘们，并得到皇太后等的赏赐。皇太后遂下懿旨，将老面升至面案长厨，要他专门琢磨，做些玩意儿孝敬给内宫。老面开心了，但其他御厨的嫉妒也来了，不是被偷走面，就是被人掺了东西，玩意儿不是变形就是改样。但经过上回事由，原和他不对付的老太监，已与他成了一对患难知己，出主意说"甭生气，给您找一间手艺房子，保不齐还能成大事呢"。

老面道："面捏成各种花样儿蒸熟，那是哄孩子玩的，可我不知老太后到底喜欢啥样的？我见识少啊。"老太监闻之，便趁没人时，悄悄领他来到皇宫存宝的库里。指指画说："这墙上的画，只要您能做，要房子便不难，这叫八仙过海，旁边是哪吒治龙，这是许仙白蛇，还有牛郎织女、玉兔捣药、大禹治水……您能捏吗？"

老面仔细看了画上鲜灵的人物鸟兽，乐不颠地连连点头："哎呀公爷⑤，可叫咱开了眼界，我是属虎的小牛，胆子是有，兹看见了，我就敢捏。"

老面回来后，用心地捏起来，竟十天没动窝。为保面人长久，他在面里加上盐、碱、猪、鱼皮鳔⑥、奶烙、酥油。把画里的活物，都一个个鼓捣出来。老太监一看可乐了！高兴地说："嘿！老天爷呀，您不是画圣⑦的后人吧？您干脆专琢磨这玩意，等做好了，咱想主意摆到皇上面前去，自会功成名就。"老太监也找来各种颜料，和在面里，这比捏好后上色，自然得多。他还借出宫购置好用的家伙什儿。有了可手的佐杖，老面可算是得心应手。没几月，他便捏了一套带色的二十四孝图⑧。见到几十个孝子，神态孝顺，加上各颜色，再添上蜡，玲珑剔透地放在几个漂亮磁盘中。

也巧啦，正赶上皇太后和皇上置气。只假装样子，出去走一圈儿，可早有探子禀皇太后，说老面偷了宫里的水晶宝贝。啊？这还了得？老面马上被带至太后面前拷问。等问明白再一瞧，老太后是喜出望外。并派人将面人，送给了皇上。乾隆爷本是个大孝子，见此物后，马上到太后这请安认错，还道："不知是谁雕成的精绝玉器，儿臣定要赏他。"还连连夸赞，是巧夺天工一般！并拿起面人爱不释手。猛然，他想起今年皇太后的寿诞要到了，便灵机一动，计上心来。

往年为太后办寿诞，大臣们都会纷纷献礼，连皇上也要花上万两白银，可今年遇西域反贼叛乱，战事很紧。为用银子做军饷，虽费尽心机，但还是不够。回寝宫后他想，明明非玉器，却是面食，我何不就用此面人，作为皇太后寿礼，还可赐百官而换回银子，这可是省钱又实惠呢？想至此，忙对老太监如此这般交代一番，答应日后恩准其出人头地。

太后的寿诞是国之大事。这天，紫禁城张灯结彩，太和殿内外鼓乐喧哗，热闹非凡。乾隆爷高登金銮御座，接受亲王贵族及文武大臣的叩拜献礼。而前来祝寿的百官，都收到了双份的请柬，百官谁也不敢怠慢。既有两张请柬，那只好都硬着头皮，送上双份大礼。

皇太后落坐正宫，太监开始不断禀报百官礼单。乾隆爷最后才将寿礼奉上。只见一套绘攀龙描附凤的大礼盒，用明黄丝绸捆扎，由太监抬来。但百官心里，可算起了银子账。往年乾隆爷的寿礼，从来都是金龟、玉兽、翠鹤、银屋等大件宝贝等。而今年不知皇上又会叫百官开什么眼界？祝寿的百官，都伸着脖，打算仔细瞅瞅。乾隆爷跪在太后面前行了拜寿大礼，完毕，皇太后问："皇帝，你送我什么礼物啊？"

乾隆爷笑嘻嘻地回答，"儿臣是皇帝，礼物怎敢轻佻？请母后过目——"太监们将礼盒一一打开，然后小心地将一件件礼品取出，逐一放在案上。前来祝寿的百官顿时目瞪口呆。只见十个西洋玻璃罩内，装的是自盘古开天地以来，历代的帝王将相、众神仙等七彩八色的微型塑像。既是帝王御制，又是独一无二，气派得立刻压倒了百官所献的金银寿礼。百官见此宝都齐展展跪满大殿前。而只有太后心里最明白，便道："众人起身吧！这所有的寿礼，本宫要当场义卖，所收银归帑库。"

什么？自己不要？这花银子买也没有第二份！乾隆爷好似极认真地问："您说得当真？"

守着紫禁城的传说

"身为国母,岂能有假?"众祝寿人好奇地打量这既似玉雕也像牙雕的彩色小人。在太后赐宴中,也忍不住咋舌叫绝。其实,这是皇太后与乾隆爷连起手来,用拜寿收礼的办法,筹到了足够的军饷。但谁也不知此稀罕之物,竟是老面捏的面玩意儿。于是,王亲贵戚、众大臣一窝蜂地围上来,都来抢购国宝。有位当朝额驸出大价,当即购买了"八仙过海",而其余的,也被百官定购一空。

乾隆爷回宫后传过老面说:"这回你已是功成名就,名声在外了,还有人要出大价钱买你捏的'八仙'与'彭祖',这活做完了,朕即刻允你出宫租房,放胆子去捏面人了,宫内每年都会购买。"遂即命赏赐聂老面足够的银两。老面立刻给乾隆爷磕头谢恩。没些时日,老面如愿以偿地完了活计。出宫之时,他将得到的银两,平分给老太监一半。

打这儿以后,他在前门外耍起了手艺。聂老面的手艺越干越精,花样也越捏越多,来订货的人更是越来越多。不管他坐着,躺着,在街上走,或是在睡梦中突然醒了,照样即刻动手便捏。他从不贪金银,给点钱就卖,有无赚头都知足。于是,紫禁城、官府、大宅门接长不短地都找他订货。老婆、孩儿也被接到北京来帮他。后来,聂老面老了,便将手艺传给儿子,还收养了多个穷乡亲的孩子做弟子。从此,在北京城内,只要会捏面人的,就一定是从聂老面枝上分出来的。这捏面人的手艺,便由老面的后代们一代代在北京传承下来了。

---

①上辈人的老朋友或有交情的老长辈。
②即专门做面点的师傅。
③已成形的面被分成块叫面劲儿。
④用木棍打死。
⑤太监被下人尊称为公爷,太监的全称为"宫殿监",如"御前宫殿监"等。
⑥鱼皮、猪皮熬的胶,木工用来粘接家具。
⑦吴道子,古代的大画家。
⑧二十四孝图,为古代教育学生孝顺的故事。

张将军破例请所有的老友,一同为儿子接风洗尘。后来,张将军又请石匠在西山沿途的多块石头上,分别用真草、隶、篆刻凿出"哈气石"三字,以示西山之石上的青苔,都是救命的良药。于是,便被知道

这个故事的文人儒士，到处题满吉祥的字句与古诗。

张将军上当得寿

  大清国以武功得天下。八旗绿营①内有个张将军，功成名就后卸任解甲。留在京城，又是修宅子又是置办田地，倒也算清闲有趣。又赶上大儿子争气，报考武状元，经与几百名满、蒙、汉、回族等后生，真刀真枪地搏打厮杀得胜后，争得头名状元。此时，正在国家用人之际，大儿子便被皇上委派去做镇守西域的偏将②。

  话说张将军从边疆卸任后，原本是想和儿女们一起度几日天伦之乐，谁知没有几日，大公子得天恩圣喻，被派遣到西域辖兵。而二公子也因为武艺高强，被派遣速速前去南方赴任迎敌。于是，眼看着有了功名后的俩儿子离开京城去边疆督军从武。

  家里的突变，令张将军又喜又惊：喜得是报效国家，从俩儿子那里，又有了继往；惊得是俩儿子此去的地方，正赶上剑拔弩张的战事不断。俩宝贝儿子都去打仗，此去免不了有一场或敌死或我亡的恶仗打。自咸丰皇上问政后，诸西洋外夷列强，都来联手欺负大清，不断找别扭，弄得国家左右都是战败，是又割地又赔款。所以，张将军最怕的是俩儿子是有去无还。

  大清国那会儿是四面受敌，八方多难。张将军之所以早退出国事，就是想早早清闲几年。但万万没想到的是，俩儿子都要去边疆打仗。他明知交战地是个野蛮之地，沙场上的翎毛箭没有眼睛，洋枪洋炮也不管你是老少妇孺，所有将兵们遇到皆是玉石俱焚。所以，俩儿子走后，他便日夜地揪心，免不了担惊受怕，生怕俩儿子有闪失，总是在想，自己好不易躲开这二场③，可俩儿子却又去了沙场，谁知将会传来什么消息呢？

  别看张将军整天无所事事，但由于心里有事，总忐忑不安。久而久之，本是强壮的武夫身子，便慢慢开始疾病缠身了。开始，他还没当回事儿，不过就是睡不好吃不香，他更不愿意出门活动，或骑马遛弯了。哪怕是访访故旧，或请亲朋好友吃一顿饭，这都没有。他只把自己关在深院大宅子里，整天惦念着远在西域边疆的儿子的安危，总是不断犯气迷心④。谁都知道，有旗兵的人家一遇战事紧张时，便不能接到沙场书信，仅仅几个月，张将军的病情就越来越重，以至于整天喝起汤药来。后又卧床不起,食水难进,真好似病入膏肓一般。不管是请了哪的大夫,开得药吃完都不见好,最后连江湖大夫都不再给他出偏方。眼看着张老将军气息奄奄,就要不行了,夫人只有赶忙去请几个他想见的老友,来见最后一面。

这天,一个先前将军的"老莫逆",被贬免职闲居在家的官员来看他,并称:"你这病我有办法,在京西妙峰山下,有一块当年吕洞宾过路时随手放置的'哈气石',可医此病,但必须您亲自造访。而只要对这块石头吞吐气息,把病气'哈'在石头上,再将仙石的'气'吸回来,自会病除。但别人不可代劳,须三三见九,得连去吸吐九天,方可谓是一个疗程,绝不可半道停顿。"着急的将军夫人,为保老伴儿性命,从次日起,便请脚夫抬他到妙峰山下,去寻找"哈气石"。谁知一天、两天、三天……直至第九天,夫人向"老莫逆"回话说,连去寻找九日并未找到吕洞宾的什么"哈气石",不知该如何是好。

于是"老莫逆"便与几老友登门看望。但还没走到门前,就见有一队披红着彩人群,吹笙击镲、敲锣打鼓地涌到张将军宅门前,口口声声喊道:"送张小将军报捷喜报来也!请张将军亲自迎接!"张将军还在纳闷儿,心说,我已然是不死不活的模样,哪会有什么捷、喜可报?莫不是送错了地方?但将军夫人却二话没说,忙不迭地让进报捷队伍,命家人沏茶倒水,赏了报喜之人些散碎银子,才叫人来读送来的捷报和儿子的书信。

老将军耳听得,送捷人报出的姓名,正是自己日思夜想的大儿子。再加上"老莫逆"带来了更好的消息,说原下属给他捎信说,他家的两位公子都在边疆立了战功,不久都要回来探亲。老将军一听不禁大喜,病可就好了一半。再加之前来探望他的老几位,也向他祝贺道喜,满堂都是喜笑欢声,将军这病身子好像完全好了。忙问"老莫逆":"到底哪天回来,我要去接儿子。"

"老莫逆"道:"明后天便可从安定门那班师回朝。"当晚张将军安心睡觉。因这几日天气又好,虽坐在轿上也劳累,但毕竟是整天看到花红柳绿的野外美景,虽未曾找到"哈气石",但心情却大为舒畅。第二天,因怕别人说他小家子气,好似妇人见识,便不动声色地悄悄一人,骑马坚持走到安定门去迎接俩儿子。

结果是望穿双眼,是左等也不来,右等也不见人影儿。黄昏后,只好一人又独自趴在老马身上摸索回来;又是一连九天,还是没见着俩儿子的身影。于是,急脾气的老将军,便找到"老莫逆"家来兴师问罪,谁知也是白跑了一趟。"老莫逆"却早来到他府上。连续两回上当受骗,使老将军大发雷霆,道:"老夫与你在朝为官多年，不曾对你有不敬之处，还与你有莫逆之谊，而你却戏弄老夫的病体，为何多日既不见什么'哈气石'，也没见我儿子班师回朝？"

谁知"老莫逆"非但不恼，反而笑答："请问将军，姑且不问您是否真去了九天，是不是道路上并未喘气呢？"

"谁说的，不言脚夫们抬我的劳累，我坐在轿上都是气喘不止。"

"那么您是否见到一块长有青苔的石头呢？"

"你简直是一派胡言，现在是秋季，山下到处的石头、道路满是青苔，我浑身都是青苔的臭味儿，谁知你说得到底是哪块呢？"

"将军是否闻到青苔的一丝气味呢？"

"又何止是一丝气味，漫天黑地地好似进了青苔国，又好比掉进了青苔的江海！"

"您是否觉得，精神要比原先强些？比如您对我这么大呼小叫，并不觉得累？这几天自己竟然去了九次德胜门接儿子？而该去安定门啊？出德胜进安定嘛！"

"哎？老夫怎没想到这个呢？莫非老夫听错啦？"

"那您请看，在您屋里正坐的这是什么人？"

张老将军定睛一看，哎？老天爷，同样做了将军，立了勋功的一对儿子，竟然坐在对面正和母亲媳妇攀谈。见此情景，老将军的病，这回可真是完全好了。但他却还在问那块哈气石头在哪里："到底石头在哪呢？"

"您已遍嗅妙峰山脚下诸'哈气石'之灵气，早已将腐气哈出，新气充裕，导致面色红润，心病已除，又能吃又能喝的，还需要什么吕洞宾的哈气石呢？再说，我还未收将军方剂钱呢？"

于是，两位耄耋老人相对大笑起来，老将军这回才知道，这些好心的瞎话，都是"老莫逆"的一番好意，不然，别说见到俩儿子，也许连性命都保不住了。

后来有人发现，西山脚下所有的住户中，凡长寿的属张姓居多，后来还有人说，当年安排这"哈气石"的并不是吕洞宾，而倒和张果老[5]有点渊源。为什么呢？您想啊，八仙里的张果老是张姓本家呀。

---

[1] 绿营，即八旗汉军中的一部分。

[2] 将军军职。

[3] 二场，即沙场、官场。

[4] 发神经。老北京人对"神经质"的叫法。

[5] 八仙里的一仙，因长寿出名。

东岳庙里立有不老少的石碑，乾隆皇上立御碑就在庙门前，我最熟悉的是碑的顺口溜："小机灵鬼儿，大透亮碑儿，鬼精（金）豆子不吃亏儿，皇上金玉骑成对儿，阎王老子吃香灰儿。"

"忒"与驴肉火烧的传说

北京城东有座东岳庙，院里有一头似驴非驴的动物，被堂而皇之地摆放。传说它能免灾祛病，人们便都用手去摸它。即使妇女得了难以启齿的病，也会趁没人时，悄悄去摸那只动物的相关部位。这到底是什么动物？在这家伙面前，有个牌子，上面说，这是乾隆爷当年的坐骑，其名叫"忒"（特）。为什么叫忒？"忒"在满语里，意指似马非马。因为它长有马耳朵、驴背、骡子尾巴、两半的牛蹄子。明明像骡子类的东西，又如何叫它谁都听不懂的名字，不如靠西摆的，康熙爷曾骑得白龙御马，更是雪白似霜，谁若摸了它，即会保自家平安。

话说乾隆年间，曾被收复的蒙古草原和西部新疆一片疆域，又重新兴起了反王大举反旗，宣告与大清不共戴天。他们袭扰八蒙①的旗兵，抢走各旗王爷家眷及数不清的牛羊、骆驼、马匹，还将大清所设关卡、城垣尽数烧毁，所辖的牧民与旗民都被掠走。辽阔富饶的草原变成了杀人屠场。据逃回北京来的王爷说，反王是当年被汉武帝灭绝的匈奴，有几位福晋竟然被反王纳小②做妾。这种公然蔑视大清国威的做法，使满朝文武震惊，年轻的乾隆皇上也是既惊又怒。大清先祖自打学成吉思汗开始，就与蒙古草原世代联姻。若没有草原生长的蒙古骏马，便没有八旗满洲不败的铁骑。有老话说，"骡马不上阵③，骡子只驾辕"可当年，武则天为皇执政，谁敢说骡马的不是？

从来是骑马的皇帝，才坐得稳天下，乾隆爷最明白这理儿。乾隆爷坐江山，好就好在永远直着腰对外夷说话；但凡有强盗来犯边疆，在他上朝后，从来是文武百官，无人敢言"和"字，都一概喊"征伐"。这与以往历朝历代决然不同。大宋追着强虏议和，被掠走二帝，才有了永难洗刷的靖康之耻。国若想强大，就要养兵，不要动不动言和，所以，"举清国兵勇，朕御驾亲征"。就这一句话，大清就派出雄兵，往西剿蒙古反王，往北收大汗的老家。

大兵是出了。但被反王占的大片草域，多有宝马良驹，逃到北京的蒙古王爷,又不能带回马来。这倒好,没了马的大清兵勇,都变成了步兵。为此,乾隆爷发旨说,"不是有马才可杀敌,而是先打胜仗,方才有马"。这也罢,不管平常打仗,有用没用的骡马、骡子、毛驴、老黄牛,全都派上用场,步步为营,进发西北。再加上蒙古王爷旧部,还在抵抗不止,八旗兵一路是只胜不败。先夺回数万马匹,还给了八旗兵那"四条腿",将兵来了精神,简直像横扫草原的狂风般追逐反王。见此情,被救的蒙古王爷,也大显身手。这次立功的蒙古兵最多。

"兵上万,势无敌。"八旗满洲铁骑,在山海关外立国先期,每旗兵勇不过几千人。再加上无数的苏拉④,那会儿和旧明时的外族兵打起仗来,几乎是没有败过几阵,但凡是要败了,领兵的王爷都不敢苟活下去,全是拔刀自刎。

这回打仗,是先解救成吉思汗的老家,成汗是草原蒙古的骄傲,这不是迷信。只要一解那方之围,蒙古兵历来是马上翻手得胜,铁骑们就如同成吉思汗还在一般。不想,反王没有禁住挨揍,乾隆爷初战大胜,将帅们都大意骄傲起来,将好马拴成一长溜献给皇上挑选,折腾了好几天。乾隆爷最喜欢宝马,在他所有收藏的画轴里,最多的就是五骏、六御、七驹、八骥、十骑图等,老早就惦记着存宝马,连祖上所留的宝马良驹图画都视作宝贝,放在圆明园中供奉。

众将官久未打仗,胜了自然会庆贺一番。这晚上,被御酒泡透了的乾隆爷,穿着龙袍,在马厩里挑来挑去的,不知到底要骑哪匹。谁想到,却叫被打散的反王的几个溃兵发现,慌忙去报告反王。反王借半夜钻了空子,直袭皇帝大帐。众将兵慌忙应战,多亏反王兵少,匆匆夺了些马匹粮草,又俘获了几个官佐急忙逃走。众将一见大帐内没了皇上!都傻了眼!一时哭声遍地,将军也要拔刀自刎。

这时,就见乾隆爷骑一匹长相怪模怪样的坐骑,小跑溜达着从远处归来。而脚上却只剩下一只龙屐⑤。将兵们跪地便拜,见众人满脸泪痕,皇上十分不解。直听完将军禀报,才晓得是这么回事。只听得乾隆爷道:"哎呀,这就是朕的过失了,爱卿都请起来,只怪朕昨晚独自去南方海疆巡视,却未与将军们通信——"

众将兵们听得奇怪,但谁也不搭腔,皇上也觉得尴尬。又只听乾隆爷道:"北边告胜,南方海疆大捷,还怪朕昨晚在福建水师,实在是被守将的盛情感动,在那多饮了几杯,到现在才回来。这不是还将朕的靴鞴,落在了福建督军府衙门。大家不要气馁,胜败是兵家常事。"

将兵们还在雾里云中,只见乾隆爷没事一般,下马自回了大帐。而坐下的御骑，便卧地打滚后，扭头便跑去草原觅草。而那家伙，浑身的汗水颜色，倒是像被鲜血泼过一般。几个侍卫只是骑马追在其后，并不惊慌。尽管乾隆爷已解释清楚，但仍有将军不相信。再去问皇上的侍卫。该侍卫头领，便悄悄地取出，皇上从南方带回的几只五彩鲜活的蚕宝宝，巴掌大还会飞的台湾蝴蝶。一见此物，将军真是大惊失色，遂脱口而出："难怪说，皇上有回下江南，御花园内有棵树，悄随出宫，给他遮了一路的日头。"

这回打仗，南北方都大获全胜。后来京城来了六百里大捷的急件，将军们这才信了皇上是真去了一趟南方。而且皇上"坐骑"的两半的马蹄缝里，竟然还夹有南方红土渣滓，那条长得和驴一样的尾巴上，也沾带了海鱼的骨刺、鱼鳞，就连脖后鬃毛里，也闻得到海的咸味儿，马鞍子上也留有乌龙茶的味道。也许它跑得太远了，蹄子底下全都磨出了鲜血，果然是宝马。人常说，"宝马并不是马，而是龙"。而当乾隆爷有回龙体受到风寒，去马厩探望抚摸忒的脊背道，"朕的腰不如你啊，老是酸痛不已"，谁知，手到处，一股暖流涌上腰来，当时，腰就不痛了。见状，便对妃子道："你也去摸摸忒吧。"妃子听后去摸。果然，多少年的月子病竟然也好了。

于是从太后到嫔妃，从戈什哈到太监，摸忒的哪里就祛哪里的病！在乾隆爷大仙的头几天，忒是不吃也不喝，最后竟然在乾隆爷归天不到半个时辰里，同样病殁。于是，太子就做了"铜忒"，供在东岳庙内，没想到，凡摸了忒的人，必然祛病。而康熙爷的汉白玉马，早因为灵验被供奉多年。于是，忒能治病的事被老道传出，来摸"忒"的人越来越多了。

当初，乾隆爷尚在世时，下边人曾依照忒的画像四处寻访。谁知，漫天下高大的骡、马、驴皆被拉来。也再不敢妄杀长像接近"忒"的驴，而所有的牲畜，都被土地官儿⑥登记注册，凡需杀的必须经准予。于是，爱护骡、驴，便是爱护宝马，即成规矩。此习惯延续了百年。但谁也想不到，命里真龙天子的皇上，也有让位的时候。而最倒霉的，便是太监行当。直到"溥仪出宫，太监无奉"，天下所有的老公便都没了饭辙，全倒流回家乡，要不就去流浪，要饭，能进鼓楼后的娘娘庙，总有碗稀菜粥喝，也算是不错了。

溥仪出宫那年，是甲子鼠年。自北京倒流回河间的多位太监，凑一处喝酒时，大发牢骚，只恨偌大的国，说没了皇上就没了皇上，太对不住他们这些咱家。有个太监嚼着烧饼道："这回真龙被天下分吃啦，没咱的汤喝了。"

就听一个御膳房的老公道："想当年老皇上，还把驴当了坐骑，供进东岳庙里……"

又一位道:"分不了龙肉,咱吃驴肉,当初吃口牛肉也算是大荤,现在,谁还敢管咱吃什么。"一太监又道:"到处闹灾,连驴吃的草都没有,你又能卖给谁呢?"

那位御膳房太监道:"看来民国是有人学了屠龙术,不然,真龙天子怎会说让位就让位呢?我们不会说'天上龙肉,地上驴肉',把宫里最好吃的,说成是只有驴肉,不怕土财主们不吃!"

"对!反正也是活不好,没家没业没亲戚没后人的,大不了是个死嘛……"

于是太监们便攒钱,挂出一副御膳房厨师的牌匾,开张卖起驴肉来。果不其然,河间府再大再古老,也不过是小地方。有钱的财主、军伐,和百姓一样,谁不曾羡慕皇宫内的吃食?便都认准了老公与那块"御匾"——龙肉居。

不但要尝尝地上的龙肉——驴肉,还要专门听听,老公们大讲紫禁城内的事,这就是吃饭人的想法。于是这些太监,因有了嚼谷儿,全都活了下来。

但赚钱还得来京城,"自古京城益商家"。当紫禁城在民国被变成博物馆时,年轻的太监,大着胆子领老乡们,把生意做到了北京的小胡同里,还摆上了大饭铺的桌上,到处挂满了那几个字——"天上龙肉,地下驴肉"。你想啊,烧饼是白面做的,吃个驴肉烧饼,外焦里嫩的,再来一碗驴肉汤喝喝,有钱人最好也不过如此。而直到现在,也少不了烧饼这道老吃食。那么着方形的,就被说成是紫禁城御用的,说西太后、说哪个皇上爱吃都行,反正也不再受大太监的辖制了,皇宫内的事随意说吧。

结果是,处处生意兴隆。圆的说成是娘娘吃的,不圆不方的是人臣吃的,大点的就是巡抚吃的,要切开呢,长的就是给百姓的。一个东西,若谁都有份,岂不是天下大吉嘛。到最后东岳庙里的"忒",都被太监传说成是跟随乾隆爷上天享福的毛驴了。

"为了龙肉,去尝驴肉",这倒是个新鲜事情。再就是边吃驴肉边听皇宫内的故事。本来皇宫里,就被人传出什么都有灵气,再经老公们一传,更加神乎其神了。其实,人们哪知道,若天下真太平无事,谁又舍得去专门宰杀牲口呢?自那年开始,军阀都开始胡作非为起来。有枪能杀人,那杀驴吃又算什么?吃完了驴肉吃狗肉,又吃猫肉……结果,毛驴成了稀罕物。有时出城,骑毛驴要比骑马贵出几大子儿。那时就有人念叨,"这是都进了口啦"。为什么呢?原因就是被赶出紫禁城的太监,胡编出的那句漫不着边的瞎话,"天上龙肉,地下驴肉"嘛。

---

① 即全部蒙古草原,清朝统一后将蒙古分成蒙古八旗,国体上服从清朝政府。被列为蒙古八旗。
② 做小老婆。

③母马。
④这里指旗兵的仆人与奴隶，立了功可以进该镶旗，位列正式旗民。
⑤即靴子。
⑥本地的保甲长。

庚子年，由打几万里坐炮船到中国来抢钱的八国饿狼们，还在攻打京城的路上正行走，西太后就逃奔进山里。京城的王公达贵们，也争先恐后地四散躲藏逃命。老话说："蛇无头难行。"北京城群龙无首，守城旗兵是四处溃逃。鬼子没进城时，是大炮在占便宜。而当他们真的进了城，旗兵架不住手里家伙①盯不住劲，只好退进皇城。最后叫洋毛子先攻打进后门桥②。耀武扬威的八国鬼子，闯进皇宫后，用刀咔嚓金海上的鎏金。北京城几乎没有一户能幸免。街上到处是死尸与燎布毛子味儿，连北京城的鸽子和鸟，差点都被鬼子折腾绝了种。

颐和园洋毛子遭报应

八国联军是些缺八辈儿德的坏蛋，干尽了绝户事儿。那会儿我额娘姐儿仨，没追上我舅爷的逃难马车，刚听见枪响，便和两个苏拉妈子③，抱着几个老倭瓜紧溜进后院的水井内躲了半个月，只等到打更的出来报时，才敢从井里爬出来。结果是脸上、身上肿胖得没了人样，一按一个坑儿，走不动也站不住。受惊吓后没有几年，姐儿仨只剩了额娘一个了。可惜了，那俩都还没出阁④。打更的出来几天，打锣的终于出来了，喊的是："大清平安喽！——"

这会儿谁心里都明白，料定朝廷又拿金银，赔给了洋人，还拉上不知要还多少年的饥荒⑤。

祸害完了北京城，抹过头来，洋兵便骑御马房龙驹，直奔了颐和园。个个都炮着蹦的，在太后与皇上的御床上，撒泼打滚，抽风似的跳洋舞。听向导说"仙鹤是仙鸟"便拿刀枪弄死了园内养的仙鹤与奶牛，还砍了万寿山上的松枝子点火烤肉。一时间把园子弄得乌烟瘴气。咱北京有老话说"您就是只大老虎——也有打憨的时候"，这日天进晚许，糟践完了御酒珍禽的一群醉气熏天的洋兵，你搀我扶地哼哼唧唧地打着洋曲儿，爬上了排云殿后的众香界禁地。

　　此处是皇家拜佛求仙的地方，历来是禁苑中的禁地。佛香阁的整个建筑，也没用明砖砌石，也无一檩一柁，全是用琉璃攒成，每块还雕刻着一尊琉璃佛像，都盘腿打坐，双掌合十，慈眉善目。洋兵一看佛像，便全愣了神儿。见一个个佛像泛光闪亮，好家伙，在中国竟有这么多宝贝啊！因他们不认得琉璃墙、琉璃瓦、琉璃佛像，只觉着要用手将宝贝挖出来，便可以带回国去。洋兵们信得多是耶稣天主，哪见过这东方才有的世面？洋兵越看越红眼，用手抠不下来，便抄起枪托砸佛像，枪托坏了就用洋刺刀撬，不到一会儿，那刚才还好端端的众佛像，全被砸残得不是缺身子就是少脑袋。洋鬼子们借着酒劲砸得起劲，竟把洋枪也砸成了废铁，这时忽听的嗷嗷儿几声怪嚎，撒酒疯的洋鬼子们一个个应声倒下，他们先是被刮来的沙土迷了眼，后又被石头块砸破了脑袋瓜子，见此状况，他们吓得撒丫子就颠儿，但黑灯瞎火的，只恨爹娘两条腿上没有安眼珠子，他们边跑边摔大马趴、狗吃屎。

　　这会儿，从众香界上的排云殿上到后边松树林里，好像蹿出了不少鬼怪，他们全是花衣服，短打扮，好像从血水里泡过的一样涂着红黑大花脸，手拿长矛大刀，嗷嗷儿叫着冲进鬼子群里乱扎乱砍起来！一路得胜又耀武扬威的洋鬼子哪见过这种阵势，本来醉得就站不稳脚，东倒西歪的，都等在那里受死，个顶个吓得浑身筛糠，两腿发软，尽剩那点哭喊洋爹娘的本事了，跑都不会跑半步。这些个突降的鬼怪们一顿猛杀猛砍，杀得洋鬼子人头滚落，血流满地，不一会儿，都倒在排云殿周围，那些鬼怪们又很快没了踪影。

　　一时间，足有几袋烟的时辰，山上鸦雀无声。这时，从还没死透的洋兵堆里，突然间，晃晃悠悠地竟爬起一个洋兵来。这家伙能走运，是因为他没喝酒，虽然身上没受致命伤，而刚才是连惊带吓晕死过去。所以便成了漏网鸟。他见四下没动静，就跌跌撞撞地滚下万寿山。咿哩哇啦地报告了洋长官。洋官儿便带着众多洋兵，紧赶到山上一看，立时傻了眼。他纳闷儿，怎么洋兵一枪也没及放，脑袋瓜子就叫人家给切下来了呢？这到底是何人干的，竟然有这么大本事？地下还扔着几把卷了刃儿的宽宽的怪刀。洋官连忙找来看颐和园北门的两个上了年纪，已蹒跚走不动路的脏脸老头儿，问他俩这到底是怎么回事。

　　俩脏脸儿看门老人你看看我，我看看你，好半天才哆哆嗦嗦地说："龙兵[⑥]早跑远啦？"

　　另一个则在心里说，我反正也是解了气了，豁出去编呗："他们这些见了鬼的洋大人,是不是叫中国上帝给分派走啦,您看看,这刀是专门切脑瓜的,这佛香阁历来是上接天神,众香界又是下连地鬼……这刀便是阎罗王用的砍头刀,是阴曹地府的头儿。以往我们若为非作歹干坏事,他就派牛头马面哥儿俩,来吓唬我们,谁叫你们都戴着脖锁⑦?阎王会根据罪过大小,将人分押在十八层地狱里。今儿见洋大人在园里反了天,阎王爷要是再一发火闹脾气,派下了勾魂牌儿,你们这些个洋魂儿,就全得留在这儿啊——"

也不知翻译究竟是怎么翻过去的,祖辈信奉洋教的洋官,一听当了真,连忙取下自己有耶稣架的项链,也周身不自在起来,一边嘟囔一边画十字儿,还说:"实在抱歉,大概耶稣事先没和阎王谈好,此地不可久留……"众洋兵见状,只好先放了俩看门老头儿。然后叫来翻译,问他阎王是怎么回事?谁想到这翻译,竟是直隶河间府人!告诉洋鬼子:"这刀是切西瓜的刀,不是啥阎王使的。"洋官闻听用洋话骂起了大街,拔出手铳⑧对天放了一阵枪!叫人立时再将刚才那俩老家伙抓来,洋兵得令拔腿端枪就往北宫门跑,转眼工夫,赶到了园子北门,但再也没了看门人。只是在门房屋内,找出一堆大小镰刀,铰花的铁剪,还有一些唱戏用的假鬼脸儿,和假刀枪棍棒及几块没吃完的棒子面贴饼子。谁说是走不动路的老头儿?地下还满是涂脸的锅灰呢,人早跑没影儿了,都是鼻子眼夹了胡须的假老头儿。

打这起,这股倒霉的洋兵,再不敢在这住了。所以,颐和园就没再遭火焚。等后来,洋人较起真儿来,实在没辙的西太后,只有叫九门提督来"稽查"该案。八旗兵们骑马把周围的村庄,像篦头发般楚摸一遍。摆出一副搜查抓人的假样子,还命令当地百姓,今后谁也不能再用西瓜刀剁菜切瓜。凡在京城混饭吃的小戏班子,统统被赶回老家。更不许年轻人再练布库戏法⑨、擒打等,特别是在被怀疑的六郎庄一带。

其实,大清国就这样的"悬赏"抓人,还是出了江洋大盗康小班,他劫皇杠、犯娘娘的捅了大娄子。别看九门提督找不到线索,但大多数的北京人全都知道由头。原来,这杀洋鬼子的本是几个花匠,还有几个变戏法、唱小戏的半瓶子醋的秃小子,实是愤恨不过,便涂上假脸谱,扮成鬼神模样,直把几个不知天高地厚的洋鬼子送上了西天。

后来,慈禧太后再请大小戏班子,重修德和楼大戏台,其中还有个缘故,就是因在颐和园杀了洋兵能辟邪,于是她说:"叫老百姓也看看大戏吧"。结果,大小戏班子,便转遍了北京城内外,专门演《钟馗吃鬼》。老百姓都寻思,大概西太后也佩服那些杀洋人的豪杰。

①鸟枪、火铳。
②指地安门外老石桥。
③满语仆人。
④出嫁。
⑤饥荒,借债或欠债。八国联军侵华后,曾向中国索要了巨额白银。
⑥指清兵。
⑦指带有十字架的项链儿。
⑧洋火枪。
⑨布库戏法是指今日的摔跤、擒拿、格斗。

北京城有老话说过:"别看当官的不动手,皇上艾什哈种杨柳。"北京城里,到底有几棵杨树柳树是皇上栽的?可我老太太,却偏偏知道大清皇帝种树的典故。而且我上辈分的旗人,还知道历代皇上在皇宫里种庄稼的事情。每年清明前后,连小孩子读的书里,都是这么几句:"清明前后,种瓜种豆,种瓜得瓜,种豆得豆;不种无粮,人人饿瘦,社稷难稳,无鱼无肉……"

午门前康熙种皂角树

在皇宫的西苑内,尚有二亩三分的好地。每年清明前后,皇上便会在这里破土、撒种浇地。单等"小满"收粮食后,还会在水田内插一次秧苗。打得的粮食,会御赐给朝中官员。收获时,皇上、皇后、妃子们,都要动手参与。这二亩三分地的收成,要由御史官记载下来。而谁也躲不开这"三夏""秋收"。皇上种地是人尽皆知。但要说皇上带头种树的事情,知道的就不多了。

若依我阿玛讲的,那御花园里的花草树木,与翎毛虫鱼,单靠"花匠""鱼匠"没错,但娘娘妃子们,照样也逃不开这修枝、剪叶、打虫和淘塘(整理养鱼池)。

咱先说这种树的事。皇上虽贵为真龙天子,但也会得病,而且得的多是怪病。谁都听说过皇宫贴皇榜，专招治病郎中的老话儿。老故事说，曾有皇上被蒙事的江湖郎中，歪打正着，揭了皇榜后，竟然使皇上大愈。小时候，我总是想不通，这身为真龙天子的皇上，怎么也得病呢？但后来听老人说，不仅神仙会得病，就连家养的马啦、狗啦、猫啦、鹰啦、鸽子什么的，也没有不得病的。渐渐地，这才信了皇上得病是真情。

大清统一中华后，并非万事太平。在蒙古草原，常常是今天这个造反，明天那个揭竿。总之，那一大串"滴里嘟噜"的反王名字，总和"太平"过不去。康熙爷几回御驾亲征后，草原也消停了多年，但他也因此落下了毛病。皇上年轻还罢了，有个磕磕碰碰的小伤小病，吃不吃药自然都会好。但年岁大了，要是得病总不好，皇上就一定会怀疑御医是否心怀不轨。皇上身边的人最是麻烦。

有位老中医说过"天下没有治谗言的良药"，"御医倒霉，三代成贼"。从未有御医能在紫禁城内混一辈子的。比如：吃去火的药，不能跑肚；吃补药，也不能上火。中国信草药几千年，老百姓守着什么，就得什么济：守着香椿，健脾开胃；臭椿呢，专避邪去毒；枣树呢，和阳脾胃。但树上有虫虫。过去老人讲：在茶树下睡午觉，能消暑润肺；坐黄梨凳上能去火；紫檀能去湿毒；荫沉木箱柜能存鲜肉；樟木箱去菌虫，这些只有中国人才懂。

康熙爷御驾亲征时，顶得是翠柱擎天紫金盘丝皇冠，坐的是牦牛皮沉香木雕金漆嵌玉的马鞍，骑的是追风汗血赤兔坐骑，披的是火龙征袍、斗篷，周身裹金甲银冑，走的是孤烟冷漠的戈壁草原，老爷儿（日头）在时，暖如顶个火盆，到晚上，就好似掉进冰窟窿，难保日着暑热，晚得夜寒。再与叛军周旋往来，战事又紧张，整天在刀光剑影的尸骨堆上经风、受雨。明朝大将军常遇春如何？那么能战之将，死时不过四十岁左右，何况是日理万机的皇上？更是不易了。

话说康熙爷少时体弱多病，奄奄一息时，幸而得了内蒙戈壁滩上一种草药，才免过一场劫难。他御驾亲征时，总嘱咐下边戈什哈们（侍卫）多带草药，好治疗兵将的红伤、百病，开始下边还当回事情，日月一久，谁还当回事儿？

这一年，草原又出了大股叛军，没些日，便将八蒙王公打得丢盔弃甲。叛军过处，连个喘气的畜力都见不着。叛王把蒙古王爷的福晋，都填了下房（做小老婆）。反王攻城略地、争财夺宝不算，还要抢别人的老婆。叛军是母女同娶，实在是乱伦不齿，这真好比是"吃残食的骚狗子——没拿老雕当回事①"。

为此，康熙爷震怒不已。本来他和蒙古王爷约好，借承德秋狝时御驾亲征。此时，正是夏天，康熙爷立刻召集文武百官，共商平叛之事。武官都举手赞同，要跟着康熙爷去讨伐反王，大清国历来的祖训是要皇上做马上皇帝，大清才能万年永在。若哪天皇帝上不了马背时,这皇帝宝座不是给"夷邦便是给家奴"[②]。果然,嘉庆、光绪等几朝,皇帝没上过马鞍,所以就出了袁世凯和列强,把国弄得遭殃到头了。

话分两头,由打康熙爷这,还传下来一个菜,即老北京人爱吃的"茄子豆"。当年康熙爷屡征草原,行军中最爱吃"茄子豆",还有"酒酱野猪肝"。前一样菜,非得是东北大豆和茄干儿一起,用野猪油焖炖才行。曾因他去草原,是连着急带喝酒,专吃"酒酱野猪肝",便吃成"肝火旺盛",胜仗是打了不少,龙体却偏萎了[③]。

他归京后,此病就成了御医的大事。天下的药不少,但谁也不敢说有最灵的药。"得病如山倒,去病似抽丝",您自己积攒多年的病,哪好得那么快?凡磨人的病,古来都难得医好。结果有御医说话欠思考了一点,脑瓜子就搬了家!为什么?御医非叫康熙爷早"立嘱后代,委托后事"。这让康熙爷到死都没撒手玉玺。皇子多,哪有不争的?但却有个大胆的旗人,是个不知自己为何系条红带子的糊涂人,道:"一方水土保一方人啊,不行,去老家那找找看呢?总还得由家乡那弄回点树啦、花啦、草药啦,大豆也得是咱老家的才中吃啊。"

于是,京城内百官,全学起康熙爷,提倡尊《黄帝内经》,大兴种植有益树木,并专派人去东北老家寻草药。这叫康熙爷的龙寿,延长了多年。而最灵验的药[④],当首数皂角。见此树木最为灵验,干脆将东北移来的皂角、枣树、香椿树,皆种在了禁城内外。这回是康熙爷自选地方,亲手栽树,是走到哪便栽到哪。一个春季,他从禁苑到紫禁城内外,整整栽了一百棵树,结果都活了。从此,他每见到自己栽的树,都要像年轻人一样,伸手飚上一飚,攀上几攀,有时还拍打数下,以叫百官看看,他总是如此强壮,好像每时都可御驾亲征。然后,为使皇子们勤俭惜木,他还将这些树木,一一分给皇子们看管,并逐一标名讳。康熙爷认为,树是最有灵气的,能帮人健壮。老天有眼,康熙爷还真的好啦,还更硬朗了。

皂角树天生命硬,无论旱涝冷热,它要比松树、柏树长得壮实,且树皮也细致贴实,还不生杂虫。叶子比柳树、杨树、柏槐树更厚实茂密。用它结的果子——皂荚,泡老酒喂药能祛风痰,除湿毒,能杀虫,能治中风、口眼歪斜、头风头痛、咳嗽痰喘、肠风便血、虚汗虚痨,还能治疮癣疥癞;皂角刺可拔毒消肿、排脓疮毒,治疗风癣疮、胎衣不下;皂角叶、根、皮可治血病哮喘、消化性溃疡及慢性胆囊炎;皂角籽可润燥、通便、祛风消肿。皂角树材质坚硬,肉质细腻,制作家具均为上等。皂角树叶密、花好看,极少发虫害,树皮还能放炖肉锅

守着紫禁城的传说

里,助人强身健骨并贯通气脉。这不是宝贝吗?难怪康熙爷把病医好了呢。

因此,皂角树种在皇宫内,可供侍卫们用其泡水,洗衣去油渍。它味儿还清香,比任何西洋肥皂都洁净。在他归天后,这些皂角树,都被乾隆爷视作宝贝,节里总是披红挂彩,算是祛除百病,但不许任何人攀爬取果,老留着每年的大皂荚。但是,乾隆爷是个文武皇帝,文思喷涌时,紫禁城内所有人等,不得不都拿起毛笔。得,没笔的人,自然到处折枝当笔;乾隆爷从不忘"武以天下",宫里人更不敢怠慢,有刀枪的练刀枪,没刀枪的还是折枝撅树代替。

乾隆爷还喜欢待在箭亭,看侍卫、官员们比射箭,然后在赏亭由太后赏赐诸官,当然最多的是护军。要不说"有乾隆爷在,八旗永不败"呢。但这一折腾不要紧,天下各司职责的文武官不敢怠慢。但可惜的是,这宫内种的树木,可都玩完啦。原来,乾隆爷总告诉大家,都要学康熙爷,都拿树当杠子攀。

可巧,在宫内不爱坐轿子,只喜欢走路的乾隆爷,一回见到一棵皂角树成了秃枝干,便勃然大怒,要治内务府的罪。挨骂的内务府,便只好赶紧悄悄将一棵棵皂角树补种上。朝代换来换去的,几百年还许剩下几棵。现在午门前到底有没有?反正我在去遛弯时,还看见几棵呢?自打民国禅位,小皇上后退内三宫时,北京城正时兴用洋胰子⑤,但都比不了用皂角洗衣裳好投好洗,水还能浇花草。但洋胰子水不行,小朝廷的几个祖传花匠都辞了差,都说康熙爷的好,不毁土地。等你将来长大了,一定得看看,这皂角树还有没有。告诉天下人,洋肥皂早晚有一天,会毁了咱的粮田。

巧得很,笔者在2000年整,在午门排房前西侧,见一棵树上挂牌子写着:古树皂角。原来姥姥讲康熙种树的故事,实有此据。因此,便越发对姥姥思念起来。

---

①指草原上鬣狗,没拿幼鹰或鹰隼当回事。
②家奴指满族之外的国人。
③半身不遂的最轻度的一种。
④中药有分为君臣佐使之讲。
⑤胰子——北京人对肥皂的称呼。

十三陵的定陵刚开放不久,我父亲为满足姥姥的心愿,便带她去看

地下宫殿。姥姥说,自浪小听老人就说过"去得了天庭,去不得皇陵",那是真龙天子的归属所在。在传说中,刘罗锅告乾隆爷挖坟盗墓时,说的就是,用拆明朝享殿的金丝楠木,去建大清皇家的祖陵。其实,若不是大清对十三陵,多年派重兵看守,这陵早不知叫谁给扒没影儿了。而崇祯的棺椁,也曾在昌平摆存多日,被当地乡绅捐银子草草掩埋。最后,还得说是顺治皇帝,将其再埋入了明代的"思陵",还破例将一同自缢的太监——王承恩尸骨埋在陵旁。

北京有龙脉

这十三陵,从明到清都是禁地。在明朝,误入要被杀头。所以后来人都说,定陵之外的十多处皇陵,早已化作灵魂,挪到别处去了。自打满族进中原,由乾隆爷开始,才学起了造陵、修陵、制碑、立牌坊来,满族人也有了"入土为安"的麻烦事。再有,就是满族当朝大汗们,太过于惧怕中原的庞大人群了,所以在入关后,满族"凡生小子(男孩)的便可多领钱粮,生多了儿子的女人都要得赏",母以子为贵。当家里人离开地下宫殿①坐车经过十三陵水库的大坝时,姥姥又说:"毛主席能参加修水库的劳动,这是祖宗在故事里,从未有过的事,只要是这里还有水,龙脉就不会离开北京城。"

我还小时,听说考古队在蓟门桥,挖出了元朝的城门,姥姥便早早起来赶过去看,回家后对姥爷不断叹息说:"辽、金、元、明、清,几代天子都看上了北京,可是不是历代百姓都这么穷呢,(那年是国民经济困难时期)难怪这故事里,总会讲穷人和富人……"

当我没完没了地刨根问底儿,问起龙的传说后,姥姥也就打开了话匣子②。姥姥说,天下写着太多的龙字。比如说龙山、龙路、龙江、龙门、龙川、龙城、龙乡、龙庄、龙船、龙舟、龙潭、老龙头等名。而带龙字的地名,全是因为真有龙的缘故。老北京城便是建在古龙脉上。1978年左右,在京城朝阳区的九龙山附近,还能看到,那里有古代的九条旱龙祖(指九龙山地区多条隆起的土山脊),传说是大禹治水年间的龙祖,为救百姓黎民于水难,而自困沙滩、挡住恶蛟而化成石沙的。它们是被大禹的诚意所动,那土脊本是海里的石沙?若不是它们,北京城还在深的苍海里,曾叫它作"幽州苦海"。然后,还只剩下这一条活

守着紫禁城的传说

的龙祖,就只在这六海里(南海、中海、北海、什刹海、东海、西海)隐身了。

乾隆爷像小伙一般健壮时,便命人在九龙山上修庙配山门,还请僧人来守寺慰香,以敬龙祖。后来,大清龙气萧条,社稷艰难的庚子年后,光绪爷再振龙威,又叫百姓给脊上庙宇,捐了一口响铜铸钟,并几次登临此处。可见历代皇上,都信服这条龙脉。满族人世代都尊龙,虽喜龙,但也怕龙、畏龙,最爱说的故事便是《叶公好龙》。

当老罕王③看到第一张皇城图时,就发现京城内到处是龙迹,连水都向有龙的东海流走。早在宋朝时,北京这块风水宝地叫作"黄龙城",而称幽州时,"幽"字中就藏有两条龙,一条是龙祖,一条便是真龙天子——皇帝。连大清马都是源自黑龙嘛,但满族人为什么这么好龙呢?你想,咱满族老家在白山黑水,长白山是巨龙骨架支撑着天,黑龙江又是黑龙之乡。我们的吃食大多出自江中,那咱自是龙的后代。

北京过去叫元大都。而"大"字是在天字的下边,而这"元"字也怪,都说是天上还有天。成吉思汗信奉蒙古神,其模样留那头④就像哪吒,等占了黄龙城以后,居然也害怕起了真龙。也难怪,哪吒是龙的仇人嘛。那会儿,忽必烈还没去过江南,等看见北京地图后,也大吃一惊。于是,他叫工匠马上打造土城,而原来的蒙古族是不会,也不讲究修什么城墙的。他曾下令,拆掉了所有篱笆⑤,因为草原人是与天融为一体的,而蒙古包,谁听说有砌上围墙的呢(除了神庙)?见了庙里哪吒,真是把拥有天下的忽汗更吓了一跳,这不正是蒙古心中的大英雄吗?看来,不是成吉思汗像哪吒,就是蒙古神和哪吒长得一模一样。

尤其是哪吒那撮头发,直指向天去,就算没风火轮混天绫,以蒙古的铁筋轮牛车,早就闯遍天下了。大汗的史官们,翻遍宋朝记有哪吒的书时,竟发现一件事:这小哪吒人虽不大,却是长有三头六臂,叱咤风云的大力神。忽必烈想道:成汗小时候,在晃动的牦牛车上长大,也曾是练过功夫,身经百战,最后才名冠八蒙草原。为成吉思汗的壮志,既得天下,还害怕什么真龙不成?已将辽、金、宋都灭了,不就早超过小哪吒了吗?干脆就把蛇作龙,雕在皇宫标记上,反正哪吒和蟒蛇也无冤仇。自此以后,元朝便有了自己的蛇相龙。为将水里的和草原上的龙(马)连上,将龙爪改画马蹄,再到了咱祖宗那,又因敬牛而变成牛蹄样,这神物就成了蒙古麒麟模样,但却没有龙鳞。

于是,忽汗又请能人刘秉忠、郭守敬,把北京城里,这条天生的困水之龙,都用桥锁了起来,若不信就看地图,即能见到这条活着的、在水里浸泡着的真龙，这南、北三海就是元大都真正的龙脉所在。龙脉当有顺序，咱一一道来。

先说龙泉——瓮山泉，即从现在昆明湖上游的玉泉山上，经万泉河与高粱河水流进北京城。

水拍龙尾儿——早年的净业湖，现称积水潭，又叫西海，当年元代在南岸建过王府⑥，现两岸还有寺庙遗址，如汇通祠、净业寺、普济十方禅林。现南岸还有"高庙"地名，在积水潭医院北处，还有一片高土基宅院，再南还有个大道观，这曾建有十方禅林。

众寺围龙臀——后海，也叫东海，因接连积水潭（西海）。此北岸为醇王府，岸上寺庙极多，如观音寺、瑞应寺、关岳庙、广化寺、龙华寺、弘善寺、槐宝庵、海潮庵等，这里南有恭王府，正所谓"皇上坐金銮，王爷在银安"。此水，直连西海与什刹海（前海）及王府。

元朝时停漕船的多个码头现仍在，都是严丝合缝儿的巨条青石。你看乾隆爷改的那桥名——银锭桥（谐音：元朝为人定蛟），不是定住龙脊了吗？南北各有只龙爪托住王府，亲王也主国事呀（恭王府、醇王府中湖水皆通后海）！龙脊处的龙翅，便是甘水桥（干水蛟）一带；龙身带的祥云，自然罩住了钟楼、鼓楼。再往前拐，就是荷花遮水的——什刹海（前海），有谚语说："小肚子前海，龙子百代，荷叶是鳞，莲花总开，十刹镇海，社稷安哉。"

习惯里常说的东、西、南、北、中，就打这几海叫起来的，龙心自然就在中海里。

龙不分男女雌雄，是不老天地坐胎生育的。北海里那是怀抱琼子（琼岛），龙臂蜷缩。还有亭为何叫五龙亭呢？是不动，停（亭）住的金龙五爪嘛。有那九龙壁为证，应天子数百条龙相嘛！

你知道天下共有几个九龙壁？告诉你，在紫禁城还有一块！为何不雕十条龙？还有这条活的嘛！另个爪是北海东岸的一座小亭榭，该水通景山，也流进紫禁城外的筒子河。得，俩大牌楼中，数金鳌玉栋桥，最讲究，团城即是鳌窝，这叫鳌镇蛟龙（蟞龙），团城有天下最大的玉佛，还有大元朝最大的玉酒瓮，是乾隆爷从民间找回的。到现在，团城的也不开西门（果有其事），这叫门开对海（东北方），自守龙乡，满族的家乡在东北。

中海是有龙心的胸口窝儿。它怀揣紫禁城，那城就是这条龙的玉玺，印是四四方方嘛！

"南海是龙首，犄角顶在头，"有头它早晚得抬，"应抬"嘛（瀛台）！这龙是活的，永定河发多大水，它也不敢淹北京，连龙哈喇子（涎）都有，什么？

哪呢？护宫河（元朝护城河）、金水河、内金水河（在故宫内）、三座桥和几座石板桥，这两条龙须的底下不是龙涎是什么？龙打个喷嚏就下大雨，老年间，绕宫出城的望恩桥下河也算，那龙角便是左宗右社——一对龙犄角。

当时我曾好奇地问："那龙总得戏珠啊？"姥姥竟噘起了嘴。

姥姥说英法联军，回回打来，连破了北京风水。庚子年，先把那高大威猛的前门楼子，生是给炸没了影儿。听老人念叨，当时把北京人，都给炸哭了，炸傻了，炸得人人都跪地磕头、烧香求菩萨保佑，我奶娘都磕死过去几回！洋兵打进皇城，到处能听见枪声！得，这回把大清国运给炸没了，就再没缓过劲儿来。

再有，那正阳门瓮城是颗火龙珠。水龙珠即是团龙河（团河行宫）。这叫一火、一水，天地阴阳二珠。龙只戏耍珠，但不咬珠、吞珠，龙珠之上又有龙的影子和魂，龙珠是国的命脉，而龙巢穴，便是被八国联军毁的三山五园⑨。

话又说回来，本来郭守敬疏通了龙道——通惠河，但忽必烈却用哪吒镇龙。哪吒有三头、六臂、一双腿，他就非修十一座城门，把皇宫周围，都染上哪吒兜兜色，这叫道高一尺，魔高一丈。大汗还说，要把哪吒的兵器，也用上镇孽龙（专门兴风作浪的孽蛟），这就是后来的坝河、通惠河。智慧的郭守敬，是既不得罪活龙，也没违抗君命。那会儿，船能把江南的米粮、财宝，直运到龙摆尾儿——积水潭，后来北京城外，也种上水稻，成了北方的江南。而那倒霉的元顺帝利令智昏，竟做起大龙船，引来了真龙翻江倒海、天地重开。朱皇帝坐金銮殿后，将京城再增新砖城，而立九瓮城门楼，把积水潭一劈几半。而为不再得罪真龙，干脆让出西北一角。哪吒虽然制得了龙太子，但他奈何不得乾坤倒转的天时。他毕竟还是个不懂穿裤子的毛孩儿呀。但大明同样称北京是"八臂哪吒城"。

大明得天下，将土城上木栅栏，全当了柴火烧。若非元大都原来省事，大明哪来本事，将北京城盖得如此大气？盖好了，好迎真龙天子坐江山。紫禁城内有龙座，光是邸吻等龙种，也是模样不一，连驮碑的赑屃也为龙子。

头些年你姥爷遛鸟行至锣鼓巷，听人说前头有人正给小皇上磕头，他慌忙赶去，也二话没说的，趴下就给那干巴老头磕头。早年间，他做过皇家侍卫，自然想再睹"龙颜"。结果，脑门儿叫地上土渣滓咯了好几个包，等一抬头，哪还有人影？

等到过年见你从天津来的三姥爷，人家叫他哥他听不见，他可倒先说磕头这事儿。三姥爷曾在早年奔天津去追小皇上，当年差点被饿死。三姥爷哈哈一笑说："就算他是龙种，可一投了小日本儿！他再也没脸去见祖宗了！"原来，去天津追随溥仪的三姥爷，遇到了明白人，拉他参加了抗日游击队。咱老北京人最恨的，便是狗改不了吃屎的小日本儿。再说了，不管汉、满、蒙、回、藏，全都是中国人，所有皇帝为争天下大兴杀伐，终究受罪的还是老百姓。不若今天，你好我好，大家和气。

说这话的时候，我已长大。我听她讲完后，曾总说她迷信，但在她病重卧床时，我才说："姥姥的传说不是迷信，龙脉就在咱北京城。"

姥姥笑着，她断断续续说："要没真龙，那中药里的龙骨又是什么？听半导体上说，科学家发现了（恐）龙蛋，哎？龙该是天地作胎呀？那中国人不都是龙族吗？有脉自然有传啊……"在场的全家人愕然了，都对姥姥肃然起敬……姥姥仙逝时遇改革开始……她若真赶上今日，也许又会讲出龙故事来。比如说龙的子孙，上了太空、月球、环游了地球？还要去遨游宇宙……

---

①即定陵。
②喻人好说，健谈。
③即努尔哈赤。
④指发型。蒙古族古代头上梳过冲天撅，及类似哪吒的冲天椒小辫。
⑤建土城之前，元代曾建有高大的篱笆木栅栏。
⑥即现在的积水潭医院内。

姥姥讲过玉泉塔。在很久以前，永定河两岸到处是肥田沃地，百姓们过着衣食无忧的日子，老天也是风调雨顺。据传，假若这里真降了灾难，也会因祸得福。

二把刀也是鲁班的徒

玉泉——其实是元朝皇帝钦赐"御泉"的谐音。这名号，听着有祈福纳吉的味道，而且顺耳中听。但天有不测风云，不知在何时，离玉泉山不远的永定河里，闯来一只千年鳖精。它常因为脾气暴躁，动不动便呼风唤雨，在河里掀起来百丈浪涛。这阵势像领了万千兵马，突然就冲开堤坝，毫不留情地拱倒万家农宅，并令数万亩良田颗粒无存，使得千百户孩童丢失，或受惊吓啼哭不止。由于它嫉妒人间美好，老鳖精有时还化作人形，到处来欺男霸女，或掠夺财宝。因此，河两岸百姓们，再也没了往日的一片安宁平和的乐道景象。这鳖精还给定下规矩，叫大家每年都要向它交万担谷米，还必须送十对童男童女。不然，他便让大家全变成虾蟹鱼鳖口中的"嚼谷儿"，此时，老实巴交的老百姓，谁敢不听它的？

对它这无理要求，谁若稍不满意，就会遭到水漫河堤的凶恶惩罚，大家只好忍气吞声。众多农家，因不愿受此般欺凌，都远走他乡。但有几个土生土长的年后生，为不甘受辱遭侮，纷纷拿起刀矛棍棒来与鳖精对抗，但还未与恶怪决战，便早成了它腹中餐食。

生活在恐惧中的百姓，只有不断祈盼神灵能早些降临，为民除害。因此，人们只要是还有力气，便会不惜一切地跑到远处去寻庙宇，去乞求神仙转世。不惜使用一年好不易打得的粮食，来换取燃香与供品。只可怜，河两岸百姓，大多成了往来大小寺庙的香客，这肥田沃地还是成了荒芜一片，不敢种地的农户越来越多，饿死的百姓数不过来。

求助的香火，常不断飘到天尽端，这事也传至南海观音菩萨耳中，以至惊了天界。于是，观音轻启慧眼，动慈悲之怀，决意除这鳖怪。这天，观音乘镇水兽，踏祥云飘到永定河当空，把手中净瓶投入河中，稍使法力，便轻易将鳖精与半河永定之水，一起收进宝瓶。他请来井仙以指做杵，在玉泉山半腰戳了个无底深渊，将鳖精塞入。先是请鲁班爷，建起座琉璃宝塔，与塔仙作法盖镇。使那鳖精再无机会为恶。而观音正欲归天时，却无意将净瓶内柳枝洒落一枝，落地即变为柳仙，故两岸柳树极多成器。而最早的那枝，因年久已早成参天古木，现在海淀镇附近，依然有地名唤作大柳树。

话说鲁班爷，应观音之邀，率着九十九个弟子，来建玉泉琉璃宝塔，经过一年的辛苦，终建成这座宝塔。竣工时，鲁班爷对众徒弟说："今日完工，我请大家吃一顿全肉馅儿的饺子，以示庆贺。"众徒闻听，皆兴高采烈地收尾去了。这时，鲁班爷便拉住年纪最小，而又是最笨的一个徒弟说道："平日你从来心不在焉，用锯做活时总是受伤，不是脚便是手的，干脆我教你做饭吧"。笨徒弟心里纳闷儿，心内寻思："若百十人吃饺子，那得买葱、割肉、和面、擀皮，而葱得切碎，肉得剁烂……得待何时才能吃上？"见师父紧催，只好忙着做锅烧水，但案上却还是空空如也。

鲁班师父说："徒儿,你去拿一把钝锯,再取块瓦片来锯,但一定记住,千万不要把脸扭过去,还需将这块瓦片锯成碎末当馅儿,"小徒听了赶忙转过脸去,不知师父要干什么。半天,他忍不住好奇心,悄悄扭过脸来偷看。只见师傅正将切肉的柳木墩子用手捏碎,然后又将一块塔底下的青石板,用擀面杖压成饺子皮,最后还将一瓢细河沙,也倒进盆里来和饺子馅。

这些物事谁敢吃它?想到此,笨徒弟吓得不敢再睁眼,不料一走神,大锯便拉在手臂上,顿时,鲜血流出来一片,鲁班爷见此情景,只好给他抓了把灶灰止血,并道:"行了,扭过脸去烧火吧!"

笨徒弟刚扭过脸来,大锅里即飘出炖肉的浑香,只见在空柴锅里,鲁班爷左一笊子又一瓢的,在水里紧捞着。竟然给众徒弟,每人都捞出一海碗的薄皮大馅饺子。呼噜噜,呼哧哧地直吃得众徒们,只是一个劲儿地喊香。但笨徒弟却怎么也吃不下去。一扭头竟然发觉,在他锯瓦片的肉案上,摆放着尚未锯碎的肥肉。

这时,几个师兄都开始数落他:"你看你弄得什么饺子馅,我们谁也没吃上肥肉馅儿,不过倒是吃出了三种味儿的饺子,和炖肉一样的香。"

笨徒弟硬头皮听着不敢吱声。等无意中再看手臂的伤口时,却再难找到。只见饺子已被大家抢吃一空,而自己没吃饭的事,鲁班爷似乎毫不关心。

在大家喝原汤化食这会儿,鲁班爷对众徒说:"今日,吃饺子的就算出徒,也会将长生不老的手艺代代传承。"然后又对笨徒弟说:"你是想使大碗呢,还是想使小碗?肥肉不能剩下。"

笨徒弟看着那碗里剩下来的肥肉馅直流口水,他犹豫了又犹豫,心说:"要小碗吧,没大碗盛得多;要大碗吧,又怕大家笑话他贪婪。小碗怕不够吃,而大碗太多得会叫他剩下。"就这么着,大碗小碗的,他伸了无数次的手,眼睛却还是盯着肉馅儿。

见他如此,鲁班便对笨徒弟说:"傻孩子,你火候与造诣远远未到,再修行五百年吧,如果你还要东张西望,心不在焉的活,那你会永远都是个二把刀的!"

于是,只让笨弟子喝了一小碗汤。但不知谁又将几碗饺子,摆在他身边。于是,他又背着大家,偷偷伸手去抓。结果,只要一伸手,饺子就变汤。直等到喝完汤时,才觉自己早已吃饱,而确实是三种以上味道的饺子。

鲁班爷对他说:"千年以后,此宝塔必定倒塌。等到那时,你才能得道成仙,这碗汤能让你分出许多身子,也会活上千岁。现在,我只好送你烂锯和破瓦刀。"话说完,鲁班带着他的九十八个弟子,直奔仙境去了。只剩下这个笨徒弟和天下所有鬼斧天工的风景与宝塔。直到现在,那座玉泉塔,依然耸立在永定河西山上。

不知那没得道的笨弟子，到底去了哪里。反正人们将混饭吃，又什么都拿不起来的木匠铁匠等以及天下所有技术笨的人，都叫作二把刀。还说是笨弟子分身后的子孙，不然，为何哪个年代都有蒙事的外行，来做本该不是他做的事情？所以说，二把刀也是鲁班的徒儿。但凡这种笨师父，饭量都还挺大，因他还活在百姓当中。

据说，他长得模样，就像小孩们念叨的歌谣里的那种："碑儿头倭瓜眼儿，吃饭挑大碗儿，给他小碗他不要，给他大碗他害臊，下回干活叫不叫，叫了主家把霉倒，不叫不叫就不叫。"

打那以后，在北京城的大小饭庄内，突然多出一种，有三种以上味道的饺子，令所有吃主都争着去买。后来一个很有身份的人突遭难后在普通百姓家吃饭，居然吃出一种味道最好的饺子。便问这家主人为何饺子味道这么好，主人告诉他，这便是传说中的"三仙馅儿"饺子。

他问，"为何我能吃出好多种味道来呢？"

主人回答："'三仙馅儿'并不是'三鲜馅儿'，您想，三个神仙做的饺子，各是三种味道，加起来共是九种味道，井仙、塔仙、柳仙和鲁班几位神仙，谁做饺子不是神仙的味道？"

"那为何我当年在饭庄里吃不出来呢？"

"那是因为鲁班爷只是老百姓的神仙，而不是财主的神仙，真正的好东西自然在百姓家里。"

后来，饺子里又出了新品种——三鲜馅儿。而在七十二行当中，也多出了一种大家都不喜欢的师傅——二把刀。

惦记这宝贝的不只一国洋鬼子，多少年前造它的时候，洋鬼子都知道，但如果不是大清国四面树敌，毫无韬略，谁又进得来咱国打劫？

不老天的眼睛——古观象台

自打大才子郭守敬主事修好通惠运河后，从南方运来的金银财宝、米面粮油，就凭借漕船，翻过一道比一道高的御闸，直运抵到三海的十一个码头（现仍存多座）。正是老话说的："门有十一座，马（码头）有十一匹。"哪个码头卸什么货物，郭守敬早安排妥当。叫"码头"是自元朝开始的，为何叫码头，而不叫驴头、鸡头、鱼头呢？何为码头呢？

蒙古人喜用"马"字，砝码是称的，尺码是量的，角码是木工的木钉，马靴是穿的，马裤是勒的，套马竿是赶马的，油码也叫置子，水码叫了桶，地码自然就叫了胡同……码头有顺序，有先有后，有大有小，有卸细软的，有卸大件的，船上会放居国治家的"柴米油盐茶酱醋，酒肉金银天下珍"呢，连女人木梳，针头线脑，钗裙粉簪都应有尽有。

元大都有一样好处，除几条大道之外，从来不随意伐掉都城内外的树木。这便是书上说的"无不仰给江南"。说白了，一切全靠从江南运来，因北方是元朝的家乡。成吉思汗也驻跸过昌平。还没建大都时，便早相准了盘龙卧虎的北京城。

洋人若不看好中华，为何凑份子来这掠金、讹银、割地？大汗知道天有多大，地有多方，到现在俄语里，还管中国叫"契丹"（KIDAIYI）。大汗有多少兵？得看他平了多少国，他举众国之兵，踏平挡路之国，那么他的兵就用不完。

这时的元代，早从中原的文人与能人手里懂得了，天不可测也能测，地不知厚也可以挖的道理。你想啊，阴天的结果，是要下雨雪刮大风。太阳光照得久了，定会来一点雨雪风霜。喇嘛中有知天时，明地理的，元朝是由大喇嘛算命，当时的神算就是科学。不过是掺杂了过多的"佛理"。一人一个理，讲出来就变成了各有各的道理。不老天下只有一个郭守敬，又只有一个刘秉忠，怎么讲出的理？还得由皇帝认这理。是理由的理，不是圣人那礼，天下各朝代，并非都循孔圣人的礼。这便是现在北京人说得这个"理儿"字。

用兵不易，学了诸葛亮的用兵之策。但还要学诸葛亮筑七星台，三国筑土台，我要筑磨砖对缝的大敖包（圣台），要终日看着老天脸色行事。那时，圣僧说什么，大元皇帝就信什么。人总得有信由，不管信什么由头都不怕，只要是行善积德，自然是对的。若信得人不做强盗和梁上君子，就是善信。大元朝叫老百姓信奉东岳大帝，就因为天下的神灵太多，国有信的，民间也有信的，谁也拦不住谁。唯有叫历代帝王信来信去的。见到雪山上的藏獒与西域圣僧后，成吉思汗便开始相信佛与神灵皆在西方。但不是遥远的西方，而是在自家里，最后便钟意于喇嘛教——大元国教。

忽必烈认为，要想知道明天是什么样，先要接"天气"。知道了天的脾气，就和天更融洽。人即是天的儿子，但并非人人都是。因天下尚未平定之前，总得有人死去，总要有人去呼风唤雨。凡人管不了的，自然是天意。凡是人能管的，也就是天子。"子"是师的意思，那么天子的"子"字更是师。孔子不是天子，天子大过孔子，孔子是帮天子做事，而天子便是皇帝。

郭守敬明白了大汗的想法后，就提议建一座七星坛。呼汗问道："为什么要建七星，而不是八星九星十星呢？"

郭守敬答："坛建在地上，地有四方，那么五星都是大的了，七星足可，不要超过地太多。"

忽汗又问："'七星'已经超过地的'四'方，又作何解释？"

答："地虽有四方，但直着行并不可以，总要偏离一点。比如说：去正东，而道路不一定走得通，总会曲曲弯弯。那么去东西南北，不论哪个方向，都自然会偏离一点，这就变成了八方，这就是四面八方。而我大都城，即是既有四面，又有四角，相加为八方。所以坛比地小一方。"

忽汗点完头又问："那为何天上的北斗是七星？"

郭答："天比地还大，古人说，'天似穹庐'，而七星不过是，偌大天上中一组星宿，天便是一个，看不完全的众多八方，所以，天上从没有什么八星、九星、十星。"

忽汗又问："那这坛上应该放置什么呢？"

郭答："天的形态，日的轨迹，星的方位，便是天文，方为圣坛。"

又问："为何不见坛有地理呢？"

答："七星坛是测天空中日风雨雪霜月，天文知道，地理自然也就明白了。"

忽汗又道："那又为什么将坛，只设在齐化门南的外城呢？"

答："陛下，地之外方是天啊，七星坛离文明门最近，知天文，明理门，不是绝好的佳地吗？"

于是，忽汗即默许。得到准奏御旨的郭守敬，便大张旗鼓地建好地基，高筑七星坛，又琢磨起浑天仪来。自此，大元朝的盛世，从铁木真忽必烈一代，延长到近百年。老百姓的日子，也不断好起来。中原不是草原，夷地不是草地，别看成吉思汗打得天下，但江山总归是人才辈出，一代一代。最终是西洋终兴，直到大清国主事，国道渐衰时，西洋的毛子们，还惦记着几百年以前，他们祖宗告诉过他们的七星坛——古观象台，还有台上的那些宝贝。

八国联军打来时，见到这个宝贝，谁都恨不得想即刻将观象台原封不动地搬走。但无奈的是，只能搬动坛上仪器。而德国洋兵，为防其他洋夷与其争抢，便偷偷地将仪器拆分后，分为几次悄运至公使馆。当清朝一御史，得到百姓的禀报后，即前来索要。

这位明白的御史，早知朝廷与多国联军，签字画押，当朝要"理赔"几亿两的白银。那么，这类国宝，按协议就不能随意盗走。最后，以不支付对德人的赔银为要挟，还将另几国洋公使，完全聚齐找到，说："若一旦观象坛风水破了，那大清国的银子，从此会自然流到德国，别国是没有好处的。"

另几国洋公使一听，顿时发了脾气。他们不远万里的，好不易地起大哄，荷炮实弹地占足了中国便宜，现在却被德一国钻空子，要多占多吃。于是，诸国公使都大怒，诅咒联军司令瓦德西，若不是连起来一起打中国，哪来几亿两白银来赔？只凭一个德国，哪那么轻易占领北京城？多国公使商定好以后，便都摆出要与德国翻脸的样子。御史这一招棋，搞得德国公使，真不知如何是好，忙推脱责任，说："只是个别贪心官兵私自所为。"结果，浑天仪又被移回来。

其实，惦记这宝贝的，不只是一国洋夷。在多少年前，大元造它时，西方都知道。老天有眼，国宝还在，人们都说是郭姓后代所报消息。于是慈禧太后下谕，将报信的郭姓人全家赏封，准郭家世代看管古观象台，并赐予腰牌一支，可随时与钦天官联系。以报告国的天空，那日了月的阴晴圆缺，天时地利。

民国后，军阀混战，天下大乱，连皇家的陵墓都被偷盗。但古观象台下，附近住的老百姓都有一个习惯，不管是姓什么，也不管是男女老少，还不管黑天白天，只要是谁出入家门，就必定看上一眼台上的"浑天仪"。

这一晃几十年了，它愣是经尽风雨战乱，依然好好的。听说现在可以参观了，看什么？看看咱中国的天，还是不是古代那样子，为何它是宝贝呢？老辈儿说，因为它就是老天的地上之目——天眼。

后 记

从我不记事时，便由姥姥一手带大。因母亲不在身边，所以也就总没有奶吃，晚上哭或尿，都要烦姥姥来照顾我。我经常是口衔姥姥的乳头进入五光十色与红墙绿瓦交织起来的梦乡。直到上小学以后，因还与姥姥睡在同一被窝，落得同学都笑话姥姥"护犊子"[①]。

我是极好动又极淘的孩子，极有好奇心。每晚，姥姥为哄我入睡，就必须要讲一个和前一晚不同的故事给我听，这才能使我安静，在不知不觉中，安然入睡。我常又很可气，总是听姥姥讲完一个，再讲一个，但往往仍无困意。依旧还要不断纠缠，再讲下一个故事。从我记事以来，几乎就没有听到过几个重复的故事，而且有时，姥姥讲的每一个故事，都不得不有几个版本。姥姥说，这是她没文化的缘故。

姥姥满姓为纳剌氏，为那拉氏分支，其汉姓为"安"字，属镶黄旗纳剌世家。而我的姥姥、姥爷都属仁义、诚实、憨厚性格之人，做事从不敢投机取巧。到他们这一辈，已世代久居北京，绵延香火十余代。但均未受到过优良的教育。清末时，满族间贫富的急剧变化，贪官污吏处处作梗于清王朝内部，政令朝秦暮楚。一批文人义士们，曾为振兴中国而屡遭挫败。我所接触的所有满族家庭，都非常惧怕以文字为狱的现状，虽有些许文化，但从不敢招摇过市。

民国后，姥姥嫁给年纪大他近二十岁的姥爷时，依满俗，镶黄旗的女儿嫁到镶蓝旗，该算是下嫁。而所有满族群体，都被连根拔掉，被称之为"俸禄"的铁杆庄稼。在经历八国联军的重创之后，致使已成半殖民地的清王朝，一遇辛亥革命，便彻底崩溃。由于国家落伍，中华如同于肴盘中的鱼肉，任列强嗜食。为保全性命和后代的满族，大多剪去后脑勺的辫子，自愿"变"成汉族的一员。就算是这样，民国后的各路兵匪将帅们，仍会到处袭击满族宅院，连皇城也只剩

后　记

了"根"儿②……1949年再次统计人口时，才发现满族仍为我国第二大民族。其实，满族早融入了中华民族之中，其兴衰同样是中华民族的兴衰，所有列强给予的耻辱同样是中华民族的耻辱。

北京城是具有悠久历史的几朝古都，而今面对昂首矗立的高楼大厦，遗留下的东西越来越少。姥姥在驾鹤西去前曾说，叫我一定整理出几个未曾流传的老故事，使来到北京的人知道，北京不光是有故宫、北海、颐和园，而且还有许多只有在北京才会有的传说。

以往民间故事，开篇都是从前、过去、很久以前等等，虽《守着紫禁城的传说》也有如此常例，但令读者耳目一新的，却是大多故事前都有画龙点睛的小议。使读者能感到，该故事讲述时的特定历史背景。其实，每个故事，均会有一个或大或小的"历史背景"，不管您承认与否，它是客观存在的。一个故事假若被说来说去，也就变成一个新故事。每个人都会再编排创新，而不变的是故事梗概。20世纪，专家们在不断挖掘史地民俗，考古界也在坟墓中不断核查真伪。有人说，北京民间传说的数量，竟没一个小县城多。这是件悲哀的事情。

北京的民间故事，多是以建都城为起点的。比如：元朝建都时，所建"六臂哪吒城"，是十一座城门，是用哪吒的"三头六臂和两只风火轮"的总数字，用以震慑代表水的龙。因为草原上的水，还不足以衍生出这无所不能的龙来。明王朝初期，并不把龙当一回事。后才在元代基础上，分出大致三种龙来：第一是真龙，代表皇帝或天子；第二是孽龙，以水危害百姓，被关在海眼；第三是仁义好龙，为民谋福，急民所需。而清朝时的故事，却总将黑龙说为好龙或益龙，这当然是为了强化清王朝视黑为国色的国情之由。

所有能传下来的民间传说，都有其独特趣理。在北京曾不知存有多少个故事与传说，但历史不会分毫不差地继承下来。为何叫遗产？是经过历史与岁月无情冲刷后的遗物。那就是说，其中有说过、流传百年以上的故事，也有行将要消失的老传说。所以本文冠名为《守着紫禁城的传说》并不足为奇。

因本人才疏学浅，还恳请多方专家指教。

好了，我姥姥的目的现已达到，愿她在九泉之下瞑目安息。

---

① 原意为老牛处处保护小牛，此处意为骄惯、溺爱孩子。
② 段祺瑞曾以剿灭复辟的军阀张勋为名，将皇城墙拆除并倒卖城砖，充做军饷，还改名为"黄城根儿"。